全国高等院校本科教材
全国高等院校专升本教材

唐诗宋词专题

（第2版）

教育部师范教育司　组织编写

张明非　主编

撰稿人　（按姓氏笔画排序）

王德明　朱易安

刘尊明　李　翰

张明非

高等教育出版社·北京

内容提要

　　本书是教育部师范教育司组织编写的《唐诗宋词专题》修订版,作者根据高等院校本科教学要求,结合多年教学实践经验修订而成。本书配有《唐诗宋词专题作品选》一册。全书对唐诗与宋词的总体特征、基本风貌、审美特质、艺术价值、嬗变脉络、地位和影响等,作了较为全面的梳理和描述,以期学员对唐诗宋词的面貌有更深入的了解和比较准确的把握。修订版在保持一版教材知识结构不变的前提下,对部分章节的内容作了补充或调整,适当增加了作品分析与鉴赏的比重;并增加了唐诗、宋词的阅读与欣赏内容。

　　本书可用作高等院校汉语言文学专业本科选修课及公共选修课教材,也可用作中学教师进修高等师范本科(专升本)教材,并可供其他各类自学者参考使用。

图书在版编目(CIP)数据

唐诗宋词专题/张明非主编;教育部师范教育司组织编写.—2 版.
—北京:高等教育出版社,2009.11(2025.8重印)
ISBN 978-7-04-027901-6

Ⅰ.唐… Ⅱ.①张…②教… Ⅲ.①唐诗-文学研究-高等学校-教学参考资料②宋词-文学研究-高等学校-教学参考资料
Ⅳ.I207.2

中国版本图书馆 CIP 数据核字(2009)第 174792 号

| 策划编辑 | 肖冬民 | 责任编辑 | 肖冬民 | 封面设计 | 张雨微 | 版式设计 | 张 岚 |
| 责任校对 | 胡晓琪 | 责任印制 | 张益豪 | | | | |

出版发行	高等教育出版社	网　　址	http://www.hep.edu.cn
社　　址	北京市西城区德外大街 4 号		http://www.hep.com.cn
邮政编码	100120	网上订购	http://www.landraco.com
印　　刷	唐山嘉德印刷有限公司		http://www.landraco.com.cn
开　　本	787×960　1/16		
印　　张	15.25	版　　次	2003 年 4 月第 1 版
字　　数	280 000		2009 年 11 月第 2 版
购书热线	010-58581118	印　　次	2025 年 8 月第 18 次印刷
咨询电话	400-810-0598	定　　价	25.00 元

本书如有缺页、倒页、脱页等质量问题,请到所购图书销售部门联系调换
版权所有　侵权必究
物　料　号　27901-A0

目　　录

第一章　唐诗的繁荣 ……………………………………………………… 2
　　一、诗人队伍扩大 ………………………………………………………… 2
　　二、诗歌题材丰富 ………………………………………………………… 4
　　三、风格流派繁多 ………………………………………………………… 14
　　四、艺术形式多样 ………………………………………………………… 16

第二章　唐诗的渊源 ……………………………………………………… 19
　　一、客体渊源 ……………………………………………………………… 19
　　二、主体渊源 ……………………………………………………………… 27

第三章　唐诗的流变 ……………………………………………………… 38
　　一、初唐革新 ……………………………………………………………… 38
　　二、盛唐气象 ……………………………………………………………… 41
　　三、中唐之音 ……………………………………………………………… 46
　　四、晚唐风韵 ……………………………………………………………… 50

第四章　唐诗的风貌 ……………………………………………………… 53
　　一、盛唐气象与士人精神 ………………………………………………… 53
　　二、社会生活与诗歌题材的开拓 ………………………………………… 56
　　三、唐诗的体制和声律 …………………………………………………… 61

第五章　唐诗的特质 ……………………………………………………… 69
　　一、风骨与兴寄 …………………………………………………………… 70
　　二、兴象与韵味 …………………………………………………………… 74
　　三、辞章与格调 …………………………………………………………… 78
　　四、诗歌语言 ……………………………………………………………… 81

第六章　唐诗的地位和影响 ……………………………………………… 86
　　一、对后世诗歌创作的影响 ……………………………………………… 86
　　二、唐诗学的兴起 ………………………………………………………… 89
　　三、唐诗在海外 …………………………………………………………… 94

第七章　唐诗的阅读与欣赏 ……………………………………………… 100
　　一、阅读与欣赏唐诗的历史文化储备 …………………………………… 100
　　二、阅读与欣赏唐诗的态度 ……………………………………………… 102

三、阅读与欣赏唐诗的方法 …………………………………… 106
　　　四、阅读与欣赏唐诗的意义 …………………………………… 115

第八章　词的兴起与昌盛 ……………………………………………… 119
　　　一、词的起源和唐五代词的发展 ……………………………… 119
　　　二、宋词的昌盛气象与繁荣原因 ……………………………… 130

第九章　宋词的演变与发展 …………………………………………… 136
　　　一、沿袭期 ……………………………………………………… 136
　　　二、变革期 ……………………………………………………… 140
　　　三、过渡期 ……………………………………………………… 145
　　　四、中兴期 ……………………………………………………… 150
　　　五、衰落期 ……………………………………………………… 154

第十章　宋词的特色与美感 …………………………………………… 156
　　　一、袅娜多姿的形体美 ………………………………………… 157
　　　二、错综和谐的音乐美 ………………………………………… 161
　　　三、绮丽哀婉的阴柔美 ………………………………………… 165

第十一章　宋词的风格与流派 ………………………………………… 173
　　　一、历代宋词风格流派研究之简述 …………………………… 173
　　　二、北宋词的主要流派及风格特征 …………………………… 175
　　　三、南宋词的主要流派和风格特征 …………………………… 183

第十二章　宋词与宋代文化 …………………………………………… 190
　　　一、宋词与宋代的音乐文化 …………………………………… 190
　　　二、宋词与宗教 ………………………………………………… 195
　　　三、宋代的俗词、雅词与宋代士人的审美趣味 ……………… 198

第十三章　宋词的地位和影响 ………………………………………… 205
　　　一、宋词的历史地位 …………………………………………… 205
　　　二、宋词的深远影响 …………………………………………… 213

第十四章　宋词的阅读与欣赏 ………………………………………… 217
　　　一、阅读与欣赏宋词的知识基础 ……………………………… 217
　　　二、阅读与欣赏宋词的着眼点 ………………………………… 220
　　　三、阅读与欣赏宋词的方法 …………………………………… 228

第2版后记 ……………………………………………………………… 236

唐诗、宋词,均为一代文学之胜。在《诗经》以来诗歌创作基础上兴盛起来的唐诗,达到了古代诗歌史上的巅峰;而萌芽于隋唐之际,兴于晚唐五代的词,到宋代也臻于极盛。在我国以抒情为主的诗歌传统中,唐诗与宋词双峰并峙,互相辉映,各有千秋,堪称中国古代文学皇冠上两颗璀璨的明珠,各以其巨大而独特的艺术魅力,千余年来一直得到各个时代不同读者的喜爱,盛传不衰,历久弥新。

第一章

唐诗的繁荣

源远流长的中国古典诗歌发展到唐代,进入它的黄金时代。

胡应麟说:"甚矣,诗之盛于唐也!其体,则三、四、五言,六、七、杂言,乐府、歌行、近体、绝句,靡弗备矣。其格,则高卑、远近、浓淡、浅深、巨细、精粗、巧拙、强弱,靡弗具矣。其调,则飘逸、浑雄、沈深、博大、绮丽、悠闲、新奇、猥琐,靡弗诣矣。其人,则帝王、将相、朝士、布衣、童子、妇人、缁流、羽客,靡弗预矣。"(《诗薮》外编卷三)

结束了南北朝长期分裂局面之后建立起来的统一的大唐帝国,政治稳定,经济发展,文化发达,为诗歌的空前繁荣提供了丰肥的土壤。诗坛名家辈出,佳作如林,诗歌体裁成熟完备,风格流派异彩纷呈,创作方法丰富多样,标志着诗歌创作的全面成熟,代表了我国古典诗歌的最高成就。

唐人在诗歌方面的成就,不但是空前的,也是后人难以企及的。在我国历史上,还没有哪一个朝代像唐代这样,出现了那么多家喻户晓的诗人,留下了那么多脍炙人口的诗篇。就世界范围而言,不到300年的时间里,留下如此丰富灿烂的文化遗产,也是绝无仅有的。

唐诗的高度成就和空前繁荣主要表现在以下几个方面。

一、诗人队伍扩大

有唐300年间,诗歌的发展有如绵延不断的大河,长流不息。留存至今的55 000多首诗[①],不过是当时全部诗作中的一部分,却已经是前代遗诗总和的数倍。唐人选编的诗歌总集就有130多种[②],于此也可见唐诗创作的繁荣。

数量如此巨大的唐诗不仅出自空前广大的作者群,而且这支队伍几乎囊括了社会各阶层形形色色的人。不但帝王将相、达官贵人、中下层官僚和普通士人

---

① 清康熙年间所编《全唐诗》收作者2 873人,诗49 403首,句1 555条;陈尚君辑校《全唐诗补编》(中华书局1992年版),收作者逾千人,收诗6 327首,句1 500条。

② 参见陈尚君《唐人编选诗歌叙录》,载《唐代文学丛考》,中国社会科学出版社1997年版。

热心于诗歌创作,和尚、道士甚至妓女中有一定文化修养的人,也都参与其事。正所谓"上自天子,下逮庶人,百司庶府,三教九流,靡所不备"(胡应麟《诗薮》外编卷三)。可以毫不夸张地说,在唐代,诗歌创作已不再像南北朝时期那样只是少数贵族的专利,而成为一种相当普及的社会文化现象。一门之中,父子、兄弟、祖孙、夫妇俱以诗闻名者并不少见。如"吴中四士"之一的包融与其二子包何、包佶兄弟,合称"三包";中唐杨凭、杨凝、杨凌三兄弟俱有诗名,时号"三杨";窦常、窦牟、窦群、窦庠、窦巩兄弟五人皆工辞章,人称"五窦";上官仪与上官婉儿、杜审言与杜甫、杜佑与杜牧,皆祖孙相望,传为诗坛佳话。"行人南北尽歌谣"(《敦煌曲子词·望远行》)、"人来人去唱歌行"(刘禹锡《竹枝》)的情景,是过去历史上未曾有过的。这样一支由各阶层人士组成的庞大的作者队伍,对唐诗数量的增长及唐诗风貌的形成必然产生直接而深远的影响。

从现存《全唐诗》载录的有姓名可考的2 000多位诗人可知,其中大多数作者是当时社会中的"寒士"。唐代实行的科举选士制度为他们提供了实现自身价值的机会,极大地激发了他们从政的积极性,而与庶族地主阶层在政治、经济上的迅速崛起相适应,"寒士"第一次取代贵族成为诗人的主体,诗人队伍成分的这一重大改变,使诗坛面貌发生了根本性的变化。

这些来自社会中下层的士人,由于普遍具有曲折丰富的人生经历,对社会现实有比较深刻的了解和体验,当他们用诗歌抒发各自的人生观念与人生理想,表达他们对纷繁复杂的社会现象、社会问题的观察与思考时,就大大扩展了唐诗所反映的社会生活层面,从而克服了前代诗歌尤其是南北朝诗歌脱离社会现实、内容狭窄的明显缺陷,使诗歌从狭小的宫廷天地和少数士族文人的垄断中解放出来,造成唐诗丰富多彩的面貌。

同时,作为新兴的庶族阶层文士,他们一登上诗坛,就带着一往无前的蓬勃朝气,对当时文坛仍占据统治地位的六朝文风发起猛烈的冲击。众多的中下层文人面向广大的社会各阶层,适应更广泛的人群的需要,以创新的精神和面目一新的创作,使诗歌逐渐摆脱了宫廷和贵族趣味的束缚,走向世俗化、通俗化。广泛的群众基础,既是唐代文学繁荣的重要原因,也是唐诗的重大变化。

唐代许多著名诗人,从"初唐四杰"、陈子昂,到李贺、李商隐以及诗坛巨匠李白、杜甫等,都出身于这一阶层,而且他们的政治地位也不高。有些诗人,如王维、白居易,虽然晚年仕宦显达,但他们在诗歌史上的地位同他们的政治地位并无直接关系。

唐诗不仅作者众多、作品数量巨大,而且拥有众多风格鲜明和成就巨大的诗人以及难以数计的千古传诵的名篇。且不说出现了李白和杜甫这两位中国古典诗歌史上的巨匠,即如陈子昂、孟浩然、王维、高适、岑参、王昌龄、韦应物、元稹、白居易、韩愈、孟郊、柳宗元、李贺、杜牧、李商隐等,也都是开宗立派、风格独创的大家。其他有成就、有特色、有影响的诗人，尚不下五六十。正是如此众多的诗人以自己各具特色的创作，共同创造了百花齐放、争芳斗艳的诗坛奇观。

唐诗不仅作者队伍扩大，并且拥有空前广泛的读者群。如岑参"每一篇绝笔，则人人传写，虽闾里士庶，戎夷蛮貊，莫不讽诵吟习焉"（杜确《岑嘉州诗集序》）；李益"每作一篇，为教坊乐人以赂求取，唱为供奉歌辞。其《征人歌》《早行篇》，好事者画为屏障；'回乐峰前沙似雪，受降城外月如霜'之句，天下以为歌辞"（《旧唐书·李益传》）。尤其是中唐以后，由于城市经济发展，市民阶层形成，诗歌更加世俗化、通俗化，因而拥有更加广泛的读者群体。白居易诗"二十年间，禁省、观寺、邮候墙壁之上无不书，王公、妾妇、牛童、马走之口无不道"（元稹《白氏长庆集序》），收到了"自篇章以来，未有如是流传之广者"（《旧唐书·白居易传》）的轰动效应。

二、诗歌题材丰富

诗歌的题材在唐人笔下得到前所未有的开拓。南宋赵孟奎编《分门纂类唐歌诗》100卷，分天地山川、朝会宫阙、经史诗集、城郭园庐、仙释观寺、服食器用、兵师边塞、草木虫鱼8类，每类又分若干小类；明代张之象编撰《唐诗类苑》，全书200卷，共有39部、1094类。于此可见唐诗题材的广泛。诗人的笔触几乎深入现实社会的每一个角落。壮丽的山河，优美的田园，繁华的都市，苍凉的边塞，惨烈的战争，中外的交流，以及朝政的得失，国家的兴衰，阶级的对立，现实的矛盾，民生的疾苦，世态的炎凉，各种素材无不见之于诗；士人的理想追求、愤慨不平、羁愁旅思、离情别恨，无不在诗歌中得到充分的表现。总之，生活中的一切人和事物，无不成为诗歌创作的源泉；人们的喜怒哀乐种种情感，无不可以化为新鲜活泼的诗歌语言。5万多首唐诗展现了比历史教科书更为生动丰富的唐代社会生活的图画。用诗歌这样一种体裁反映如此广阔的社会生活，在诗歌史上是空前绝后的。不仅如此，唐诗对社会生活反映的深度也远在其他时代之上。

唐诗在题材上的特点主要有以下三个方面：

一是鲜明的时代感。唐诗反映现实生活之所以特别深广，与诗人们积极干预政治和社会生活有关。生当封建社会鼎盛时期的唐人，不甘憔悴于圣明之代，他们积极用世，热切从政，以功业自诩，并在诗歌中高扬了这一时代精神和主体意识。因此，抒写自己的不凡抱负和执著追求，倾吐理想在现实中碰壁的痛苦和不平，宣泄怀才不遇的失意和牢骚，成为贯穿唐300年间诗歌的一个主旋律。陈子昂《登幽州台歌》"前不见古人，后不见来者，念天地之悠悠，独怆然而涕下"，最早唱出了具有强烈时代感的诗人的心声；伟大的浪漫主义诗人李白，一生以"济苍生"、"安社稷"为宏大志向，歌唱崇高的理想和积极进取、奋发有为的精神，抒发理想失落、抱负成空的悲愤不平,成为他最具个性的创作主题。诗人们普遍把自己的命运情感同唐王朝的兴亡盛衰紧紧地联系在一起,在国家处于空前强盛繁荣的历史阶段,他们怀着高涨的热情和强烈的自豪感讴歌时代,讴歌理想,"长风破浪会有时,直挂云帆济沧海"(李白《行路难》其一)。而当帝国逐渐由盛转衰时,他们便表现出深沉博大的忧患意识,如伟大的现实主义诗人杜甫,把个人的生活、遭遇、情感同时代的风云、国家民族的命运联系在一起。"国破山河在,城春草木深。感时花溅泪,恨别鸟惊心。烽火连三月,家书抵万金。白头搔更短,浑欲不胜簪。"这首作于"安史之乱"时期的《春望》以饱蘸血泪的笔墨抒发了感时忧乱、思亲伤己的沉痛情怀,体现出他所特有的忧愤深广、沉郁顿挫的风格。生当末世的杜牧、李商隐更将对丽日繁花的豪迈高歌化为回天无力的沉重、伤感的叹息。如杜牧《泊秦淮》:"烟笼寒水月笼沙,夜泊秦淮近酒家。商女不知亡国恨,隔江犹唱后庭花。"其中不仅有对盛世一去不返的追悼,还有对现实和历史的深邃思考,具有鲜明的时代色彩。

二是强烈的现实性和社会性。诗人们继承和发展《诗经》以来的现实主义传统,怀着强烈的正义感和同情心,体察民瘼,讽喻时政,展示了各个时期人民的真实生活和处境,真切反映了战乱、苛政、官吏的残暴及统治集团的腐败给他们带来的深重苦难,并深刻揭示了造成他们痛苦的社会和阶级根源。这些诗歌像时代的一面镜子,反映出唐代社会的真实面貌,又像一幅幅具体生动的图画,具有不朽的历史价值和审美价值。生活于盛唐之世的李白,尽管性格浪漫,纵酒求仙,但内心从来没有忘记过政治,而且凭着诗人特有的敏感,比较早地觉察出现实社会中为表面繁荣掩盖着的种种危机和矛盾,预感到盛世即将逝去。作于天宝十二载(753)"安史之乱"爆发前的《远别离》一诗便是借湘妃、舜帝的神话传说,抒发了他对玄宗大权旁落、权奸得势、政局日渐混乱的深沉忧虑。杜甫生活在唐王朝政治急遽变化的历史转折时期,他饱经忧患的一生始终与国家的治乱兴衰紧密地联系在一起,不论痛苦还是欢乐,都与国家和民族的命运息息相通。他的1400多首诗大多忧国伤时,缘事而发,凝聚着他对祖国的关切和对人民的同情。尤其进入社会变乱、危机四伏的中晚唐以后,从元结、元稹、白居易直到皮日休、聂夷中、杜荀鹤等一大批诗人,更是有意识地将笔触伸向病态社会的不同角落,对朝政、边患、藩镇、宦官、朋党以及吏治、司法、赋役、工商、礼教、婚姻等各类社会题材,作了诗歌史上前所未有的深入开掘和揭示。白居易不仅以《新乐府》50首、《秦中吟》10首等一批诗歌讽喻社会现实,反映民生疾苦,而且明确提出"唯歌生民病"的诗歌主张。生活在社会底层的普通劳动者的形象,也是第一次这样广泛地被引进文人的诗歌。

三是诗歌的生活化、世俗化。唐诗对唐人日常生活和内心世界做了前所未有的开拓。严羽《沧浪诗话·诗辨》中说:"唐人好诗,多是征戍、迁谪、行旅、离别之作。往往能感动激发人意。"这些诗通过不同题材抒写了诗人生活中的种种真切体验和真情实感,有浓厚的生活气息,富于人情美。唐诗"重情"的特点在这些题材中也表现得特别集中而鲜明。

  如对亲情和友谊的描写,是唐人笔下最常见的题材,而且名篇佳句俯拾皆是。如表现思亲怀乡的贺知章《回乡偶书》、王维《九月九日忆山东兄弟》、岑参《逢入京使》、李白《静夜思》、杜甫《月夜》,赠别友人的王维《送元二使安西》、高适《别董大》、李白《黄鹤楼送孟浩然之广陵》、柳宗元《与浩初上人同看山寄京华亲故》、李益《喜见外弟又言别》等,都是情真景真、语浅情浓的佳作。如李白《静夜思》只有寥寥 20 字,写的不过是眼前景、口头语,却在读者心中激起巨大的心理效应和感情共鸣,千载流传,皆因它是诗人的真情流露,表现了他眷恋故乡的一片深情。这类诗中的一些名句,都当得"人人胸臆中语,却成绝唱"①,"专以道得人心中事为工"②之誉,至今家喻户晓,传诵不衰。如:

  海内存知己,天涯若比邻。
            ——王勃《送杜少府之任蜀州》
  独在异乡为异客,每逢佳节倍思亲。
            ——王维《九月九日忆山东兄弟》
  劝君更尽一杯酒,西出阳关无故人。
            ——王维《送元二使安西》
  莫愁前路无知己,天下谁人不识君?
            ——高适《别董大》
  马上相逢无纸笔,凭君传语报平安。
            ——岑参《逢入京使》
  举头望明月,低头思故乡。
            ——李白《静夜思》
  烽火连三月,家书抵万金。
            ——杜甫《春望》

  唐代爱情诗与其他题材相比,数量虽不算多,但几乎篇篇佳构,多方面展示了唐人的爱情生活。其中既有民间少男少女真挚纯洁的恋情,也有文人缠绵细腻刻骨铭心的相思;既有情人热恋的甜蜜,也有爱情受到阻隔的痛苦;既有夫妻恩爱的幸福,也有失偶悼亡的悲凄。特别是李商隐有些无题诗在表达男女之情方面达到很高的艺术境界,有的甚至被誉为古代爱情诗中的绝唱。如:"相见时

---

  ① 沈德潜《唐诗别裁集》评岑参《逢入京使》。
  ② 张戒《岁寒堂诗话》评张籍、元白诗。

难别亦难,东风无力百花残。春蚕到死丝方尽,蜡炬成灰泪始干。晓镜但愁云鬓改,夜吟应觉月光寒。蓬山此去无多路,青鸟殷勤为探看。"这首诗将受到阻隔的青年男女对爱情的强烈渴望和执著追求,彼此间的痴情苦恋和生死不渝,以及爱情受阻、会合无期的深哀巨恸,抒发得荡气回肠,令人凄绝。

　　唐诗题材的丰富,还表现在对前人未开垦过的处女地的开拓上。首先是大量题画诗、乐舞诗的产生。空前活跃的民族文化与中外文化的交流与融合,使唐代艺苑呈现出高度繁荣和百花齐放,多彩多姿的局面,音乐、舞蹈、绘画不仅成为诗的题材,也与诗相互交融,影响到诗的艺术表现技巧。乐舞诗、题画诗应运而生。《全唐诗》中著录有咏画、题画诗189首,这些诗真实记录和生动反映了唐代音乐、舞蹈、绘画、书法等方面的高度成就,以独具的魅力和独特的价值构成丰富灿烂的唐代诗国中不可或缺的组成部分。许多重要诗人乃至诗坛大家如李白、杜甫、王维、岑参、高适等,都涉足这一领域,凭着他们丰富的艺术修养、不凡的审美情趣和深厚的诗歌造诣,创作出不少既精妙无比又各具风姿的艺术珍品,使读者获得多方面的审美享受。如题画诗,有杜甫的《画鹰》、《丹青引赠曹将军霸》等;表现书法的,有李白《草书歌行》、杜甫《李潮八分小篆歌》;乐舞诗中,写舞蹈的有杜甫《观公孙大娘弟子舞剑器行》、李端《胡腾儿》、岑参《田使君美人如莲花舞北旋歌》等,听乐诗有被清人方扶南推为"皆摹写声音至文"的韩愈《听颖师弹琴》、李贺《李凭箜篌引》、白居易《琵琶行》三首①。尤其是白居易的《琵琶行》,其中对琵琶演奏的描写,可谓出神入化,臻于绝境;从一问世便不胫而走,不仅家喻户晓,而且远播海外。②

　　其次是都市诗的勃兴。反映都市生活,也随着城市的繁荣和诗人漫游的足迹而进入作家的视野。初期,如唐太宗的《帝京篇》,写长安尚带有浓重的宫廷气息。其后,骆宾王同题作与卢照邻的《长安古意》,便展现了长安繁华兴盛的社会风貌、斑驳陆离的都市图景和喧嚣腾跃的生活节奏,描绘了帝王将相、王公贵戚、豪门子弟、任侠少年、倡家乐伎等各类人物的生活图画。闻一多先生是这样描绘它们的上场的:"在窒息的阴霾中,四面是细弱的虫吟,虚空而疲倦,忽然一声霹雳,接着的是狂风暴雨! 虫吟听不见了,这样便是卢照邻《长安古意》的出现。"③它们所带来的不仅是诗歌"生龙活虎般腾踔的节奏",更标志着从此之后,一个新的诗歌传统诞生了。它写风物的繁华,写节日的欢纵,写斗鸡、博戏、击毯的豪兴,写妇女的服饰容颜和士子的冶游艳遇,也写到豪华掩盖下的眼泪和不幸,这是同台阁、山林、边塞很不相同的另一个世界,它的出现也扩充了我国诗歌表现

---

① 参见王琦等注《李长吉诗歌集注》,上海古籍出版社1977年版。
② 参见朱易安《唐诗与音乐》、张明非《唐诗与舞蹈》,漓江出版社1996年版。
③ 闻一多《唐诗杂论》,第14页,上海开明书店1948年版。

的领域。①

其他还有一些题材,如论诗绝句:杜甫《戏为六绝句》;记游诗:韩愈《山石》;史诗:杜甫《自京赴奉先县咏怀五百字》,李商隐《行次西郊作一百韵》;哲理诗:白居易《放言五首》;寓言诗:柳宗元《笼鹰词》,曹邺《官仓鼠》;赋体诗:杜甫《北征》,韩愈《南山诗》;传奇式诗:白居易《长恨歌》,元稹《连昌宫词》;传记式诗:王维《老将行》,白居易《新丰折臂翁》;等等。这些都是唐人对诗歌内容的拓展和创新。②

丰富多彩的唐诗中,有几类题材在继承前人的基础上经过唐人的开拓,取得了相当高的成就。

一是边塞诗。隋唐以来一百多年中,由于边境战争的频繁,疆土的扩大,以及民族经济文化的交流,人们对边塞生活渐渐关心,他们对边塞不仅不感到那么荒凉可怕,而且还感到新奇。一部分仕途失意的文人,更把立功于边塞当做求取功名的新出路。在这一社会历史条件下,从隋代以来,边塞诗不断增多,"初唐四杰"和陈子昂对边塞诗有新的发展。到盛唐,边塞生活已成为诗人们共同注意的主题。他们接受了鲍照和北朝诗人描写边塞战争的题材而予以扩大,反映的内容与一般社会生活有所不同,它作为唐代诗歌中的重要组成部分,展示了唐诗特有的风貌,具有某种相对独立的意味。唐人边塞诗不仅是唐代诗苑独具风采的一枝奇葩,在整个古典诗歌史上也堪称独步,出现了一大批精于此道的作家和众多脍炙人口的名作。雄奇壮美的边塞风光,丰富多彩的军旅生活,奇情异调的民族风情,乃至战争的酷烈、将士的忠勇、统帅的骄奢、戍卒的痛苦,无不在诗人笔下得到深刻的表现。此外,他们结合自己建功立业的抱负以及深入民间疾苦的探索精神,使诗歌在气象上呈现出开阔、悲壮和慷慨的情调。在诗歌形式上,则采用七言歌行和七言绝句居多。

边塞诗人的杰出代表高适、岑参,更以深刻的内涵、饱满的热情,把边塞生活写得瑰奇壮伟、豪情慷慨,开拓了边塞诗的崭新境界。宣扬大唐国威,抒写报国情怀,向往戎马功名,谱成一曲曲激昂豪迈的乐章,构成这一类诗的主旋律。岑参的边塞诗气势宏伟,想象丰富,色彩绚丽,热情澎湃。他善于描绘边塞奇丽多姿的生活,诗歌基调充满了雄奇瑰丽的浪漫色彩。岑参的军旅生涯使他的诗充满了塞外将士的生活体验。"侧身佐戎幕,敛衽事边陲。自逐定远侯,亦著短后衣。近来能走马,不弱并州儿。"(《北庭西郊候封大夫受降回军献上》)"勤王敢道远,私向梦中归。"(《发临洮将赴北庭留别》)"送子军中饮,家书醉里题。"(《碛西头送李判官入京》)刚柔并存,在克制中显出坚毅和韧性,别具一格。他的"故园东望路漫漫,双袖龙钟泪不干。马上相逢无纸笔,凭君传语报平安"(《逢入京

---

① 参见陈伯海《唐诗学引论》,上海知识出版社1988年版。
② 参见郭预衡主编《中国古代文学史》(二),上海古籍出版社1998年版。

使》),不仅语言平易,同样体现了盛唐时期那种坚忍乐观的精神。

高适与岑参都有过军旅生活的经历,以歌行见长,他们的诗都具有慷慨报国的英雄气概和不畏艰苦的奋斗精神,但创作风格迥然不同。高适的诗写实性较多,多叙写实在的军旅生活和战争场面,表现出深入体察问题和有实事求是的批判精神的特点。在描写边塞的战斗生活时,他侧重于表现战斗的激烈、艰苦和对士卒的同情。其中《燕歌行》为"第一大篇"。殷璠《河岳英灵集》曾对他的"诗多胸臆语,兼有气骨"大加赞赏。高适与从军边塞相关的绝句,亦有气质沉雄、境界壮阔的特点。如《别董大》:"千里黄云白日曛,北风吹雁雪纷纷。莫愁前路无知己,天下谁人不识君?"再如《塞上听吹笛》:"雪净胡天牧马还,月明羌笛戍楼间。借问梅花何处落,风吹一夜满关山。"颇有豪迈动人的气概。

唐代边塞诗所表现的与其说是战争,不如说是对理想和时代的讴歌,以及诗人对边塞战争这一历史现象的深入思考。王维《少年行》、高适《燕歌行》、岑参《白雪歌送武判官归京》、王之涣《凉州词》、王昌龄《出塞》和《从军行》组诗等便是这样的典型。乐观高亢的基调,雄浑壮丽的意境,盛唐边塞诗空前繁荣以及此后几成绝响的现实,充分说明它是唐朝国力强盛的产物,是古代中华民族处于全盛时期精神风貌的反映,也是盛唐人健康浪漫的审美情趣的体现,这是其他王朝所不曾有过的,也是其他时代的文士就乐府旧题加以敷衍的"从军"、"出塞"之类作品所不可比拟的。深沉的历史感、高度的艺术概括力,使唐代边塞诗中的许多佳作在当时便传乎乐章,布在人口,历经千载,仍传诵不衰。

秦时明月汉时关,万里长征人未还。但使龙城飞将在,不教胡马度阴山。

——王昌龄《出塞》

白日登山望烽火,黄昏饮马傍交河。行人刁斗风沙暗,公主琵琶幽怨多。野云万里无城郭,雨雪纷纷连大漠。胡雁哀鸣夜夜飞,胡儿眼泪双双落。闻道玉门犹被遮,应将性命逐轻车。年年战骨埋荒外,空见蒲桃入汉家。

——李颀《古从军行》

黄河远上白云间,一片孤城万仞山。羌笛何须怨杨柳,春风不度玉门关。

——王之涣《凉州词》

进军飞狐北,穷寇势将变。日落沙尘昏,背河更一战。骍马黄金勒,雕弓白羽箭。射杀左贤王,归奏未央殿。欲言塞下事,天子不召见。东出咸阳门,哀哀泪如霰。

——陶翰《古塞下曲》

中唐以后的边塞诗题材开始减少,而非战思想的突出和描写战争给人民带来的苦难的主题日益增多。如大历时期诗人李益的《夜上受降城闻笛》同写戍边将士怀土思亲的感情,以"沙似雪"、"月如霜"的凄清景色衬托出人物心境的悲凉,以"一夜征人尽望乡"的苍凉景象传达出征人悲苦沉重的情思。此诗在境界阔大、格调高迈、音节响亮、婉转蕴藉等方面,与盛唐边塞诗并无多少差别,所以王世贞称赞说"绝句李益为胜,'回乐峰前'一章,何必王龙标、李供奉?"(《艺苑卮言》),认为李益此诗可与王昌龄、李白绝句媲美。但两相比较,李益诗终究悲怆有余,雄放不足,这正是"安史之乱"后衰乱的时代气息在边塞诗中的反映。至于晚唐陈陶的《陇西行》四首之二:"誓扫匈奴不顾身,五千貂锦丧胡尘。可怜无定河边骨,犹是春闺梦里人。"诗中"无定河边骨"的悲壮惨烈与"春闺梦里人"的甜蜜温馨,是如此明显地对立,却又是如此无情地统一,形成强烈对比和巨大反差,深刻揭示了战争的极端残酷和百姓付出的惨重代价,令人惊心动魄。沈德潜说:"作苦诗无过于此者。"(《唐诗别裁集》)这也是晚唐时代使然。

　　二是山水田园诗。于晋宋之际兴起的山水诗和田园诗,发展到唐代,呈现出前所未有的繁荣,成为唐诗最重要的题材之一。唐代山水田园诗,不论思想内涵还是艺术造诣,都达到难以企及的高度,千百年来传诵不绝。特别是山水诗,由于唐代庄园的兴盛和游学隐逸的生活习俗的盛行,更是蔚为大观,攀上了艺术的高峰。几乎每一位有成就的唐代诗人,都在这一片沃土上开垦过,耕耘过,都展现过自己的才情,出现了王维、孟浩然以及储光羲、常建、祖咏、裴迪、韦应物、刘长卿、柳宗元等一大批诗人。在他们笔下,既有优美恬静的田园风光,也有雄伟壮丽的长山阔水;既有风格典雅的风景小幅,也有气势雄浑的山水长卷;既寄托着诗人不与世俗合流的人生理想,也倾注了对自然之美的衷心喜爱。可谓多彩多姿,美不胜收。大诗人李白与杜甫,也以他们对祖国自然山水的深沉眷恋和热爱,写下了许多优美动人的山水田园诗,并在其中融入广阔深刻的社会内容,开拓了这一类诗描写的新领域。尤其是山水田园诗派的杰出代表王维、孟浩然,把山水田园的静谧秀美表现得让人心驰神往。诗情画意的互相渗透,情景的彼此衬托交融,语言的新鲜活泼明朗,都使得诗的意境更加单纯明净,情味更加隽永深长,并于其中传达出具有普遍意义的人生情思,大大丰富和发展了中国古典诗歌的抒情艺术。

　　以王维、孟浩然为代表的"山水田园派",是在陶渊明、谢灵运的创作基础上发展起来的。他们综合了前代陶渊明咏写田园和谢灵运摹形山水的传统而赋予变化,较多地表现了诗人隐逸恬淡的思想和闲适自足的情怀,着色清淡,意境悠远;在诗歌形式上,多采用五言古诗、律诗和五言绝句的体裁。①

---

　　① 参见葛晓音《论山水田园诗派的艺术特征》,载《诗国高潮与盛唐文化》,北京大学出版社1998年版。

王维诗艺术成就很高，无论是雄奇壮阔的景象，如"大漠孤烟直，长河落日圆"（《使至塞上》），还是细致入微的自然物态，如"明月松间照，清泉石上流"（《山居秋暝》），都能以对大自然敏锐的感受，抓住自然的色彩、声音和动态，或素描，或刻画，挥洒自如，意境独到。他的山水田园诗主要是写他隐居终南、辋川的闲适生活和山水风光。王维诗取景颇具画家的匠心，而且画面色彩常映衬得浓淡相宜。他的诗语言清新凝练，朴素中见华彩。王维诗现存不足400首，其中最能代表其创作特色的是描绘山水田园等自然风景及歌咏隐居生活的诗篇。山水之作如《终南山》、《华岳》描写雄伟的山岭，《汉江临泛》描绘浩瀚的江流，《山居秋暝》表现秋山雨后的清新气氛，《青溪》、《过香积寺》、《蓝田山石门精舍》等写深山之中溪涧或寺院的幽邃景象，都是脍炙人口之作。五言绝句《皇甫岳云溪杂题》、《辋川集》等描写隐居幽胜的组诗，大多写得很精致，有如精美的绘画小幅。描绘田园风景的诗作《赠裴十迪》、《春中田园作》、《新晴野望》、《渭川田家》、《田园乐》等十多首，勾画了农村平凡而美丽的日常风光。王维把农家生活写得非常和平宁静，将田夫野老写成了悠然自得的隐士式的人物，以这些诗歌表达自己对于闲适生活的喜爱。其他一些描写隐居生活的诗篇，也常有出色的写景片段，绘出了山林田园间种种动人的风景画面。

王维的写景诗，常用五律和五绝的形式，篇幅短小，语言精美，音节较为舒缓，用以表现幽静的山水和诗人恬适的心情，尤为相宜。禅意的介入给一些境界不广阔的小诗带来了一种宁静致远的效果，读王维的诗常常能感受到那种意中之静、意中之远。王维描绘自然风景的高度成就，使他在盛唐诗坛独树一帜，成为山水田园诗派的代表人物。他继承和发展了谢灵运开创的山水诗传统，对陶渊明田园诗的清新自然也有所吸取，使山水田园诗的成就达到了一个高峰，因而在中国诗歌史上占有重要的位置。

孟浩然是唐代第一个大量写山水田园诗的人，多为五言律诗。他写故乡襄阳的名胜，像《秋登兰山寄张五》、《夜归鹿门歌》、《江山思归》等，将襄阳的山水、烟树、新月、小舟描绘得平常而亲切。他的田园诗数量不多，但生活气息浓厚，如《过故人庄》、《游精思观回王白云在后》等，农家生活的简朴，故人情谊的深享，乡村气氛的和谐，都给人留下难以忘怀的印象。他的一些小诗，如《春晓》也写得含蓄清丽、韵味悠长。孟诗风格以清旷冲淡为主，但冲淡中亦有壮逸之气。孟诗思想内容不甚丰富，但从艺术的完整、精美上来讲，与王维完全可以并驾齐驱。

将"兴寄"引入山水诗，是孟浩然最重要的贡献之一。张说和张九龄虽有少数山水诗已开其端，但寓意和"兴象"之间比附的痕迹较为明显，而孟浩然的"兴寄"则是在观赏山水时自然流露出来，如《望洞庭湖赠张丞相》中提及的太虚境界，以融入宇宙深处的整个身心去感受洞庭湖云汽蒸腾、天水混茫的气势，以及洪波涌起、撼动岳阳的伟力，同时有借观赏洞庭水色寄托欲借舟楫以济时（希望有人引荐)的深意。又如《早寒江上有怀》一诗再现了谢朓"天际识归舟,云中辨江树"的意境,但"迷津欲有问,平海夕漫漫"两句,就不只是一般的久客怀乡之情。满目夕照,平海漫漫,暗寓着仕途迷津的失意之感,也展示了渺茫的前程。由于巧妙地将陶渊明诗重感受"兴寄"的特点与谢灵运、谢朓诗重刻画描绘的长处结合在一起,这类诗中比兴的思理往往无迹可求,达到了后人所称赏的"妙在有意无意之间"的境界。与王维的诗相比,孟诗追求属于纯诗歌艺术的那种时间流动和活泼泼的动态意趣,重在写意抒怀。

与王维、孟浩然同属于"山水田园诗派"的诗人还有韦应物、柳宗元、储光羲等。韦应物的诗风格娴雅清淡。如《东郊》:"吏舍跼终年,出郊旷清曙。杨柳散和风,青山澹吾虑。依丛适自憩,缘涧还复去。微雨霭芳原,春鸠鸣何处?乐幽心屡止,遵事迹犹遽。终罢斯结庐,慕陶真可庶。"无论是依丛自憩,还是缘涧沿洄,莫不以适为得,随遇而安。诗人正是在体悟无往而不适、何待而不足的理趣。柳宗元的《江雪》和《渔翁》则是融合了山水诗审美旨趣的典范之作:"千山鸟飞绝,万径人踪灭。孤舟蓑笠翁,独钓寒江雪。"诗中展示的天地是如此纯洁而寂静,一尘不染,万籁无声。在水天一色、苍茫一片的背景上,远远地只有一个渔翁在江心垂钓,整个大自然无声无色,映照在诗人澄澈的诗心中,成为一片无象的世界。而储光羲则具有隐逸气质,大多吐语闲婉真率,不尚藻饰,却气格清雅,至性恬淡,其所长在于五古、五绝。《江南曲四首》其三云:"日暮长江里,相邀归渡头。落花如有意,来去逐船流。"春江行舟,流水落花。作者将落花流水稍作点染,便觉风流蕴藉,余味无穷。

三是咏史诗。咏史是诗歌的传统题材,由东汉班固首创,经晋代左思继承发展起来。《文选》中已列为专门的一类,收录了曹植、左思、颜延年、鲍照等人的作品。咏史到唐代,特别是中晚唐时期,犹如异军突起,蔚为壮观。咏史,实际上也是诗人借历史抒发自己现实感受的一种方式。经过"安史之乱",国势呈现出日趋衰落的景象,当看到曾经繁荣昌盛的唐王朝在"安史之乱"的沉重打击下日趋衰微,关心国家命运的中晚唐诗人不能不感到深哀巨恸。于是,他们带着对往昔繁华的深沉眷恋,带着大势已去、回天无力的深切怅恨,或吊古伤今,或借古鉴今,寄托自己的感慨并从中思索和体悟历史盛衰兴亡的道理,大量咏史怀古诗便应运而生。同时,由于朝廷控制的州县减少,官位紧缺,朝中清要职位又为朋党及有权势者所据,一般士人仕进机会很少;因科场风气败坏,许多出身寒微、拙于钻营的有才之士,在考场上长期受困,甚至终生不第。面对王朝末世的景象和自身暗淡的前途,士人心态发生很大变化。一些人尽管仍然眷念朝廷,关心时政,怀抱希望,但往往以失望告终。这使得晚唐诗人情绪压抑,悲凉空漠之感常常触处即来。这种抑郁悲凉,在晚唐诗歌的多种题材中都有体现,而以咏史怀古之作最为突出。

中唐特别是晚唐怀古咏史诗数量大增,情调也与往时不同。初、盛唐在怀古中常带有前瞻的意味,中唐怀古咏史多寄托对国家中兴的希望,晚唐诗人则是用一切皆无法长驻的眼光,看待世事的盛衰推移,普遍表现出浓重的伤悼情调。

唐代咏史诗的大量创作,是从刘禹锡在长庆末期和宝历年间写的《西塞山怀古》、《金陵五题》、《台城怀古》等篇开始的。永贞革新失败后,刘禹锡屡遭贬谪,但他始终保持着一种政治家特有的气度和视野。他的咏史诗气象宏阔,伤感的思绪与历史的进展、大自然的永恒形成鲜明对比,让人感到历史事件和人物是何等渺小,从而生发出宽阔舒畅的情怀。他诗中的名句"人世几回伤往事,山形依旧枕寒流"(《西塞山怀古》)、"旧时王谢堂前燕,飞入寻常百姓家"(《乌衣巷》)以及"沉舟侧畔千帆过,病树前头万木春"(《酬乐天扬州初逢席上见赠》)等,都给人留下了深刻的印象。

晚唐时期,杜牧、许浑、温庭筠、李商隐等人都有大量咏史怀古佳作。杜牧咏史诗多数抒发对于历史上繁华昌盛局面消逝的伤悼情绪。如《题宣州开元寺水阁阁下宛溪夹溪居人》中的"六朝文物草连空,天澹云闲今古同"、"惆怅无因见范蠡,参差烟树五湖东",表现出盛衰兴亡不可抗拒的哲理意味。不仅如此,有不少从总体看不属于怀古咏史的即景抒情之作,其中也注入了深沉的历史感慨。杜牧咏史怀古诗中还有不少是借题发挥,以诗论史,表达自己的政治感慨与识见,如《赤壁》:"折戟沉沙铁未销,自将磨洗认前朝。东风不与周郎便,铜雀春深锁二乔。"

李商隐的咏史诗则多针对封建统治者的淫奢昏愚进行讽刺。如《隋宫》:"紫泉宫殿锁烟霞,欲取芜城作帝家。玉玺不缘归日角,锦帆应是到天涯。于今腐草无萤火,终古垂杨有暮鸦。地下若逢陈后主,岂宜重问《后庭花》?"讽刺隋炀帝巡游无度的荒淫,揭示了一个王朝败亡的原因;这类诗以犀利尖刻著称,如《马嵬》:"海外徒闻更九州,他生未卜此生休。空闻虎旅传宵柝,无复鸡人报晓筹。此日六军同驻马,当时七夕笑牵牛。如何四纪为天子,不及卢家有莫愁!"诗中每一联都包含鲜明的对照,再辅以虚字的抑扬,在冷讽的同时,寓有深沉的感慨。

许浑的咏史之作与杜牧有同样的情怀,其《金陵怀古》结联"英雄一去豪华尽,惟有青山似洛中",涵盖范围更广,集中地抒发了对繁华昌盛终将销尽的无可奈何的心情。韦庄《台城》中"无情最是台城柳,依旧烟笼十里堤",借杨柳不解兴亡的"无情"反衬自己对曾经如日中天的唐帝国衰亡的伤悼。

比杜牧、许浑年辈略晚的刘沧,也是一位怀古情感极易被触发的诗人,但诗境更为萧瑟。其《秋日过昭陵》结联云:"那堪独立斜阳里,碧落秋光烟树残。"在他之前,很少有唐人把太宗的陵墓写得这样凄凉。胡震亨云:"刘沧诗长于怀古,悲而不壮,语带秋意,衰世之音也欤?"(《唐音癸签》卷八)晚唐小家的怀古咏史诗,除意在讽刺者外,凡慨叹昔盛今衰的,多半是这种情调。

这些诗不仅内容丰富,题材广阔,艺术上也各擅胜场,异彩纷呈。如刘禹锡《乌衣巷》将眼前衰飒的景物与昔日象征权势的地名相对应,并借喜归旧巢的燕子托兴,暗示历史的沧桑巨变;李商隐《齐宫词》只借悬挂在宫殿檐前的九子铃这一物件,巧妙地揭露了齐梁两代国君的荒淫亡国,以小见大;杜牧《赤壁》用翻案法,论史而不囿于成见,别出新意,议论精辟。总之,唐人咏史诗不仅是唐诗史上的重要收获,而且对宋以后咏史诗产生了深远的影响。

三、风格流派繁多

总体上说,唐诗的审美风貌是重气象、重神韵、重意境、重抒情,但不同时期、不同流派、不同作家的艺术风格又有所不同。

唐诗以时而论,有初、盛、中、晚之别。明代高棅《唐诗品汇·总叙》对唐诗的发展作了如下概括:

> 略而言之,则有初唐、盛唐、中唐、晚唐之不同。详而分之:贞观、永徽之时,虞、魏诸公稍离旧习,王、杨、卢、骆因加美丽,刘希夷有闺帏之作,上官仪有婉媚之体,此初唐之始制也。神龙以还,洎开元初,陈子昂古风雅正,李巨山文章宿老,沈、宋之新声,苏、张之大手笔,此初唐之渐盛也。开元、天宝间,则有李翰林之飘逸,杜工部之沉郁,孟襄阳之清雅,王右丞之精致,储光羲之真率,王昌龄之声俊,高适、岑参之悲壮,李颀、常建之超凡,此盛唐之盛者也。大历、贞元中,则有韦苏州之雅澹,刘随州之闲旷,钱、郎之清赡,皇甫之冲秀,秦公绪之山林,李从一之台阁,此中唐之再盛也。下暨元和之际,则有柳愚溪之超然复古,韩昌黎之博大其词,张、王乐府得其故实,元、白序事务在分明,与夫李贺、卢仝之鬼怪,孟郊、贾岛之饥寒,此晚唐之变也。降而开成以后,则有杜牧之之豪纵,温飞卿之绮靡,李义山之隐僻,许用晦之偶对,他若刘沧、马戴、李频、李群玉辈,尚能黾勉气格,特迈时流,此晚唐变态之极,而遗风余韵犹有存者焉。

这一段关于唐诗演变的论述,是高棅首倡的"四唐说"的基础,从中不难看出唐诗风格的丰富多彩和富于变化。胡应麟也认为唐诗在不同时期有不同的风貌,说:"盛唐句,如'海日生残夜,江春入旧年';中唐句,如'风兼残雪起,河带断冰流';晚唐句,如'鸡声茅店月,人迹板桥霜',皆形容景物,妙绝千古,而盛、中、晚界限斩然。故知文章关气运,非人力。"(《诗薮》内编卷四)明白指出时代对诗歌不同风貌的影响。

当代研究者对有唐300年诗歌的变化作了更为细致的研究,深入揭示了不

同时期诗人不同的艺术追求和由此带来的诗歌风格的差异。大体说来,初、盛、中、晚有如下特征:

初唐诗反对绮靡,主张文质并重,开始追求情思浓郁与气势壮大。

盛唐诗崇尚风骨,追求昂扬浓烈的感情、雄浑壮大的气势、乐观爽朗的基调、兴象玲珑的诗境;既融风骨、声律为一体,又兼有意象与辞采之美;清新俊逸,意境高远,自然浑成,韵味无穷。

中唐人追求"笔补造化"的人工之美,变理想主义为功利主义。他们写诗或尚实、尚俗、务尽,或重主观,以雄奇光怪为美。与盛唐诗形成鲜明对照。

晚唐诗追求细美幽约的情致、绮艳清丽的诗风,偏于个人主观感受的描绘,语言华美流畅,有浓郁的感伤情调。①

风格是作家创作成熟的标志。大凡有成就有影响的诗人,都应有自己鲜明的、与众不同的风格。唐人也是如此。严羽在《沧浪诗话·诗体》中说:"以人而论,则有……沈宋体(佺期、之问也)、陈拾遗体(陈子昂也)、王杨卢骆体(王勃、杨炯、卢照邻、骆宾王)、张曲江体(始兴文献公九龄也)、少陵体、太白体、高达夫体(高常侍适也)、孟浩然体、岑嘉州体(岑参也)、王右丞体(王维也)、韦苏州体(韦应物也)、韩昌黎体、柳子厚体、韦柳体(苏州与仪曹合言也)、李长吉体、李商隐体(即西昆体也)、卢仝体、白乐天体、元白体(微之、乐天,其体一也)、杜牧之体、张籍王建体(谓乐府之体同也)、贾浪仙体、孟东野体、杜荀鹤体……"这里所说的"体",指的便是作家的风格,是说从初唐沈佺期、宋之问到晚唐李商隐、杜牧、杜荀鹤等诗人都自成面目,风格各异。其实,唐代自具个性的诗人还不止严羽列举的这些,尚有"绮错婉媚"的上官体,有盛唐余韵的"大历体",特异怪险的"卢仝体",多浮艳小词的韩偓的香奁体等。

在同一时代背景和社会审美心理的作用下,一部分性格、遭际、素养大致相近的诗人唱和切磋,形成风格相似的流派。唐朝诗坛先后出现过众多的风格流派。

如"初唐四杰"的壮丽华美,"大历十才子"的精工细密,王翰、王昌龄、李颀、崔颢、祖咏等人的豪爽俊丽、清刚劲健。特别是中唐有如双峰并峙、二水分流的韩孟和元白两大诗派,一派奇警崛峭,险怪诡谲,一派平易浅切,自然流畅。此外,唐代流行许多并称,如文章四友、吴中四士、沈宋、王孟、高岑、钱郎、刘柳、刘白、韦柳、贾喻、姚贾、温李、皮陆,以及"郊寒岛瘦"、"元轻白俗"等,从中也可以看出唐诗流派的繁多。

在唐诗发展的每一阶段,都有一些勇于创新、风格独具、不蹈袭前人的杰出诗人出现。即使是同一流派的诗人也表现出鲜明的个性。

如同以山水田园诗著称的几位诗人,风格同中有异:孟浩然即兴而发,自然

---

① 参见罗宗强《隋唐五代文学思想史》,上海古籍出版社 1986 年版。

平淡；王维诗中有画，静谧空灵；韦应物气貌高古，清雅闲淡；柳宗元淡泊简古，冷峻奇峭。同为边塞诗派代表的高适、岑参，一沉雄，一奇丽，风格又有不同。殷璠《河岳英灵集》评高适诗："多胸臆语，兼有气骨。"论岑参诗："语奇体峻，意亦造奇。"

同为"韩孟诗派"的韩愈、孟郊、贾岛、李贺、卢仝等人，均尚怪奇，重主观，但个人风格差异十分明显：韩愈气势雄放，奇崛怪异；孟郊诗奇特古拙，险奇艰涩；贾岛诗清奇僻冷，生涩尖新；李贺诗奇崛冷艳，虚荒诞幻。

再如刘禹锡与柳宗元，经历极为相似，诗歌也有共性，陆时雍《诗镜总论》说："刘梦得七言绝，柳子厚五言古，俱深于哀怨，谓骚之余派可。"但亦各自标榜，风格各异。比较而言，刘诗高昂，柳诗沉重；刘诗张扬，柳诗内敛；刘诗警拔，柳诗骨峭；刘诗风情朗丽，柳诗淡泊简古。

并称为"小李杜"的杜牧、李商隐，同处于晚唐时代，诗风绮丽、委婉、感伤。然杜牧诗辞采清丽，风调俊爽，工于七绝；李商隐诗深情绵邈，寄托遥深，尤擅七律。

更不必说李白、杜甫两位大家，既双峰并峙，又各臻绝诣。李白诗想象卓异神奇，感情奔放炽烈，语言清新俊逸，风格豪放飘逸。杜甫诗千锤百炼，苦心经营，沉郁顿挫，博大精深。严羽《沧浪诗话·诗评》说："子美不能为太白之飘逸，太白不能为子美之沉郁。"指出李白与杜甫风格的不同。

正是众多诗人的鲜明个性和纷繁多样的流派，创造了唐代诗苑繁花似锦、争奇斗艳的春天。

四、艺术形式多样

诗歌作为情感的审美表现，是依靠一定的体式完成的。唐诗不仅质素丰厚，流变纷繁，体制也臻于完备，形式更加百花齐放。后世古典诗歌的发展，基本上不出其范围，这也是唐诗彬彬大盛的一个重要方面。

兴于汉魏的五、七言古诗到唐代进一步充实和发展。这些在诗坛流行了一二千年富有生命力的诗体，在唐代都发展到十分成熟的境地，并焕发出新的活力。这对于唐诗的繁荣和唐诗高潮的形成，都有不小的促进作用。

五言古诗或古、律结合，使音节婉转优美，韵致生动流畅；或诗、文结合，破偶为奇，使风格古朴奇崛。尤其是李白、杜甫、韩愈三位大家，在基本保持五古特质的同时，勇于开拓创新。李白格调放逸，变化莫测；杜甫博大宏深，无施不可；韩愈横空硬语，戛戛独造。叙述事件、刻画人物、铺排场景、抒发议论，使诗歌表情达意的功能得到空前的发挥。

七古是古诗中最少约束、容量最大的一种体式，因而为唐代诗人提供了发挥创造力、驰骋才情的广阔舞台。七古，可以说只有到了唐代才真正兴盛起来，充分显示出其艺术上的优越功能。开元、天宝和贞元、元和时期歌行得以登峰造极,大放异彩。唐人七古风格多样。"初唐四杰"铺张排比,有类汉赋;张若虚、刘希夷流丽婉转,脱胎宫体;高适、李颀、王维、崔颢等人,章法整饬,节奏鲜明,气势恢弘;李白、杜甫,才大气雄,各领风骚。其中尤以李白最富于创造性,其诗感情激荡,气势充沛,句法参差,化整为散,破偶为奇,开创了唐人歌行体的变调。白居易歌行随物赋形,通俗平易,声情凄婉,叙说故事,表现人情,曲折动人。其中的名篇,如卢照邻《长安古意》、张若虚《春江花月夜》、李白《蜀道难》、《梦游天姥吟留别》、白居易《长恨歌》、《琵琶行》、《连昌宫词》诸作,更鲜明地体现出唐人的精神面貌和时代气息。

格律诗是唐人的创新,这样一种诗体的创造,使诗歌更能充分发挥它的音乐美和抒情功能。六朝文学重视丽辞,讲究声律,为律体的出现开辟了道路。经由初唐上官仪、"四杰"等人的努力探索,至杜审言、沈佺期、宋之问,五、七言律诗基本定型。盛唐时期,王维、孟浩然、高适、岑参、李白、杜甫等人并出,各创意境,竞擅胜场,分道扬镳,众妙咸备,使五、七言律诗创作达到极盛局面。中唐以后,气格虽降,门户纷开。十才子、韦柳、元白、贾姚以及刘禹锡、杜牧也各自标榜。声律、对偶在杜甫、李商隐的作品中尤其被运用得得心应手,出神入化,令人叹为观止。

与五律相比,七律成熟较晚。开元、天宝时期的重要诗人,七律均有佳作,但直到杜甫后期对七律作了多方面的开拓,才使得这一诗体取得与五、七古及五律相并列的地位。杜甫不但在声律上把七律推向成熟,更重要的是充分扩展了这一诗歌形式的艺术表现力。他在用字、造句、属对、调声、谋篇、运笔等各个方面,作了大量的探索和革新,充分发挥了律诗体式的美学特长。他将时事政论、身世怀抱、风土人情、文物古迹,一概熔铸于精严的格律之中,大大拓宽了律诗的天地,使之能够更加灵活地反映更为丰富的生活内容。他在七律方面的成就,对中国诗歌艺术作出了巨大贡献。

绝句是唐代广为流行的一种诗体。与律诗的形成过程大抵相同,都孕育于齐梁陈时代,定型于初唐。这种诗体比较自由,短小灵便,题材广泛,风格多样,是唐人最乐于使用的诗体之一,作者面也最广。"自帝王、公卿、名流、方外以及妇人女子,佳作累累。"(宋犖《漫堂说诗》)绝句在创作上所表现的这种广泛性、多样性,在诸体中是很突出的。唐人绝句有古绝、律绝之分,大都能谱乐歌唱,即唐代的乐府。

绝句也因时代变化而呈现出不同的风貌。盛唐绝句,兴象玲珑,情景浑成;中唐绝句,委婉工细,韵味隽永;晚唐绝句,笔意曲折,议论精辟。其中也涌现出不少名家。

以五绝而论,盛唐李白接近乐府,语句天然,气体高妙;王维接近古诗,融情入景,穷幽极玄;孟浩然清淡自然,笔韵超逸;储光羲、王昌龄、裴迪、崔颢、高适、岑参词简意长,清新明丽。中唐卢纶奇拔沉雄,李益声情凄婉,韦应物清幽萧散。

晚唐李商隐意新语艳,含蕴深厚。有唐一代以五绝名家的还有钱起、刘长卿、柳宗元、李端、张祜、王建、韩偓等,各以自己独具特色的创作,从多方面发挥了五绝的艺术功能。

唐代所演唱的声诗,多为绝句,尤其是七绝。王士禛说:"开元、天宝以来,宫掖所传、梨园弟子所歌、旗亭所唱、边将所进,率当时名士所为绝句耳。故王之涣'黄河远上'、王昌龄'昭阳日影'之句,至今艳称之。而右丞'渭城朝雨'流传尤众,好事者至谱为阳关三叠。他如刘禹锡、张祜诸篇,尤难指数。由是言之,唐三百年以绝句擅长,即唐三百年之乐府也。"(《带经堂诗话》卷一)

盛唐七绝数量既多,质量尤高;注重情韵,贵在一唱三叹、悠远不尽之致。在众多名家中,李白、王昌龄最受推崇。李俊爽自然,王深婉含蓄。李览胜纪行之作,融情入景,多神来妙境;王宫词乐府,写人物内心,尤细致入微。二者风格不同,而各有至处。二家之外,岑参、高适以气骨胜,王维以气韵胜。王翰、王之涣作品虽少,但"葡萄美酒"、"黄河远上"等篇,却达到了唐代七绝的最高水平。中唐李益边塞诗气势慷慨,音情悲壮;刘禹锡咏史怀古之篇小中见大,笔墨空灵。晚唐诗人更加惨淡经营,力求语新意深、精辟动人。杜牧七绝豪迈俊逸,在浏亮的音节中有风流华美之致。李商隐七绝,构思缜密,语言优美,韵调和谐。叶燮说:"李商隐七绝,寄托深而措辞婉,实可空百代无其匹也。"(《原诗·外篇》)杜甫虽不以七绝名家,却是将时事、政论、史论、文评等内容引进这一体式的第一人,使短小的篇制,同样可以反映重大的社会题材,开拓了七绝更多方面的功能。

诗歌表现手段的大大丰富,也是唐诗繁荣的一个表现。修辞技巧的讲究,叙事的细腻自然,抒情的含蓄蕴藉,议论的融入情思,等等,都达到很高的水平。可以说,古典诗歌发展到唐诗,技巧已经完全成熟,甚至达到炉火纯青的地步。此外,唐代诗人还创造了在艺术上十分完美的诗歌意境。诗歌不仅传神写景,而且在景物的传神描写中融入了浓烈的感情,使景物和情思成为不可分割的境界整体;不仅写出了情景交融的境界,而且写出了象外之象,景外之景,味外之味,韵外之致,写出了多层次的境界和多层次的情思,写出了意境的氛围和画意。唐人创造的诗歌境界,是一个思深意远、容量很大的艺术天地。他们在创作实践中差不多已经解决了后代诗论家们要解决的意境理论的所有问题。他们在意境创造上的成就,对我国诗歌发展的贡献是不可估量的。[①]

总的说来,诗歌题材内容的丰富,体制形式的齐备,艺术表现的动人,风格流派的纷繁,影响后世的深远,构成了后世钦羡不已而又追摹难及的 300 年唐诗的高度繁荣。

---

① 参见罗宗强《唐诗小史》,陕西人民出版社 1987 年版。

第二章

唐诗的渊源

　　唐诗是中国古代诗歌的高峰,为什么在 7 到 9 世纪这不足 300 年的时间里,中国诗坛会出现那么多的大家和名篇,中国诗歌会走向声律风骨兼备的完美境界,也即唐诗之为唐诗的原因何在?这就必须对唐诗的渊源作一番追溯。

　　不少论著在致力于追溯唐诗渊源之时,都会揭示出其时繁盛的政治、经济与文化背景,结果往往不自觉地将唐诗的渊源等同于盛唐诗的渊源,这是我们必须注意的问题。作为一个整体,唐诗有不同于宋诗、明诗的总体特征,而有唐 300 年又是一个不断变化的过程,前人分唐诗为初、盛、中、晚即因此。故追溯唐诗渊源,既要着眼于普遍性的因素,又要结合变化了的时代特征。

　　将唐诗渊源作一番类分,从诗歌自身的发展演进来追溯唐诗出现的原因,是唐诗的内部渊源,从社会的政治、经济、思想、文化背景来看唐诗的成因,是外部渊源;从另一角度看,这两个渊源又同属客体渊源,而诗人心态、思想以及行为方式又构成唐诗的主体渊源。主客体又是一个互动的过程。这些渊源中,既有普遍性的因素,如喜好诗歌的社会风尚,儒、释、道交融并存的宽容的思想文化环境,等等;又有流变性的因素,如不同时期的政治局势,以及受其影响的士人心态、社会思潮等。下面我们就根据这些类分来追溯唐诗的渊源。

一、客体渊源

(一) 文学渊源

　　首先,从诗歌自身的发展来看唐诗的成因。如果把《诗经》当做中国古典诗歌的源头,那么,在唐诗之前,从《诗经》、《楚辞》、汉魏的古诗、乐府一直到南北朝新体诗的萌芽,中国诗歌已走过 1 700 多年的历程,各种题材、风格、体式基本上都出现过,有的已趋于成熟。就表现手法而言,乐府发展了叙事技巧,古诗强化了抒情功能;就内容而言,山水、田园、宫廷、边塞、咏怀、咏物、游仙、艳情,后世所出现的重要题材,差不多都已经存在;就体式而言,五言古诗臻于成熟,七言歌行逐渐流行,律、绝近体开始萌生。唐人有着丰厚的文化遗产可供承袭和借鉴,从唐人作品中也可以明显感觉到这一点。如陈子昂的追摩汉魏,孟浩然、王维的心仪陶渊明,李白对庄、屈精神的承传和六朝清词丽句的学习,杜甫、元稹、白居易等对《诗经》、汉乐府写实传统的赓续,李贺对《楚辞》艺术营养的吸收消化,等等。可见,唐诗的繁荣离不开历代积累下来的诗歌艺术成果。①

当然,就文学遗产的继承而言,总是后胜于今的,但何以宋诗便不能超越唐诗呢?这里固有时代等其他因素的综合作用,也有接受者在客观条件下的能动选择,关于这一点,在讨论唐诗的主体渊源时将详加论述。仅就诗歌自身演进的客观流程而言,唐人处于一个最佳的历史关头,拥有将诗歌推向高峰最充分完备的条件和适宜的机会。唐人既拥有丰厚的文学遗产可供继承,又有广袤的诗歌艺术空间等待开拓。具体地说,五、七言古诗给唐诗提供了成熟的诗歌体式,前代诗人在题材、风格、写作技艺等方面给唐人提供了大量经验,这是唐人获得的丰厚遗产;齐、梁声律说的兴起,南朝以来对诗歌形式、语言以及情感绮美的追求,近体诗的萌芽,为唐诗提供了发展创新的广阔空间。西晋太康后门阀士族统治地位的确立,使士族诗人脱离下层人民与一般寒士,生活的空虚导致诗歌内容的单薄贫乏,这是南北朝诗歌最明显的弊病。但另一方面,优越的生活环境又使得诗人有暇在辞藻、修辞、声律上精心雕琢,诗歌的表现手法与形式美得以加强;士族沉湎玄言佛理,遗形山水寺观,促进了玄言诗、山水诗的极大发展;佛学大畅,在对佛经的翻译、宣讲过程中促成了四声说的诞生。故就诗歌本体而言,晋宋以还,功莫大焉。

但从表面看来,唐人对晋宋以还的诗歌多持批判态度。陈子昂说:"汉魏风骨,晋宋莫传。""齐梁间诗,彩丽竞繁,而兴寄都绝。"(《与东方左使虬修竹篇序》)李白说:"自从建安来,绮丽不足珍。"(《古风》其一)杜甫说:"窃攀屈宋宜方驾,恐与齐梁作后尘。"(《戏为六绝句》之五)韩愈说:"逶迤抵晋宋,气象日凋耗。""齐梁及陈隋,众作等蝉噪。"(《荐士》)……唐人心目中,从汉魏以来的诗歌发展是呈衰颓趋势的,到梁陈达到极点。唐人对六朝诗歌的这种评价,与他们讲究内容健康充实,格调积极高昂的诗歌观念是分不开的,这从他们所持"风骨"、"兴寄"、"气象"等评价标准上可以看出。这也是蓬勃向上的时代精神的要求。但在实际创作中,唐人并没有抛弃六朝以来诗歌艺术的成果。如李白对二谢极度推崇,歌行师法鲍照又颇多新创;刘熙载在《艺概·诗概》中即指出李白于"明远之驱迈,玄晖之奇秀,亦各有所取,无遗美焉";从李白的夫子自道和他诗歌的艺术特色,均能看到六朝文学与他的渊源。杜甫在实际创作中"熟知二谢将能事,颇学阴何苦用心"(《解闷》其七),在"转益多师"的态度上,也把六朝诗人作为重要的师法对象。严羽说杜甫"宪章汉魏,而取材于六朝"(《沧浪诗话·诗评》),实际上指出了唐人对汉魏和六朝这两大类文学遗产所

---

① 参见陈伯海《唐诗学引论》,上海知识出版社1988年版。

采取的取长补短、兼收并蓄的态度和策略。

汉魏和六朝这两类具有一定对立性质的文学传统,恰好给唐人以中和、调解的可能。汉魏以前诗歌内容健康充实,但过于质朴;六朝诗歌词情华美而又伤于柔靡。唐人发扬汉魏的精神,借鉴六朝的诗艺,以六朝之文饰汉魏之质,以汉魏之质矫六朝之靡,终于做到"文质半取,风骚两挟"(殷璠《河岳英灵集序》)。从诗歌艺术自身的发展看唐诗的贡献,一是古体诗较汉魏圆转流美,更宜讽诵,这显然是融入六朝丽词、声律并继续推进的结果。即使一些复古倾向较为严重的诗人,刻意仿效汉魏的古拙,但从间或工整的偶句、唇吻流畅的韵脚中还是可以看到声律、修辞演进的作用。二是近体律绝的成熟完美,这是唐人对六朝播下的种子辛勤培育、劳作的成果。沈约等虽提出"四声八病",但在实际创作中却不能得心应手,标准的格律诗直到沈佺期、宋之问才得以定型。在近体诗的发展过程中,从上官仪提出"六对"、"八对"的修辞理论,到杜甫七律的臻于化境,李商隐的学杜而自成风貌,有唐一代对诗艺的探索、开拓一直未曾停滞。只要是对诗歌发展有益,无论汉魏晋宋,即使同朝前辈甚或同辈之间,都可师法借鉴,李白之于崔颢,韩愈之于李、杜,李商隐之于杜甫、韩愈等都是如此。

以上是唐诗发展的内部原因,即文学渊源,或曰本体渊源。

(二) 政治、经济渊源

唐诗的政治、经济、思想、文化等背景,是唐诗发展的外部渊源。唐初统治者鉴于隋亡的教训,在政治、经济上采取了一系列较为开明的政策。如在经济上施行均田制和租庸调制,将农民从庄园制的依附关系中解脱出来,提高了农民的生产积极性,使唐初经济迅速从隋末战乱的破坏中恢复过来,经过百余年发展,到开元、天宝年间达到极盛。据《新唐书·食货志》记载:"贞观初,户不及三百万,绢一匹易米一斗。至四年,米斗四五钱,外户不闭者数月,马牛被野,人行数千里不赍粮,民物蕃息……是岁,天下断狱,死罪者二十九人,号称太平。……玄宗初立求治……开元八年,颁庸调法于天下……是时(指天宝初),海内富实,米斗之价钱十三,青、齐间斗才三钱,绢一匹钱二百。道路列肆,具酒食以待行人,店有驿驴,行千里不持尺兵。"社会稳定、经济繁荣,为诗人读书、漫游、干谒提供了优越的现实条件;城市发展,出现了长安、洛阳、扬州、金陵、益州等政治经济与文化中心,为诗歌的传播、流行提供了可能和便利。

社会政治的稳定,经济的发展,带来国力的强大。贞观四年(630),唐打败突厥,原东突厥各属国依附唐朝,唐太宗被推尊为天可汗,唐朝取代突厥成为东亚盟主。贞观八年(634)大败吐谷浑,十四年(640)平定高昌,高宗显庆二年(657)打败西突厥。国势之盛,延续100余年。四夷臣服,边境安靖,给唐王朝政治、经济、文化的继续发展创造了良好的周边环境;同时,国力强大导致唐朝国际地位的增强,域外各国各民族纷纷来朝,如朝鲜、日本多次派来遣唐使,西亚各国商旅通过丝绸之路来到中国,再加上唐疆域广大,境内本身就包含众多民族,因此,各个民族、各种文化的交流、融合十分频繁,长安、洛阳可谓当时的国际化大都市。从日本、韩国所收藏的大量唐代典籍中,我们可以想见当时国际交流的盛况。唐人因而得以接触各种文化,从唐诗中我们能够看到卖酒的胡姬、波斯的商人、天竺的高僧,听到具有异域风情的琵琶羌笛,欣赏到疾转如风的胡旋舞。

唐朝在国际社会中处于中心位置,给多种文化的交流融合创造了客观条件,而这种交流融合得以实现,与国力强大所导致的高度的民族自信心,所培育的恢弘胸怀、兼容气度是分不开的。统治者对自己政权的巩固有充分的信心,给各种文化共存提供了较为自由的空间,如唐太宗就说"自古皆贵中华,贱夷狄,朕独爱之如一"(《资治通鉴·唐纪十四》)。非但在思想上倾向于文化、思想的自由发展与传播,唐代统治者还以实际行动积极推动与维护自由宽容的思想文化环境。终唐一代没有文网,唐太宗虚心吸纳臣民意见,能够自我批评,其后的统治者也设置各类机构、设施给予普通士民发表意见、参与朝政的机会,如杜甫就曾通过延恩匦献赋而受到玄宗的注意。唐人的政治热情因此得到发扬,其思想锋芒、批判力度也在这种较为宽松的政治环境中得到保护。李白对权贵的鄙夷、杜甫对朝政的抨击、白居易对宫闱秘事的描绘,是那样无所顾忌、酣畅淋漓,就是最好的证明。

(三) 思想文化渊源

各个民族、国家文化的自由交融、相生共处,使唐诗得以吸收多种营养。而促成中外文化交融的开放的社会风气,对于诗歌题材的拓展,诗歌趣味、风格的多样化,同样具有重大意义。

儒、释、道三教并存,是唐代思想的基本特点。在政权实际运作中,则多本儒家,兼取佛老。唐初修《五经正义》,即试图统一儒家经义,奠定立国之本。在官吏选拔上,也多任用儒术之臣。如太宗一面推崇儒术,宣称"朕今所好者,唯在尧舜之道、周孔之教",一面又尊奉老子为皇室先祖,将《老子》、《庄子》、《列子》、《文子》与儒家经典并列为经,同时又派遣玄奘西游,支持佛经的翻译工作,三教均不偏废。玄宗既亲注《孝经》,又注《道德经》和《金刚经》;既以贴经、策论、诗赋选拔经济文学之才,又设道举科,列老、庄、列、文四子入考试科目,同样三教并重。除此而外,任侠思想在整个社会思潮中也占据了很大比重,这一方面是北方民族游牧尚武的习气,随着开国者的铁骑走进新时代,开疆拓土维系大国声威,也必然要尊崇武力军功;另一方面是商品经济兴盛、城市繁荣,成为孳生游侠活动的温床;再有任侠的张扬个性、崇尚自由也特别契合唐人昂扬进取、开放恢弘的精神状态。

这些思想、思潮构成唐诗重要的精神背景,对诗人心态、诗歌风貌无疑影响深重。儒家自不必说,功业追求在整个唐诗史中响彻始终。我们来看释、道两家。佛教在唐代获得极大发展,本土化的工作业已完成,有些教派如天台、华严、禅宗等已达到相当成熟的阶段。尤其禅宗,通过庄禅互融,深深契入中华文化的血脉之中。佛教通过影响诗人信仰、理想、生活情趣而将自己的影子留进唐诗,有唐一代,很少有诗人不受佛教影响。禅宗更是将自己参禅悟道的法门技巧带进诗歌创作与理论中,王维的诗歌就达到禅宗那种拈花微笑、妙谛心传的境界,其隐居辋川所作的一组小诗,被公认为深切禅理。从唐诗中境界空寂明净、趣味澄淡而又内蕴丰厚的一类风格中,都可见到佛教的作用。在诗歌理论上,皎然提出"情在言外"、"旨冥句中"(《诗式》卷二),司空图提出"近而不浮,远而不尽"的"韵外之致"、"味外之旨"(《与李生论诗书》),同样吸收了佛教特别是禅宗的某些思想。佛教影响唐诗还体现于诗人与僧人的交往酬唱,更直接的是造就了大量诗僧。《全唐诗》收诗僧113人,僧诗2 783首,再加上士人与僧人交往酬唱、涉及佛理僧院的作品2 273首,与佛教相关的唐诗占《全唐诗》总数1/10强。佛教对唐诗的影响于此可见。[①]

道教的炼丹服药、云游寻仙的生活方式对唐人颇具诱惑力,特别是道教的神仙信仰,激发了诗人的想象力,大大开拓了诗歌的风神境界。李白诗中手摩苍穹、抚弄白日,与天地精神相往来的气魄,山水诗中瑰奇的色彩和虚无缥缈的神仙幻境,无不与道教有关;李贺吸收道经故事,在诗中塑造了一系列仙人形象,描绘出五彩斑斓的神仙世界,将诗歌的想象力发挥到极致;李商隐少年即在王屋山学道,其笔底麻姑、圣女、龙宫贝阙的形象,都离不开道教的启迪。除了这几位,唐代尊奉道教、信仰神仙的著名诗人,还有王勃、卢照邻、陈子昂、张九龄、贺知章、王昌龄,等等。与佛教相似,道教影响唐诗同样也表现在诗人与道士的交往中,这中间道姑亦值得注意。唐代不仅有薛涛、鱼玄机这样著名的道姑诗人,而且道姑以其才情色艺,在与诗人的交往中成为唐诗中一道特殊的风景线。李商隐不少无题诗,便被认为是关合某某道姑的情事。

任侠思潮在唐诗中有多方面的反映,诗人们不仅赞扬侠义精神,而且喜以侠士自命。唐诗中有关任侠题材的诗篇非常多,陈子昂、李白、王昌龄、高适、岑参等自不必说,就连一贯奉儒守官的杜甫,也公开称赞"白刃仇不义,黄金倾有无。杀人红尘里,报答在斯须"(《遣怀》)这样明显犯禁的侠义行为。任侠之风还大大激发了唐人的主动性和进取心,给唐诗注入了刚健、雄阔、旷达的感情基调,对唐诗风貌起到重要作用。

必须指出的是,上述思想思潮中,每一种都不是孤立存在的。首先,它们之

[①] 参见袁行霈主编《中国文学史》(第二卷),高等教育出版社2005年版。

间既有冲撞,又有互渗。比如宗儒与任侠,前者决定了唐人在政治上的大致取向,后者决定了唐人在人格上的基本立场。唐人一方面积极入世,追求儒家的政治理想,一方面又特别鄙夷那些皓首穷经、死守章句的儒生。他们所尊奉的是与实际事功紧密联系的儒学,所钟情的是融合了纵横与任侠色彩的王霸事业;他们一方面要求参与政治,一方面又讲求人格的自由独立,这些都可见儒、侠互融的作用。其次,就诗人自身思想状况而言,也大多不主一家,而是兼收并蓄。如王维既入仕又奉佛,早年尚侠而中晚岁礼佛,李白出入儒、仙、侠之间,白居易早年忧国忧民,而晚年以居士自居,李商隐一边学道一边准备求仕……唐人将这些思想杂糅在一起,不仅不矛盾,反而较好地处理了出处进退的关系,协调了个人与社会的冲突,培育了健康、和谐的思想文化心态,为唐诗输送了新鲜而健康的血液。

以上所述客体渊源中,经济、政治渊源显然属于最基本的层面,经济繁荣、政治稳定带来国势昌隆,才会有统治者的自信宽容,士人民众的精神焕发,思想文化的多元汇融。但经济政治环境又非一成不变。唐代经过百余年发展,到开元、天宝之际臻于极盛,也由此开始衰落,"安史之乱"后,各种社会矛盾此起彼伏,终于不可收拾地走向灭亡。波及唐诗,使之呈现初、盛、中、晚的不同风貌。但如果将唐代作为一个整体和封建社会其他朝代相比较,又必须承认这是整个封建社会的顶峰。300年左右的历史,一大半时期是在走上坡路,天可汗的实际存在,达百二十年之久,中经"安史之乱",可不久即恢复并呈现出永贞、元和间的中兴势头。中晚期政局混乱,但社会经济并未受到特别冲击,城市依然繁荣。因此,盛世情结、大国之梦有唐各个阶段均有存在,盛唐诗人志在删述,中唐诗人从诗文到国事求新求变,晚唐党争激烈,究其实,原有不少出自"再光中兴业"抱负。我们从唐代内部将其分为初、盛、中、晚等期,盛唐是唐代之盛,但和其他朝代比较,我们又何尝不能称整个唐代为"盛唐"? 唐诗各个时期固各有别,但也因此共同拥有情感积极、内容充沛、血肉丰满的总体特征。

文化思想的多元并存在唐代也基本贯彻始终,虽然随着社会环境的不同,各种思潮会处于此消彼长、聚散离合的流变之中。韩愈力排佛老,独尊儒术,并没有取得实际成功,武宗灭佛也只是三教兼崇这一贯政策中的一个小回旋。就儒、释、道、侠这四股主要思潮而言,盛唐及之前,四者相对均衡和谐,任侠之风更盛,形之于诗,风骨、兴象、文辞、声律诸要素结合完满,而风骨尤为突出。中叶变乱后,变革呼声渐起,儒家精神深入政治改革,诗歌"兴寄"成分增强;任侠追求异行矫俗,给唐诗平添了奇诡色彩;佛老趋于恬淡隐退,滋长了诗歌中的清空境界与闲适情调。及至晚唐,任侠结合放旷,助长了纵乐靡废之风,佛老也为颓唐消极的思想提供了寄托,唐诗复由"风骨"、"兴寄"走到辞藻声律,不过为期不长,唐诗很快便走下历史舞台。四种思潮始终共存,只是随其转折起伏对诗歌造成影响有所不同。

此外,唐代社会思潮的开放、多元,以及恢弘宽容的大国心态,创造了有利于文化繁荣的环境,史学、书法、绘画、雕塑、音乐、舞蹈等的繁荣和发展也影响到诗歌。颜真卿的厚重,张旭的狂放,吴道子的飘逸,在美学趣味上与当时的诗歌精神一脉相承;王维将画理与诗情融合,创造了诗中有画的意境;公孙大娘的剑器舞、颖师的古琴、李凭的箜篌、浔阳歌女的琵琶,都成为诗人的写作题材,促生了众多名篇。

(四)科举及其他进身途径

在唐诗客观外部渊源中,还有一个始终存在的影响唐诗的重要因素,就是政府选拔人才的政策、方式,也就是诗人入仕的途径。这对诗人生活、心态、诗歌创作有着最直接、最重要的影响。汉魏以来,门阀士族垄断政治文化,广大寒士进身无门,所谓"上品无寒门,下品无士族",唐代立国初即力图打破门阀制度。太宗召高士廉修《氏族志》,对其仍列崔氏第一深表不满,表达了"以今日冠冕为等级高下"的意图;高宗时改《氏族志》为《姓氏录》,便"各以品位高下叙之",打乱了士族谱系。社会阶级、阶层的重新划分、定位,士庶之分的逐渐淡化,使普通士人看到未来的希望。而科举取士制度的确立,使这种希望成为可以切实把握的现实。唐代科举虽承隋制,但作了全面的完善与提高。科举名目繁多,除常见的进士、明经外,还有秀才、俊士、明法、明字、明算等科,以满足对各类人才的需要。科举规模不断扩大,录取人数逐渐增多,覆盖地域越来越广。太宗时期,科举生员主要来自关陇地区,最多波及山东、江左一带,除少数官僚子弟,参加科考人数很少。武后时大幅度增加录取名额,将招生地域扩大到河南、河北、江淮以南各州县,她还首次采取"南选"这一措施,从桂、广、交、黔等地选拔人才。这对于文明的传播、边远地区文化的启蒙、发展起到积极的促进作用,无形中也为唐诗营造了更广阔的文化空间,使之具有更丰厚的文化土壤。为了打压关陇皇族的旧势力,武后抬高进士科的地位,大批重用新进寒士。崇尚进士科成为一时风气所趋,此后,进士科一直是获取高位的最佳门径。除了稳定的制度化的科举外,还有不定期的名目更为繁多的制举,为士人广开仕进之门。

科举对唐诗的影响是深刻而永久的。首先,它打破了魏晋以来建立在门第氏族之上的选人制度,给所有士人提供了均等的机会,加强了普通士人对社会的认同与期望,促使他们积极开发、发展自我以融入时代,用世之心普遍高涨,精神面貌昂扬奋发。而士人与社会的谐和又进一步增强着积极向上的时代精神,初、盛唐诗明朗、青春的主色调大致由此而来。其次,科举推动了诗人广涉坟典,增加文化修养。唐代诗人大多学养深厚,博闻强识,这给诗歌创作储备了丰厚的知识基础。唐诗的锤炼精工、律谐调畅、用事贴切、出入古今,便是与诗人知识积累之丰厚分不开的。再次,科举推动了文化的普及。武后推行"南选",将边鄙化外之地纳入主流文化圈,已如前述。唐科举对举子资历,向来限制较松,除贱民与商工杂色外,均能应考。这就刺激了为各级考试而兴办的教育的发展,提高了全社会的文化水准,也就扩大了唐诗的民众基础。"旗亭画壁"的故事,白居易所自称的士庶、僧徒、孀妇、处女每有咏其诗的现象,就说明了唐诗之盛离不开这雅好歌诗的整体文化氛围。唐诗作者的社会阶层之广,其明朗、流畅、生动的主体特征,也都同样证明了这一点。

科举对诗歌的意义还特别体现在进士科中。据《通典》卷一四记载:"隋炀帝始设进士科,只试策问,与明经科略同。"这一点一直延续到唐武德、贞观初。武后执柄后为在意识形态领域压制关陇文化,强调进士试的文词,以淡化其经学色彩,永隆二年(681)进士科始试诗赋。随着考试内容的改革与进士科地位的提升,诗赋在社会上受到的重视程度也越来越大。当然,进士科考诗赋与唐诗的繁荣是一个互动的关系。从进士科加试诗赋的时间来看,可能是诗歌的繁荣发展促使了统治者将诗赋列入考试内容,可一当考诗赋成为定制后,必然会反过来推动士人揣摩练习,提高写作水平。尽管科考中很少能出现好诗,这恐怕也是诗歌的特性决定了考场那样特殊的环境其实不宜作诗,但科考以诗赋为内容,对诗歌的发展普及,诗艺的提高,热爱诗歌的文化氛围的培育,无疑是起到正面的积极作用的。科举还通过影响诗人生活方式,间接影响诗歌创作,这在唐诗主体渊源中再加详论。①

诗人入仕除了经由科举、制举外,军功、入幕也是重要的途径,因此唐代不少人有从军边塞、留聘幕府的经历。唐诗中的边塞诗,赞颂军威国势,歌咏边塞奇丽的风光人物,也揭露军中苦乐不均的现实,关注士卒卫国思乡的情怀,大多苍凉慷慨,悲壮动人。入幕同样大大丰富了唐诗的题材,王维、李白、杜甫、高适、岑参、杜牧、李商隐等都有过幕府经历。中唐以后,随着节镇数目的增多,地方节度使权力增大,入幕诗人的数量更多。幕府宴饮、诗酒酬唱、乐伎歌舞……这些幕府生活给唐诗又开辟了一块极富特色的疆域,使唐诗呈现出更加斑斓的色彩。

政治、经济、文化思想、科举等等,形成制约、培养诗人的客观条件,诗人依赖于它,受制于它,又改变着它。就唐诗渊源而言,这些客观条件最终还得通过诗人才能决定于诗。故客体渊源是唐诗的间接渊源,而诗人的主体渊源是直接渊源。当然,这两者又互为因果,难以截然分割,我们在阐述客体渊源之时便每每涉及主体渊源。同样,下面集中阐述主体渊源,即诗人在唐诗发展中的主体作用,也不免时时关涉客体渊源。

---

① 参见傅璇琮《唐代科举与文学》,陕西人民出版社1986年版。

二、主 体 渊 源

相对客体渊源的整体性、稳定性来说,诗人的主体因素在唐诗中的作用要具体、复杂得多。现就诗人思想心态、生活方式分几个主要方面来阐述。

(一) 诗人心态与唐诗阶段特征

如果将唐诗走势绘出线路,会发现它呈马鞍形,盛、中唐是马鞍两头的两座高峰。当然,这主要是由社会历史条件决定的,但如果就特定历史条件下诗人的心态变化作一番探究,则会对其中的缘由有更具体、真切的感受。

唐开国伊始,便着手打破士庶之分,武后扩大科举的范围、人数,重用寒士,更大大激发了下层知识分子进取的热情。当此之时,知识分子汲汲于功名,几至急不可待。再加上皇室本有鲜卑血统,长居北地,受胡族文化影响很深。建国后虽从巩固政权的角度考虑而倡导儒术,但真正在思想观念上,儒家的礼义道德观还是比较淡薄。太宗倡华夷一家,没有尊王攘夷的意识,社会的日常生活、习俗也是杂取胡、汉。武后为打压关陇势力,重进士科,以文词诗赋取代经术,淡化儒家思想的影响,也助长了士人重文词、轻德行的风气。所以初唐文人个人意识、功利色彩普遍比较浓重。王、杨、卢、骆都不免后人的躁急、轻浮之讥。但初唐诗也因此充满了青春、坦率、明丽、轻快的色彩,预示了未来诗坛的辉煌。

初唐诗人热衷的是个人的前途功名,政治理想比较模糊,对国事时政较少关心。盛唐诗人则既追求个人前途,又关心国家大事。盛世激发了诗人的进取心,加强了诗人对时代的认同,时代、国家、个人三者统一在一起。诗人将国家的强大看成自己的强大,将国魂融进自己的灵魂。盛唐诗社会内容深广,整体风貌雄伟壮阔,气魄宏大,这与诗人的胸怀、心态在时代精神的感召下,愈加开阔、大气,由"小我"转向"大我",有很大关系。唐人精神思想至此已发育得成熟而健康,此时面对前代的文学遗产,才有可能采取正确的承继态度。唐人能够将汉魏风骨与六朝辞章相融合,各去所短,合其两长。盛世促使人们在各个方面都追求尽可能的完美,有了这样的主体因素,唐诗在诗歌史上所处的过去与未来相交接的最佳客观位置,才真正被激活。唐人适时地利用了这一历史条件,将诗歌史推向顶峰。内在的精神力量,结合着渐次纯熟的文辞声律,于是有了开元十五年后的声律风骨俱备。天宝末,朝政日非,唐王朝盛极而衰。诗人忧心国事,忧愤深广,从很多作品中都可见到他们对未来的精确预感。诗人的家国关怀,同样还是源自盛世所培养出的理想抱负、政治责任感。

"安史之乱"后,战争粉碎了唐人面前的盛世图景。战乱甫定的大历期间,诗人们刚从动乱中走出,惊魂未定,战争的阴影还浓重地笼罩在他们心头。战争使亲戚飘零，骨肉离散，个人的生活生存都变得尤为艰难，更遑论前途命运了。诗人由抒写宏图大志而窃占青山白云，作品多描写自己流离颠沛的生活，歌咏真挚淳厚的亲情友谊。从中可见战乱对人们心态的影响至深至巨。诗人们只想着一个安宁、稳定的生活环境，一家人能骨肉无损地团聚一起，亲朋能时常见面，不再颠沛流离。这种心态支撑下的诗歌平淡、和缓，面目平凡而贴近中下层百姓的普通生活。

随着时间的推移，社会经济的恢复发展，战争的创痛渐渐平复。贞元、元和年间，各方面都呈现出中兴的势头。诗人们回首相隔不远的盛唐，盛世伟业激起他们大书自己时代的历史的雄心。从政治、经济到文学，各领域都掀起改革风潮，反映了时人追攀盛唐、再创辉煌的愿望。在诗歌领域，面对盛唐难乎为继的高峰，中唐人求新求变。韩、孟诗派的怪奇生新，元、白的流易通俗，刘禹锡的豪迈清峻，柳宗元的"发纤秾于简古，寄至味于淡泊"（苏轼《书黄子思诗集后》）……使唐诗峰回路转，在盛唐之后卓然树立新的高峰。中唐诗歌的再次复兴，正是诗人的创造力、政治理想、用世热情再度被激活的结果。

中兴并没有持久，一系列的改革都陆续失败、流产了，唐朝走向衰落已不可逆转。然而，晚唐前期的诗人们还是没有完全放弃希望。晚唐特多咏史诗，其中反映出的诗人心态值得探究。如杜牧咏史就喜欢作翻案文章，常假设历史的某个环节如果发生变化，可能会出现何种情况。其中显然折射了诗人对唐王朝一系列方针、政策失误的痛心、追悔。诗人希望现实的一切也都只是一个假设，一切都还能从头来过。这种咏史方式正是诗人梦想与失望相交织的心态的体现。李商隐咏史概括力较强，着意凸显历史事件的因果关系，并常以史讽喻现实，显示了他对朝政时局的焦虑关切，这也是其"欲回天地"的心态的体现。虽然这些诗人并未完全绝望，但面对江河日下的现实，还是充满了黄昏迟暮之感，这构成了晚唐诗的底色。

唐诗形态的流变历程，正反映出不同阶段的社会历史条件下诗人变化的心路历程。诗人心态对唐诗风貌有直接影响，是主体渊源中最重要的因素。

（二）漫游、干谒、隐居与唐诗

唐人的生活方式无疑是唐诗风貌形成的重要渊源之一，其中尤以漫游、干谒、隐居与唐诗的关系最为密切。

首先是漫游。几乎所有诗人入仕前都有过漫游的经历。在初、盛唐，是安定富足的社会环境提供了现实的可能性，但即使中晚期社会动荡也没有改变唐人的漫游习气。从根本上说，漫游风气的形成，与唐人的仕途出路有关。唐代选拔人才主要通过科举与制举，漫游从某种程度上说便是因科举而孳生的。

唐代科举试卷不糊名，因此举子的名气、声誉对考试变得非常重要。要想中举,不能仅凭一张试卷,还要事先为自己制造声誉,让考官能够了解并重视自己。于是,诗人走州过县,遍交名流豪俊,王公贵戚,一方面为自己营造声誉,扩大个人的社会影响;一方面培育自己的社会关系,以求得到提携、引荐。如李白20岁便客游成都,交接地方官吏;25岁起"仗剑去国,辞亲远游"(《上安州裴长史书》),从此足迹遍及大江南北。杜甫困守长安前,曾东下姑苏,南渡浙江,放荡于齐赵之间,度过八九年的快意时光。唐人漫游的范围特别广,名山大川,通都大邑,塞外边关,几乎无所不至。闻一多先生曾说"初唐四杰"将唐诗题材从宫廷闺阁扩展到江山塞漠,便是初唐士人在时代条件的刺激感召下,四处奔波求索,从而阅历丰富所致。唐诗题材之丰,涉及面之广,是无与伦比的。就主体因素而言,很大程度上是唐人能将"读万卷书"与"行万里路"身体力行,而不同于后代文人困守书斋,只顾埋头读书。漫游就是读书与行路相结合的最好方式。

  游历山水,缩短了人与自然的距离,诗人在山水中陶冶情操,培育高雅脱俗的志趣。凡佳山好水,必留有诗人的足迹与题咏。浙东一带因山水秀美,招致诗人之众,无意中竟形成一条唐诗之路。祖国山河在唐人笔底生辉,千余年后还不断唤起子孙的爱国情怀。游历通都大邑,与侠士、歌女、勋贵相往还,大大丰富了唐人的生活内容,诗人接触各阶层人物,表现他们的生活、情感,拓展了诗歌题材,也为后人了解当时社会的真实风貌留下了一份份诗性档案。游历边塞,开阔了诗人的眼界,诗人将中原及长江地区难以一见的风物人情写进作品,给唐诗平添一份奇异色彩,如岑参笔下的飞雪风沙,火山热海,胡歌胡俗,所写多为常人所未见,岑诗因而被普遍许以一"奇",成为唐代诗苑中的一枝奇葩。边塞景物的粗犷、苍茫,广阔天地所涌现出的气势、力量,还激发着诗人的壮志豪情,边塞诗的格调普遍奇伟悲壮。

  漫游边塞为唐诗带来慷慨雄阔的气势情调与奇伟壮美的境界风神。漫游生涯中,诗人长年孤身飘零,阅尽人情世态,对人生、社会必有深切而真实的感触,再加上游历中的悲欢离合、乡情旅思,无所排遣而一寓于诗。故唐人沿途所写或景或事,都渗透了诗人浓烈而深沉的主观情趣,情景交融,情真意切,其感人也深,不同于六朝机械的模山范水。就诗人具体情况来说,漫游使诗人生活、情感发生变化,还影响到他们诗风的变化。如崔颢、李颀、祖咏等人,入仕前后,都有北走燕赵、南游吴越的经历,这种南北漫游,往往就成为他们诗风形成或转折的契机。崔颢早年诗风浮艳,而"晚节忽变常体,风骨凛然。一窥塞垣,说尽戎旅"(殷璠《河岳英灵集》),可见漫游对诗风转变的重要作用。

  漫游总是与干谒联系在一起。李白初游成都,受到益州长史苏颋的赏识,对其后来漫游天下,交谒名公,自有不小的鼓励作用。李白交游便是随其游踪而不断扩展的,他上书裴长史、李长史,献诗韩朝宗,追随司马承祯,终于名动天下,被玄宗优诏入京。王维入仕前,也长期游历京师,结识岐王等权贵,最后以声乐取容于九公主而登第。杜甫、韩愈、白居易、李商隐等都曾历经交游干谒的求仕过程。干谒对唐诗的影响也是多方面的。

　　干谒是对自己才能的展示，诗人只有通过文章或诗赋取得干谒对象的赏识，才有可能得到推举和引荐，行卷之风于是大行。这就要求诗人发挥较高的写作水平，这无疑促进了诗歌质量的提高。干谒诗固然有不少吹嘘、空洞的套话，但诗人抒发自我抱负，展露人生经历、奋斗历程，表达用世热情，往往写得真诚而感人。因为只有这样，才能打动人，达到预期的效果。如李白的《玉真公主别馆苦雨赠卫尉张卿》、杜甫的《奉赠韦左丞丈二十二韵》、朱庆馀的《近试上张水部》，等等，就是这样的名篇。诗人们为求出身，固须请谒王公勋贵，而王公勋贵也多喜附庸风雅，乐与诗人墨客往来。干谒于是少不得奉和酬唱，赠答、步韵、联句也就成为诗人干谒必做的功课。这组成唐诗一大块重要的内容，也助长了吟诗作赋的社会风气，客观上促进了唐诗的繁荣。

　　诗人的干谒心态以及干谒过程对诗人精神所造成的影响，于唐诗内在的气骨风神有不小作用。唐人普遍比较自信骄傲，如王翰"发言立意，自比王侯"（《旧唐书·王翰传》），高适曾大言"公侯皆我辈"（《和崔二少府登楚丘城作》）、"屈指取公卿"（《别韦参军》），李白的高傲就更不用说了。基于这种高度的自信，唐人干谒往往就会持这样一种心态：自己既然如此优秀，当权者理应给自己提供出头的机会，于是干谒也就不必低声下气作乞求人状。如李白干谒时摆出"高冠配雄剑，长揖韩荆州"（《忆襄阳旧游赠马少府巨》）的傲岸姿态；王泠然竟大言不惭向御史高昌宇索鱼索车。但现实中干谒成功与否，毕竟不由自主。一旦失败，李白是"永辞君侯，黄鹄举矣"（《上安州裴长史书》），昂然他图；杜甫则通过"朝扣富儿门，暮随肥马尘。残杯与冷炙，到处潜悲辛"（《奉赠韦左丞丈二十二韵》）的干谒经历，对人情世态的体认更加深刻，最终发出"独耻事干谒"（《自京赴奉先县咏怀五百字》）的激愤心声。诗人们在干谒中表达自己，认识社会，不管结果怎样，大多依然保持了人格的尊严和独立，有的甚至还得到加强。诗人的人格精神从中受到考验，人格力量从中得到体现，以此强化了唐诗内在的风骨格调。

　　与漫游干谒的积极进取相反，通过隐居山林也能够达到入仕的目的，唐人的隐居与干谒往往同时存在。隐居有两种类型，一种是通过隐居提高自己各方面的修养、素质，为出山做准备；一种是将隐居本身当做入仕的特殊手段，即隐居是为了邀名。不少诗人在求仕前都有过一段读书山林的生涯。李白出蜀前隐于大匡山，岑参15岁隐于嵩阳，刘长卿、孟郊、崔曙等曾就读于嵩山，李端、杜牧、温庭筠等曾读书于庐山……名山是寺庙、道观集中之地，有安静良好的读书环境。唐代寺庙经济发达，可为贫寒士子提供免费的膳食与住宿，丰富的藏书又能满足士子学习的需要。诗人置身于清幽的山水之中，不仅攻读经史，也陶冶着自己的情操趣味。读书山林的影响往往伴随诗人终生，也给唐诗涂抹了一层清秀幽淡的色调。将隐居作为入仕手段,是唐朝选士制度的特点造成的。参加科举前如有广泛的声誉有助于及第,而名目繁多的不定期的制举,则直接就将闻达者延入朝廷。如卢藏用隐居终南山,长安中诏授左拾遗,给士人指出了一条由隐而仕的"终南捷径";司马承祯因方外大名,在则天、中宗、睿宗、玄宗朝屡被征召,名噪天下;吴筠落第而学道,结果被玄宗征为翰林待诏。在前进碰壁的情况下,有时退一步便峰回路转,隐居同时也就成了一种迂回的、变相的进。不论哪种类型的隐居,山林与庙堂都不是毫无关联的两个世界,士人出入仕隐之间将两者连在一起。这种隐居山林之风,不仅带来许多山水题材的作品,营造着唐诗明朗清丽这一面的风貌,而且引导塑造着人们的审美趣味。山林生活影响下的读书人,入仕后常常仍能葆有林下之风,保证了诗歌高雅的情怀格调。读书隐居山林期间,诗人不免与僧道往来酬唱,释、道也就对诗歌起到影响。[①]

(三) 文人交际、文学社团与唐诗

上一节提到的"漫游"、"干谒"也属于交际范畴,但本节所谓"交际",在内容上还是有所专指,乃是"嘉会寄诗以亲,离群托诗以怨"(钟嵘《诗品序》)之类的唱和酬赠。翻开《全唐诗》,歌筵酒宴、迎来送往之际的酬唱赠答之作,差不多占了总数的一大半,各类唱和诗集也层出不穷。可见,文人之间以及文人与其他阶层人士之间的交际,是唐诗的一个重要渊源。

文人交际所留下的诗歌,主要有这样几类情况,一类是王侯、幕主召集的应制唱和之作,如《唐诗纪事》卷三上官昭容条所记唐中宗正月晦日令群臣应制赋诗,宋之问以"不愁明月尽,自有夜珠来"胜出沈佺期的"微臣雕朽质,羞睹豫章材",拔得头筹。再如王勃省亲途经洪州,在当地长官召集的滕王阁宴会中所作的《滕王阁序》及《滕王阁诗》,也是极富意味的例子。据《唐摭言》记载,当时洪州都督阎伯屿召集的这次宴会,本意是要让自己的女婿、素有文才的吴子章显摆一番,没想到结果让年轻的王勃出尽风头。此类小说家言虽然有所虚构或夸张,但文人聚会中的逞才斗艺确实为唐诗留下了许多名章迥句。

还有一类是文人间聚会时的互相酬唱,或是事后的追记、唱和。这类聚会建立在友谊的基础上,故留下的诗歌比奉和应制之作更能体现真实的思想与情感。如天宝十一载秋,杜甫与高适、岑参、储光羲、薛据登临长安大慈恩寺所留下的诗歌,诸人所咏皆发自真情实感,均为佳作,但高、岑等多局限于登临所见,以及因登临处所的性质而涉及佛理与佛经故事,唯杜甫心系天下,发出"秦山忽破碎,泾渭不可求。俯视但一气,焉能辨皇州?回首叫虞舜,苍梧云正愁"(《同诸公登慈恩寺塔》)这样忧愤深广的声音,故能够"压倒群贤,雄视千古"。再如杜甫开元年

[①] 参见袁行霈主编《中国文学史》(第二卷),高等教育出版社 2005 年版。

间与李白、高适等相遇山东,后来杜甫陆续有十多首诗篇回忆这一段裘马轻狂的快意生活,怀念与李白"醉眠秋共被,携手日同行"的深厚友谊。

中唐自贞元以来,参加进士考试的士子为了增加录取机会,广交朋友,积攒人脉,形成侈于游宴的风气。文人以诗交友,显示才学,一时唱和之风大盛。当然,这类交际应酬之诗,艺术价值并不是很高。① 虽然如此,在这种时代风气下,还是产生了不少优秀的作品。如韩愈与孟郊,白居易与元稹、张籍、刘禹锡等人间的唱和。当然,这些唱和是文人们因诗结缘,在长期交往过程中结成相知相契的友谊,不一定都是在宴会等社交场合中。

这可以归为文人交际的第三种类型,即文人间的寄赠。或迎来送往,或互通讯问,数量特别巨大。如盛唐时王昌龄、王之涣、崔国辅等人经常"连唱迭和,名动一时"(白居易《滁州刺史郑旷墓志》);大历年间司空曙、独孤及、卢纶、钱起等人之间的唱和,也给我们留下不少名篇;特别是贞、元间韩愈、孟郊、白居易、元稹、刘禹锡等人之间的唱和,成就了中唐诗歌的复兴与再度辉煌。

确实,真正有价值的唱和、寄赠,不在觥筹交错之中,而往往是在沧桑历劫、仕途坎坷中,对远方知己的思念,对离乱中相聚的珍惜,对友人远谪的牵挂,对命运多舛的感慨……在患难中休戚与共,见证真情,才能留下永放光彩的诗篇:"渭北春天树,江东日暮云。何时一樽酒,重与细论文"(杜甫《春日忆李白》);"我寄愁心与明月,随风直到夜郎西"(李白《闻王昌龄左迁龙标遥有此寄》);"雨中黄叶树,灯下白头人"(司空曙《喜外弟卢纶见宿》);"巴山楚水凄凉地,二十三年弃置身。怀旧空吟闻笛赋,到乡翻似烂柯人"(刘禹锡《酬乐天扬州初逢席上见赠》);"岭树重遮千里目,江流曲似九回肠。共来百越文身地,犹自音书滞一乡"(柳宗元《登柳州城楼寄漳汀封连四州刺史》)……诗人们用诗歌传达友谊,互相温暖,分担忧愁,为唐诗谱写出最为动人的篇章。

文人与其他阶层人士的交际,也留下大量的作品,如王勃《送杜少府之任蜀州》、李白《赠汪伦》、高适《别董大》、王维《渭城曲》,等等,均是千百年来童蒙熟诵的名篇。这类作品在《全唐诗》中是举不胜举的。从某种程度上说,诗歌的功能就是表达人的感情——自我的感情,人与人之间的感情,而感情之发生、发展、深化,则离不开与外界的交流,自然、社会、他人,等等。人与自然交流产生的感情相对比较单纯,而人与社会、他人交流产生的感情则要丰富复杂得多了。因此,文人交游是诗歌发生必不可少的源泉,不独唐诗为然。不过,唐代文人建立在当时历史背景下的种种交游活动,所造就的丰富多彩的唐诗王国,却又有着其他时代不可复制的特色。

如果在一定时间区间内,文人成规模地交际、聚会,且比较固定频繁,则形成

---

① 参见袁行霈主编《中国文学史》(第二卷),高等教育出版社 2005 年版。

文学集团,文学集团也是文人交际的一种重要形式。文学集团的出现,对文学史的发展意义非常重大。魏晋以来的建安、正始、永明几次文学高潮,均与文学集团关系极大。唐代文学集团大致可分为三种类型。第一种是帝王、王侯文学集团,前述王侯、幕主召集的应制唱和,其实很多时候就是文学集团的活动。如唐中宗后期夺回政权之后,改弘文馆为修文馆,经常与馆中学士联句唱和,据《唐诗纪事》卷九李适条所记,在景龙二年至四年就有43次大型游宴赋诗活动,其中有李峤、韦嗣立、崔湜、卢藏用、薛稷、宋之问、杜审言、沈佺期等著名诗人,修文馆俨然成为一个文学集团常设机构;唐德宗李适本人擅长诗艺,常自制诗歌,敕群臣赓和,品第优劣,中唐唱和之风的兴盛,与这位皇帝的提倡不无关系。除了皇帝,像岐王李范、玉真公主、太平公主等皇亲国戚周围,都曾经出现过规模不等的文学集团。第二种是以名流权臣为核心的文学集团,如张说、韩朝宗、权德舆、令狐楚等人周围,都曾经聚集起一大批文人,酬赠唱和,掀起文学创作高潮。第三种是文人文学集团,或因政治、艺术思想相同,或因命运相似,或因座师、同年、同乡等关系,因缘际会,以某一两位大家为灵魂,结成文学集团。如大历诗人集团、韩孟诗派、元白"新乐府"诗人群,等等。一般都是自发组织、自然形成,在一定时期内集中形成某一方面创作高潮,从而具有集团性质。

　　文学集团对唐诗发展的意义略有四端。一是给文学史留下大量作品,丰富了唐诗的内容,促进了诗歌艺术的提高。二是有些文学集团起到引领创作风尚、改变文学创作格局的作用。三是文学团体催生文学体派,形成创作传统,为文学发展奠定丰厚的文化土壤。如韩、孟与元、白两大文学集团,就突出体现了上述二、三两点,他们的创作不仅对中唐诗风起到决定性的导向作用,而且形成瘦硬生新的奇崛诗派与通俗写实的"新乐府"诗人群,这两大体派孕育导引了大批诗人,甚至一直影响到唐后诗歌创作。四是培养了大批文学新人,为诗歌发展储备未来。集团中的创作活动,提高了诗人的艺术技能,而文坛泰斗、前辈名流的提携,则为诗人成长提供了良好的舆论支持。

(四) 党争、贬谪与唐诗

　　对中晚唐诗坛来说,党争的影响十分巨大,有必要将其作为唐诗渊源的一个重要方面。党争是客观的政治环境,但它与经济、思想这些客体因素不同,不能从总体上概括其对诗歌的影响如何。因为它的影响不是全局性的,而是通过诗人发生作用,进而形于诗歌。因此,谈党争对唐诗的影响,必得以陷身其中的诗人心态为考察基点,故放在唐诗主体渊源中来讨论。党争从中唐后方始萌生。党的形成根本在于政治立场,中唐政治革新在客观上造成党的存在。永贞元年(805),刘禹锡、柳宗元等参加王叔文革新集团,事实上已结为一党。结党并非一概不具正面意义,如王叔文革新集团,在短短四五个月内推行一系列改革措施,革除宫市弊政,收夺宦官兵权,在历史上就起到积极作用。但永贞革新很快失败,以宦官为首的保守势力占据绝对优势,势力悬殊,有党而无争。

在中央政府,中晚唐朝政最显著的特点,就是宦官专权,朋党倾轧,皇帝软弱。党争在此有两种表现,一种是朝臣与宦官的斗争,唐文宗大和九年(835)的"甘露之变",是其中最惨烈的一次;一种是臣僚间的各私其党。就前者来说,常具有一定的进步性,朝臣大多出于革新弊政的愿望,但由于势力悬殊,每次的冲突、斗争的过程都很短。治史者因此很少将其作为党争看待,事实上它是具有党争性质的。且不说朝臣、宦官的对垒,阵营分明,即如历次革新、事变的当事人,如王叔文、李训、舒元舆、王涯等,在用人行事诸方面,无不持有浓厚的党派意识。

就后者来说,唐代规模最大、持续时间最长的党争,是唐穆宗、宣宗年间的牛、李党争,前后达40年之久。晚唐很多诗人都不同程度地受其影响。牛、李两党的形成,在于它们都有自己稳定的阶级基础、成员结构。"牛党"首领牛僧孺、李宗闵、杨嗣复等,都是进士出身,他们通过科举考试,以门生、座师、同年等关系,形成一个势力庞大的进士贵族集团。"李党"首领李德裕、郑覃等则出身于关东世家,皆为宰相之子,受恩荫入仕,形成一个既得利益集团。"牛党"主张选拔官吏要有进士出身,重词采诗赋;"李党"排斥进士,更重学术。两党之争成为政治现实,在于两者虽此消彼长而实力相当。文宗朝两党并用,武宗朝"李党"当政,宣宗朝"牛党"得势。最终以两党两败俱伤而消歇。客观地说,"李党"在历史上所取的进步性要多一点。李德裕的政绩先不置论,即就他排斥进士来说,也要具体分析。他斥进士为无根之学,罢曲江宴会,禁止举子与座师结派,主要是不满士风的堕落,并非否定科举,而是要对之进行改革,强调真才实学与选拔的公正。①

诗人受党争牵累在中唐以后非常普遍,刘禹锡、柳宗元等被一贬再贬,杜牧因之一直外放黄州、池州等地做刺史,李商隐就更不必说了。党争之烈使得士人往往难以置身事外,保持中立。特别在为个人求取前途之际,常会面临极为两难的境地,而这个人如果有自己独立的政治立场,有自己对问题独立的见解和判断,则所面临的困境、苦恼会更大。许浑频繁地徘徊于仕隐之间,便是这种两难心境的典型体现。一方面为了实现经世济民的抱负,也为了摆脱"家贫为客早"(《示弟》)的经济困境,渴求入仕;但正直的人格又使他不愿结党营私,卷入党争。他自持中立,可党争的现实毕竟无法回避。为了保持个人操守,也为了远祸全身,他只有选择出任地方官,尽可能远离朝廷,而且屡进屡退,多次出仕又多次乞归或挂冠。"帝乡明日到,犹自梦渔樵"(《秋日赴阙题潼关驿楼》),正深刻而形象地反映了他精神上的矛盾、痛苦,这在某种程度上对其悲慨与沉郁相交织的诗风

---

① 参见傅璇琮《李商隐研究中的一些问题》,《文学评论》1982年第3期。

的形成,起到不小的作用。李商隐同样是这样一个典型。李商隐并非党人,他受知于令狐楚,在他自身是完全没有结党的意识的。娶王茂元女为妻,正是他没有结党意识的表现,再说王茂元也不能算是真正的党人。但不管李商隐主观意识如何,他因这些行为已不可避免地卷入党争的旋涡,一直在两党争斗的夹缝中求生存,终生郁郁不得志。

具有独立的见解和立场,使李商隐对待两党的感情、心态非常微妙。"牛党"对他有知遇之恩,他不能忘恩负义;但在一系列国策方针上,他又赞同"李党"的做法。他对李德裕非常钦佩,写了不少诗颂扬李德裕的政绩。可一旦"牛党"得势,他又屡屡献诗给令狐绹,祈求提携。这样做似乎是没有政治立场,趋炎附势,但这恰恰反映出李商隐是一个真实的、内心充满矛盾与斗争的人。政治上,他本有着明确的一贯的立场,可一旦面临可能改变自己前途、命运的机会,他又要尽可能地去把握。这种把握与政治立场的冲突,又会在他心里引起斗争,造成心灵的莫大痛苦。恩主与仰慕的政治家之间,明确的政治立场与个人的前途命运之间,有着无法调和的矛盾。矛盾缠绕着诗人,仿佛将他埋进重茧乱丝之中,理不清而又解不脱。

党争使得困扰其中的诗人显露出一个真实的自我,它仿佛一面镜子,照出了各自的灵魂与人格。这当中,李商隐这样自我交战、拷问心灵的人有之,刘禹锡、柳宗元这类倔强不屈、立场坚定者有之,更有不少看风使舵、投机钻营的势利之徒。了解他们在激烈复杂的党争中的态度,有助于更深入地认识和把握他们的作品。如李商隐,如果切实了解他在党争中复杂、矛盾而微妙的心态,对他那些众多含义缅邈之作,也许会更多一层理解。

党争还导致大批诗人的浮沉迁谪,从而形之于诗。贬谪,以其在诗人生涯中的特别作用,成为唐诗主体渊源中一个不容忽视的因素。据《全唐诗》作者小传,凡可考存诗者当中,遭迁谪贬斥者,数以千计,可见这是大部分诗人都曾遭受的命运。贬谪之于唐人,并不自党争始,只是中唐以后随着政治斗争的更趋复杂激烈,贬谪现象更其普遍,迁谪之吟因之迅速增多。唐代重要诗人,都有不少描写贬谪生活、抒发贬谪情怀的佳作。李白的流放夜郎,王昌龄的左迁龙标,韩愈的远谪潮州,白居易的谪居浔阳,等等,均有名篇传播人口。

贬谪时诗人处于人生低谷,心境较为悲凉,发而为诗,常能哀感动人。如宋之问的《度大庾岭》,沈佺期的《遥同杜员外审言过岭》,李白南迁夜郎途中赠别亲朋之作,如"北雁春归看欲尽,南来不得豫章书"(《南流夜郎寄内》);"远别泪空尽,长愁心已摧"(《赠别郑判官》);"愿结九江流,添成万行泪"(《流夜郎永华寺寄浔阳群官》)之类,意挚情哀,一定程度上变其放逸诗风为低回深婉。对于友朋、同志的遭贬命运,诗人之间往往互相以诗抚慰,表达关切、忧虑与同情,如李白之于王昌龄,元稹之于白居易。这类诗也大多特别感人,从中能感到友谊的可贵、人情的温暖。

贬谪生涯直接影响到诗人创作成就和诗歌风貌的例子也有不少。如柳宗元、刘禹锡,一生大部分时间是在穷僻荒远的贬所度过,正是身处逆境而傲骨凛然,不肯降心辱志的执著,成就了他们在诗坛独树一帜的地位。失败的悲愤,被贬的怨艾与恬静闲适的追求常在柳宗元心中纠结,发而为诗,便创造出一种特有的空旷孤寂、冷峭内敛的意境。而刘禹锡性格刚毅,具有傲视并超越苦难的情怀和乐观旷达的人格精神,因而善化低回哀婉之音为慷慨激越之韵,风格清俊明朗,雄直劲健,被称为"诗豪"。在党争和贬谪之中,二人的人格、操守也都经受住了严峻的考验。唐诗许多贬谪题材的名篇,都发射出傲岸高洁的人格光辉。唐诗内在的风清骨峻,格调高远,与这种人格力量的支撑有着极大的关系。这一点在柳、刘诗中,表现得尤其明显。

贬谪改变了诗人的人生,增加了他们的阅历,使之对世态人情更多一层体认,不仅使诗歌更有耐人涵泳的韵味,而且极大丰富了诗歌的深度与力度。刘禹锡《浪淘沙词》其八:"莫道谗言如浪深,莫言迁客似沙沉。千淘万漉虽辛苦,吹尽狂沙始到金。"白居易《放言五首》其三:"赠君一法决狐疑,不用钻龟与祝蓍。试玉要烧三日满,辨才须待七年期。周公恐惧流言日,王莽谦恭未篡时。向使当初身便死,一生真伪复谁知。"如果不是经过贬谪这一人生挫折,是很难写出这样有深度、有理趣的作品的。李德裕较有价值的诗篇,如《到恶溪夜泊芦岛》、《登崖州城作》、《谪岭南道中作》等,也都写于被贬之后。严羽在《沧浪诗话》中说"唐人好诗,多是征戍、迁谪、行旅、离别之作",就是因为这些题材生活基础丰厚,诗人情感体验更为真切深入,所以"往往能感动激发人意"。这也正如韩愈在《柳子厚墓志铭》中所说的"然子厚斥不久,穷不极,虽有出于人,其文学辞章,必不能自力以致必传于后如今,无疑也"。或许这也正是贬谪对于唐诗的意义。

将贬谪看成唐诗的主体一大渊源,可以看到唐诗不仅仅是青春、浪漫、热情、豪迈,唐诗的辉煌同时也是唐人血泪的凝结,是他们悲欢离合、毁誉升沉的真实人生所谱写的生命之歌。

以上从主客体两方面追溯了唐诗的渊源,其实这样的类分更多是为了行文的便利。从实际情况来看,主客体从来是交融在一起,互相作用的。以马克思对社会物质、精神层面的划分,唐朝的经济状况显然处于最基本的层面,起到决定作用。其次是政治、思想、文化环境,构成唐人生活的现实背景,决定他们的命运,影响他们的生活方式、思想心态,这一切通过诗人而形之于诗,而诗歌又再现或反映着社会的现实。诗人在特定条件下把握并积极创造着人生机遇,在与社会的认同或疏离中,能动地书写着自己的命运。而由于个体气质个性、才情习好的差异,同一环境条件下,无论诗人还是诗篇都呈现出特别丰富的色彩。

从经济政治的外层背景看,唐代300年是不断变化的,由此曲折影响到唐诗也呈现出阶段性特点。唐诗初、盛、中、晚情调趣味虽各有异，但在文辞声律与格调精神，文与质，内容与形式的关系上，基本上一直把握得都很到位，声律风骨、辞章兴寄的和谐也一以贯之地保持着。而且唐诗各个阶段，都出现了代表性的大家，盛唐有王、孟、李、杜、高、岑，中唐有韩、孟、元、白、刘、柳，晚唐有小李、杜，没有造成某个时期的冷场；即使一些二三流的诗人，如果放到别的朝代，也都卓然可为名家。从这个角度看，唐诗的兴盛，也基本是贯穿始终的。由于这些对于整个唐代来说具有共性的特点的存在，我们将有唐一代视为一整体，追溯唐诗渊源才具有意义。

第三章

唐诗的流变

有近300年历史的唐诗,根据不同阶段的发展趋向和主要特点,大体可分为初、盛、中、晚四个时期。不妨对这300年间诗歌发展演变的过程做一番巡礼。

一、初唐革新

初唐,从高宗武德元年(618)到玄宗开元初,约100年,是齐梁诗歌向盛唐诗歌的过渡阶段,也是唐诗兴盛的准备阶段。一代英主唐太宗鉴于南朝历代统治者败亡的教训,从巩固基业的需要出发,重视思想文化的统治作用,提倡中和雅正的文学主张。这一时期的作品多奉命而作的应制诗和君臣之间的唱和之作,内容主要是歌功颂德,表现宫廷生活和写景咏物。虽文辞典雅而内容空洞,但毕竟摆脱了齐梁诗歌的轻靡浮艳,初具"盛唐气象"的萌芽。

初唐时期,先后出现了一些宫廷诗人。他们的主要功绩,是在形式上推进了律诗的完善和定型。早在齐梁时期,诗坛上便已出现对偶说和声病说,至北朝后期和陈隋诗人,五言诗的律化更进了一步,有少数诗篇已经符合唐人定型格律的规定,但在理论上没有提出新的总结。高宗龙朔年间,显贵之臣上官仪提出"六对"、"八对"之说,将六朝以来诗歌中的对仗方法加以程式化。宫廷文士沈佺期、宋之问"研炼精切,稳顺声势","回忌声病,约句准篇",总结了五、七言近体的形式规范,并且以他们工致细密、格律精严的创作,为律诗体制的形成和影响的扩大作出了重要贡献。如沈佺期《古意呈乔补阙知之》写长安少妇在秋夜的捣衣声中思念远征不归的丈夫,宋之问《度大庾岭》抒发去国远谪的忧伤和怀土思归的向往,已然是全体合律的五言律诗。从武后至中宗神龙、景龙年间,在当时的一批宫廷诗人笔下已大量涌现平仄协调、合乎粘对规则的全篇合律的诗,标志着五、七言律诗的完全成熟。如"文章四友"之一的杜审言《和晋陵陆丞早春游望》一诗,起结承转,章法严密,对仗工整,句律精严,被胡应麟推为"初唐五言律'独有宦游人'第一"(《诗薮》内编卷四)。发端于齐永明的中国古典诗歌的格律化过程,经过200多年的探索和实践,至此终于完成。此后,律诗的规范为越来越多的人所接受,风气之盛,已越出宫廷圈子之外。①

初唐宫廷以外的著名诗人王绩,因仕途失意而归隐,作品表现了他愤世嫉俗、蔑视礼法的思想感情,也流露出颓放消沉的情绪。其诗多写山水田园,是盛唐山水田园诗派的前驱;运笔自然质朴,风格淡远,在沿袭齐梁遗风的初唐诗坛独拔于流俗之外。田园诗代表作《野望》为其晚年归隐东皋时所作,写薄暮观望山野秋色,抒发了无所依归的苦闷心情;风格自然淳朴,意境浑成,虽比律诗定型早60年而已然对仗工稳,严整合律。

号称"初唐四杰"的王勃、杨炯、卢照邻、骆宾王,不仅"以文词齐名天下",而且怀着变革文风的自觉意识,明确反对纤巧绮靡,提倡刚健骨气。如杨炯在《王勃集序》中说:"尝以龙朔初载,文场变体,争构纤微,竞为雕刻。糅之金玉龙凤,乱之朱紫青黄,影带以徇其功,假对以称其美,骨气都尽,刚健不闻。思革其弊,用光志业。"尽管"初唐四杰"的诗歌并未完全摆脱齐梁遗风的影响,但他们以寒士的不平批判上层贵族社会,较早地唱出了时代的声音。一方面,他们拓宽了诗歌的主题和题材,使诗歌从宫苑台阁走向江山和塞漠,走向广阔的时代生活。同时在诗歌中倾注了关注边事的爱国热情,追步前贤的豪迈意气,建功立业的人生理想,干预现实的愤慨不平,以新鲜的内容和刚健的风骨,揭开了唐诗变革的序幕,并构成唐诗发展中重要的一环。如王勃《送杜少府之任蜀州》写送友人入蜀赴任,抒发了作者惜别的真挚情意和旷达开朗的襟怀,其中"海内存知己,天涯若比邻"一联格调高朗,千古流传。杨炯《从军行》抒发了投笔从戎、慷慨报国的壮烈情怀和建功立业的雄心壮志,风格刚健雄浑。"宁为百夫长,胜作一书生",唱出了投笔从戎、报效国家的时代最强音。骆宾王《在狱咏蝉》是诗人任侍御史时,因上书议论政事,得罪武后,被谗入狱时所作,诗中借蝉自况,表达了无人可为申诉冤屈的痛苦心情;物我融合,寄托遥深,极见功力。

"初唐四杰"在诗歌创作上的力求振拔,不仅表现为内容的拓展和充实,也表现为形式的创新。他们有意以新的章法和节奏,来表现新的情绪。奠定了五律的基础,发展了七言歌行。"诗人们在汉、魏、六朝(特别是梁、陈)以来七古与赋(尤其是骈赋)交互影响、同步共进的诗史条件下,在歌行中大量糅合了赋体的特点,同时,较自觉地继承了汉、魏以来诗歌重气的优秀传统,以适应宏阔气象的抒发,从而创制出一种虽然整密高华,然而血脉动荡、气势宏大的长篇歌行,成为盛唐七古的当之无愧的先行。"②如卢照邻《长安古意》依照从昼到夜的时间顺序,描写帝王公侯、将相以及豪门子弟、任侠少年、倡家乐伎等各类人物的生活,展现了长安繁华兴盛的社会风貌;最后以寂寞著书的扬雄与之对照,点出繁华难久,

---

① 参见章培衡、骆玉明主编《中国文学史新著》(上卷),上海文艺出版社2000年版。
② 赵昌平《从初、盛唐七古的演进看唐诗发展的内在规律》,《中国社会科学》1986年第6期。

好景不长，权贵们一时的骄奢，终不如寒士名节久远的主题；形式上以赋为诗，鸿篇巨制，破奇为偶，开初唐近体歌行的先河。

继"初唐四杰"之后，陈子昂针对从上官体到沈、宋不断发展着的宫廷诗风，在倡导复古的旗帜下进行诗歌内容的革新。他反对"彩丽竞繁"、"兴寄都绝"的齐梁诗风，标举"风雅兴寄"和"汉魏风骨"的优良传统，高倡恢复建安文人的慷慨意气和人生理想，以矫正诗界软弱柔靡的倾向，反映了时代的要求，架起了"建安风骨"与"盛唐气象"之间的桥梁。著名的《与东方左史虬修竹篇序》表达了他的诗歌革新主张，以《感遇》三十八首为代表的一系列诗歌则是这一主张的具体实践。三十八首诗非一时一地所作，作者或感慨时事，或感伤身世，以强烈的自我意识和进取精神，对政治、道德、命运等一系列根本问题进行观照与思考。《登幽州台歌》抒写了作者纵观古今的慷慨悲凉，在现实社会中怀才不遇、遭受压抑的悲愤孤寂，表达了积极用世建立不朽功业的恢弘气魄和强烈自信，意境苍凉雄浑，感情深沉悲壮，成为反映时代要求、浪漫精神和人生理想的黄钟大吕。与振聋发聩的《修竹篇序》一样，不仅震撼了初唐诗坛，而且以它要求突破现实的豪迈气概和积极浪漫主义精神，呼唤着盛唐诗歌的到来。

陈子昂的贡献，在于抓住了历史的契机，从理论和创作两个方面，清除了南朝诗歌和唐初宫廷诗风的弊病，为唐诗注入蓬勃的生命力。这是中国文学史上第一次有影响的复古呼声，但绝不是单纯的复古，而是在复古旗帜下进行的革新，促成了诗歌声色与性情的统一。这是唐诗走向高峰的因素之一，也是中国文学演进的一条途径。

在新的时代条件下，诗歌已逐渐显示出开阔壮大的气势、生龙活虎般腾踔的节奏和庄严的宇宙意识。张若虚与贺知章、张旭、包融并称"吴中四士"，他的《春江花月夜》是著名的七言歌行，被后人誉为"孤篇横绝，竟为大家"，"诗中的诗，顶峰上的顶峰"。诗中表现的虽是游子思妇的传统主题，但将相思离愁置于春江花月之夜浩瀚幽远、静谧瑰丽的境界之中，以如梦如幻般澄澈优美的境界，略带凄凉感伤而绝不消沉颓废的音调，对青春年华和生命宇宙的理性思考，展示出清新健康的审美风貌。刘希夷《代悲白头翁》语言清新优美，韵律婉转和谐，其中"年年岁岁花相似，岁岁年年人不同"，包含了丰富广泛的人生哲理。这一切标志着诗歌发展距离盛唐高峰已经不远。自此以后，这些富有青春旋律的诗篇就如潮水般涌来，成为唐诗的鲜明特色之一。[①] 王湾《次北固山下》诗"海日生残夜，江春入旧年"两句意境壮美，寓新生事物必将取代旧事物的哲理。宰相张说手题此联于政事堂，令为楷式，仿佛预告了诗歌高潮就要到来。

初唐将近百年的时间里，从太宗的初露端倪，到"初唐四杰"的有意革新和沈

[①] 参见闻一多《唐诗杂论》，北京古籍出版社1956年版。

佺期、宋之问完成近体格律诗的创建,再到陈子昂的横制颓波,一步步地接近"盛唐气象",唐诗高峰的出现已是水到渠成。

二、盛唐气象

　　唐玄宗开元、天宝年间,直至"安史之乱"爆发以前,是诗歌史上的盛唐。经过100多年的准备和酝酿,唐诗终于走向了全盛。高度繁荣而又极富浪漫气质和艺术氛围的开元盛世造就了一代人胸襟开阔、抱负远大、乐观自信的精神风貌,他们以天下为己任,充满风云际会的幻想,以比他们所追慕的建安文人更为高涨的热情、更为豪迈的气质、更为坚定的信念,去观照社会,体验人生。不论个人遭际如何,无论感情快乐或悲伤,都开朗健康,豁达从容,给人以无穷的想象和无限的希望,形成盛唐诗歌所特有的理想主义、英雄性格和浪漫色彩,谱写了一曲曲华彩的乐章,确立了"盛唐气象"这一诗歌范式。他们"既闲新声,复晓古体;文质半取,风骚两挟;言气骨则建安为传,论宫商则太康不逮"(殷璠《河岳英灵集序》),以骨气端翔、兴象玲珑、内蕴深厚、韵味无穷的美学风貌,创造出为后代诗人所追慕和艳羡的"盛唐之音",也创造出千百年来古典诗歌中可望而不可即的高峰。

　　盛唐涌现出一大批才华横溢的优秀诗人和许多千百年来脍炙人口、广为传诵的诗作。

　　开元前期,身兼执宰大臣和作家双重身份的张说、张九龄在诗风转变中起了重要作用。他们的诗或抒发自己的功业抱负和对人生价值的追求,或在穷达进退中砥砺自己的人格操守,都抑制了文学的浮华倾向。同时,他们以宰辅之尊大力延纳才士,奖掖后进,使得唐诗的变革和发展得到有力的延续和推进。

　　张说是盛唐前期的文坛领袖,与许国公苏颋并称"燕许大手笔"。其诗主要讴歌功业抱负,表现出鲜明的英雄性格和倜傥意气,这正是盛唐诗歌最显著的精神内涵。代表作《邺都引》变初唐卢、骆等人歌行的铺陈为简洁凝练,气势充沛,风格已接近盛唐歌行。所以沈德潜评此诗云:"声调渐响,去王杨卢骆体远矣。"(《唐诗别裁集》)由于张说在文坛的特殊地位和影响,其诗作的意义就显得更为重要。

　　张九龄是张说之后开元盛世的最后一位名相,也是深为时人崇仰的文坛宗匠。他的诗更多地表现了在穷达进退中保持高洁操守的人格理想。在艺术表现上,以"兴寄"为主,委婉蕴藉。代表作是《感遇》十二首,如其一"兰叶生葳蕤",比喻贤者不随俗从流,不求悦于人;诗风清淡,情景交融,物色与意兴浑然一体。《望月怀远》在澄澈优美的月夜描写中,处处渗透着婉约深长的情思;"海上生明月,天涯共此时",气象高华,意境阔大,情景浑融,千古传诵。张九龄清淡的诗风对唐代山水田园诗人有很大影响。胡应麟说:"张子寿首创清澹之派,盛唐继起,孟浩然、王维、储光羲、常建、韦应物本曲江之清澹而益以风神也。"(《诗薮》内编卷二)

盛唐诗坛特别引人注目的是卓然崛起的山水田园诗派和边塞诗派,他们各自以或宁静优美或奔放壮丽的旋律奏出了不同凡响的盛唐之音。

南朝诗歌最重要的题材——山水田园,经王维、孟浩然、储光羲、裴迪等诗人的开拓,提升到新的境界,放射出更加夺目的光彩。特别是山水诗,更是蔚为大观,不论思想内涵还是艺术造诣,都攀上了艺术的高峰。诗人们用生动传神的诗笔再现了大自然的多姿多彩,倾注了对自然之美的衷心喜爱;在山林豁壑之中,寄托了自己不与俗世合流的人生理想,从一个侧面反映了盛唐时代具有浪漫气质的文化氛围。盛唐山水田园诗不仅具有很高的审美价值,而且为后人描写自然景物提供了丰富的艺术经验。尤其是王维的诗,在诗情画意的互相渗透和生发中,丰富和发展了中国古典诗歌的抒情艺术。

孟浩然不论是对山水题材的开拓,还是笔墨清淡意境浑成的风格,在盛唐诗坛都可谓开风气之先。《夜归鹿门歌》写于作者前期隐居鹿门山(在今湖北襄阳)之时,描绘了黄昏时分归鹿门的情景和入夜所见景色,表现了恬静幽寂的隐士生活。此诗写景如画,境界幽深,感情冲淡,语言简约,虽句句押韵,节奏急促,却有行云流水之妙。《宿建德江》写暮江泊舟所见江景,将羁愁旅思与秋江景色自然结合在一起,衬托出人的孤寂;风格清淡,意味深长。《过故人庄》写作者到友人的村庄做客,表现了优美恬静的田园风光,简朴可爱的农家生活,及宾主间淳真的友谊。一首五律却如古体一般自然流畅,风格清新,意境浑成,达到很高的艺术造诣。出入古近的体格而洒脱自在,也是孟诗创造性的表现之一。

孟诗中还有《望洞庭湖赠张丞相》、《夏日南亭怀辛大》、《春晓》等名篇,或气势雄浑,或恬淡孤清,或语浅情深,显示了作者不同的艺术风格和多方面的才能。

王维的山水田园诗,标志着这一题材所能达到的最高境界。由于他既精于诗道,又深悟画理,因而诗中充满诗情画意。苏轼说:"味摩诘之诗,诗中有画;观摩诘之画,画中有诗。"(《东坡志林》)王维笔下的山水景物多彩多姿,风格各异:有的气象雄伟,境界开阔;有的清新秀丽,优美静谧;有的色彩鲜明,有的萧疏简淡。每一类诗都有不少佳作。然而其中最有代表性和创造性的,还是那些描写隐逸终南、辋川的自然景色和闲情逸致的作品,如《辋川集》中的《鹿柴》、《竹里馆》、《辛夷坞》等。这些诗既有精细的刻画,又注重完整的意境;既鲜洁明丽,又冲淡空灵;既体现了禅宗哲理,又情味深长隽永。因此千百年来传诵不绝。

王维在诗体的运用方面也取得很高的成就,其五律沉雄慷慨,意气飞动;五绝写景自然,超妙传神;七绝语浅情深,音节优美。

这一时期以山水田园诗著称的还有储光羲、常建、祖咏等。储光羲以田园诗见长，多寓意寄兴；常建诗旨远兴僻，好以光和影写幽深空寂的感觉，代表作《题破山寺后禅院》为时人所推重。祖咏《终南望馀雪》乃试帖诗，称"意尽而止"，成为写雪的名篇。

王维等盛唐山水田园诗人所代表的"盛唐正音"，不但牢笼了与之同时的大批同调的诗人，还直接影响到后来刘长卿、韦应物以及"大历十才子"的审美趣味和创作格调，并成为宋以后诗人们潜意识中的盛唐之音的正宗代表。

边塞诗以震撼人心的崇高美成为盛唐时代最慷慨激越的歌唱。高适、岑参、王之涣、王昌龄、李颀、崔颢等一大批诗人，尽管个人仕途大多落拓不遇，却为意气风发的时代精神所激荡，在边塞诗苑中倾注了自己的满腔热情和才华。盛唐边塞诗使初唐以来以"风骨"为号召的诗歌审美理想得到血肉丰满的表现。

高适以一首《燕歌行》奠定了他边塞诗代表诗人的地位。此诗有感于开元二十六年（738）幽州节度使张守珪与奚族作战打了败仗却谎报军情一事而作，综合了作者的见闻，以高度的艺术概括和极其凝练的笔墨，在更广阔的背景上描写了边塞战争，因而具有强烈的现实性和典型性。诗中以错综交织而又宾主分明的诗笔，生动展现了从慷慨应征、转战绝域到战败被围、短兵相接等一系列场景，并通过这些描写，歌颂了广大士兵保卫边疆、奋不顾身的英雄气概；遣责了军中将领的骄纵轻敌，荒淫失职；揭示了军中苦乐的不均；慨叹边地将领不得其人。此诗用七言歌行，四句一转，气势流畅，笔力矫健，多处使用对比手法，加强了诗歌的批判力量，不愧是唐代边塞诗的压卷之作。他的送别诗《别董大》声情慷慨，气势豪壮，既是对友人的安慰体贴，更包含着对友人的理解、信任与期待，从中显示出盛唐文人对前途的乐观自信和友谊的巨大精神力量。

高适的七言歌行也具有创造性，不仅上承"初唐四杰"以来歌行的体制，还吸取了汉魏古诗简老遒壮的特色，气势浑雄而飞跃自如，在驰骋纵横中以"筋骨"取胜。故殷璠称赞其诗："多胸臆语，兼有气骨。"（《河岳英灵集》卷上）

岑参一生中曾三次出塞，丰富的边塞生活的阅历，生来"好奇"的性格，使他对充满异域情调的风土人情，尤其是西北边地雄奇壮丽的自然风光产生了浓厚的兴趣，并成为他取之不尽的创作题材。他的边塞诗不仅数量多，而且题材新奇，风格独特。《白雪歌送武判官归京》、《走马川行奉送出师西征》、《轮台歌奉送封大夫出师西征》等代表作，想象奇特鲜明，语言雄奇瑰丽，善用比喻、夸张，富有奇情异彩。其中，《白雪歌送武判官归京》尤为出色，作者将白雪和送别交织在一起，以瑰丽壮阔的雪景衬托出依依惜别之情；用夸张的笔墨勾勒出军营内外奇丽壮观的浩瀚雪景，渲染了天气的奇寒；"忽如一夜春风来，千树万树梨花开"，用新奇美妙的比喻，将冰天雪地的塞北风光变成春意浓郁、梨花怒放的江南胜景。将想象与现实、夸张与具体、奇妙与真实结合得如此和谐，唐诗人中很少有人能与他相比。殷璠《河岳英灵集》（卷上）评其诗："语奇体峻，意亦造奇。"这种奇，既是客观事物本身特质的再现,更是诗人丰富的艺术心灵的外化。岑参不仅以独具一格的创造开拓了边塞题材的崭新境界,也是对唐诗领域的极大开拓。

王昌龄的边塞诗有很高的艺术概括力,其着眼点往往不在于具体的战事,而是把边塞战争作为一种历史现象,在各个视角上进行深入的思考,以深刻的内涵、饱满的热情,突破了六朝以来边塞诗主要就乐府旧题加以敷衍的固有程式,使之更富于生气。组诗《从军行》或写征人久戍思家之念,或抒将士克敌卫国豪情,或表达战争胜利的喜悦,均意态雄健,音节高亮,言近旨远,语浅情深。《出塞》"秦时明月汉时关"高度概括了秦汉以来边患不息、征戍无已,无数士兵不得生还的悲惨历史;并借缅怀古代良将,表达了希望国家将帅任用得人、巩固边防、实现和平的愿望;笔力雄浑,深沉含蓄,被推为唐人七绝的压卷之作。

王昌龄大力写作七绝,并使之神固气完,成为后人的范本,因而有"七绝圣手"、"诗家夫子"之称。他的七绝善于捕捉最有包孕的片刻,表现人物刹那间对外界事物的感触,并精心处理绝句中的每一句。如起句骤响易彻,单刀直入,开门见山;次句顺承;第三句另辟新境,翻出新意;结句含蓄蕴藉,不令语尽思穷。王昌龄对唐代最有代表性的诗体——七绝的发展做出了卓越的贡献。

王之涣《凉州词》"黄河远上白云间",通过描写塞外荒寒景物,透露出征人生活的艰苦和久戍思家的哀怨,表现了作者对戍卒的深厚同情。诗意顿挫曲折,抒情含蓄委婉。当时便"传乎乐章,布在人口"。其《登鹳雀楼》写作者傍晚登楼所见山河胜概,气势恢弘,景象壮阔,于叙述登楼行动中寓登高才能望远的深刻哲理,反映了作者积极向上的进取精神和高瞻远瞩的宽阔胸襟;全篇对仗而自然流畅,是脍炙人口的佳作。

李颀《古从军行》放眼于历史上和亲与交战反反复复的现象,把笔触伸入积怨不解的胡汉双方,揭示了统治者好大喜功、穷兵黩武给人民带来的无尽无休的灾难,对被征讨的"胡儿"也寄予了深切的同情,把边塞诗的思想境界提到了新的高度。

崔颢"年少为诗,名陷轻薄,晚节忽变常体,风骨凛然,一窥塞垣,说尽戎旅"(《河岳英灵集》卷中)。《古游侠呈军中诸将》、《赠王威古》等作,都以少年游侠的形象自况或喻人,具有豪迈勇武的气息。但他最著名的诗是抒写怀古思乡的《黄鹤楼》,写登上黄鹤楼所联想到的有关传说,以及眺望江景触发的思乡之愁。诗从"黄鹤楼"三字着笔,托想空灵,寄情高远,连用三句"黄鹤",有一气旋转、高唱入云之妙,被后人推为"古今七律第一"。其独创性的手法对李白产生了一定影响。

盛唐诗潮波澜壮阔,气象万千。而其中最引人注目、动人心弦的,当然是李白的创作。李白是这个富于创造性的、解放的时代最杰出的代表,他的诗表现出一种春风得意的蓬勃朝气,热情奔放的青春旋律。他那追求理想的坚定执著、英雄失志的愤激不平、蔑视权贵的傲岸精神、爱好自由的叛逆个性,体现了整个时代的宏放气魄和雄伟力量。他和同时代的其他文士一样,具有宏大的功业抱负。"申管晏之谈,谋帝王之术,奋其智能,愿为辅弼。使寰区大定,海县清一"(《代寿山答孟少府移文书》),是他最执著的人生信念。他一生高自期许,以布衣之身藐视权贵,无所顾忌地嘲笑以政治权力为中心的等级秩序,批判腐败的社会现象,以大胆反抗的姿态,丰富和发展了盛唐诗歌中的英雄主义。他把古诗中反权贵的主题发挥到了淋漓酣畅的地步,而这正是在新的历史条件下对魏晋以来重视个人价值和气骨传统的最大限度地继承和发扬。

李白的理想主义、浪漫精神在山水诗中表现最突出。他笔下的山水往往呈现出两种境界:一种是借气势磅礴的高山大川,表现他渴望冲破束缚、追求自由的热切心情和壮伟不凡的襟怀;另一种是以安谧纯净而又充满生机的自然境界,抚慰他在现实中屡遭碰壁的悲愤和不平的心灵。李白终其一生,都在以赤子之心的天真讴歌理想的人生,在高扬亢奋的精神状态中去追求自身价值的实现。如果说,理想色彩是盛唐一代诗风的主要特征,那么,李白是以更富于展望的理想歌唱走在了时代的前沿。

艺术上,李白以其绝世的才华、豪放飘逸的气质,把诗写得如行云流水而又变幻莫测。他抒情的方式也往往不是含蓄收敛的,而是有如山洪暴发,喷涌而出,一气直下。他的诗常常充满大胆惊人的夸张、丰富奇特的想象,还常常借助于神话传说、梦境和幻觉构成瑰丽神奇的境界。如《蜀道难》,一开始就借用五丁开山的古老传说烘托出蜀道奇险的气氛,并通过想象和夸张描绘了一幅幅奇山险水、令人惊心动魄的图画,表现了"蜀道之难,难于上青天"。《梦游天姥吟留别》驰骋丰富的想象,将梦境描写得色彩奇幻,令人目眩神迷;将仙境描绘得五彩缤纷,辉煌神奇,以此反衬现实社会的污浊和令人憎恶。他的语言,如杜甫所称赞,呈现出清新俊逸的风格,达到"清水出芙蓉,天然去雕饰"(《经离乱后天恩流夜郎忆旧游书怀赠江夏韦太守良宰》)的理想境界。如《古朗月行》、《宣城见杜鹃花》、《山中与幽人对酌》、《横江词》、《子夜吴歌》"长安一片月"、《早发白帝城》等,都用极纯净自然而又豪放有力的语言表达了极深厚的感情。李白还注意学习民歌语言和当时的口语,使诗歌自然流畅,饶有民歌风味,如《长干行》等。在诗体的运用上,李白成就最高、最有代表性的七言歌行、七绝,都达到后人难以企及的高度。

总之,李白的诗歌以蓬勃的浪漫气质表现出无限生机,成为"盛唐气象"的杰出代表,他继承陈子昂的诗歌革新,以自己成就卓越的创作实践,扫清了六朝的绮靡诗风,为唐诗的繁荣和发展打开了新的局面,从而出色地完成了初唐以来诗歌革新的历史使命。正如李阳冰所说:"陈拾遗横制颓波,天下质文翕然一变。至今朝诗体,尚有梁、陈宫掖之风,至公大变,扫地并尽。"(《草堂集序》)李白在文学史上的价值和意义主要即在于此。

正当唐诗发展到它的高峰的时候,玄宗天宝十四载(755),"安史之乱"爆发,唐代社会迅速地由它繁荣的顶峰走向动乱与衰败。唐诗也随之发生了重大变化。盛唐时期那种兴象玲珑、骨气端翔的境界逐渐淡化,充满自信、富于理想色彩和浪漫情调的歌唱也逐渐消歇。代表这一时期的伟大诗人杜甫,背负着对于国家和民族命运的沉重责任感,直面社会现实,忠实地描绘出时代的面貌和自己内心的悲哀,真实反映了天宝末到大历年间重大的社会政治事件以及唐王朝由盛到衰这一转变关头的苦难岁月,成为时代的一面镜子。

如果说李白是将诗歌的浪漫主义推进到一个高峰,杜甫则是继承《诗经》、汉乐府的传统,把古典诗歌的现实主义提高到一个新的、成熟的阶段,他自觉遵循深入社会、关切政治和民生疾苦、重视写实的创作传统,在揭露封建当权势力的腐败、贫富的对立,表现民生疾苦方面,达到前所未有的深度和广度,被誉为"诗史"。他沉郁顿挫的写作风格不仅标志了唐诗内容与风格的重大转折,而且直接开启了中唐"新乐府"诗的创作,并对中唐以后直至宋代诗歌的发展产生了深远的影响。

杜诗又是内容与形式完美结合的典范。从表现对象到方法,从体裁到修辞,都对前人遗产进行了全面的继承和发展,而且开启了后代众多诗家、诗派。杜甫善于通过典型事件、人物及警策凝练的语言,对现实生活作高度的艺术概括;同时善于把强烈深沉的抒情融入叙事手法中,以叙事手法写时事。从题材到写法,都不同于盛唐诗,标志着唐诗发展中的一种转变。在诗体运用上,杜甫众体兼长,并能推陈出新,别开生面,为各种诗体树立了典范。尤精于律诗,格律谨严,章法整饬,对仗工稳,技巧圆熟而多变,代表了唐代律诗的最高成就。同时在语言运用和艺术表现方面也为后人开了无数法门。

时代和独特而丰富的生活经历成全了杜甫,加上他深厚而广泛的艺术修养,对前人遗产"别裁伪体"、"转益多师"的正确态度,"语不惊人死不休"(《江上值水如海势聊短述》)精益求精的锤炼技巧,这一切使杜甫成为古典诗歌史上承前启后的集大成者。元稹高度评价杜甫说:"至于子美,盖所谓上薄风骚,下该沈宋,言夺苏李,气吞曹刘。掩颜谢之孤高,杂徐庾之流丽,尽得古今之体势,而兼人人之所独专。"(《唐故工部员外郎杜君墓系铭并序》)得到后人的广泛认同。

三、中 唐 之 音

盛唐诗是唐诗史上的高峰,却并不是它的终结。摆在中唐诗人面前的,是诗歌经过盛唐高潮之后盛极难继的局面。因此,如何摆脱盛唐诗风的笼罩,开创新的诗歌境界,便成为他们的重要课题。众多诗人立足新变,大胆探索,独辟蹊径,各擅胜场,由此出现了一种多元化艺术追求的趋向。特别是从德宗贞元中到穆宗长庆末,伴随着经济、政治上革新思潮而来的是文学革新的思潮,就此迎来了唐诗的第二次繁荣。以元稹、白居易为代表的元白诗派,以平易通俗的语言为其艺术特征;以韩愈、孟郊为代表的韩孟诗派,艺术上追求新奇险怪;李贺以绚丽的色彩、奇特的想象、感伤的情调独树一帜;刘长卿、韦应物、刘禹锡、柳宗元等风格各异,都有独到的成就。这是一个诗歌创作趋于个性化的阶段,诗坛出现了虽不如盛唐诗坛那么光芒四射,却更加色彩纷呈的局面。正是由于中唐诗人不满足于守成而立足于创新的种种努力,唐诗才得以在难以为继的盛唐高峰之后别开生面。中唐诗人的杰出成就和艺术上的探索,不仅丰富了唐诗自身,而且衣被后人,他们勇于创新,以变求通的精神,尤其为后世诗人提供了光辉的范例。①

中唐诗歌的发展变化,除元稹、白居易曾提出过"讽谏说"和"主功利"的诗歌主张之外,总的趋势是朝着诗歌自身艺术的探讨、发挥与完善的方向发展的。如在意境创造上,诗人或雕琢炼饰,追求丽藻与远韵的统一;或崇俗尚质,追求浅切尽露的平易之风。刻意追求"笔补造化"的人工之美,已不同于盛唐诗人注重兴象和情韵的自然浑成。此外,他们注重日常生活的描写,与此相关的意象明显增多;他们对语言表现形式的关注,也比盛唐诗人更为深入。

中唐的诗歌发展,可以分为两个时期。前20余年,即大历、贞元年间,诗歌创作处于低潮。此时,王维、李白、杜甫等大诗人已相继去世,活跃在诗坛上的是刘长卿、韦应物及被称为"大历十才子"的一批诗人。他们当中大多数人的青少年时代是在太平盛世度过的,受到过盛唐文化的熏陶,仍然关注社会,怀有入世的热情和济世的理想。但由于他们亲历了"安史之乱",目睹了乱后的破败萧条、时代的盛衰变化,对开元、天宝盛世的追怀,使他们产生了强烈的失落感和消极避世的情怀。这一切,折射到他们的诗歌中,便是有盛唐余韵而气骨顿衰。一方面,他们仍然关注社会,试图在拯救社会中实现自己的抱负和理想,内心也不时地迸发出激情与豪气;但另一方面,痛苦的现实和士大夫独善其身的观念以及软弱的性格,又使诗人在痛苦之余转向了自身,逃避战乱的现实生活,追求宁静闲适、冷落寂寞的生活情调,多应景献酬、流连光景、粉饰现实之作,风格也由盛唐诗歌的自然浑成、奇伟壮丽转向崇尚高情、丽辞、远韵。在诗歌从盛唐转向中唐的大变中,起到过渡作用。这一时期的诗歌中,元结、顾况注重反映现实人生,可视作杜诗的同调,也是杜甫与白居易之间的桥梁。刘长卿、韦应物以山水诗见称,艺术上继承陶渊明尚自然、谢灵运尚精工的传统,是王维、孟浩然一派的继

---

① 参见陈贻焮《从元白和韩孟两大诗派略论中晚唐诗歌的发展》,《中国古典文学论丛》(第一集),《社会科学战线》杂志社1979年版。

续。此外,卢纶、李益的边塞诗,是高适、岑参一派的余绪。①

贞元、元和年间,社会处于大乱之后的相对稳定时期,向往中兴成为人们的普遍心态。与政治改革同时,诗坛上也出现了革新的风气。这一时期的诗人,在盛唐那样难以企及的高水平上,以他们的革新精神和创新勇气,又开拓出一片诗歌的新天地。

韩孟诗派在个人风格上差异甚为明显,但在尚怪奇、重主观这一基本倾向上趋于一致。他们有意打破诗歌传统的表现手法,避熟就生,标新立异,形成奇崛险怪的风格,不仅在唐诗中别开生面,而且在诗歌史上开辟了前所未有的领域。唐帝国的繁盛时代一去不复返,这一群诗人又大多遭遇坎坷,在社会中感受到沉重的压抑,因此,他们所表现的,往往是自己丰富敏感、有时却是扭曲甚至变态的心灵、情感;他们所展示的世界,往往是非世俗的,甚至是怪异、变形的;他们所采用的内容、体式、句式、意象,很多是以往不曾入诗的。

韩愈无疑是唐代,也是中国古代一位风格独特的大诗人。他的诗气势宏大,尚险好奇,瑰丽奇崛,表现出过去从未有过的面貌。如他的《南山诗》连用 50 多个"或"和"若",展现出终南山春夏秋冬、外势内景全貌。他"以文为诗",把散文、骈赋的句法引进诗歌,使诗句可长可短,跌宕跳跃,变化多端,对宋诗"散文化"特点的形成,具有直接的重要影响。叶燮《原诗》高度评价了他的功绩:"韩愈为唐诗之一大变,其力大,其思雄,崛起特为鼻祖。宋之苏(舜钦)、梅(尧臣)、欧(阳修)、苏(轼)、王(安石)、黄(庭坚),皆愈为之发其端。"

孟郊以苦吟著称,他用"钩章棘句,掐擢胃肾"(韩愈《贞曜先生墓志铭》)式的险奇艰涩、僻字险韵与生新意象表现心理的压抑、不平,把内心的哀愁刻画得入木三分和惊耸心魂。与孟郊并称的贾岛,诗歌内容上多抒发个人孤寂凄清的心境和闲适淡泊的情趣,艺术上讲究遣词造句,特别注意"诗眼"的锤炼,使五言律体走向了工巧、圆熟的道路。虽境界狭小,气象萧瑟,影响却一直及于宋末。这一派诗人还有姚合、卢仝、刘叉等,诗风都以怪异艰涩著称。

李贺这位早逝的天才,从个人的悲剧命运出发,在诗里集中表现了个体生命在自然和社会双重压抑下的感受和体验。其诗以奇异的题材、独特的构思、浓丽的色彩、奇诡的想象、幽冷的情调,于中唐诗坛独树一帜,被称为"长吉体"。他奇崛冷艳、虚荒诞幻的诗风,主要体现在他独特的创造性思维、超越现实迥异常境的想象夸张、大量虚幻意象的营造、奇异峭拔的遣词造句,以及通感、比喻等修辞手法的创造性运用上。较之前人,他格外注重表现内心的情绪、感觉乃至幻觉,而比较忽视客观事物的固有特征和理性逻辑,即使是日常生活题材到他笔下也迥出常情,呈现出奇诡迷离的艺术境界,给人以心理的刺激。由此,给中国诗歌

---

① 参见罗宗强《隋唐五代文学思想史》,上海古籍出版社 1986 年版。

开辟了一种新的境界。

总的说来,韩孟诗派及李贺虽有时因翻新出奇而流于晦涩险怪,却避免了中唐诗风滑向柔弱浮荡一途,并丰富了中国古典诗歌的艺术传统。尽管由于过于标新立异带来了一些弊端,但这些诗人所显示出的对于艺术独创性的追求和他们的创造才能,无疑是值得充分肯定的。

与此同时,以白居易、元稹为代表的一派诗人,自觉发扬杜甫的写实精神,明确主张"文章合为时而著,歌诗合为事而作"(白居易《与元九书》),并以极大的热情投入"新乐府"诗的创作。他们以诗为揭露时弊、讽喻现实的工具,强烈关注社会政治问题,恢复了中国古典诗歌关心社会现实和民生疾苦的优良传统,产生了广泛而深远的影响。人们把这一新诗潮称为"新乐府运动"。

在艺术表现上,与韩、孟一派诗人相反,元、白的诗一是注重写实,善于对现实生活中的现象加以选择、提炼和概括,刻画具有典型意义的艺术形象;二是倡导平易通俗的诗风。讽喻诗主题明确、形象鲜明、对比强烈、语言通俗自不必说;其他题材,也努力以浅切平易的语言、自然流畅的意脉来增加诗歌的可读性。叙事抒情意到笔随,改变了此前过分雕琢的诗歌语言习惯,这在当时是一种新的诗歌风格,赢得了最广泛的读者。这与白居易诗开拓了诗歌的表现领域,发展了新的诗歌语言有直接关系。《长恨歌》、《琵琶行》等长篇叙事诗,是叙事、抒情相结合的典范,不仅风靡当时,而且传之久远,对古代叙事诗的发展做出了杰出贡献。

除讽喻诗外,元稹在悼亡诗和艳情诗的写作上也取得令人瞩目的成绩。悼亡诗写对妻子的怀念追忆,丧妻的哀痛憾恨,均从生活琐事着笔,以口头语道出,却情深意挚,感人肺腑,在当时和后世都产生了相当大的影响。

元稹与白居易互相唱酬,争奇竞巧,写了不少长篇排律,动辄百韵,亦风靡一时,在元和时被称为"元和体"。

这一派诗人还包括张籍、王建、李绅等。张籍善以"俗言俗事入诗",从中发现和发掘蕴涵其中的社会意义;并善于提炼情节和语言,达到言浅意深和言简意赅的境界。故王安石称赞他的诗"看似寻常最奇崛,成如容易却艰辛"(《题张司业诗》)。王建诗在表现和体察民俗民情民间生活方面较张籍更加细致入微,且更加通俗化、口语化。李绅是最早以"新题乐府"为题进行创作的诗人,可惜20首诗已经失传。今只存《悯农》两首,都是脍炙人口的名作。

在韩孟和元白两大诗派之外,中唐诗坛尚有柳宗元、刘禹锡等自成一格的诗人。他们虽不像韩孟、元白两大诗派那样具有十分显著的创新特征,但在手法节制简约,语言干净明快,扩大和加深诗歌的内在意蕴方面,显示出与两大诗派的不同。刘禹锡写诗注重立意,内容深刻,风格警拔,五、七言近体成就尤高。其中怀古、咏史七绝,往往借此言彼,小中见大,凝练警策,含蓄蕴藉,颇多名篇。他性格开朗达观,善化低回哀婉之音为慷慨激越之韵,风格豪健雄奇。长期贬谪的经历使他在借鉴民歌方面取得突出成就。一些抒情小诗,采撷朴素生动的口语,运用俚歌俗调的形式,既有浓厚的地方色彩和民歌清新开朗的情调,又有文人创作婉转悠长的风韵。

  柳宗元诗多作于被贬之后,其中抒情诗和山水诗最有特色,成就也更高。这些诗大多寓情于景,通过模山范水抒发被贬远荒的幽愤和去国怀乡的情思,从中显示其清峻高洁的品格。他善于将个人的志趣与对国家衰退的忧思结合在一起,宏阔的境界与萧瑟的景物交织在一起,风格幽峭明净,淡泊简古。苏轼称其诗"发纤秾于简古,寄至味于淡泊"(《书黄子思诗集后》),"外枯而中膏,似淡而实美"(《东坡题跋·评韩柳诗》),高度评价了柳诗的成就。

四、晚唐风韵

  穆宗长庆以后,唐王朝危机进一步加深,士人心态亦随之发生变化。适应时代的变迁,唐诗风貌再次发生明显转变,由中唐进入晚唐。从文宗开成到昭宗天佑,大约70年光景,国势江河日下,诗运亦如国运,呈现出衰落的趋势。晚唐诗人面对国家无法挽回的颓势,眼看个人理想无着,抱负成空,产生了强烈的失落感。因此,这一时期的作品,不仅没有了盛唐时代自由奔放的朝气,也没有了元和时代愤世嫉俗的勇气,而是为感伤和衰飒的气氛所笼罩。诗人们在对历史的追怀中寄托对现实的不满,在对山水的眷念中抒发无力回天的哀怨,在对情感的追求中寻找心灵的慰藉。

  就在诗坛日渐滋长的华靡纤巧的颓风中,号称"小李杜"的李商隐、杜牧却如异军突起,他们既怀有李白、杜甫那样的忧国忧民之心,诗歌创作上又继承了李、杜的精神和艺术,刻意探求,善于出新,在感受的细腻深切、手法的深曲新奇方面甚至超过前人。杜牧诗辞采清丽,风调俊爽,工于七绝;李商隐诗精丽婉曲,深情绵邈,擅长七律。不论伤时忧乱,抒情言怀,或是咏史怀古,写景咏物,都既不同于"盛唐气象",也与"中唐之音"大异其趣,而是别有天地的晚唐风韵,为唐代的灿烂诗国涂抹了最后一道绚丽的霞彩。正是有了他们,唐诗才得以形成初、盛、中、晚四个各具特色、相互辉映的阶段,享誉千古之后。

  杜牧生于内忧外患日益深重的晚唐,自幼便有经邦济世的抱负和忧国忧民的情怀。他的古体诗多揭露时弊和表达他对现实的关切。咏史诗讽刺帝王的荒淫,议论朝政得失,艺术上很有特色。或采用传统手法,借古喻今;或以诗论史,具有史论色彩。后者富于创新,为许多诗人所仿效。杜牧的写景抒情诗也取得很高成就,他既善于用清丽凝练的语言勾勒鲜明的景物意象,又善于把深沉悠远的情思寄托在具体的画面之中。如《泊秦淮》,以凄迷朦胧的江边月色和柔曼颓靡的流行曲调,构成一幅色彩凄凉暗淡、人物醉生梦死的世情生活图画,在清醒与麻木、历史与现实的联系和比照中,传达出沉重的忧时嫉俗的感伤情怀。《江南春绝句》在具有季节和地域文化特征的景物描绘中,自然融进历史兴亡的深沉感喟。由于晚唐一蹶不振,个人际遇也不顺利,理想与现实始终处于矛盾之中,杜牧于是失意消极,甚至放浪声色,玩世不恭,自云"十年一觉扬州梦,赢得青楼薄幸名"(《遣怀》)。这一方面反映了中唐以后士大夫追求享乐的浮华习气,同时也表明了作者与统治者不合作的消极态度。

  杜牧论文主张"文以意为主,以气为辅,以辞采章句为之兵卫"(《答庄充书》),自云"某苦心为诗,唯求高绝,不务奇丽,不涉习俗,不今不古,处于中间"(《献诗启》)。其诗实践了自己的主张。他的诗以七绝最为人称道,其次是七律。总之,明丽的意象、俊逸的气骨,加上他特有的深厚的历史感以及由此形成的诗的深远开阔的视野,构成了杜牧诗歌的独特境界。

  李商隐因不幸卷入牛、李党争,一生处于从两党夹缝中求生存的尴尬境地,长期沉沦幕府。政治上的困顿失意,使他"虚负凌云万丈才,一生襟抱未尝开"(崔珏《哭李商隐》),却成就了他在诗歌史上的崇高地位。他的许多政治诗直接反映了现实政治和重大历史事件,闪烁着犀利的政治锋芒和强烈的现实批判意识,其胆识和勇气超过了许多盛、中唐诗人。他的咏史诗多选取历史上因贪奢荒淫而亡国祸身的帝王为讽刺对象,以古鉴今,有强烈的政治讽喻意味,被誉为"风人之绪音,屈宋之遗响"(朱鹤龄《笺注李义山诗集序》)。他笔下的抒情咏物诗极具个性色彩,深邃的意境,浓重的感伤情调,折射出晚唐特定的时代风貌和特定阶层的心理矛盾。尤其是他独创的无题诗,词采典丽精工,构思委婉曲折,寄托遥深,意境朦胧,有极大的艺术魅力。

  李商隐不仅是晚唐成就最高的一位诗人,也是唐诗艺术形式发展更新的一个典范。经过初唐以来无数诗人的潜心创造,诗歌在语言、音节、句调、意象上已接近纯熟的境地,而李商隐竟然能够在前代大家创造的辉煌面前,继往开来,并有所超越,对古典诗歌的发展做出了新的重要贡献。李商隐诗歌的风格,前人概括为"深情绵邈"或"沉博绝丽",即是以细腻丰富的感情,富丽精工的语言,象征、暗示、比兴寄托等手法,迂回曲折的结构,细密精致的比喻,回环往复的抒情,捕捉富于表现力的意象,表达深细婉曲的情思,构成诗歌朦胧美的境界,最大限度地开掘出诗歌表现心灵的潜质,创造了唐诗最后的辉煌。

  李商隐七律、七绝的艺术功力几乎达到了唐诗的顶峰,所谓"唐人无出其右者"(田雯《古欢堂杂著》卷二)。叶燮《原诗》也称:"李商隐七绝,寄托深而指辞婉,实可空百代,无其匹也。"王安石说"唐人知学老杜而得藩篱者,唯义山一人而已"(《蔡宽夫诗话》引),也给予了高度评价。李商隐的影响从晚唐一直及于清代。

  这一时期的诗人还有张祜、许浑、李群玉、韩偓、韦庄等。他们的诗多以怀古伤今为主题,染上了浓重的感伤色彩,如许浑《咸阳城西楼晚眺》中展现的"溪云初起日沉阁,山雨欲来风满楼"的景象,李群玉《火炉前坐》抒发的"多少关心事,书灰到夜深"的感叹,都表明诗人已经认识到兴亡盛衰规律的不可抗拒性。

杜牧、李商隐之后,随着王朝不可逆转的末日的来临,逃避现实,追求淡泊境界与清丽诗风,成为诗坛的主要倾向。这一时期的大多数诗歌,内容上以抒写山水风月、赠酬送别以及自身伤感情怀等为主,境界比较狭窄;形式上多五、七言律诗,在捕捉意象、琢字炼句、把握节奏上有一定特色。

与此同时,皮日休、陆龟蒙、聂夷中、罗隐等一批诗人,感愤时事,关怀民瘼,上继元、白的现实主义精神,以通俗的形式和语言,反映并批判晚唐社会现实。如皮日休《橡媪叹》、聂夷中《咏田家》、杜荀鹤《山中寡妇》等,都真实反映了晚唐广大农村破产、民不聊生的悲惨社会现实,有力地揭露了统治阶级残酷剥削、巧取豪夺的无情;笔锋犀利,感情愤激,议论深刻,具有较强烈的现实性。可惜艺术上比较粗糙,对社会问题的观察和思考也不够敏锐深入,因此影响不大。而且,就连这些诗人自己也把写诗的主要精力放在描写山水风月、抒发赠酬离别等题材上。至此,唐诗终于走完了它300年的历程,在衰飒的时代氛围和感伤的情调中拉上了最后一道帷幕。

第四章

唐诗的风貌

　　唐代的诗歌,时代风貌、艺术风格、艺术形式和创作手法,都呈现出辉煌的多样性格局。从题材的角度看,唐人广泛地涉及了社会生活的各个层面,以想象和写实相结合的方法,表现自己对生活价值的体验。如既有反映文人士大夫渴求建功立业、积极进取的边塞诗,也有抒发个人情怀、闲远冲淡的山水田园诗;既有歌舞升平、侍从宴游的应制诗,也有交际应酬、交流情感的唱和诗;既有直书时事、讽刺朝政的乐府诗,也有借古喻今、感慨人生的咏史诗。在体制方面,唐诗"各体皆备",无论是对唐代出现的新事物的追求,还是对前代诗歌形式的拓展,各个历史时期的大诗人都充分运用诗歌的各种体裁和样式,淋漓尽致地发挥了他们的才华。

一、盛唐气象与士人精神

　　自开元至大历前,诗歌史上称为"盛唐"。林庚认为:"盛唐气象"应该用来概括盛唐诗歌和特有的精神风韵,一种蓬勃向上的精神气质,这蓬勃不止由于它发展的盛况,更重要的乃是一种蓬勃的思想感情所形成的时代性格。这时代性格是不能离开了那个时代而存在的。"盛唐气象"因此是盛唐时代精神面貌的反映。是一个具有时代性格的饱满的、蓬勃的艺术形象。[①]而更多的学者则认为,"盛唐气象"是就唐代开元、天宝时期诗歌创作和文化心态而言的。

　　唐代开元、天宝年间,经济繁荣,政治开明,文化发达,对外交流频繁,社会繁荣兴旺,不仅是唐朝的高峰,也是中国封建社会的鼎盛期。其间涌现出以李白、杜甫、王维等为代表的一大批诗人,他们共同开辟了一个气象恢弘的诗歌的黄金时代。因此,"盛唐气象"也涵盖了这一时期诗歌创作的质量以及诗歌的艺术风貌。

　　"盛唐气象",着眼于盛唐诗歌给人的总体印象,诗歌的时代风格——奔放、明朗、博大、雄浑、深远、超逸、高亢、刚健的特质,充沛的活力;以及通过意象的运

[①] 林庚《唐诗综论》,第26页,人民文学出版社1987年版。

用、意境的呈现、性情和声色的结合,而形成的新的美感——合起来就成为盛唐诗歌与其他时期诗歌相区别的特色。①

"气象"一词在唐人笔下已经出现,主要是指艺术风貌。《河岳英灵集》录王湾《次北固山下》诗,结联作"从来观气象,唯向此中偏",是指山川的气象。杜甫《秋兴八首》之八"彩笔昔曾干气象,白头吟望苦低垂",指朝政的气象。皎然《诗式》卷一《诗有四深》一节中说"气象氤氲,由深于体势",则是指诗歌的气象。以上都不是专论唐诗,不过从用法可以看出,"气象"之词多用于宏伟壮阔的事物,这对于后来术语的形成是有影响的。

以"气象"论唐诗,并且将"气象雄浑"作为唐诗风貌,是南北宋之交的叶梦得。他在《石林诗话》中说:"七言难于气象雄浑,句中有力而纤余不失言外之意,自老杜'锦江春色来天地,玉垒浮云变古今'与'五更鼓角声悲壮,三峡星河影动摇'等句之后,长恨无复继者。"这里虽只涉及杜甫的七言律诗,而感慨后无继者(意指宋人),实际上反映了他对"盛唐气象"的认识与肯定。稍后,严羽《沧浪诗话》就这个问题作了更明确的论析。

严羽把"气象"列作他论诗的重要方面之一。他说:"唐人与本朝人诗,未论工拙,直是气象不同。"又说:"大历以前,分明别是一副言语;晚唐,分明别是一副言语;本朝诸公,分明别是一副言语。如此见,方许具一只眼。"(《沧浪诗话·诗评》)又说:"'迎旦东风骑蹇驴'绝句,决非盛唐人气象,只似白乐天言语。"(《沧浪诗话·考证》)都是从"气象"上来谈论唐诗的。严羽还在《答出继叔临安吴景仙书》中解说并进一步解释"唐人气象"或"盛唐人气象",认为"坡、谷诸公之诗,如米元章之字,虽笔力劲健,终有子路事夫子时气象。盛唐诸公之诗,如颜鲁公书,既笔力雄壮,又气象浑厚,其不同如此"。他不赞成吴景仙以"雄深雅健"来评论盛唐诗,建议改作"雄浑悲壮",方为得体。严羽的主张与叶梦得完全一致,"盛唐气象"这一概念便是由他奠定下来的。

把盛唐诗歌的风貌归结为"雄壮"与"浑厚",是一种对诗歌创作艺术的体验和积淀。严格说来,"雄壮"并不是"浑厚"以外的东西,"浑厚"的"厚",就包含了"雄壮"的成分。厚实才能有力,力劲而不怒张,才能复归于浑成,这就是"浑厚"的意思,或者也可以叫做"雄浑"。

厚实来源于作品充实的内容,也就是唐诗的"风骨"与"兴寄"。没有这种刚劲有力、明朗阔大的精神气魄,没有丰富的社会生活体验和饱满的政治激情,就谈不上唐诗的"厚"与"雄"。至于浑成,则跟作品的艺术表现有关,也就是唐诗的"兴象"与文辞。正是由于唐代诗人创造出了一种精练、含蓄、自然、清新的诗的语言,用以概括丰富深刻的思想感情,构成外形鲜明而又内蕴深沉的艺术境界,

---

① 参见袁行霈《盛唐诗歌与盛唐气象》,《光明日报》1997年3月25日。

浑厚才能返归于浑成。照这样看来,气象浑厚并不是什么不可捉摸的东西,它是唐诗诸要素的结合体,是唐诗最基本的质态。这种浑厚的气象在盛唐诗中表现得特别充分,所以人们常用"盛唐气象"作为唐诗风貌的典型。①

尽管"盛唐气象"在后代理解中,更多地是指唐诗的艺术风貌,但其中确确实实有一种精神的支撑,这就是我们所说的"士人精神"。

中国的士人,作为一个特殊阶层,自孔子起,便形成了一种基本的特征和性格,对社会具有超越个人利益的关怀,成为人类社会某些基本价值的维护者,这种终身信仰并为之奋斗的精神便来自于儒家学说的道德观和政治理想。无论是孔子所说的"士志于道,而耻恶衣恶食者,未足与议也"(《论语·里仁》),还是曾子所说的"士不可以不弘毅,任重而道远。仁以为己任,不亦重乎!死而后已,不亦远乎"(《论语·泰伯》),这里的"道",实际上包含两个方面:一方面是对社会所承担的关怀和责任;另一方面是通过自己的道德实践来体现的一种人类社会基本价值维系体系。因为儒家的理想是希望先建立一种文化的、道德的秩序,然后通过这种文化的、道德的秩序去建立政治的、法律的秩序。由于士阶层对社会的关怀和责任,不可能完全依赖自己本身"道统"的传承去实施,还必须通过某种中介如政治势力或政治集团,把文化、道德秩序变为政治、法律秩序,这决定了士阶层必须通过被政治势力或政治集团所"用"才能实现自己的价值理想;既要有"笃信善学,守死善道"的毅力,又要有"有道则现,无道则隐"的骨气。也就是所谓的"达则兼济天下,穷则独善其身"。这是唐代的文人士大夫的基本人生态度。积极投身于建功立业的仕途,希冀实现儒家的政治理想和自身的价值,始终保持着一种蓬勃向上的精神气质,正是源于这种儒家的立场。

以李白为例,他在《古风》五十九首(其一)中写道:"我志在删述,垂辉映千春。希圣如有立,绝笔于获麟。"诗中"删述"、"获麟"等均用孔子的典故,俨然以孔子——一代知识分子的领袖自居。明人胡震亨说他"自负不浅"②,其实,这"自负"的背后,正是李白通过自我角色的认定,建构了他的人生价值判断。其中,以儒家思想为主导的"士"精神是价值观的核心。从李白诸多的作品中可以发现,愿意在诗坛上充当孔子删诗之责,与作者"士志于道"的强烈意识一脉相承。他在《代寿山孟少府移文书》中说:"吾与尔达则兼济天下,穷则独善其身。安能餐君紫霞,映君青松,乘君鸾鹤,驾君虬龙,一朝飞腾,为方丈蓬莱人士耳?此则未可也。……申管、晏之谈,谋帝王之术,奋其智能,愿为辅弼,使寰区大定,海县清一。事君之道成,荣亲之事毕,然后与陶朱、留侯浮五湖,戏沧州,不足难矣。"显然,李白并不是一个满足于以诗歌体现风雅之职责的诗人,他的价值观

---

① 参见陈伯海《唐诗学引论》,上海知识出版社 1988 年版。
② 见《李白集校注》中该诗下《评笺》所引。

中,以天下为己任的价值判断,更多地反映在参政意识中:"怀经济之才,抗巢、由之节;文可以变风格,学可以究天人。一命不沾,四海称屈。"(《为宋中丞自荐表》)李白的这种参政意识似乎不能仅仅被理解成一种个人的入仕愿望,或者是一种政治理想,而是充满了对唐代士人阶层自我价值的肯定。这种士人精神是唐诗特别是"盛唐气象"形成的基础。

二、社会生活与诗歌题材的开拓

由于社会生活面的扩大,唐代诗歌的创作,无论是作家的创作意识和创作欲望,都比前代大大增强。所涉及的题材十分丰富,即使是传统的题材如言志、咏怀、咏物、写景、征戍、闺怨等,在意蕴的开拓和艺术表现手法上,也多有相当程度的创新。而具有唐代诗歌特色,并对后世产生过深远影响的题材,实际上是与文人士大夫的生活紧密相关的,除第一章"诗歌题材的丰富"一节提到的最能代表唐诗高度成就的边塞诗、山水田园诗和咏史诗以外,还可以举出以下几种。

(一) 叙事写实诗歌

唐以前的叙事诗多为民歌,除了《诗经》中的《生民》、《氓》及《长发》等,便是汉魏时期的乐府诗,如《孔雀东南飞》、《陌上桑》等。到了唐代,诗人们开始创作一些叙事写实诗,同其他类型的诗歌相比,虽仍是很小的一部分,但与前代比较,无论在数量上还是质量上都有较大进步。杜甫、白居易的"新乐府"诗,尤其是中唐以后出现了一系列篇幅较长的叙事写实诗,如白居易的《长恨歌》、《琵琶行》,元稹的《琵琶歌》、《连昌宫词》,杜牧的《杜秋娘诗》,韦庄的《秦妇吟》,李绅的《悲善才》等,唐代诗歌在叙事方面取得了空前的成就,在中国叙事写实诗歌史上占有重要的地位。

杜甫是唐代成就最高的诗人之一,他追求严格的写实方法。其《兵车行》、《丽人行》及"三吏"、"三别"等代表作,都充分体现了他的写实风格。其沉郁顿挫风格最有力的依托就是他诗歌的现实性和社会性。杜诗严格的叙事写实风格的一个具体表现,是观察和描写的准确细致,这一特点可以说是贯穿于全部杜诗。如《北征》写路上所见所闻:石板路上的古车辙,鸱鸮鸣桑,野鼠拱穴,橡栗果实或红如丹砂,或黑若点漆。写回到家中所见:"平生所娇儿,颜色白胜雪。见耶背面啼,垢腻脚不袜。"皆注意到了人所未注意之处,而此未经注意的细微处,往往正是最能反映真实生活的紧要处。由于观察入微,即使写同一事物,他也能写出不同环境下不同的情态。

唐代诗人中,叙事写实诗创作最多、成就最高的是白居易和元稹,他们重写实、尚通俗,是中唐文化世俗化的新思潮。① 他们的叙事诗可以分为乐府和歌行两类。乐府叙事诗继承了汉魏乐府和杜甫"三吏"、"三别"的传统。一般比较短小朴实。

"新乐府"创作肇始于白居易的好友李绅,接着,元稹也开始写作。李作今已不传,元作的数量以及思想意义和艺术性均略逊于白居易,因此,白居易不仅是新题乐府创作的倡导者,也是最杰出的代表作家。白居易的《新乐府》的艺术特色,首先在于个性与整体性的统一。作为组诗,《新乐府》整体构架精巧缜密,前有总序,篇有小序,美刺比兴比例适当;但每首作品又独立成章,相互之间没有必然联系,"首句标其目,卒章显其志",体现了篇与篇之间的独立性;而"一吟悲一事"所取的典型事例,从多方面抨击了社会弊病,既无重复的累赘,又不偏重某一问题,体现了整体的和谐统一。复古与创新的统一,也是《新乐府》的艺术特点。提倡乐府,在律诗大盛的时代,本身就意味着复古;恢复采诗制度,发挥诗教的作用,这是复古的实际意义。不过,在提倡复古的同时,白居易不仅做到了"全创新词",而且突破了"怨而不怒"的传统。《新乐府》主题鲜明,措辞尖锐,语态激愤,复古精神完全融化到一种崭新的诗体中去了。

在艺术手法上,《新乐府》体现了叙事与议论的统一。组诗中多为叙事作品,叙述到最后,往往发议论,对人物或事件作出评价。叙事部分通常有生动的人物形象,甚至有外貌和心理的描写,如《卖炭翁》中写老翁"满面尘灰烟火色,两鬓苍苍十指黑","可怜身上衣正单,心忧炭贱愿天寒";议论部分也非千篇一律的说教,而是渗透着作者强烈的爱和憎,或痛斥,或嘲讽,或规劝,与叙事部分紧密结合,一气呵成。如《轻肥》一诗,在铺叙了宦官为代表的统治集团骄奢淫逸的生活之后,用"是岁江南旱,衢州人食人"的议论结尾,社会现实的残酷,阶级矛盾的尖锐自不言而喻。白居易的《新乐府》保持了乐府诗古朴通俗的特点,又赋予作品鲜明的个性特色,使诗体和语体风格获得了统一。他不仅汲取了古乐府的风韵,还大胆采用民间流行歌谣的体制,如《上阳白发人》中或开头为三字重叠句,然后接以七字句:"上阳人,上阳人,红颜暗老白发新。"或三字句后接七字句:"上阳人,苦最多。少亦苦,老亦苦,少苦老苦两如何?"这都与当时流行的变文俗曲有关。组诗全部用七言的形式写成,增强了句式的灵活性,洒脱自然。诗人还发挥了用语流便的特点,收到了通俗易懂的效果。

元白的另一类叙事诗以《长恨歌》、《琵琶歌》、《连昌宫词》为代表,既继承了先秦以来叙事诗的传统,又吸取了初唐以来七言歌行的成就。② 然而诗人同时又是抒情的高手,在叙事中不经意间涵盖了浓厚的抒情气息。《琵琶行》不论是

---

① 参见林继中《由雅入俗:中晚唐文坛大势》,《人文杂志》1990 年第 3 期。
② 参见余恕诚《唐诗风貌》,安徽大学出版社 1997 年版。

写"浔阳江头夜送客"的情景,还是写琵琶女自诉辛酸悲凉的身世,抑或交代诗人无端被贬的不幸遭遇,都有浓郁的抒情意味,娓娓动听,感人肺腑。《长恨歌》更是将唐玄宗与杨贵妃生离死别的爱情悲剧写得千回百转,缠绵悱恻。故事中的每一个情节,都是在优美凝练的诗化语言和浓厚的抒情氛围中推进的。如写玄宗仓皇入蜀:"蜀江水碧蜀山青,圣主朝朝暮暮情。行宫见月伤心色,夜雨闻铃肠断声。"在对行程的叙述中将玄宗对死去的贵妃的思念写得荡气回肠,刻骨铭心。清人赵翼(号瓯北)在分析《长恨歌》之所以有如此轰动的社会效应时说:"其事本易传,以易传之事,为绝妙之词,有声有情,可歌可泣,文人学士既叹为不可及,妇人女子亦喜闻而乐诵之。是以不胫而走传遍天下。"(《瓯北诗话》)的确,叙事委婉动人,语调顺畅惬当,成就相当高,在当时在后来都无人可比。

元稹的代表作是写于元和十三年(818)的《连昌宫词》。这是一首叙事长诗,通过连昌宫的兴废变迁,探索"安史之乱"前后朝政治乱的因由。诗的前半从"连昌宫中满宫竹,岁入无人森似束"的荒凉景象写起,引出"宫中老翁"对此宫昔日盛景如今衰败的追述;后半借作者与老人的一问一答,探讨"太平谁致乱者谁"的大问题,最后归穴为"老翁此意深望幸,努力庙谟休用兵"的题旨。全诗以叙事为主,杂以议论,表现了明显的劝诫规讽之意,但不能因此说这就是一首讽喻诗。从艺术构思和创作方法上看,此诗将史实与传闻糅合在一起,辅之以想象、虚构,把一些与连昌宫本无关的人物、事件集中在连昌宫中展开描写,既渲染了诗的氛围,也使得诗情更加生动曲折。受到这一传统的影响,唐末又有韦庄的《秦妇吟》。

(二) 应制诗及相关的诗歌

应制诗是指秉承皇帝的旨意而作的命题诗歌,其中包括两类:宫廷宴游的应制诗和科举考试中的省试诗。

应制诗流传的优秀作品不多,却是当时文人士大夫官场文化活动的重要一环。如《唐诗纪事》记载,景龙二年(708)七夕,中宗御两仪殿赋诗,命群臣应制,传有李峤、苏颋、杜审言的作品,以杜诗为最佳。又如王维《奉和圣制从蓬莱向兴庆阁道中留春雨中春望之作应制》,曾被誉为应制诗的楷模:

> 渭水自萦秦塞曲,黄山旧绕汉宫斜。銮舆迥出千门柳,阁道回看上苑花。云里帝城双凤阙,雨中春树万人家。为乘阳气行时令,不是宸游重物华。

此诗是玄宗出游时在雨中春望赋诗的一首奉和之作。诗中尽管未能完全摆脱应制诗歌功颂德的俗套,但它写景生动壮阔,尤其是颈联生动展现了帝国都城的雄伟气势和万千气象。所以黄生称赞它"风格秀整,气象清明,一脱初唐板滞之习"(《增订唐诗摘抄》卷三)。

盛唐的应制诗笔势雄浑,风格典雅雍容,对于唐诗诗风及审美情趣的形成有一定的影响。

通过科举入仕,是唐人进入仕途最重要的途径,也是唐代文人生活的重要组成部分。元代辛文房《唐才子传》中所录唐代诗人278人,其中进士及第者171人,占总数的一多半。唐代的进士考试要试诗赋,这对于省试诗的创作以及诗歌的格律化无疑是一个促进。

唐人的省试诗(包括习作),在唐人的诗歌创作中占有一定的比重,清人整理注释的唐人试帖诗集有十几种,其中最多的如恽鹤声、钱人龙编选《全唐试律类笺》(清乾隆刻本),选唐人省试诗500首左右。从唐人的创作上看,大历以后,这种体裁的诗歌数量相对增加,说明试帖诗与科举制度的建立和完善的情况相符合。进士试诗,基本上是五言律诗,一般为六韵十二句,命题,限韵。

白居易贞元十六年(800)应进士举,试《玉水记方流》诗,今收入《白氏长庆集》的此诗题下注云:"以流字为韵,六十字成。"这一年应试者的作品,保留在《文苑英华》中的有吴丹、郑俞、王鉴、杜元颖、陈昌言等的同题诗作,均为"流"韵,六十句。

从现存唐人省试作品来看,大部分是合律的诗歌。例如天宝十载(751)及第的钱起,这一年省试诗题为《湘灵鼓瑟》,便是一首较为出色的作品,特别是结尾的两句,成为千古传诵的名句:"曲终人不见,江上数峰青。"

唐人除了场试之作,还有大量按照试帖诗要求的习作。试帖诗的诗题前,常常加有"赋得"二字,唐人习作也往往如此。例如李商隐的诗作有《赋得桃李无言》,又有《赋得月照水池》等。但有时用科举中的诗题和诗体作诗,也加"赋得"二字,如钱起的《赋得寒云轻重色,送子恂入京》、《赋得丛兰曙后色,送梁侍御入京》、《赋得浦口望斜目,送皇甫判官》、《赋得绵绵思远道,送岑判官入岭》等。

省试诗(包括习作)少有佳作。很多人把试帖诗的弊病归结于"拘于声律",但这只是一个方面。试帖诗的题目多为阐发古人的诗旨,或即事咏物,范围比较狭窄,甚至吟咏的景物都很狭窄,基本上限于宫廷、京城,容易雷同,显得呆板。诗歌中没有创作者发自内心的情感,往往流于空泛、枯涩。加之"不敢犯上"的心理,多有奉承之态,应制的时间又紧迫,只得用现成的句式、套式拼凑起来,自然也就不会高明了。祖咏的《终南望余雪》,据《唐诗纪事》记载,按照规定,本应写成一首六韵十二句的五言排律,但他只写了四句就交卷,说是"意尽",却成了省试诗中难得一见的佳作,于此可见省试诗对诗人才思的束缚。但另一方面,省试诗讲究严格的声律音韵,词采华美,一般追求工稳、含蓄、平和、丰赡、富丽堂皇的美学趣味,诗人们在长期的文学创作中,渐渐习惯向这种审美趣味靠拢,也反映了有唐一代诗歌的风格特征。

与科举生活相关的诗歌,真实地记录了唐代文人的心声,其中不乏佳作,如罗邺《落第东归》描写落第的痛苦:"年年春色独怀羞,强向东归懒举头。莫道还家便容易,人间多少事堪愁!"孟郊《登科后》抒发他中第的狂喜:"昔日龌龊不足夸,今朝放荡思无涯。春风得意马蹄疾,一日看尽长安花。"这一类的作品也是后人了解唐代文化制度可贵的史料。①

(三) 交际应酬诗歌

以诗会友,也是唐代文人之间盛行的交际方式,唐、宋时期的笔记中记载了不少佳话,《全唐诗》中留下了许多这一类的诗歌。

唐肃宗乾元元年(758),"安史之乱"初平不久,中书舍人贾至作了七律《早朝大明宫呈两省僚友》,描写宫中早期的升平气象,抒发对朝廷渡过难关的欣慰。同在朝中为官的岑参、王维和杜甫各作和诗一首,四诗雍容典雅,精工缜密。试以岑参的和诗为例,看看作者是怎样出色地烘托出早朝时庄严肃穆的氛围,表达缅怀盛世、渴望中兴的期待的。《奉和中书舍人贾至早朝大明宫》:

鸡鸣紫陌曙光寒,莺啭皇州春色阑。金阙晓钟开万户,玉阶仙仗拥千官。花迎剑佩星初落,柳拂旌旗露未干。独有凤凰池上客,阳春一曲和皆难。

酬和的诗歌,题目和诗旨是相同的,但也有类似朋友间书信往来时的问答。据《唐诗纪事》(卷四十六)记载,诗人朱庆馀考进士时曾以诗歌的形式向张籍探问自己能否被录取,有《近试上张水部》(一作《闺意呈张水部》)一首:

洞房昨夜停红烛,待晓堂前拜舅姑。妆罢低声问夫婿,画眉深浅入时无?

诗用比兴手法托之于闺情,构思巧妙新颖。张籍回赠了《酬朱庆馀》:

越女新妆出镜心,自知明艳更沉吟。齐纨未足时人贵,一曲菱歌敌万金。

诗歌同样用比喻的方式肯定了朱庆馀的才华,暗示了他的灿烂前程,被传为佳话。

酬和的诗歌里有一种叫做"次韵",就是步原诗韵再创作,以酬和别人的诗

---

① 参见傅璇琮《唐代科举与文学》,陕西人民出版社1986年版。

篇。这种风气始于元、白,是由于士大夫文化生活方式而形成的,它成为元和诗坛上别开生面的一种诗歌新形式。如:

  蒲池村里匆匆别,澧水桥头兀兀回。行到城门残酒醒,万重离恨一时来!

——白居易《醉后却寄元九》

  前回一去五年别,此别又知何日回?好住乐天休怅望,匹如元不到京来!

——元稹《酬乐天醉别》

  两首诗好似姐妹篇,一呼一应,内容和形式都是沟通的。虽然两诗韵脚相同,有点文字游戏的意味,但格律要求之严格自不言而喻。次韵相酬的作品同时也促进了诗人之间的创作交流,对作家群的形成起到一定的作用,大量的酬和会使诗人的风格彼此影响。白居易与元稹的次韵之作还有很多是长篇排律,这在元和以前很少见,如《东南行一百韵》长达 200 句,不仅酬唱之作中绝无仅有,在排律中也不可多得,这首诗曾被后人称赞为"波澜壮阔,笔力沈雄","杜甫而下,罕与为俪"(《唐宋诗醇》)。

三、唐诗的体制和声律

  南朝齐武帝永明年间,出现了拘泥于声韵、粘缀、声病和对偶的"永明体"。关于"永明体"的特征,沈约《宋书·谢灵运传论》指出:"夫五色相宣,八音协畅,由乎玄黄律吕,各适物宜。欲使宫羽相变,低昂互节,若前有浮声,则后须切响。一简之内,音韵尽殊;两句之中,轻重悉异。妙达此旨,始可言文。"这段话,历史上有很多人做过详细的解释,总的来说,这是沈约把音韵学研究的成果运用到诗歌创作当中去,十分注重诗的节奏感和音乐性。其中不仅注意了平仄之间、声韵之间的对应,甚至还注意到了清浊之间的关系。

  且不论沈约的理论在"永明体"实际创作中贯彻了多少,"永明体"本身在协调篇制、声律以及对偶等方面,也并没有做出多大的贡献,包括齐梁之间的大部分创作,对如何处理上述问题,也没有很具体的办法。因为当时对新体诗的格律的研究时机尚不成熟,人们主要的精力放在对音韵的研究上。当时有关音韵的著作,据《隋书·经籍志》记载,就有数十种之多。但这一理论的提出,至少使中国古典诗歌创作遇到了前所未有的难题,即必须解决下列问题,才能实践沈约的理论:第一,篇制,字数的限制;第二,声律,平仄的对粘——协调;第三,对偶,充分展现一字一义的优势。

"永明体"的出现,首先标志着中国传统诗歌创作的自觉时期的到来。《诗经》和《楚辞》虽然有着杰出的艺术成就,但在某种程度上仍然是对上古时代宗教艺术活动形式的依附,是以"歌"为主,与音乐有着更紧密的关系。《诗经》、《楚辞》以及《乐府》也都有各自的节奏,这种结构更富有乐性和乐感,而新体诗所具有的节奏,则更合乎"吟诵"的节奏,是脱离了音乐的文人的自觉创作。

　　"永明体"的出现,是中国古代文明进步的表现,也是文学独立意识的表现。中国传统诗歌经过长期的发展,终于找到了适合的存在方式,一种和中国语言文字相适应的存在方式,同时,也划开了雅文学和俗文学的界限——文人诗和民歌的界限。最重要的是,"永明体"的出现,几乎决定了中国传统诗歌的命运,意味着新一轮诗歌创作追求的到来。

　　唐诗发达的标志之一是"各体皆备"。但是,唐诗中最有成就、最富于变化、最富有生命力的诗体是近体诗,即格律诗。由于唐人把格律诗以前的诗歌叫做古体诗,所以格律诗在唐代也称为近体诗。现存的五万多首唐诗中,近体诗——律诗占了大多数。把律诗看成唐诗主流的理由有三条:第一,格律诗是由唐人创制和逐步规范化的;第二,格律诗的影响远远超过古体诗,特别是宋以后,中国传统诗以格律诗为主;第三,古体诗在唐代有向格律诗靠拢的趋势。

　　唐代的格律诗主要分律、绝两类,律诗一般是四韵和四韵以上的;根据每句的字数分为五言、六言和七言,一般以五、七言为主。超过五韵(十句)以上的称为排律,有的多达一百韵(排律的名称到元、明时才出现)。绝句一般为四句,也以五、七言多见。

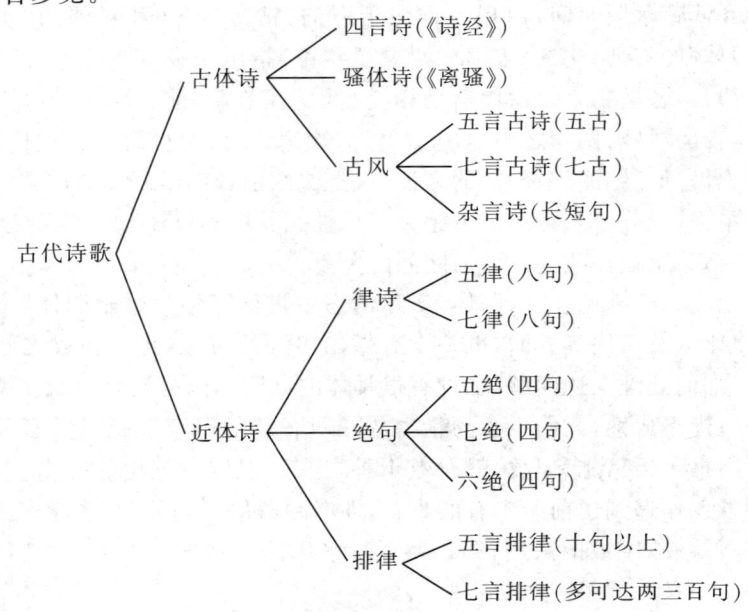

唐代的近体诗——律诗和绝句定格以后,成为一种可以"填词"的体裁,或称形式,本身具有美学功能。这种美学功能是由汉语言文字的特殊性所赋予的。从古体到近体,从不定格到定格,实际上是增加了许多人为的限制。应当说是从自由走向不自由,但正是这种不自由,带来了更大的艺术"自由"。闻一多先生说得好:"越是有魄力的作家,越是要戴着镣铐跳舞才跳得痛快,跳得好,只有不会跳舞的才怪脚镣碍事,只有不会作诗的人才会觉得格律的束缚,对于不会作诗的人,格律是表现的障碍物,对于一个作家,格律便成了表现的利器。"(《诗的格律》)

我们可以从唐诗的形式方面来体验它所具有的美学功能。首先是篇制。律诗、绝句的篇幅是固定的,如七律,一般是八句,绝句则是四句。写作的时候,就不能像古风那样,纵笔驰骋,无拘无束。这样,篇幅的限制就有下列的要求。第一要有整体的构思。由于篇幅的限制,在寥寥数语中,要有跌宕起伏,放得开,收得拢,就要有个统一的筹划安排。律诗的一般做法是,启宽、承稳、转出(新意)、合拢,并且强调前后照应。启与转为关键,启得好才能有远势,启正全篇;转得好才能翻出新意,使后半段不致平坦。① 试看下面两例:

渡远荆门外,来从楚国游。山随平野尽,江入大荒流。月下飞天镜,云生结海楼。仍怜故乡水,万里送行舟。

——李白《渡荆门送别》

这首五律是李白24岁出蜀时所作,读者历来赞赏中间两联写荆门空阔之景,气象极为壮观。其实从格律诗的角度看,这也是一首律对贴切,首尾呼应,承转自如,气势飞动的佳作。

风急天高猿啸哀,渚清沙白鸟飞回。无边落木萧萧下,不尽长江滚滚来。万里悲秋常作客,百年多病独登台。艰难苦恨繁霜鬓,潦倒新停浊酒杯。

——杜甫《登高》

杜甫这首七律首句入韵,八句皆对,章法、句法、字法均臻于奇绝。然而作者能于工整缜密精心结撰的对句中展示壮阔的境界和高浑的气象,笔力千钧而一气流注。元人评此诗:"一篇之内,句句皆奇,一句之中,字字皆奇。"明人胡应麟高度评价其"自当为古今七言律第一,不必为唐人七言律第一也"(《诗薮》)。

---

① 参见杨载《诗法家数》,载《历代诗话》,中华书局1981年版。

绝句篇幅短小,不能有丝毫的铺排,但要有一定的容量,所以往往截取一瞬间的生活感受和片段,却同样要求作整体构思。如果说律诗是两句一转,那么绝句则要求一句一转,而其中有一句为焦点,一般是第三句。如李商隐的《夜雨寄北》:"君问归期未有期,巴山夜雨涨秋池。何当共剪西窗烛,却话巴山夜雨时。"第三句转出新的企盼,顿时冲淡了回归无期的事实和暗淡。

格律诗由于篇幅的限制,字句不多,却要表现丰富的情感和意蕴,这就迫使作家在有限的实际空间中,争取更大的艺术空间。所以近体诗的句与句之间,不是一加一等于二的关系。尤其是七言律诗,需要语言的张力增大,内容的含量也增大。

近体诗中的用典,就是浓缩语言、增加语言张力的方法之一。例如,李商隐的《无题》:"刘郎已恨蓬山远,更隔蓬山一万重。"用刘阮遇仙的典故,来表现对所爱之人的一往情深。"刘郎"一词浓缩了寻觅爱情的千言万语。

其次是声律。声律是调节字和字之间关系、平仄之间关系的环节,往往不仅是音韵的问题,还会牵涉到风格、意象等许多关系。声律的应用,第一是有节奏感。诗歌的平仄,搭配起来,产生出抑扬顿挫、婉转起伏的声调,可以加强诗歌吟诵的节奏感。但是平仄只是一个基本的框架,同样的平仄,不同的作家应用起来,效果会完全不同。后世有的评论家认为,灵活应用平仄,也是调节诗歌声调音韵的重要构成部分。第二是可以做到词句之间的平衡。平仄之间的平衡,往往为一个音步一停顿,于是造成近体诗的句式一般是"二、三",或是"二、二、三"。例如杜甫《登高》:"风急、天高、猿啸、哀","渚清、沙白、鸟飞、回"。这样的平衡,有利于意象的组合。第三是有利于炼字。诗歌里意义的反复,不同于用字的反复。就是说,近体诗注重用字不得重复。与古诗不同,近体诗不仅不允许平仄的"病犯",而且还注重炼字炼句,甚至有"炼意"的风气。这也是增强语言文字含量的一个方面。例如,李颀的《送魏万之京》,首联云:"朝闻游子唱骊歌,昨夜微霜初渡河。"颈联复云:"关城曙色催寒近,御苑砧声向晚多。"有人说他"朝曙晚暮"四字重用,"惟其诗工,故读之不觉"(胡应麟《诗薮》内编卷五)。这里涉及了一个更深层次的问题:诗句声律的灵活应用和"兴象风神"的关系。明人评价唐代七律时说:"初唐体质浓厚,格调整齐,时有近拙近板处。盛唐气象浑成,神韵轩举,时有太实太繁处。中唐淘洗清空,写送流亮。"(同上)

风格上的变异与声律灵活运用有关。我们再回到前面所说的节奏感,就可以看到,声律的灵活运用,会给诗歌的"兴象风神"带来许多变化。后世已有人注意到这些变化:"平仄以成句,抑扬以合调。扬多抑少,则调匀;抑多扬少,则调促。"(谢榛《四溟诗话》卷三)"句分平仄,字关抑扬,近体之法备矣。凡七言八句,起承转合,亦具四声,歌则扬之抑之,靡不尽妙。"(同上)

诗歌中如果过多地选用仄声字,诗歌的风格就会变得哀怨急促。另外,同样是仄声,"上、去、入"的搭配或连用,效果也是不同的。例如,王昌龄的《长信秋词》:"奉帚平明金殿开,且将团扇共徘徊。玉颜不及寒鸦色,犹带昭阳日影来。"此诗的第三句中,连用了"玉""不""及""色"四个入声字,诗调顿时有一种令人阻塞之感。

　　再次是对仗。对仗是管束句与句之间的联系,是连接篇与句之间的桥梁,在近体诗中是十分重要的一环。律诗一般为中间两联对仗,因此,"承"和"转"的任务,往往由对仗的诗句来承担,所以对仗是贯彻作家意图的关键。对仗必须做到以下几点。第一,整饬工稳的核心。近体诗基本上呈现出整饬工稳的格局,而对仗则是它的核心部分。如果没有对仗就不能算是律诗。谢榛说:"诗以两联为主,起结辅之,浑然一气。"(《四溟诗话》卷二)又说:"律诗重在对偶,妙在虚实。"(《四溟诗话》卷一)第二是意象的联系和分割。无论工对还是宽对,对仗必须处理一联之间的上下关系以及整首诗之间的前后关系,因此,它是分割和联系意象的必不可少的手段。如王湾的《次北固山下》:"客路青山外,行舟绿水前。潮平两岸阔,风正一帆悬。海日生残夜,江春入旧年。乡书何处达?归雁洛阳边。"元人杨载《诗法家数》云:"(律诗)中间两联……须要血脉贯通,音韵相应,对偶相停,上下匀称。有两句共一意者,有各意者。若上联已共意,则下联须各意;前联既咏状,后联须说人事。两联最忌同律。颈联转意要变化,须多下实字。"这段话,多少道出了对仗的美学功能。

　　唐代近体诗体制的美学功能,体现了对立统一关系,合理地调整了字、音、意、象之间的综合关系。因此,体制、声律等作为一种法度,是不自由的,但是,正如李东阳《麓堂诗话》所说的"有巧存焉"。唐人对这一法度的运用十分巧妙,因此,格律并没有成为唐人诗歌创作的羁绊,相反成为中国古代诗歌一种最基本的创作形式。

　　如何发挥近体诗的美学功能,是个很复杂的问题。同样的篇幅、平仄,却可以写出风格截然不同的诗来。所以,外部形式的定型,并不等于唐诗艺术形式的凝固,近体诗中字、音、意、象等质素的调和也可以互补。

　　从齐梁"永明体"到唐代格律诗形成的过程,是诗歌体裁格式逐渐走向固定的过程,也是唐代诗人在创作实践中不断追求和探索的结果,唐人对格律诗逐步完善的本身,就是唐诗艺术创造的重要组成部分。

　　格律诗的艺术形式可以归纳为以下几点。首先是情感的外化。苏珊·朗格曾经说过:艺术是某种情感概念的形象性表达,艺术是有意味的形式。① 艺术是人类情感的体现,但这种情感并非某人一时一事的自我发泄,艺术表现的是一种人类的普遍情感,一种关于情感的概念。这是作者和读者能获得"共鸣"的重要

---

① 参见苏珊·朗格《情感与形式》,刘大基译,中国社会科学出版社1986年版。

因素。例如王维的"独在异乡为异客,每逢佳节倍思亲",王勃的"海内存知己,天涯若比邻",表达的就是思亲怀乡和珍视友情这样的人类普遍具有的情感。

既然这种情感带有普遍性、典型性,在艺术中的表现,常常会成为一种"程式",从意蕴的积淀转化成为形式的积淀。例如王维和王勃诗,在体式转折上便有共同之处:前半表现离别的伤感,后半转为深情的宽慰。这是我们十分容易发现的形式的表层意义。

也许并不是偶然的巧合,王维和王勃下列送别诗中,居然用了同样的韵脚——"真"韵。

渭城朝雨浥轻尘,客舍青青柳色新。劝君更尽一杯酒,西出阳关无故人。

——王维《送元二使安西》

城阙辅三秦,风烟望五津。与君离别意,同是宦游人。海内存知己,天涯若比邻。无为在歧路,儿女共沾巾。

——王勃《送杜少府之任蜀州》

再看王维的《九月九日忆山东兄弟》和同样表现乡情的《寒食汜上作》:"广武城边逢暮春,汶阳归客泪沾巾。落花寂寂啼山鸟,杨柳青青渡水人。"诗歌押韵也选择了"真"韵。

如翻阅唐人有关的怀人、送别之作,不难发现很多作品都采用"真"韵作韵脚:

望君烟水阔,挥手泪沾巾。飞鸟没何处?青山空向人。长江一帆远,落日五湖春。谁见汀洲上,相思愁白苹。

——刘长卿《饯别王十一南游》

草色随骢马,悠悠同出秦。水传云梦晓,山接洞庭春。帆影连三峡,猿声近四邻。青门一分手,难见杜陵人。

——皇甫曾《送人往荆州》

峡口花飞欲尽春,天涯去住泪沾巾。来时万里同为客,今日翻成送故人。

——司空曙《峡口送友人》

诗中的某些语词,以及由此组成的意象都和"真"韵中出现的字有关,换句话说,怀人、送别之作所运用的词汇,往往属于"真"韵。例如,"人"字的出现,频率最高,而人的合成词有"少一人"、"渡水人"、"故人"、"宦游人"等。此外,和"真"韵相邻近的"侵"韵,也常常用来表现同一类的情感,像杜甫的《月夜忆舍弟》、高适的《夜别韦司士》、钱起的《送少微师西行》和《送僧归日本》等。

　　在中国诗歌里,韵脚并不是单纯的只有声的意义,它同时又有字面意义。因此,韵律提供的作用是双项的,开始的时候,人们选择某些韵来表现某种思想情感,久而久之,这些韵脚以及由它们所构成的语词,成了具有能指和所指两项意义的符号。一旦选用,阅读者同样也会产生与作者相似的感情波澜。于是诗歌的格律、音韵就变成了一种"有意味的形式"。

　　由韵的规定到规定词组的选用,常常使得诗人在创作时,自然地将韵和意象组合在一起,便逐渐形成一种模式,成为一种作者和读者认同的符号。在李白诗中,我们可以看到,押"虞"韵的诗,往往有"雨"字出现,而"雨"韵构成的词,竟无一例外地写成"泪如雨":

　　　　心摧泪如雨。(《丁督护歌》)
　　　　独宿孤房泪如雨。(《乌夜啼》)
　　　　哀哀泪如雨。(《古风五十九首》之四)
　　　　节士悲歌泪如雨。(《临江王节士歌》)

　　形容眼泪多,通常有"泪如雨下"的说法,"泪如雨"一词的构成,与诗人选择的韵有关,即韵脚对语词的选择有制约作用。王维的《送别》诗则说"送君南浦泪如丝",是因为全诗押"支"韵;李群玉《感兴四首》有"天边无书来,相思泪成海"之句,泪流成海的意象,很可能是为了诗歌押"贿"韵的缘故。

　　其次是艺术的距离。成功的艺术,应能最"真实"地反映人类的情感。但这种真实,是艺术的真实,抽象的真实,而不是生活的真实。人们接受的,不只是生活中某些具体的人物、事件,而是凝聚在艺术创造中的东西。如果诗歌的表现方式和一般生活中表达的喜怒哀乐的方式相同,人们就不会承认这是诗。因此,诗歌的词句、韵律、语言、意象、构架等,都必须和现实保持一定的距离。简单地说,就是艺术和生活不能等同。

　　那么,怎样表现,并让读者通过这个"距离"来认识自己生存的现实世界呢?俄罗斯著名的语言学家什克罗夫斯基曾经提出"陌生化"的理论。他认为,诗歌艺术的基本功能,是对受日常生活的感觉方式支持的习惯化过程起反作用。我们很自然地就不再看到我们生活于其中的世界,对她独特的性质视而不见。诗歌的目的,就是要颠倒习惯化的过程,使我们如此熟悉的东西"陌生化"。雅各布森说,诗歌就是对普通语言的故意"破坏",是对普通言语有组织的"侵害"。[①]

---

　　① 厄利奇《俄国形式主义》,摩顿,1995年,第219页,转引自特伦斯·霍克斯《结构主义和符号学》,瞿铁鹏译,上海译文出版社1987年版。

从古体诗到近体诗,似乎也是一种"破坏"。首先当然是对普通语言以及古体诗语言方式的"破坏"。生活中的语言不用讲究音律,只需符合一般的语法规律;格律诗则不同,如李白《峨嵋山月歌》"夜发清溪"用的是倒装句,实际上是说"清溪夜发";杜甫《秋兴八首》之八"香稻啄余鹦鹉粒,碧梧栖老凤凰枝",实际上是"鹦鹉啄余香稻粒,凤凰栖老碧梧枝"。这不仅是由于格律诗要讲究平仄和粘对,语言文字的运用有一定的约束,所以很容易改变生活语言,更是因为这样的语序颠倒往往更富有表现力。如杜甫一诗突出了"香稻"、"碧梧",就有效地显示了诗人记忆中京城景物的无比美好。

古体诗的语序,比较接近生活语言,如同叙事一般,有头有尾。但近体诗则常常将叙事的顺序颠倒过来,"破坏"古体诗的常秩。如下列两诗同写闺怨,古体和近体的语序明显不同:

青青河畔草,郁郁园中柳。盈盈楼上女,皎皎当窗牖。娥娥红粉妆,纤纤出素手。昔为倡家女,今为荡子妇。荡子行不归,空床难独守。
——《古诗十九首》
斜凭绣床愁不动,红绡带缓绿鬟低。辽阳春尽无消息,夜合花前日又西。
——白居易《闺妇》

古诗是按照事件的顺序写前因后果,而白诗先写闺中少妇慵懒的情态,然后交代使她"愁不动"的原因乃是丈夫征戍在外而音信全无。

所谓"破坏",实际上是增加语言的新鲜感,是通过诗歌艺术技巧的充分发挥,来增强"文学性"的能量,系统地强化自身的语言素质。这样,近体诗比起古体诗来,更注重本身框架和语言的凝聚力及概括力,换句话说,就是诗歌创作的"炼字"、"炼句"、"炼意"。

最后是自我完善的系统。就近体诗本身来说,律、绝句的外部形式和内部结构,基本上是自成体系的。从篇制、声韵、对偶到句法、语序以及意象,都是各具规模而又互相联系的,但对于诗人所要表达的主旨来说,则又是相对独立的。因此,可以认为,格律形式是一个自我完善的系统,它的构成因素,可以自我调节,以界定它和其他文学形式的区别。

第五章

唐诗的特质

有唐300年,从初唐诗到晚唐诗,艺术风格几经变化,但把它放在整个古代诗歌的发展链条中看,它又是作为中国封建社会达到高峰时期的一代诗歌,也是中国古代诗歌自身发展到高峰阶段的一代诗歌。由于受到同一个时代的社会历史、思想文化背景中某些共同东西的影响,同时也由于诗歌本身发展的传统性和阶段性的制约,在初、盛、中、晚各不同时期诗风的个性中,仍有这个大时代的共性。因此,唐诗不仅是一个朝代诗歌的概念,更是一种诗的品格,一种审美的传统,一种有别于其他时代诗歌的特定的质态。刘勰《文心雕龙·时序》提出"文变染乎世情,兴废系乎时序"的重要观点,论述了文学与时代的关系;清吴乔《围炉诗话》也说:"汉魏也,晋宋也,梁陈也,三唐也,宋元也,明也,不需看读,遥望气色,迥然有别。此何哉?辞为之也。犹夫衣冠举止,可以观人也。"指出各时代诗歌,通过语言所表现出来的艺术风貌,就像一个人的衣饰言行所表现出来的性格特点,一望便可见其不同。那么,哪些是唐诗的特质呢?

陈子昂在唐诗革新时倡导的"风骨"和"兴寄",盛唐以后,这些概念得到普遍的承认;唐诗特有的声律和辞章是区别于古体诗的重要标志。盛唐时,各式近体诗都有了日臻成熟的固定格式,"气骨"以及"宫商"的谐调已成为当时论诗的标格。[1] 唐人还追求"兴象"、"韵味"等,也都属于唐诗特有的审美范畴,在唐人作品中,都有具体的体现。唐诗之所以成为唐诗,正因为它具有这些体格体貌的特质。例如,关于唐诗的"兴象",唐人,特别是盛唐人的"兴象",追求情与景融为一体的艺术效果,不仅如此,还要求"文已尽而意有余"[2],要有纵深感。因此,唐人的"兴象",往往是双重或多重世界的组合。但从创作冲动到字句的落实,都以情韵为核心。即"兴象"发自自然,通过自觉的提炼,达到意在言外的艺术效果,追求的是韵味,而不是哲理。宋诗则不同,它以哲理为核心,将诗中的理念化解为形象的组合,即通过精巧的构思,罗织形象。所以后人说"唐诗主情,宋诗主理","唐诗歌,宋诗哑"。可见,唐诗是一个完整的独立的系统,在历史的演进中逐步

---

[1] 殷璠《河岳英灵集集序》:"言气骨则建安为传,论宫商则太康不逮。"
[2] 钟嵘《诗品序》:"文已尽而意有余,兴也。"

摆脱前代诗风的局限和缺陷，产生和发展了一些自身的质素，并通过这些质素之间的相互组合渗透，日渐成为完备成熟的形态，而后又在新的历史时代背景下发生一系列新变。这样一个纷繁复杂的过程，亦即唐诗内部的萎缩、衰亡、扩展与蜕变，使唐诗成为有别于其他诗歌的一种独特的文学现象。

一、风骨与兴寄

唐诗是从六朝诗歌传统中脱胎出来的，它的特质也只有在变革六朝诗风的过程中，才能逐步显现出来。

唐诗的特质首先表现为"风骨"与"兴寄"。在中国古代诗歌中，突出地具有刚健气质的，无疑应数唐诗。不少诗篇，或激昂，或沉着；或挺拔，或遒劲；或豪放飘逸，或沉郁顿挫；或以凌云健笔取胜，或以含蓄蕴藉见长。虽姿态各异而刚健则一，与此前的六朝诗歌，及此后的宋词多呈阴柔之态明显不同。这种刚健的表现，就是唐诗的风骨。

"风骨"的概念，是在齐梁刘勰著《文心雕龙》中作为文学批评的专门术语第一次出现的，并赋予了新的含义。《文心雕龙·风骨》篇云："结言端直，则文骨成焉；意气骏爽，则文风清焉。若丰藻克赡，风骨不飞，则振采失鲜，负声无力。"大致可推断出："风"属于文章情意方面的要求，其象征意义是气势的高峻爽朗；"骨"属于语言方面的要求，表现为言辞的端正与真切。但是两者并不是分立的，内部有着紧密的联系，如此高昂的气势与端直的文辞配合在一起，便构成了那种昂扬奋发、刚健有力的美学风格。曹丕在《典论·论文》中提倡"文以气为先"，特别强调了文学的高妙、放逸、壮大，开启了"风骨论"的先河，这也就是后人推崇的"建安风骨"。

唐代初年，"风骨"所包蕴的美学趣味得到唐人的进一步重视。随着隋代的统一，南北文化的交流带来了南北文学的融合。《隋书·文学传序》写道："江左宫商发越，贵于清绮；河朔词义贞刚，重乎气质。气质则理胜其词，清绮则文过其意。理胜者便于时用，文华者宜于咏歌，此其南北词人得失之大较也。……则文质彬彬，尽善尽美矣。"把南朝与北朝文学传统的差异，归结为"轻绮"和"气质"的对立，要求取长补短，以形成新的文风。其中对于所谓的"气质"和"贞刚"的评论，显然带有"风骨论"的成分。《隋书·文学传序》还对齐梁后期的文学创作做了综合批评，"雅道沦缺，渐乖典则，争驰新巧"，"并存雅体，归于典制"等，都显示了这一倾向。"南北文学融合"论的提出，与初唐诗风的实际情况是有距离的。尽管其中六朝文学绮靡浮艳的影响远胜过北朝的质朴与刚健，但已经反映出唐人力图形成自己的风格，摆脱前朝藩篱的意向。[1]

---

[1] 参见陈伯海《唐诗学引论》，上海知识出版社1988年版。

唐高宗时期,在"初唐四杰"突破"上官体"的创作中,唐人的"风骨"观念进一步获得认同。杨炯和王勃在诗歌理论上有一些新的建树,带头革新,经过不断的努力,他们扭转了唐初文风,除了对齐梁文风的抨击外,他们也提出了需要建立自己的"风骨",而且是以"刚健"、"宏博"来揭示"风骨"的内涵,突破了唐初文人局限于"雅正"、"典则"的儒家观念,恢复了"风骨论"的原有含义,从张扬个性出发,逐渐突出了"风骨"在诗歌艺术表现力方面的作用。他们不仅在诗歌理论上有新的建树,而且带头革新,在创作中突出了"风骨"在诗歌艺术表现力方面的作用,形成新的诗歌潮流。所以杜甫《戏为六绝句》称赞"初唐四杰":"王杨卢骆当时体,轻薄为文哂未休。尔曹身与名俱灭,不废江河万古流。"闻一多在《唐诗杂论·四杰》中给予他们高度的评价。"初唐四杰"所代表的新的诗歌潮流,于此成为唐音的肇始。

继"初唐四杰"之后的陈子昂,则是将"风骨"对唐诗发展的意义大大提升的第一人。他在《与东方左史虬修竹篇序》中写道:"……汉魏风骨,晋宋莫传,然而文献有可征者。仆尝暇时观齐、梁间诗,彩丽竞繁,而兴寄都绝,每以永叹。思古人常恐逶迤颓靡,风雅不作,以耿耿也。……骨气端翔,音情顿挫,光英朗练,有金石声。遂用洗心饰视,发挥幽郁。不图正始之音,复睹于兹;可使建安作者相视而笑。"这段文字中,陈子昂将"骨气"与诗歌内在精神及外在的辞章、声调联系起来,提出了诗歌的新标准:"骨气端翔,音情顿挫,光英朗练,有金石声。"唐诗要走出自己时代的新路的要求,空前明确和自觉。这一过程,就是唐诗脱胎于六朝而终于获得自身定性的演变,因而得到后人的高度评价。如韩愈《荐士》说:"国朝盛文章,子昂始高蹈。"元好问《论诗三十首》(其八):"沈宋横驰翰墨场,风流初不废齐梁。论功若准平吴例,合著黄金铸子昂。"

盛唐以后,唐诗的"风骨"得到了广泛的承认和大力提倡。王维赞扬綦毋潜"盛得江左风,弥工建安体"(《别綦毋潜》),高适《答侯少府》"东道有佳作,南朝无此人。性灵出万象,风骨超常伦",李白说"蓬莱文章建安骨",杜甫说"凌云健笔",都是对"风骨"的形容。最具有概括意义的是殷璠《河岳英灵集序》为盛唐诗划定了一个明确的标准:"自萧氏以还,尤增矫饰。武德初,微波尚在;贞观末,标格渐高;景云(睿宗)中,颇通远调;开元十五年(727)后,声律风骨始备矣。"把"声律风骨始备"视为唐诗进入全盛时期的主要标志。其中评语也多从"风骨"着眼来评论和肯定入选诗人的成就。例如论高适"多胸臆语,兼有气骨",论崔颢"晚节忽变常体,风骨凛然",论陶翰"既多兴象,复备风骨",论王昌龄"饶有风骨",等等,都是有力的佐证。

还要说明的是,盛唐诗人虽承继了建安"风骨",但主要表现的是壮大激昂的一面,至于刘勰《文心雕龙·时序》篇指出的建安诗人因"风衰俗怨,世积乱离"所形成的悲凉格调,在盛唐诗人这里追求的是一种昂扬劲健、雄浑壮大的力度美。

"风骨"在盛唐诗中的体现是不言而喻的。尤其是几乎只属于盛唐的边塞诗,它所表现的深沉的爱国思想和尚武精神,是唐诗风骨最典型的代表。当时的著名诗人,几乎没有不写边塞诗的。写风光,抒豪情,抒壮志,写出师,颂军威,甚至写久戍思归之情和悲愤不平之鸣,都无不慷慨激昂。"大漠孤烟直,长河落日圆"(王维《使至塞上》);"功名只向马上取,真是英雄一丈夫"(岑参《送李副使赴碛西行军》);"四边伐鼓雪海涌,三军大呼阴山动"(岑参《轮台歌奉送封大夫出使西征》);"落日照大旗,马鸣风萧萧"(杜甫《后出塞》);"琵琶起舞换新声,总是关山旧别情。撩乱边愁听不尽,高高秋月照长城"(王昌龄《从军行》其二);"葡萄美酒夜光杯,欲饮琵琶马上催。醉卧沙场君莫笑,古来征战几人回?"(王翰《凉州词》);等等。这一切,都汇合成英雄交响乐,成为盛唐人精神世界的真实写照,构成盛唐之音的主旋律。还有一种题材——任侠诗,所表现的舍生取义的豪气,也鲜明体现了唐诗的"风骨"。如王维的《少年行》"孰知不向边庭苦,纵死犹闻侠骨香";李白的《侠客行》"十步杀一人,千里不留行。事了拂衣去,深藏身与名"。至于王、孟的山水诗,虽多表现阴柔之美,但并非唐诗的主体。而且也有相当一部分山水诗,是有"风骨"的。如李白对长江、黄河、瀑布的描写;杜甫对夔州的描写。即如王维、孟浩然,也有不少山水诗表现了阳刚之气。如王维的《终南山》、《汉江临泛》,孟浩然的《望洞庭湖赠张丞相》、《与颜钱塘登障楼望潮作》等。

即使是到走向末路的晚唐,诗歌的"风骨"仍然得到传承。诚然,晚唐诗人身上传统的人生意气与社会现实发生了更深刻的矛盾,干预外在世界的自信心与自豪感,为内心的失望与苦闷所代替。于是有的诗人,一些作品,追求在感官刺激当中摆脱苦闷,以粉腻脂香的描写求得暂时的慰藉和愉悦,作品"无复浑涵气象"。但应该看到,有些诗人,许多作品,特别是一些有代表性的诗人和作品则能够在内心世界的开掘中求深求远,于衰残和感伤中求沉郁求厚重。如晚唐咏史诗、怀古诗中的许多篇章就写得"上下千古,包罗浑含,出新奇以正大之域,融议论于神韵之中","气韵雄壮,情文相生"(朱庭珍《筱园诗话》卷三),以"风骨"见长。许浑的《金陵怀古》、赵嘏的《长安秋望》,甚至作为婉约的"花间派"鼻祖的温庭筠的《苏武庙》,都把衰残的历史遗迹,置于荒凉浑茫的空间和永恒流逝的时间之中,写出人事有限、历史无情的理思和深沉的感伤情韵,在衰残美和感伤美中,给人一种浑厚之感。

晚唐诗的大家杜牧、李商隐,他们学习和继承前辈诗人的一个重要方面就是继承诗歌有风骨的传统。杜牧十分推崇李、杜、韩、柳四大家,说:"李杜泛浩浩,韩柳摩苍苍。近者四君子,与古争强梁。"(《冬至日寄小侄阿宜诗》)所谓"泛浩浩"、"摩苍苍",就是指诗歌具有阔大恢弘、浑融深厚的境界。他的《登乐游原》:"长空澹澹孤鸟没,万古销沉向此中。看取汉家何事业?五陵无树起秋风。"便是将乐游原和秋风、夕阳这几种阔大的意象组合在一起,使原本衰残的景象一变而为苍茫深远,浑融深厚。同样,李商隐的"深情绵缈",更以情思深厚、境界浑融为重要因素。《诗人玉屑》载《蔡宽夫诗活》所引王安石的话"唐人知学老杜而得其藩篱者,唯义山一人而已",也主要是就李商隐诗学习杜甫诗的深厚沉郁风格而言的。

值得注意的是,在强调"风骨"的同时,陈子昂又提到诗歌中"兴寄"的问题。他认为,齐梁的诗歌偏重于文字形式的华丽,却忽视了诗歌的重要内涵与功用,即"彩丽竞繁,而兴寄都绝"。所谓"兴寄",就是比兴寄托,用比兴的手法来寄托诗人的抱负,有时也简称为"比兴"。"兴寄"一词在《与东方左史虬修竹篇序》里首次出现。作为一种诗学理论的"兴寄说"的提出,更断自始于陈子昂。此前钟嵘《诗品》评西晋张华诗有"其体华艳,兴托不奇"的考语,"兴托"与"兴寄"应是同义词,但或许是《诗品》产生时代的文化背景不同,或许是钟嵘并未将其作为一种理论提出,总之,未能像陈子昂提出"兴寄"这样引起注意并发生广泛而深远的影响。

"兴寄说"源于汉代诗说中的"美刺比兴"的观念,他们认为诗歌应该发挥"经夫妇,成孝敬,厚人伦,美教化,移风俗"的积极作用。同时,汉代诗说中很注重比兴手法对于发挥诗歌美刺功能的巨大效应。陈子昂的"兴寄说"就是从这个传统中孕育出来的。不过,"兴寄说"的提出主要是针对六朝后期诗作一味雕采饰绘,缺乏深刻的有厚度的社会政治内容,并未特别强调诗歌的教化功能,但仍然可以见出他的儒家诗教传统的立场。

陈子昂之后,杜甫和元结继承并发扬了"兴寄"的精神。杜甫高度赞扬了元结反映生民疾苦的诗篇,说是"不意复见比兴体制,微婉顿挫之词",指的是诗中有所托讽。元结对这个问题谈得很多,尽管搬弄了许多传统儒家的话语,而立意仍在于"极帝王理乱之道,系古人规讽之流"(《二风诗论》),针砭时俗的用心一目了然,不能片面归之于"复古"。

真正把"兴寄"传统发扬光大的,是中唐的白居易。他在《读张籍古乐府》诗中说"为诗意如何?六义互铺陈。风雅比兴外,未尝著空文",明确提出了将"风雅比兴"作为诗歌创作的根本,并把离开了这一基点的作品斥为"空文"。他还用这一标准来评判历代诗人的诗作,对李白、杜甫诸家都有所讥评,最不满意的就是齐梁间那些"嘲风雪,弄花草"的作品,提出"唯歌生民病,愿得天子知"等比较偏激的创作目的,以自身创作《新乐府》和讽喻诗来实践自己的理论。可以说,将"兴寄"一说的核心发挥到了极致,这对于唐诗创作的社会性和丰富性都有重要的贡献。

白居易在接受和阐发传统的"美刺比兴"观念时,所看重的只是其中的一个方面,即诗歌批评、讽刺时政的作用,尤重在体察民情上。所谓"篇篇无空文,句句必尽规"、"但伤民病痛,不识时忌讳",可以说是他的诗歌理论的核心,同时也是他写作《秦中吟》、《新乐府》等讽喻诗的指导思想。这跟汉代儒家的"美刺"并提,乃至以"美"为"正"、以"刺"为"变",颇有不同。在表现手法上,白居易认为"辞质而径,欲见之者易谕"、"言直而切,欲闻之者深诫"(《新乐府序》),力求把话说得明白激切,以便耸动视听,产生强烈的社会功效。这也不同于传统诗论推崇的委婉含蓄的比兴作风。事实上,白居易本人的讽喻诗很少借助于比兴手法,大多采用赋体,往往直书其事,锋芒毕露,按封建正统的尺度来衡量,是不怎么符合礼仪规矩的。对于传统诗教的突破,正是唐诗自身特质的一个表现。

"兴寄说"到了晚唐,也并未完全消退。例如,"新乐府"在晚唐受到瞩目,表明晚唐诗人对白居易接受角度的转变,并没有完全脱离中唐的影响,只是由于诗教传统的再度确认,引起对讽喻作品的重视。在接受讽喻诗的同时,再从那些广为流传的白氏作品中去寻找儒教的寓意。如唐末人黄滔在《答陈磻隐论诗书》中便认为,白氏许多不属于讽喻诗的作品,同样具有讽谏教化的作用:"大唐前有李、杜,后有元、白,信若苍冥无际,华岳干天。然自李飞数贤,多以粉黛为乐天之罪,殊不谓《三百五篇》多乎女子,盖在所指说如何耳。至如《长恨歌》云:'遂令天下父母心,不重生男重生女。'此刺以男女不常,阴阳失伦。其意险而奇,其文平而易,所谓言之者无罪,闻之者足以自戒哉!"

在确认白居易各类艺术作品的儒家诗教作用的同时,也有人通过对讽喻诗的艺术性的肯定,来强调白居易诗深入人心的意义。吴融的《禅月集序》便是从这一角度来评价白氏的《新乐府》及其影响的:"国朝能为诗者不少,独李太白为称首。盖气骨高举,不失颂咏风刺之道焉。厥后白乐天《讽谏》五十篇,亦一时之奇逸极言。昔张为作诗图五层,以白氏为广德大教化主,不错矣。"

除诗论外,在创作实践中注重"兴寄"的就更多了,被公认继承了陈子昂诗风的张九龄是最明显的一例,后人屡屡称道其诗有"兴寄"。如说:"张曲江五言以兴寄为主。"(《唐音癸签》)"张曲江以风雅之道,兴寄为上,故一篇一咏,莫非兴寄。"(《昭昧詹言》)

由于唐人对"兴寄"的重视,"兴寄"甚而成为唐诗有别于其他时代诗歌的一个特征,宋人在区别唐、宋诗时,便每每用"兴寄"作为衡量标准。如说:"若唐诗,则寄兴远,锻炼精,持律严而引用邃,简婉而不迫,丰容而有度。"(武乙昌《注唐诗鼓吹序》)"唐人之诗,以诗为文,故寄兴深,裁语婉;本朝之诗,以文为诗,故气浑雄,事精实。"(仇远《山村道集序》)

"风骨"与"兴寄"的理论和观念,对唐诗创作特质的形成,起到十分关键的作用。

二、兴象与韵味

唐诗经过长时间的探索酝酿,到盛唐终于出现了"声律风骨兼备"的局面,这种集大成，自然是把深刻的思想内容蕴涵在精练而富有表现力的文字形式中，从而创造出了一种外形鲜明而内蕴丰富的艺术境界，唐人称之为"兴象"。"兴象"就是唐人特有的美学境界，也是唐诗在艺术上完全成熟的标志。

"兴象"的概念在唐代始见于殷璠《河岳英灵集序》："责古人不辨宫商徵羽，词语质素，耻相师范。于是攻异端、妄穿凿，理则不足，言常有余，都无兴象，但贵轻艳。"殷璠在集中列举的实例的是孟浩然诗，说："浩然诗文彩丰茸，经纬绵密，半遵雅调，全削凡体。至如'众山遥对酒，孤屿共题诗'，无论兴象，兼复故实。"两句诗出自《永嘉上浦馆逢张八子容》，写的是永嘉江边客舍的情景，"众山遥对"写空，"孤屿"相峙写独，写尽了诗人离乡万里、失路相悲的心情；同时永嘉孤屿暗指谢灵运的《登江中孤屿》，故有此评。

"兴"，原是指诗歌会引起联想、感发意志的功能，后来又解释为托物起兴，用来专指诗歌的艺术表现手法。这种表现手段和汉儒诗教中"美刺"的方法联系在一起，形成一种委婉、含蓄讽喻社会政治的方式。如初唐陈子昂的"兴寄说"，重点在有所寄托上，到白居易鼓吹的"风雅比兴"，如称韦应物的歌行"才丽之外，颇近兴讽"（《与元九书》），着眼点已经移向政治讽喻的一边。

"兴象"中的"象"指物象，即文学作品里所表现的事物形象。加上"兴"，指诗歌表现上特具的那种言近意远、吞吐不尽的美学属性和艺术情趣。兴、象，二者均属于艺术构成的要素，两者合成，除了要求诗歌形象鲜明生动以外，还需要具备内在的兴味和神韵，要能透过外表事物的描绘，引导和展示出内部蕴涵丰富、包孕弘深的艺术境界来。唐人说的"兴在象外"（冯班《严氏纠谬》引刘禹锡语），正好对于此外部表象和内部隐含的关系作了精要的概括。把艺术形象分为"象内"和"象外"，反映了唐人诗歌审美观念的深化。

关于"兴象"，罗宗强《隋唐五代文学思想史》说："'兴象'是诗人幽远情趣与实景的遇合，是'对景即兴'的创作过程及其富有意味的艺术效果。"王运熙、杨明《隋唐五代文学批评史》说："所谓象，指反映在作品中的外界事物（主要是景色）的具体形象。所谓兴，指表现在作品中的诗人由外界事物（主要是景色）触发的感受、兴致。殷璠所谓'兴象'，大抵是指自然景物和诗人由此引起的感受。"陈伯海《唐诗学引论》说得更具体："'兴象'，作为'兴'和'象'两个名词概念组成的复合体，它不是一个偏正结构（如所谓'有兴发力之形象'），而是蕴涵着对立统一关系的层深组合。'象'就是物象，这里当然是指文学作品里写到的事物形象，即通常所说的人生图画。'兴'应该是从钟嵘'文已尽而意有余，兴也'的说法中延伸下来，指诗歌表现上特具的那种言近意远、吞吐不尽的美学属性和艺术情趣。"

综合以上说法，可以得出这样的印象，即唐人对"兴象"的认识，建立在诗歌创作中情景结合的基础上。情景交融、寄情于景是古代诗歌创作中常用的手法，我国诗歌的重要传统是抒情，而抒情往往要凭借着情和景的联系，才能自然地发出。当这情和景结合得很好时,便是情景交融了。另外,要意余象外。即不单要求情景交融,还要求这种情和景的综合不单纯停留在"象内"世界这一浅层次上,还要能够"义生文外"、"文已尽而意有余",这就和一般的寄情于景或是情景交融有了区别。试看殷璠所举有"兴象"之例:

"松际露微月,清光犹为君。"(常建《宿王昌龄隐居》)
"山风吹空林,飒飒如有人。"(岑参《暮秋山行》)
"塔影挂清汉,钟声和白云。"(綦毋潜《题灵隐寺山顶禅院》)

几首诗中的景象大都是较平实的常景,但蕴涵着逸致幽情,意在言外,耐人寻味。如常建诗写作者夜宿王昌龄出仕前隐居之所时,松林之际微露的皓月,依旧为王昌龄而把它清幽的光辉洒落下来,旨在招王昌龄归隐。又如白居易《钱塘湖春行》:"孤山寺北贾亭西,水面初平云脚低。几处早莺争暖树,谁家新燕啄春泥。乱花渐欲迷人眼,浅草才能没马蹄。最爱湖东行不足,绿杨荫里白沙堤。"方东树评之曰:"佳处在象中有兴。有人在,不比死句。"认为白居易这首诗的妙处在于刻画春天西湖景象时,传达出诗人春日骑马游春的高远飘逸之兴。诗人抓住反映早春勃勃生机之"象",也就表现了高远飘逸、兴致勃勃的情兴。

再比较两首小诗来说明这一点:

夕殿下珠帘,流萤飞复息。长夜缝罗衣,思君此何极!
——谢朓《玉阶怨》
玉阶生白露,夜久侵罗袜。却下水晶帘,玲珑望秋月。
——李白《玉阶怨》

两首诗题目相同,主题也都是宫怨,体裁也都是五言绝句。谢朓的诗被看做是齐梁小诗中情景交融的代表作。它由夜间宁静清绝的景色引发出主人公长夜不眠、缝制罗衣的镜头,进而点出她对所思之人的绵绵情思,有物有人,有情有景,且气氛协调,脉络贯通,称得上是寄情于景或情景交融。但细细揣摩你就会发现,其实这首诗歌中的人物、情调包括景色都是较为平面化的,平行地放在同一层面上,缺少一种深层的构思,难以引发读者透过画面去作更为广远的思考和玩味,所以说基本停留在"象内"世界,还不能称为"兴象"。

而李白这首诗就不同了。上联写的也是夜景,但"罗袜"一词点出景中有人,"生"、"侵"两个动词更是把漫长的时间过程暗示出来了,使读者透过玉阶、白露的景物描写看到了冒着秋风寒露在石阶上等待的人影。而她的等待可以通过想象而展开。下联没有直接写她的心情,只写了"下"、"望"两个动作。"下水晶帘",表示夜已深了,等候已经无望;"望秋月",则意味着孤怀难遣,不能成眠,只有借月亮作为自己的慰藉。而在这隔帘望月的情景中,又将发生多少的追忆和回想!诗里全无一个字触及主人公的内心世界,但形象本身的每一个细节都牵动了读者的心弦,更指向了一个"象外"的世界,任读者自己去揣摩、推敲和想象。

谈论"兴象",要和宋以后诗歌中的"理趣"划清界限。"理趣"(还包括了"禅趣"),主要是宋诗开创的一种形象思维的方式,它跟直接用理语入诗又有所不同,也有别于对概念作形象化的图解,而要求将人生的哲理、情趣渗透于具体物象中,借物象来展示哲理、情趣。这也是后人划分唐诗与宋诗的根本区别。例如杜甫《登高》中的句子"无边落木萧萧下,不尽长江滚滚来",抒发的是悲慨的情思,属于"兴象";黄庭坚《登快阁》"落木千山天远大,澄江一道月分明",展示的是心性的空明,属于理趣。再看下面两首诗:

　　　　横看成岭侧成峰,远近高低各不同。不识庐山真面目,只缘身在此山中。
　　　　　　　　　　　　　　　　　　　　　　　　——苏轼《题西林壁》
　　　　半亩方塘一鉴开,天光云影共徘徊。问渠哪得清如许?为有源头活水来。
　　　　　　　　　　　　　　　　　　　　　　　　——朱熹《观书有感》

前者借对庐山的观赏,说明"当局者迷"的哲理;后者从活水的清澄,比方读书养性的重要。目的都在于说理,但又不直接表明观点,而是用平常易见的物象作为媒介来传达所要表达的含义,收到了"即事见理"的效果,这就是"理趣"。它也有一个"象内"与"象外"的区分,是事物表面现象与哲理的区分,但两者的不同在于,"兴象"是以情韵为核心,而"理趣"则是以哲理为核心的,二者在归趋上大相径庭。与此相联系,"兴象"的二重组合大多发自于大自然,"理趣"则出于精思。正如钱锺书所说:"唐诗多以丰神情韵擅长,宋诗多以筋骨思理见胜。"(《谈艺录》)

总的来说,唐代诗人是以"兴象"取胜的,即使中唐以后一部分作品中出现了哲理化的倾向,也多半是情理结合并从属于抒情。刘禹锡诗中"沉舟侧畔千帆过,病树前头万木春"、"芳林新叶催陈叶,流水前波让后波"等句,虽为阐明理趣,但整体上仍给人以抒情的感觉。

"兴象"在唐后期的演变过程中,逐渐走上了一条虚化的道路,就是舍"象"而光言"兴",以至于用"韵味"代替了"兴象"。稍后于殷璠的高仲武《中兴间气集》里已经不再使用"兴象"的说法了,取而代之的是"兴致"、"兴用"、"兴喻"等,初步表现了对于"象外"之"兴"的偏好。同时的戴叔伦,提出过"诗家之景,如蓝田日暖,良玉生烟,可望而不可置于眉睫之前"的名言,着力渲染"象外"世界的玄虚华妙。到了晚唐司空图以"辨味"释诗,"韵味"的说法才真正瓜熟蒂落。

按照司空图的解释,"韵味"当为:醋止于酸,盐止于咸,精于口味的人当不能满足于这类单调的味觉,而是希望入口的食物有更丰富复杂的风味。这种"咸酸之外"的别具一格的境界,转用到诗歌创作和品评中去,就是"韵外之致"、"韵外之味",它对诗歌的写作有更高的要求,要求诗人要使所写的对象尽在不言中,做到"近而不浮,远而不尽",给人以超乎具体表象之外的美的感觉。《二十四诗品》中说到"超以象外,得其环中",就是对这种超越感性形态的审美境界的领略和追求。对比于"兴象说","韵味说"则是更加注重诗歌的空灵超脱了。[①]

"韵味说"的出现不是偶然的,是对中唐以来的诗歌"尚意"风气的修正。它标举高情远韵,正是为了补救唐中期诗坛的日益讲求精思锻造,诗歌境界的日就蹈实,是对相对忽略和丢失了盛唐诗坛主情韵、贵含蓄传统的复归。然而,犹如晚唐诗歌并不就是盛唐传统的全面复兴,"韵味"和"兴象"也绝不能等量齐观。"兴象"是对诗歌形象二重组合的完整概括,"韵味"则只能标示和突出其"形而上"的一面。因此,"韵味说"在引导人们去极力探寻"象外"世界奥秘的同时,不免会有意无意地削弱对"象内"的关注。

司空图《二十四诗品》中"离形得似"口号的提出,提醒诗人在捕捉形象时不要拘泥于表面的形似,要透过事物外形去摄取其内部的神韵,自有其合理性;而如果解作只有脱略形迹,才能得其神味,就不免走入歧途了。司空图已开其端,严羽走得更远,到清初的王士禛专以冲淡闲远的境界和吞吐含茹的功夫为"诗家三昧",则完全陷入了狭窄难行的死胡同。"兴"和"象"的重新统一,要到王夫之、王国维等人手里才得以真正实现,特别是王国维的"境界说"是唐人"兴象说"的充分展开和最终完成。由盛唐人提出的"兴象"观念,到中晚唐以后的"韵味",各执一端,发展和深化了古典诗歌形象的内涵,而后才会有理论上的更全面的综合。这也是历史的进化论。

三、辞章与格调

辞章与格调,也是体现唐诗特有风貌的主要质素之一,关于这一点,唐人已经意识到了。例如,《文镜秘府论·南卷·论文意》征引托名王昌龄的《诗格》中的一段话:"凡作诗之体,意是格,声是律;意高则格高,声辨则律清;格律全,然后始有调。"说明唐人已经注意到了诗歌格、律、调的和谐。诗格研究从沈约以后直至唐初从未间断过,甚至早于唐诗创作高潮的到来。

---

① 参见陈伯海《唐诗学引论》,上海知识出版社1988年版。

唐中叶,有过一批影响较大的专著,如托名李峤的《评诗格》、托名王昌龄的《诗格》以及白居易的《金针诗格》、贾岛的《二南密旨》等。自中唐到五代,人们从单纯摸索唐诗的声律、对偶特点转向将声律与诗歌的体势、比兴等结合起来,探索唐诗的艺术风貌和规律。如皎然所说的"诗有四深":"气象氤氲,由深于体势;意度盘礴,由深于作用;用律不滞,由深于声对;用事不直,由深于义类。"(《诗式》卷一)宋以后,诗法兴盛起来,特别是诗话的出现,拓宽了唐诗研究的范围,对诗歌作法的研究,由体势、格律转向对作家作品艺术风格、诗学渊源、谋篇布局、造句炼字等综合性的评述,总结出许多唐诗创作的艺术手法。再如宋代"江西诗派"的诗法,从黄庭坚的"点铁成金"到范温的"诗眼"、吕本中的"活法",都是研究字和句的"法度"的。吕本中说:"潘邠老言,七言诗第五字要响……五言诗第三字要响。……所谓响者,致力处也。"(《苕溪渔隐丛话》前集卷十三所引《童蒙训》)他的话为探索唐诗的辞章和格调提供了依据。

　　诗歌是通过辞章来展示意象的,而唐代的格律诗又有声和律的严格要求。但是,同样的平仄,不同的诗人或不同时代的诗人,作品的风格却完全不同,艺术品位也相去甚远。这是什么原因呢?从上引唐人的论说中可以看到,唐诗的外在形式,例如体式、体制、声律、诗格、诗法等都不是孤立存在的,诗人的情感和意志是通过诗歌外在形式作为载体表达出来的,那些体制和声律、修辞和章法甚至更小的因素,都能成为载体,诗人的意图、诗歌的"兴象风神"都能通过它们体现出来,这就是明人所说的"格调"。

　　通过上述的"载体",可以发现,唐诗的创作在艺术形式上有许多规律可循。例如在诗歌体制上,古体和近体,五言和七言,长篇和短篇在声律上的要求各不相同。"短律贵乎精工,长律宜浩瀚奇崛,其法不可并论。"(《四溟诗话》卷三)从五言到七言,虽然只增加了两个字,可整首诗的声律、章法都相去甚远。所谓"五言律差易得雄浑,加以二字,便觉费力。虽曼声可听,而古色渐稀。七字为句,字皆调美;八句为篇,句皆稳畅;虽复盛唐,代不数人,人不数首。"(《艺苑卮言》卷一)

　　不同的体制还会受到语体风格的制约,如五言绝句和七言绝句,虽然都以含蓄为贵,但"五言绝,尚真切,质多胜文;七言绝,尚高华,文多胜质",原因是"五言绝源于两汉,七言绝起自六朝,源流迥别,体制自殊"(《诗数》内编卷六)。由于唐代格律诗兴盛,造成了唐代古诗和汉魏古诗的不同风貌。唐以前的古体诗不尚泥于声律,但随着新体诗的出现,唐代的古体诗也受到了影响:"唐人沿袭六朝,自幼便为俳偶、声律所拘,故盛唐五言自李、杜、岑参、元结而外,多杂用律体,与初唐相类。"(许学夷《诗源辩体》卷十七)如王昌龄、储光羲等人的五古"平韵者可杂律体,仄韵者也多忌鹤膝"(同上),因而被称为"唐人痼疾"。但是唐人也不断努力克服这种"痼疾",于是,格调派又注意到盛唐以后的诗歌中"有纯用平仄

(仄)字而自相协调者",如"轻裙随风还","五字皆平";"桃花桃花参差开","七字皆平";"月出断岸口"一章,"五字皆侧";"有客有客字子美","七字皆侧"(《麓堂诗话》)。所以,汉魏古诗与唐古各自为体,"唐古自有唐调"。

声律是辞章和体制的重点,"古律诗各有音节",而近体诗更注重声律:"律诗重在音节,格调风神尽其音节中。"(《诗薮》外编卷一)律诗"妙在平仄四声而有清浊抑扬之分","若夫句分平仄,字关抑扬,近体之法备矣"。平仄和抑扬与诗歌的格调有密切关系:"平仄以成句,抑扬以合调。扬多抑少,则调匀,抑少扬多,则调促。"如杜常《华清宫》诗:"朝元阁上西风急,都入长杨作雨声。"上句二入声,抑扬相称,被誉为"中和调"。王昌龄《长信秋词》:"玉颜不及寒鸦色,犹带朝阳日影来。"上句四入声相接,抑之太过;下句一入声,"歌则疾徐有节"(《四溟诗话》卷三)。当然,仅仅用平仄来体现清浊抑扬是不够的,唐人还讲究用韵。格调派认为,"诗贵韵稳"(《麓堂诗话》),"若秋、舟,平易之类,作家自然出奇;若眸、瓯、粗俗之类,讽诵而无音响;若锼、搜、艰险之类,意在使人难押"(《四溟诗话》卷一)。他们分析说,九佳韵窄而险,"自唐以来,罕有赋者","如皮日休、陆龟蒙《馆娃宫》之作,虽吊古得体,而无浑然气格,窘于难韵故尔"(《四溟诗话》卷四)。

唐诗特有的句法和章法,也和诗歌的声调有关。通过大量的唐诗素材,可以总结出"虚与实"的字法:"诗用实字易,用虚字难。盛唐人善用虚,即开合呼唤,悠扬委曲,皆在于此。"(《麓堂诗话》)"虚字太多,体格稍弱",多使实字,"奇崛有骨",虚实结合得当,才是好诗。在句法和章法上,也是同样的道理:"大抵前疏者后必密,半阔者半必细;一实者必一虚,叠景者意必二。"(《再与何氏书》,《空同子集》卷六十一)诗句之间必须保持平衡。以律诗为例,中间两联"贵乎一浓一淡"(《四溟诗话》卷二),"作诗先以一联为主,更思一联配之"(《四溟诗话》卷四),整章之中,则以"两联为主,起结辅之"(《四溟诗话》卷二)。此外,盛唐与中唐的诗风不同,也可以从修辞上找到规律:"律诗重在对偶,妙在虚实。子美多用实字,高适多用虚字。唯虚字极难,不善学者失之。实字多则意简而句健,虚字多则意繁而句弱。"(《四溟诗话》卷一)正因为虚字的运用很难把握,中唐诗虚字越来越多,使诗歌的格调日趋卑下。

诗歌修辞、声律的变化,是与唐人诗风的变化联系在一起的,例如王维的七言律,除了《应制早朝》诸篇外,"往往不拘长调",至"酌酒与君"一篇,"四联皆用仄法,此是初唐所无"(《艺苑卮言》卷四)。"李贺古诗或不拘韵,律诗多用古韵,此唐人所未有者。又仄韵上去二声杂用,正合诗余;李商隐、温庭筠亦然。"(《诗源辩体》卷二十六)如果用这样的方法来分析,可以用来总结和概括唐诗的主要流派和不同风格。

例如五言古诗,"唐初承袭梁、隋,陈子昂独开古雅之源,张子寿首创清澹之派。盛唐继起,孟浩然、王维、储光羲、常建、韦应物,本曲江之清澹,而益以风神者也;高适、岑参、王昌龄、李颀、孟云卿,本子昂之古雅,而加以气骨也"(《诗薮》内编卷二)。

五言律诗,"也有二格:陈、杜、沈、宋,典丽精工;王、孟、储、韦,清空闲远"(《诗薮》内编卷四)。又如盛唐时期"边塞诗派"和"田园诗派"风格上的差别:"高、岑悲壮为宗,王、孟闲澹自得。"同一诗派的诗人,也有各自的特点。同属古雅一派的高适和岑参就有不同:"常侍五言古深婉有致,而格调音节,时有参差;嘉州清新奇逸,大是俊才,质力深旨,皆出高上。然高黯淡之内,古意犹存;岑英发之中,唐体大著。"(《诗薮》内编卷二)

唐代大诗人往往一人兼有多种风格。如王维的五言律,"有一种整栗雄丽者,有一种一气浑成者,有一种澄澹清致者,有一种闲远自在者"(《诗源辩体》卷十六)。又如韦应物的五言古诗,同七言古诗风格差别显著:"七言古体既矫逸而语复劲峭,与五言古如出二手。"(《诗源辩体》卷二十三)指出"杜甫别调",也是从声律和辞章上分析得来的:"五七言古诗仄韵者,上句末字类同平声,唯杜子美多用仄。""诗用倒字倒句法,乃觉劲健。如杜诗'风帘自上钩''风窗展书卷''风鸳藏近渚','风'字皆倒用。至'风江飒飒乱帆秋',尤为警策。"(《麓堂诗话》)从唐诗的章法上,也可以看出各个时期的不同特点,如用五言律诗,"前起后结,中四句,二言景,二言情,此通例也。唐初多于首二句言景对起,止结二句言情","唐晚则第三四句多作一串"(《诗薮》内编卷四)。

所以,从唐诗的外在艺术载体来看,它是一种"有意味的形式",对它的分析实际上是由三个层次组成的:第一层次是唐诗的体式,包括体制、声律、诗格、诗法等;第二层次是通过第一层次了解唐诗流派和作家个性,包括唐诗的"兴象风神";第三层次是通过前两个层次描述唐诗整体的发展,并得出优劣、盛衰的总体评价,包括唐诗的分期问题。如果说,诗歌体制和声律的差别,造成了诗歌"兴象风神"的差别,那么,唐诗具有与其他时代诗歌不同的体制和声律,因而也具有不同的艺术风貌,这就是唐诗区别于其他时代诗歌的根本所在。当诗人在体制和声律的运用方面,自觉或不自觉地发生变化时,建构在这些基本质素上的"兴象风神"也会发生变化,于是唐诗就发生了衰变,唐诗品格的高下、分期也随之出现。当这种变化超出一定度量,唐诗将转变成为另一时代的诗歌,或另一种文学样式。

四、诗歌语言

诗歌比起其他一切文学作品,都更是"语言的艺术",语言在诗歌中具有特殊的重要性,一个字的出入,往往便高下悬殊。唐诗之所以获得很高的赞誉,原因自然是多方面的,但语言方面的成就,无疑是其中的一个重要原因。唐诗是诗歌语言自身的成熟与唐代社会发展成熟的共同产物,一千多年来,在人们的印象中,唐诗不但比它以前的历代诗歌容易理解和接受,也比它以后的宋、元、明、清的诗歌更容易理解和接受。唐诗的语言特质主要体现在以下几方面。

一是自然。

所谓"自然"的诗歌风格,要求感情不做作,发之于真情;语言不雕琢,出之于天然;写景要真切,不刻意敷色。在章法、表现手法等方面则要求顺乎自然,不刻意求巧。我国古代文论家十分崇尚自然,把自然作为最高的艺术标准之一。语言的平易不等于自然,只有当平易的语言表现出情景交融的诗境及无穷韵味时,才会有自然的美。风格的自然也不等于以事物、情感的自然形态入诗,而是使"人工形态"如出天然,超妙无痕,无迹可求。这就是"自然"的真实含义。唐诗情景交融的诗歌意境,真挚的感情,壮大的气势,都是以质朴无华而又炉火纯青的语言表达出来的,在这方面,唐人所达到的成就是不可比拟的。李白《金陵酒肆留别》:"风吹柳花满店香,吴姬压酒劝客尝。金陵子弟来相送,欲行不行各尽觞。请君试问东流水,别意与之谁短长?"语言自然流畅,仿佛口语。沈德潜评曰:"语不必深,写情已足。"(《唐诗别裁集》)"床前明月光,疑是地上霜。举头望明月,低头思故乡。"这首家喻户晓的《静夜思》更仿佛脱口而出,不假思索,但就在这些脱口而出的诗中,蕴涵着无穷韵味。

追求自然的美并不意味着不经过提炼,李白的诗大都如此。以《早发白帝城》为例,郦道元《水经注·江水》:"自三峡七百里中,两岸连山,略无阙处;重岩叠嶂,隐天蔽日,自非亭午夜分,不见曦月。至于夏水襄陵,沿溯阻绝,或王命急宣,有时朝发白帝,暮到江陵,其间千二百里,虽乘奔御风不以疾也。"这段话,与李白写白帝至江陵一段江行情状是相同的,但艺术的效果却有所不同。前者虽然也很生动,却基本上是客观的叙述,后者则是情景交融的描绘,在瞬息千里、历历如绘的描写中抒发了李白独有的欢快心情。而从语言提炼的角度说,李白诗不仅更凝练,而且赋予语言以色彩美和节奏美。另如《峨眉山月歌》:"峨眉山月半轮秋,影入平羌江水流。夜发清溪向三峡,思君不见下渝州。"王世贞说:"此是太白佳境。然二十八字中,有峨眉山、平羌江、清溪、三峡、渝州,使人为之,不胜痕迹矣。益见此老炉锤之妙。"(《艺苑卮言》卷四)这说明李诗之所以达到朴素自然的美,是提炼的结果。

像李白这样经过艺术提炼而达到自然素朴之美的作品,在唐诗尤其是盛唐诗中比比皆是。如孟浩然《春晓》、王之涣《凉州词》、王维《相思》和《杂诗》"君自故乡来"、王昌龄《采莲曲》"荷叶罗裙一色裁"、崔颢《黄鹤楼》等。语言的自然贯穿有唐300年,像中唐白居易的《大林寺桃花》、晚唐杜牧的《江南春绝句》等诗莫不平易自然。当然,自然并不等于一味的朴素,深入浅出更不是浅显的同义语。此外,自然与平淡、质朴亦非一回事,也不排斥工丽等风格。自然的可以同时是工整绮丽的。不过,自然常与"平淡"相伴。如孟浩然的《春晓》就属平淡自然一格。此诗毫无雕饰,明白质朴,浅易如话,并且于自然之中含有韵致,故千古传唱不衰。

唐人对自然的追求,不仅体现在创作中,理论上也有反映。这主要表现在李白的诗论中。如"自从建安来,绮丽不足珍"(《古风》其一);"清水出芙蓉,天然去雕饰"(《经乱离后天恩流夜郎忆旧游书怀赠江夏韦太守良宰》);"一曲斐然子,雕虫丧天真"(《古风》第三十五首)等。

二是含蓄。

梅尧臣提出的好诗的标准是:"状难写之景如在目前,含不尽之意见于言外。"(欧阳修《六一诗话》引)吴乔也说:"诗贵有含蓄不尽之意,尤以不著意见声色故事议论者为最上。"(《围炉诗话》)强调作诗应力求含蓄,亦即有言外之意。中国古典文学在艺术上历来崇尚含蓄,这与儒家和道家的影响有关。儒家主张"温柔敦厚"、"怨而不怒"、"发乎情,止乎礼义",从文学审美观来说讲的就是含蓄。道家的一个主要思想是看重"无",认为"无"是万物之母,提出"大音希声"、"大象无形"等审美观。含蓄不只表现在诗歌中,甚至不仅表现在文学中,各种艺术门类都讲究含蓄。对含蓄最经典的概括是出自《二十四诗品》的"不着一字,尽得风流"。

汉语的特点为中国古典文学尤其是诗的含蓄提供了良好的前提,一字一音、一音多义、语法松散等特点,使诗的语言仿佛有一种神奇的魔力,具有很深的内蕴。同样几个字,反复组合,可以生发出不同的意味,刘希夷"年年岁岁花相似,岁岁年年人不同",以"年年岁岁"和"岁岁年年"互换引出"花相似"与"人不同"的对比,抒发出物是人非的人生感慨;李白"今人不见古时月,今月曾经照古人",以"月"与"人"的古今对比,写出自然的永恒和人生的短暂。

在古典诗歌中唐诗尤其来得含蓄,这与格律诗在唐代达到成熟有关,五绝只有 4 句 20 个字,七律也只有 56 个字,必须言有尽而意无穷。以含蓄为特色的唐诗可谓俯拾即是。如李白《黄鹤楼送孟浩然之广陵》,无一字写情,只说自己伫立江边望着帆影渐渐消失不见,只剩下长江在天边流动,然而对友人的一往情深,友人离去的孤寂,均在不言之中。《唐宋诗醇》赞其"语近情遥,有'手挥五弦,目送飞鸿'之妙"。唐代的闺怨、宫怨诗,大都写得含蓄蕴藉。如王昌龄《闺怨》,题为"闺怨",诗人却偏从"闺中少妇不知愁"写起,继而用"凝妆"、"上翠楼"写她不知愁的表现,接下来却写她情绪忽然来了 180 度的转变,"悔"起来了,为什么?没有说。只点出是受了"陌头杨柳色"的触发,略去了变化的心理活动,从而给读者留下丰富的想象余地。金昌绪《春怨》:"打起黄莺儿,莫叫枝上啼。啼时惊妾梦,不得到辽西。"写一位欲睡未睡的少妇,事先把落在窗前树上的黄莺赶跑,生怕黄莺的啼叫惊破她的好梦,使她不能在梦中与远在辽西打仗的丈夫相会。四句诗好像剥笋,剥去一层,还有一层,最后才揭出谜底。元稹《宫词》:"寥落古行宫,宫花寂寞红。白头宫女在,闲坐说玄宗。"只描画了一个场景,宫女的身世遭遇都没有说,"说玄宗"的内容也没有说,但宫女的寂寞凄凉、抚今追昔的感叹流露在字里行间。又如王维《杂诗》"君自故乡来"一首,写见到家乡的人,什么都不问,只问窗前梅花开了没有,看似不合理,实则富有包孕,梅的特点是冰清玉洁,冲寒开放,古人用来象征人品的高洁,单问梅花,这就写出了诗人的心灵。有两句诗写在偏僻古老的县城里做官,很清苦,只用十字:"县古槐根出,官清马骨高。"连官坐的马都饿得瘦瘦的,其穷困可想而知。温庭筠《商山早行》"鸡声茅店月,人迹板桥霜",旅人的辛苦见于言外。

　　唐诗达到含蓄蕴藉的效果有多种手法,其中情景交融是最常见也最有效的方法,如张继《枫桥夜泊》中"江枫"、"渔火"、"月落"、"乌啼"、"钟声"等景色的点染,不但点明节候,画出霜天晓景,而且巧妙地烘托出江上孤客的旅愁。诗人借所见所闻写出一夜无眠,思乡之情自不言而喻。其他还有:细节暗示,如杜牧《秋夕》中写宫女"卧看牵牛织女星"的细节,暗示她形单影只的孤寂和对爱情的渴望。藏问于答,如贾岛《寻隐者不遇》中一句问,后三句答。王文濡《唐诗评注读本》说:"四句开合变化,令人莫测。"指出其含蓄表现了隐者的高致。用典,如杜牧《泊秦淮》用"后庭花"的典故,讽刺晚唐时风淫靡、统治者醉生梦死的社会现实。比兴寄托,朱庆馀《近试上张水部》与张籍《酬朱庆馀》,一唱一和,构思巧妙,全用比兴,堪称珠联璧合,诗坛传为佳话。

　　三是意象。

　　意象,即审美意象,是主观之"意"与客观之"象"的结合,是一种心灵的创造。中国诗歌多半是短小的抒情诗,尤其是近体诗,一首诗里词语的数量并不多,这就要靠意象的丰富,使诗的感情容量增大,启示性增强。唐诗之富于艺术表现力,原因之一就是意象多姿多彩,层出不穷。有唐300年,诗歌创作进入黄金时代,与意象的丰富发展有直接关系。因为这正是诗歌意象臻于成熟但尚未衰老、最富有生命力的时候。

　　意象是经过若干代人反复运用和转述加工,凝聚了多层次内涵的结晶,它一经出现,便容易唤起读者丰富的联想和历史的回味。如"杜鹃啼血"源于古蜀国望帝杜宇死后化为杜鹃鸟,哀啼滴血,声似"不如归去"(又叫子规),因此"杜鹃"或"杜鹃啼血"的意象便被诗人用来表现悲哀凄婉的情感,一旦在诗中出现,即创造一种愁惨的氛围。如李白《蜀道难》:"又闻子规啼夜月,愁空山。"《宣城见杜鹃花》:"蜀国曾闻子规鸟,宣城又见杜鹃花。一叫一回肠一断,三春三月忆三巴。"白居易《琵琶行》:"其间旦暮闻何物,杜鹃啼血猿哀鸣。"又如杨柳,古人有折柳送别的习俗,因而在送别诗中常常出现,成为一种意象。如"渭城朝雨浥清尘,客舍青青柳色新";"长安陌上无穷树,唯有垂杨管别离",正面点出杨柳与离别的关系;"春风知别苦,不遣柳条青",从反面暗示离别之苦。又如古代重阳节有赏菊的风俗,菊花也就与重阳节结下不解之缘。岑参"遥怜故园菊,应傍战场开",抒发游子对于战乱中家园的怀念之情。飞蓬、转蓬等意象,寓含的是身世飘零、无所依归的感慨,李商隐《无题》"嗟余听鼓应官去,走马兰台类转蓬",嗟叹自己屈身下僚,困顿失意。唐诗中有大量意象,如落花之于青春凋残,青松之于高洁品格,"沧浪之水"之于洁身自好,鲈鱼莼菜之于思乡,胡笳号角之于边塞战争,孤帆之于天涯孤旅,蓬莱仙境之于理想境界,渔樵、白云之于隐逸,捣衣砧之于思亲念远,等等。有些诗甚至通篇由玲珑剔透的意象组成,如王维《辋川集》中的绝句、孟浩然《宿建德江》、柳宗元《江雪》等,简直可以称作"纯意象诗"。

  在众多意象中,以自然意象为最多,大自然是取之不竭、用之不尽的诗歌意象的源泉。中国古诗艺术的发展,就是一个自然景物不断意象化的过程,唐代300年自然景物意象化过程十分迅速,诗歌创作也达到高峰。

  意象的组合,也是唐诗艺术的一个奥妙。在这方面,汉语语法的特点给诗人以极大的方便。一方面,词与词,句与句,几乎不需要任何中介而直接组合在一起。这不仅增加了意象的密度,而且产生了多义的效果,使诗更含蓄,更有跳跃性,从而给读者留下更多想象补充、进行再创造的余地。另一方面,汉语没有严格意义的形态变化,不受时、数、性、格的限制,诗人可以灵活地处理和表现意象的时空关系、主宾关系,自由地挥洒笔墨,使诗歌的含义带有更大的弹性。如司空曙《喜外弟卢纶见宿》:"雨中黄叶树,灯下白头人。"谢榛《四溟诗话》认为比韦应物的"窗里人将老,门前树已秋"、白居易的"树初黄叶日,人欲白头时"都要高妙,正在于此联意象的选择与组合。从意象选择来说,"黄叶树"、"白头人"比韦诗中"将老"、"已秋"之类的概念更富于表现力,也更耐人寻味。而从意象的组合而言,相比白诗,此联不用任何介词或连词,只用两个并列的意象构成对仗,暗示两者之间的比兴意义,更为含蓄蕴藉。

第六章

唐诗的地位和影响

《中国大百科全书·中国文学》卷中"隋唐五代诗"条写道："隋唐五代是中国诗歌史上的黄金时代，其主体唐诗更标志着中国古典诗歌成就的高峰。……在这名家辈出、名作如林的诗坛上，李白、杜甫、白居易等具有世界影响的伟大诗人的出现，给时代增添了光辉，成为中华民族的骄傲。唐诗创作之繁荣，流派之众多，体裁风格的丰富多样，各类诗歌体制的愈益齐备和全面定型，显示了中国古典诗歌的发展已达到完全成熟的阶段。"

一般认为，唐诗与其他时代的诗歌相比，以质量和数量的并存而取胜。这只是就定型的作品而得出的结论。事实上，唐诗的价值、唐诗的魅力，还体现在它的创造过程中。唐诗是我国传统诗歌发展中一项最完美的创造工程。自此以后，历代的诗歌创作，总是不断地从唐诗中汲取营养，唐诗不是放在祭坛上的供品，而是流动的生命。后代的诗人崇尚唐诗，每一次都与自己时代的诗歌创作有关，这也就一而再再而三地赋予唐诗以新的生命力。后代的诗人，无论是批评本朝的创作倾向，还是提倡一种新的创作标准，都会把唐诗作为参照系，无意之中推动了唐诗学的发展。在给予本朝诗歌的评价中，从各种不同的角度、不同的层面来重新审视唐诗，从搜集、整理、刻印唐人诗集，遴选唐人诗作开始，渐渐积累起比较全面而完整的关于唐诗的总体评价，以及细致入微的唐诗体制、诗人风格的差别解析等，从而形成了唐诗学的历史。从某种意义上说，唐诗被认为非常"繁荣"，也是后代诗学在发展自己的同时，不断赋予唐诗的荣誉。

一、对后世诗歌创作的影响

唐诗对中国文学的发展，影响是极其巨大的，这些影响，不仅是对后世的诗歌，也包括诗歌以外的词曲、散文、戏剧、小说。可以说，唐诗的魅力无所不在。所谓"中国是诗的国度"，相当程度上是指唐诗而言的。这里我们只是从狭义的角度，看看唐诗对后世诗歌发展的影响。

宋诗紧承唐诗而出，开国之初60余年的诗歌大致是中晚唐诗的回响和流风余韵，由模仿元、白到模仿贾、姚再到模仿李商隐，先后出现了"白体诗"、"晚唐体"和"西昆体"。"元白体"("白体诗")诗人包括徐铉、徐锴、王奇、王禹偁。其中大多仿效白诗的浅切流畅而相互酬唱,唯王禹偁在艺术上能独辟蹊径,出于白体而超过白体。"晚唐体"学贾、姚而求精艺素淡,以林逋、寇准、魏野为代表。"西昆体"由杨亿编辑《西昆酬唱集》而得名,诗人多为朝中显贵,重堆砌故实,雕章镂句,以杨亿、钱惟演、刘筠为代表。直到欧阳修、苏舜卿、梅尧臣等才开始了宋代诗歌的革新,开创了有宋一代的新面目。但是,在宋诗的发展中,宋代诗人仍不断地从唐诗中汲取营养,例如王安石的诗歌创作,深婉而有韵致,颇有"唐韵",苏轼崇尚李、杜,成为诗坛大家。北宋后期"江西诗派"出现之后,宋诗已经拥有了完全不同于唐诗的特质,但学杜却是"江西诗派"的门径和灵魂。南宋时期的陆游、杨万里和范成大都不同程度地受到唐人的影响。南宋末年,"江西诗派"的创作受到批评,"永嘉四灵"与"江湖诗派"为了矫正"江西诗派"的弊病而重新将诗歌的旨趣转向晚唐。

元代诗坛的"四大家"杨载与虞集、范梈、揭傒斯,在诗歌创作和诗歌理论方面,也是崇尚唐诗的。《元史·儒林传》记载杨载"论诗尤有法,尝语学者云:诗当取材于汉魏,而音节则以唐为宗"。他编纂的《诗法家数》,贬抑宋诗、崇尚汉魏盛唐的倾向已经十分明显。

明代建国初年活跃的诗人和诗评家,大都跨越了两个朝代。他们的诗学风尚也基本上与元代末年相接近。受到前代的影响,明人进一步激发了对唐诗特别是盛唐诗歌的崇拜,这一时期奠定了明代诗学朝着复古崇唐方向发展的基调。弘治、正德时期,以李梦阳、何景明为首的"前七子"和嘉靖、隆庆时期以李攀龙、王世贞为首的"后七子"几乎统治诗坛近300年,形成了"文必秦汉,诗必盛唐"的崇尚唐诗的诗歌创作高潮。明代的诗歌创作在质量上逊于前代,而对唐诗的热情却空前高涨,甚至出现了许多模拟唐诗的假古董。"唐宋诗优劣"的争论也成为这一时期的热点。

清初诗坛上,出现过宗唐、宗宋和主张抒写性灵三个流派。吴伟业、屈大均等人主张学唐、学汉魏,忽视宋诗;王士禛早年学唐,后宗宋,晚年又复崇尚唐诗,而他们都具有相当的创作成就,影响也比较大,使得清代的崇唐诗歌创作走出了明人模拟的阴影。清代中期的著名诗人中,沈德潜主张"格调说",论诗宗盛唐和汉魏,与明代七子的主张有相同的地方,他所编选的《古诗源》、《唐诗别裁集》等在当时及后世产生过巨大的影响。赵翼与袁枚写性灵的主张比较接近,认为唐、宋两家都应当好好学习,这说明唐、宋两派又有融合的趋势。另一诗人黄景仁才气横溢,颇有李白之风,此外,他的一些作品与李商隐的《无题》风格相近,颇受人瞩目。嘉庆、道光时期的龚自珍,不拘一格,重开一代之风气。此时的诗坛酝酿着冲破羁绊的先声,刻意学习前代的传统,已被抒发性灵的需求所冲淡。由此可见,唐诗的影响已经成为一种潜移默化的文化力量,融合并包容在历代的优秀作品中了。

　　在中国浩如烟海的古典文学作品中，唐诗历来是最受欢迎的一种。时至今日，尽管唐诗辉煌的历史已成为过去。但唐诗依然存在，即使隐去时代背景，作为一种审美积淀，也已经和中国人的文化生活密不可分了。

　　中国人对唐诗的热情为何经久不衰呢？清人赵翼曾经说："李杜诗篇万口传，至今已觉不新鲜。江山代有才人出，各领风骚数百年。"（《瓯北集》卷二十八）这说明赵翼的时代距李杜的时代虽已逾千载，但当时的唐诗读者依然人数众多，从而引起赵翼的不满，主张当代人应该创新。然而这"各领风骚"的建议似乎并没有多少人响应。那些短小可爱、文字浅近的唐诗，几乎成了学童的启蒙教材。作为中国人，谁不会背几首唐诗呢？在识文断字的人当中，也很少有不知道《唐诗三百首》这本书的。编选者蘅塘退士——孙洙是赵翼同时代人，在今天，赵翼的"知名度"未必超过孙洙，而孙洙的出名可以说是沾了唐诗的光。唐诗普及的程度是中国"正统"文学中其他样式无法比拟的。历代的唐诗选本留传至今的，也不下三五百种，所以，唐诗的各类总、合集的编选，完全可以称得上一门很热的"选学"；自宋以后，每一个历史时期都有许多人对唐诗的保存、刻印、注释，以及对唐诗的作者、艺术等问题花大气力来研究，这种学问已经成为引人注目的独立的文学现象，它本身的存在以及发展也构成了一门独立的学科。

　　唐诗学能成为一门独立的学科，首先要归功于唐诗的魅力。后代的普通百姓把唐诗作为启蒙教材，把习唐诗看做是中国人基本文化素质的体现。俗语说"熟读唐诗三百首，不会作诗也会吟"，正是表现了中国人这种传统的需求。也许和文人发议论有点相似，人们说话的时候，喜欢引几句唐诗，"出口成章"，比起满口大白话来要显得斯文一些，况且那些现成的诗句，往往能恰如其分地表达说话者此时此地的心境和愿望。例如："欲穷千里目，更上一层楼"；"沉舟侧畔千帆过，病树前头万木春"；"独在异乡为异客，每逢佳节倍思亲"；"身无彩凤双飞翼，心有灵犀一点通"；"会当凌绝顶，一览众山小"；"劝君更尽一杯酒，西出阳关无故人"；"无边落木萧萧下，不尽长江滚滚来"……引用一句，胜说千言万语。

　　唐诗，这朵千年以前盛开的奇葩，能不断地引起后人的观赏兴趣，这是为什么呢？主要原因有三点。首先是唐诗的语言，作为一种情感符号，它融进了全民族的文化，成为中华民族的共同语言，人们对它的理解是超越时空的，不需要掌握详尽的时代历史背景。很多诗句甚至不用注释，只要是中国人，只要受到过中国文化的熏陶，都能心领神会。例如，杜甫的"烽火连三月，家书抵万金"，谁也不会将"抵万金"理解成可以换许多钱；这一联中间虽然没有任何连接词，但大家都不约而同地把它看做一个条件状语从句。当然，唐诗的语言仍是一种艺术语言，有着很强的艺术概括力，是相当凝练的语言。它既是全民族共同的语言，同时也体现了民族文化的水准，与一般的生活语言有本质的区别。这样，唐诗的名句能在当代生活中继续作为交流的语言,传递信息。其次是共通的审美理想。唐诗的流传,与中国人千百年来审美传统的稳定性有关。中国人追求含蓄、朦胧、沉稳的美,追求恬静、超脱的诗歌意境。与西方的审美特性不同,中国人更偏重于欣赏委婉曲折、含蓄深沉的艺术,讲究绵里藏针的机智微妙和尺幅万里的浓缩,而总是不太喜欢一泻千里的铺张以及溢于言表的直抒情怀。中国人喜欢那种晶莹透明而不可触及的艺术,它需要感悟式的理解,而又模糊和神秘。唐诗就是这种艺术,而宋诗则不是。再者,便是唐诗以及唐代诗人本身的魅力。鲁迅说:"一切好诗,到唐已被作完。"[①]这个看法也被写文学史的文人所接受。

二、唐诗学的兴起

唐诗学的历史可以追溯到唐代,事实上,唐诗在形成过程中,就已经孕育着唐诗学的学术研究了。从一开始,即齐梁的新体诗衍变成唐代的近体诗,从汉魏的古风逐渐形成唐代的古体诗的过程中,唐诗的创作者,就有不少指导性的论述,包括诗格研究。等到作品稍多,便开始结集,有个人的,也有集体的。于是就出现了编选唐诗和为诗集作序、品评诗风的现象。唐人以诗名,他们的事迹便被记录下来,写进正史的传记,甚至出现了专门汇集诗歌本事的书籍。所以,陈伯海指出:选诗、品藻和叙事,"是唐诗学的最原始的研究范围和研究方法"(《唐诗学引论》)。事实上,这个研究范围和方法以后仍然是整个古典唐诗学的主要部分,即便到了明代末年,出现了胡应麟《诗薮》、许学夷《诗源辩体》这样具有比较完整理论体系的唐诗学研究著作,也仍然如此。许学夷的《诗源辩体》,原本是一部大型诗选,后因财力人力有限,只刻印了诗论部分,才成了我们今天所见到的样子。[②]

(一) 唐诗学的发展

从唐诗学本身的发展来看,可以分为古典的和现代的两个部分。这两个部分的划分以五四运动为界。古典唐诗学的发展大致可以分为发轫时期(唐五代)、发展时期——前期(北宋)、后期(南宋及金元)、高涨时期(明代)、流变时期(清代及民国初年)。上述的划分大致上是从历代诗人学者对唐诗的热情、评价、学术研讨涉及的范围、研究的方法以及大文化背景的影响等因素作综合的考虑,而唐诗学也在一波又一波崇唐的浪潮中发展和成熟,直至与崇尚宋诗的一派平衡。五四运动以后,现代唐诗学的治学方法有了新的突破,但就普及的规模、程度而言,似稍逊于古典唐诗学。

---

① 《给杨霁云的信》(1934.12.20),载《鲁迅书信》(三),第307页,人民文学出版社2006年版。
② 参见该书崇祯十五年刻三十八卷本,陈所学跋语。

唐诗学的形成和发展，从一开始就是一种实践的理论，是与当时的诗歌创作紧密结合在一起的。唐诗，特别是格律诗，逐渐脱离六朝诗的影响，形成自己的艺术特质的同时，也就开始形成了唐诗学的创作观和诗歌发展观，形成以盛唐诗为主体的审美标准。在这个过程中，唐诗的作者们不断地通过争论，来达成共识；而唐以后的唐诗学的发展，是以研读唐诗文本为中心而兼及其他有关问题的。后世的诗歌作者在对本朝诗歌提出批评或建议时，总把唐诗作为参照系，最极端的做法是刻意地模仿，但他们的立足点仍然是现实的。这样，唐诗与其他朝代诗歌的区别也就愈来愈清晰，唐诗的艺术特质也就获得认同。可以说，唐诗学的建立，是一种无意识的举动，古典唐诗学发展成为一门体系比较完整的专门学科，是历代的参与者们所始料不及的。换句话说，正是因为不同历史时期的诗歌创作倾向有差异，而唐诗学的研究者们又都是从自身的需要出发，所以，历史上对唐代的同一诗人及其作品的评价也会有差异；即使是比较相似的评价，由于各人的观察角度不同，侧重和产生的反馈也会不同。这就造成许多非常有趣的文学现象，如李杜优劣的争论、唐宋诗优劣的争论等。上述这些在文学史阐释不清的问题，透过唐诗学史的发展历程，几乎可以不辩自明[①]。此外，由于上述的原因，唐诗学的发展也不可能呈现出一条非常清晰的脉络，而常常是各种创作思想的交错纵横，文学批评史上看似对立的学说，却常常是同出一源的支脉；互不相干的学术流派，常常又能殊途同归。这些问题透过唐诗学的历史，可以找到一种比较合理的诠释。

古典唐诗学的学术史资料，除去数十部诗学评论著作，绝大多数散见于各种唐诗选本的序跋、批注中，以及历代诗人文集里的语录式的片段论述。要将这些资料中显露出来的唐诗观加以整理和概括，并非易事。其中一个重要原因是，每个人谈的都是非常具体的问题，使用的概念有时虽然相同，却很难严格界定。有些概念随着时代的变迁，早已不是原先的意义了。所以，在解释唐诗学的理论时，一方面要与历代的诗歌创作状况联系起来，另一方面又要十分注意各个时代的社会文化背景。另外，许多审美标准的变化，思维方法的变化，说到底，往往又取决于当时哲学思潮的影响。如果我们仅仅局限于唐诗学本身，许多诗学现象都无法做出合理的解释。而把唐诗学的发展放在社会文化大背景下来看，纷繁杂乱中仍可以理出头绪。事实上，中国的诗学的发展，无论是创作史还是理论研究，都受到历代哲学思想的影响和制约，特别是思维方式以及诗学方法，有时，哲学思想上的对立，会表现为诗学上的对立，唐诗学也不例外。从某种意义上说，一部唐诗学史可以折射出各个不同历史时期的社会文化史。在这个大背景下，唐诗学发展史所提供的某些规律性的启示，有助于文学史及文化史的研究。

[①] 参见朱易安《唐诗学史论稿》，广西师范大学出版社2000年版。

（二）唐诗学与社会文化背景

　　唐诗学的兴盛,原因是多方面的。建国以后,唐诗研究者们曾热烈地讨论过唐诗繁荣的原因。但有一个因素是被忽视的,即诗歌本身的因素。作为一种新的艺术形式——格律诗,在齐梁之际发端以后,它的艺术生命力并未因为隋唐的统一或改朝换代而终结。同样,六朝文学的艺术精华也在唐代获得再生。这就是为什么后人认为唐诗发达的标志之一是唐诗"各体兼备"。其中包括格律诗达到非常完美的艺术境界。不过,艺术自身的发展虽然具有强大的生命力,仍然会受到社会其他因素的干扰。这些干扰往往是多层面的,有些是直接的,有些是间接的,致使艺术自身的发展不那么顺畅;但艺术自身的发展线索绝不可能被切断。例如,唐统一后,一方面有人着力于钻研诗歌创作技巧,另一方面,由于国家实现了大一统,需要有利于社会稳定的政治体制和文化秩序,所以,统治者和士人阶层又努力提倡和恢复儒家的正统地位,传统的诗教观念开始全面地干涉文学的发展。于是,唐诗的创作实践和理论便显得很不平衡:唐人在理论上总是鄙视六朝文学,批评齐梁之际的诗歌"彩丽竞繁,而兴寄都绝"(陈子昂《与东方左史虬修竹篇序》),"凌迟至于梁陈,淫艳刻饰,佻巧小碎之词剧"(元稹《唐故工部员外郎杜君墓系铭并序》),但在诗歌的创作实践上,则把六朝文学作品视为楷模。这样,唐代诗学的发展线索并不十分清晰,一边是诗格和诗歌技巧的研究,一边是"兴寄"的提倡,时常纠缠在一起。有些作家则理论与创作实践脱节,诗学观矛盾百出。如果不从大的文化背景上来看,就很难对这些问题做出合理的解释。

　　这里还可以举出一个非常典型的例子,即元和时期的"新乐府"创作和新儒学重新振兴的关系。元和时期有影响的作家群都与新儒学的倡导者韩愈有过比较密切的交往。作为士阶层的一员,由对社会责任感而引发出强烈的自我价值感,前者表现为对社会发展的热切关心和对现实的批判精神,后者则表现为积极的用世精神和对儒家传统价值观念的重新认定,士阶层希冀重新争得传统的诗教地位。唐中期以后,特别是"安史之乱"以后,社会矛盾日益尖锐,社会政治状况、经济状况日趋衰败,而士阶层在承当社会基本价值维护者的同时,才发现由于自身传统地位的跌落而失去了与政治势力抗衡的能力。于是,一种社会责任感促使他们去寻找真正的自我价值,这样,自隋唐以后逐渐积淀起来的重新振兴儒学的愿望也很快演绎为士阶层的普遍情绪。这种情绪反映在诗坛上,最激烈的便是元、白提倡的"新乐府"创作,对国家对社会的忧患意识和为自我的"鸣不平",成了这一时期诗坛上的两大主体。除了诗歌内容的变化,诗风的变化也与此有关。后人批评元和诗风的直切显露,却未注意到元和士人的内心不平和急于表达的心绪。可以说,元和时期的古文革新和诗歌新变,元和时期以文学样式的变化,反映出来的士人情绪和重振儒学的文化思潮,都出于同一种心态。当这样一种情绪高涨到十分强烈的地步,文学的自身发展就会受到干扰或抑制。如果说,儒家传统社会价值观的重新开掘和士阶层对自我价值的再度认定,是中唐诗文革新乃至韩愈新儒学产生的内趋力;那么,这种内趋力也是解释唐诗学发展受到社会文化发展制约的依据。

类似的情况同样也发生在其他历史时期。文学思潮及某种创作倾向的出现,常常又是社会文化思想以及哲学思潮折射的结果。例如明代前后七子崇尚盛唐诗歌、黜贬宋诗的潜在意义则在于反对理学对文学的干预。而社会文化思想以及哲学思潮的变迁所引起的诗学方法和学术方法的取舍,同样也会影响到唐诗学史的发展。

(三) 唐诗学与诗学方法

唐诗学史的研究,能透过一系列的唐诗学现象,折射出中国诗学方法的形成和发展,包括在唐诗学研究中体现出来的诗歌创作观和诗歌发展观。通过中国诗学的方法,或者说也是唐诗学的方法,可以看出哲学观念及其文化传统价值观念所赋予的无形力量。事实上,许多传统的价值观念常常直接影响到诗歌创作理论和审美的判断。例如,泛言诗学道德性及社会功能的论述常常浮现在字里行间,却并不是论述的重心。与唐诗学的理论相似,唐诗学的方法也是一种实践的方法,因此,无法将唐诗学的诗学方法与当时的创作状况分离而做出解释。

唐诗学最基础的诗学方式是从结集和选诗开始的。唐人的集子有如李白《草堂集》那样,由他人于作者身后不久就加以整理编纂的,也有如白居易《白氏长庆集》那样,由作者自编传世的。最早的注释只是编纂者在诗题下作很简单的说明。经过近千年的发展,至清代中期终于成为乾、嘉以后学者的功力之作。唐人诗集较早出现注本的,是杜甫的集子,宋人郭知达编纂的《九家集注杜诗》以及不知名人士所辑《千家集注杜诗》的出现,都表明了宋人对杜诗的热情。作为一种诗学方法,即使是整理和注释,同样也能体现出某个历史时期唐诗学的重心所在。如元刻本《集千家注杜诗》辑入了刘辰翁评点杜诗的内容,后人据此疑为元时人高楚芳所编。[①] 这一现象,从另一个角度说明,南宋的点评诗学方法的影响在元代逐渐扩大。点评的方法侧重对诗歌艺术特质的概括,直接启发了明、清两代的唐诗学的审美趋向。

由于历代诗学的重心总是比较偏重于以指导本朝的诗歌创作为目的,所以,唐诗学研究方法的另一重要组成部分,是对于唐诗体制体格的析解。这一源头可以追溯到唐诗创作初期,唐人对诗格的钻研。从刘经善、上官仪、元竞算起,经过托名王昌龄的《诗格》、皎然的《诗式》,以及收入《文镜秘府论》的各种诗歌技巧研究,直到晚唐的《风骚旨格》、《风骚要式》,唐人已对诗歌的体制、作法和诗歌的

---

① 参见《四库全书总目》卷一四九集部别集类二《集千家注杜诗》提要。

体势、风格以及诗歌美学等互相关联的因素有了基本的认识。加上创作实践的需要,导致后人对唐诗研究非常重视体制、格调的分类,例如,宋、元之际流行的《唐贤三体诗法》以及元代的《诗法家数》都是沿着这一条线索发展的。最终导致明代以体格、声调论唐诗的热潮。

唐诗学的诗学形态大致是以如下线索展开的:

结集——感悟式的点评(具体作品或抽象的)——诗话

选诗——注释、评价(作品—作家—流派)——诗学总论

上述的两条线索,前一条是唐宋时期的主要形态,后一条是明清时期的主要形态,但前一种形态和诗学方式也运用于明清时期,有互相交叉的现象。此处所谓"诗学总论",是指以唐诗为中心,大致形成自己的诗评体系的著作而言的,例如高棅的《唐诗品汇》、许学夷的《诗源辩体》等。这两条线索的展开表明,无论是唐诗学处于雏形阶段还是成熟阶段,它的诗学方法始终以作品为基点,从唐诗作品出发,总结出审美经验,又重新落实到唐诗的品评中去。这里所举的《唐诗品汇》和《诗源辩体》都是结集、诗选与诗评相结合的例子,这也是为什么唐诗的选本多于诗话或诗学著作的原因之一。

正因为最根本的目的是服从于诗歌创作实践的需要,唐诗学的诗学方法最突出的特色是比较的方法,即将当代的诗歌创作与唐诗创作进行比较,而不做逻辑的理性分析。比较也是感悟式的、形象性的,点到为止。可谓"此中有真意,欲辨已忘言",一切尽在不言之中。

比较的方法同样也运用在阐述诗歌发展观和诗歌创作观方面。例如,对历代诗歌的评价,对初、盛、中、晚唐诗歌的评价,"复古通变"、"正变"等概念的提出,都是在将一个时期的诗歌与另一个时期的诗歌加以比较而得出的结论。这种类比的方式折射出来的文化意义也非常值得深思。例如,比较之余,多有今不如昔的感慨。从唐代的诗人们开始,几乎每一代的诗人都对前朝的诗歌创作不满,而追求崇尚更久远时代的艺术。像唐人不满齐梁而推崇汉魏;宋末严羽不满"江西诗派"而赞叹盛唐;……诗歌发展观方面的状况与诗歌创作观方面的继承出新的观念也有紧密的联系。所谓的"复古通变",实质上是强调创新的前提是有所依傍。诗学方法上的这种依循心态有点像古人变法时一定要寻找"先皇事例"或"祖宗家法",加上唐诗学的理论和诗学目的从一开始就具有很强的实践性,这就造成唐诗学诗学方法中潜在的模拟因素。

比较的方法,同样也可以看出中国传统的哲学思维方式的深刻影响,可以见出品藻人物的方法以及文人士大夫清谈的方法是怎样深深地影响到文学批评的方法。如唐代的诗歌批评,包括对诗人流派的评价,基本上是六朝"臧否人物"的路子。而宋人对禅的迷恋,便产生了一系列以禅喻诗的理论。正因为如此,在总结前人诗学方法时,首先应当弄清论者运用某些概念的历史含义,而避免将一时

之风气作为本质来看待。

比较方法的运用,常常还会造成矛盾与对立。如前所述,历代理论体系中比较完整的唐诗学理论十分少见,许多人只是在选诗、品藻、记事时显露自己的看法,这就需要将那些零星的片断的论述与唐诗学的其他研究成果互相参见,整理出比较清晰的轮廓。例如,诗歌道德审美与形式审美的矛盾,便以比较的方式贯穿于诗学理论中:大凡侧重诗歌艺术发展的论述,都比较强调文的因素;而侧重诗教传统的论述,就会下意识地反对诗风"绮靡"而主张古朴,甚至对诗体的态度也是这样,推崇古体的论述,多半有强调诗教传统的意味。而上述的现象和规律在唐以前就已经存在。因此,在对历代唐诗学的理论研究中,首先应当注意这类矛盾的存在。

唐诗学中比较方法的运用,每一个历史时期都有各自的特点,都有新的创意和成就。既然后者要出新,那就必然要批判前人的不足,有时甚至是完全对立和矛盾的。但是,往往看似对立矛盾的理论和方法,却能殊途同归,成为唐诗学研究中互补的诸方面。例如,明人崇唐的内在动力,是反对理学对文学创作的干预,而格调派的诗学理论方法的核心——要求自然与法度的统一,恰恰来自宋代理学家的观念和方法。

如前所述,唐诗学发展史的体系建构,除了诗学本身以外,其他的文化诸种因素同样也是这一体系中的组成部分。唐诗学发展史的研究,必须首先把握这个体系建构,将诗学的发展和诗学以外的诸种有关因素一并考虑,并把它们与诗学本身有机地结合起来,看做一个完整的系统,同时摆正诸种因素在这个系统中的位置,阐述这些因素的相互关系,以及它们对诗学发展的综合影响。这才有可能比较清楚地描述唐诗学的发展过程,并且对诸种文学现象和文化现象有一个理性的认识。

三、唐诗在海外

唐诗流传国外,始于公元9世纪。

日本是接受中国文化影响较早的国家,也是唐诗较早传入的国家之一。平安朝初期(相当于中唐时期),白居易的诗歌传入日本。《白氏文集》正式传入日本,是日本僧人惠萼公元844年抄写的苏州南禅寺藏本。白居易的作品产生影响后,日本的文人都摒弃了齐梁体的旧格调,学习白居易清新平易的诗风。平安朝文学的发展,深受白居易的影响。产生于此时的被誉为日本小说鼻祖的《源氏物语》中,引用白居易的诗竟达100多条。相当于南宋孝宗至明神宗时期的镰仓室町时期,日本禅学盛行,唐诗的影响相对减弱,以僧人为主的"五山文学"兴起,流行宋黄庭坚的《古文真宝》和宋人周弼的《三体诗》。《三体诗》以中晚唐的律诗绝句为主,但当时仍然有人喜好盛唐诗,如虎关僧人等特别推崇李白、杜甫的诗歌。江户时期(相当于明神宗至清穆宗时期),狄生祖徕倡导古文辞学,推崇明代李梦阳、何景明、李攀龙、王世贞等前后七子的崇尚唐诗主张,在诗歌方面以七子的诗文作模范。狄生祖徕的弟子服部南郭(1683—1759)将李攀龙所选《唐诗选》翻译、注解、刻印,从而取代了《三体诗》的地位。直至20世纪七八十年代,服部南郭的《国字解唐诗选》仍有影印本、修订本出版,可见日本唐诗学传统的悠久,可以说唐诗研究是日本在中国文学研究方面最活跃的领域之一。

唐诗传入朝鲜亦有悠久的历史。在唐代,唐诗与朝鲜汉诗是相互交流的。12世纪末至13世纪初,活跃于朝鲜诗坛的四大汉诗人之一的李奎报(1168—1241),被誉为"朝鲜的李太白"。与李奎报同时的大诗人崔滋在《补闲集》中还称赞李奎报"明道德、陈风喻",作品则可与白居易媲美。由此可证唐诗对朝鲜诗歌影响之深。15世纪的李朝成宗十二年(1481),朝鲜刊刻了杜甫的诗集《杜诗谚解》25卷,17世纪中又刊刻了《分类补注李太白诗》。[①] 20世纪70年代,韩国民音社出版了汉学家高银的《世界诗人选(一):唐诗选》一书,书中分为五言绝句和五、七言律诗三部分加以译述,包括李白、杜甫、韩愈、白居易等唐代著名诗人的诗作。1994年中国文学出版社出版了著名学者柳晟俊的《唐诗论考》,第一部分研究唐代诗人,包括"吴中四士"、岑参、张祜、许浑等,其中关于王维的有5篇,分别研究他的山水田园诗、其诗的画意、其诗的画乐特色、以禅入诗的特色、在盛唐的地位及贡献;第二部分是唐诗与韩国汉诗的比较;另有附录,对文体、声韵等问题作了考证。

唐诗传入越南的时间也较早,最早将白居易的《琵琶行》译为越南文的是著名学者潘辉咏(1800—1870),这一译作被越南学术界公认为最好的译文。随后还有《国音演琵琶行》,收入《石洞先生诗集》中。近年越南又发现了两种白居易《琵琶行》的译本,均为潘文爱所译,译名为《琵琶行演音》。潘文爱(1835—?)为越南著名诗人,对于唐诗颇有研究,译有白居易、杜甫、元恒等唐代诗人的诗歌,他的这部《琵琶行演音》,越南汉学界认为是忠于原著又适应越南诗歌格律的高水平的译作。1962年,越南河内文化出版社还出版了南珍选、华冰(誉)等翻译的《唐诗》一书,共两册,书前所附序言,对唐代诗人李白、杜甫、白居易等伟大诗人均作了评价。无疑,《唐诗》等类书籍的出版,对于越南广大读者进一步了解我国唐代诗歌极为有益。[②]

唐诗于18世纪流传到法国。18世纪下半叶,巴黎出版了一种多卷本的汉学著作《北京耶稣会士杂记》,该书第5卷就刊有介绍李白、杜甫的文章,这是运

[①] 参见王丽娜《唐诗在国外》,《唐代文学研究年鉴》1992年辑。
[②] 参见陈忠喜《越南唐诗研究和翻译情况》,《唐代文学研究年鉴》1999年辑。

国最早介绍唐代诗人的文字。但由于18世纪来华的法国耶稣会士着重于儒家经典,忽略中国纯文学的研究,因而除榜列"五经"之首的《诗经》之外,当时介绍到法国的唐诗并不多。对中国文学表现出浓厚兴趣,并开始对唐诗作系统介绍的是19世纪法国著名汉学家埃尔维·圣·德尼侯爵,他于1862年完成的《唐诗》一书,是欧洲汉学界介绍中国唐诗的先驱译著之一。这部译著,根据唐诗集中、日文版《唐诗和解》、《唐诗和选详解》、《李太白文集》、《杜甫全集详注》,选择了李白、杜甫、陈子昂、高适、王维、白居易、孟浩然、韦应物、王昌龄、李商隐等35位诗人97首诗,每个重要诗人都附有简介,每首诗后都有详细注释。圣·德尼侯爵所译唐诗,力求"透彻理解诗句所展现的形象和意境,尽力抓住主要特点,保留它的感染力和色彩","着意于这些原诗的整体画面"的再现,因此,这部译著达到了较高水平,直至1977年再版时,出版者还称它是一部"主要的最好的中国诗歌的法文译著"。这部《唐诗》附有译者写的一篇题为《中国诗歌艺术和诗律学》的长篇导言,这是法国学者研究中国古诗(唐诗)第一篇有分量的文章。译者在这篇导言中详细考察了中国诗歌艺术从《诗经》到唐诗所经历的变化、发展,探讨了中国古诗的内部规律,并对这一艺术的巅峰唐诗作了如下的高度评价:"孔夫子故土的诗人们像恺撒帝国的诗人一样,也有自己伟大的时代……这就是唐朝,就是杜甫、王维和李白生活的时代。这几位享有的盛名超过贺拉斯和维吉尔。他们的诗是汉语这一活语言的瑰宝,就是中国的山村僻野都名声赫赫。"此书曾流行一时,对推动中、法诗歌交流产生过积极影响。19世纪法国著名诗人戈蒂耶和马拉美都从中受到启迪,写出了一些充满中国情调的"中国诗篇"。戈蒂耶还给女儿朱迪特·戈蒂耶请了一位中国人教她中文,共同译出了一本名为《玉笛》的中国诗集。

  唐诗历来被法国学者视为中国古诗的高峰,20世纪唐诗研究成为法国汉学界重要的研究领域,特别是李白、杜甫、李商隐、张若虚、白居易、王维、韩愈、王梵志等大诗人,备受重视。法国的唐诗研究者把唐诗的内容归纳为四种潮流(或四个主题),即自然的主题、友谊的主题、人道主义主题和中国人的享乐主义主题(保尔·雅各布《唐诗·序》)。在艺术上,法国人特别看重唐诗运用象征手法创造形象的特点,认为象征是中国诗歌的生命线,"犹如心脏之于躯体","没有象征,诗歌就将失去力量"(保尔·雅各布《唐诗·序》)。经过悉心探究,他们列举了唐诗中常用的象征形象:龙象征皇上最高权力,凤凰象征皇上的德行,麒麟是长治久安的象征,猿声是旅人离分时的伤感的表现,鹤是永生的化身,蝙蝠跟西方相反,则代表着幸福,鸳鸯是爱情的象征,大雁给分离的情人带来消息,知了象征复活之后便是死亡,梧桐常在描写秋天的诗中出现,杨柳表示别离,兰花是纯洁的象征,牡丹是富贵的标志,等等(雅热《唐代诗人及其环境》),因而对中国古诗(唐诗)丰富的象征意蕴十分欣赏。在研究方法上,法国研究者也有新的突破。

有的运用比较的方法,从文化的角度,对唐诗进行考析;有的运用统计的方法对唐诗流派深入探究,有的运用结构主义方法论,对唐诗的艺术奥秘进行洞幽烛微的探究。①

把唐诗作为专题集中进行翻译和介绍的西方学者,应首推活跃于19世纪末至20世纪30年代的英国著名汉学家、中国文学翻译家及研究家翟理思(Giles,1845—1935)。

翟理思有关唐诗的译著有《古文选珍》、《峨山笔记:中国文学选》、《古今诗选》和《中国文学史》等数种。《中国文学史》后来由美籍华人、著名汉学家柳无忌教授补写了20世纪中国现代文学部分,书名仍为《中国文学史》,1967年由纽约弗雷德里克·昂加尔出版公司出版,1973年再版,是西方汉学家撰写的第一部英文版中国文学史专著。它在系统论述中国文学发展情况的同时,选择了各种文体的代表性作品,包括唐代诗人的诗作选录,并有司空图的《二十四诗品》之全文翻译。翟理思可说是第一位将《二十四诗品》全文译介给西方读者的学者。为了使英译文尽力传达唐诗的风貌,翟理思非常严肃认真地采取了直译押韵的诗体形式。他的直译虽不乏成功的例子,但由于不同的语言有不同的音律,译文受勉强凑韵的局限,往往不能圆满表达原诗之意。

英国现代著名汉学家、诗人、东方学家、翻译家阿瑟·韦理(A. Waley,1889—1966),精通汉文、满文、蒙文、梵文、日文、西班牙文等文种,是研究中国思想史、中国绘画史、中国文学与日本文学而成绩斐然的学者,也是唐诗的权威翻译者。他的著作多达250余种,绝大部分是关于中国的,涉及中国哲学、历史、文学、艺术等各个方面。韦理的第一本中国古典诗歌翻译集《中国古诗选译》,是1916年私人出资在伦敦印刷的。此书包括先秦至唐、宋的诗歌52首,唐诗有李白、杜甫、白居易的译诗。虽然此书仅仅有16页篇幅,且非正式出版物,但它出版后立刻在英国学界和读者中引起极大反响。读者认为,从此书的译诗"可以感受到中国诗人的生活经历是新奇而惊人的"。1917年11月15日出版的《文学拾遗》杂志刊载书评,甚至赞誉此书为"一颗新的卫星"。两年之后即1918年7月,韦理的一部权威性中国古诗译著《百七十首中国古诗选》便由伦敦康斯特布尔出版有限公司正式出版了。《百七十首中国古诗选》有1962年修订的新版本,共选诗168首。其中包括陈子昂的《登幽州台歌》、王绩的《春桂问答二首》和《题酒店壁》、元结的《石鱼湖上作》以及白居易的诗59首。在新、旧版《百七十首中国古诗选》书前,均附有韦理所撰"翻译方法"专文,论述他的翻译方法,是依据原文逐字逐句直译,而不是意译;采用不押韵的自由形式,而不用英语诗体的押韵形式。《百七十首中国古诗选》在欧美产生了深远的影响。它和美国汉学家、新

---

① 参见钱林森等《法国与苏联的唐诗研究》,《唐代文学研究年鉴》1997年辑。

诗运动领导者庞德的以翻译唐诗为主的著名汉诗译本《神州集》一起，成为推动20世纪初兴起的美国新诗运动之典范。

德国对唐诗的译介始于19世纪末。载于1889年7月号《德国东亚学会会报》的弗洛伦斯所撰《中国诗论》一文是最早评介唐诗的文章。德国近代著名汉学家尔弗雷德·福克（Alfred Forke，汉名佛尔克，1867—1944）所撰《中国诗的繁盛期》一书，1899年于马格德堡出版，是西方研究中国古典诗歌较早的一部专著。福克另一译著《唐宋诗集》（1929年汉堡弗里德里克·格里伊特出版公司出版）编选翻译了先秦至隋的诗歌22首、唐代诗歌120首、宋代诗歌97首，题材广泛，内容丰富。20世纪20年代以来，德国学者已有不少关于唐诗的译著发表，如海尔曼的《中国古今抒情诗选》（其中译介李白诗24首）、克拉邦德的《李太白诗选》等。

俄国对唐诗的译介始于19世纪，1874年在彼得堡出版了王勃《滕王阁序》的俄译本。1880年瓦·巴·瓦西里耶夫在其所著《中国文学史纲要》中盛赞中国古诗的繁荣时，首先向俄国读者介绍唐代大诗人的名字，他写道："如果我们知道并且高度评价普希金、莱蒙托夫、柯里左夫的短诗，那么中国人在绵绵两千年里出现的诗人，像普希金等那样的诗就有成千上万……这里仅举出司马相如、杜甫、李太白、苏东坡等就够了。"瓦·米·阿列克谢耶夫对司空图的《诗品》作了多年研究，写成硕士学位论文《中国论诗的长诗：司空图的〈诗品〉》，1916年在彼得堡作为专著出版。这是俄国第一部研究唐诗的巨著，作者全面系统地分析了《诗品》的内容和成就，尤其赞赏《诗品》的诗歌风格论和意境说，并以李白、杜甫、白居易、韩愈等唐代诗人的创作为例证，加以阐释和论述。"十月革命"后，阿列克谢耶夫倡议对中国诗歌进行研究，并在1920年提出一个翻译中国古典文学名著的宏大规划。

唐诗俄译本在苏联最流行的有两种，一种是1956年出版的《中国古典诗歌集》，由费德林编选并写有一篇长序，亚历山大罗夫、马尔科娃、巴斯曼诺夫等15人译；另一种是1957年出版的《中国诗歌集》第2卷（唐诗），由郭沫若和费德林编选。两书的出版者均为国家文学出版社，印数均为35 000册。这两种选集入选的诗人多，是反映面最广的唐诗俄译本。前一种选入58位诗人的181首诗。其中李白选18首，杜甫选20首，白居易选18首，王维选17首。后一种在前一种的基础上略有增删，扩大为62位诗人的202首诗。苏联著名女诗人阿赫马托娃所选译的《杜甫抒情诗集》，出版于1967年。以后又有吉托维奇译《李白抒情诗选》及《杜甫抒情诗集》。吉托维奇和苏霍鲁科夫各译一种《王维诗集》，还有《唐诗三人集（李白、王维、杜甫诗歌三百首）》，白居易的选集多达6种。1949年费德林出版了《白居易绝句集》，是一本研究兼翻译的著作。唐代诗人被苏联汉学家研究并写成专著的,除司空图、白居易外,还有李白、杜甫和王维等。①

唐代文学研究,是美国汉学界中一个研究者众多、研究成果丰硕的领域。唐代文学以其广博的内容和灿烂的艺术成就,引起了美国学者浓厚的兴趣。早在20世纪初,美国著名的意象派诗人、翻译家艾兹拉·庞德出版《神州集》,收入李白诗等19首中国古诗,就极大地影响了英语读者对中国文学鉴赏品位的形成。美国学者较早开始了对唐代文学的重视,出现了一批专攻中国文学而且成就卓著的学者,如柳无忌、傅汉思、刘若愚等。近20多年来,由于美国政府着重非欧洲语言的教学,使汉学研究得到了发展的空间。美国的不少大学先后设立了中文系或中文专业,各中文专业均拥有一些学术造诣颇深的汉学教授。开放的学术风气,优越的学术环境,连绵的学术传统,使得美国学者对唐代文学的研究在原有的基础上获得了空前的成就。20世纪80年代以来,美国学者的论著不断地被翻译、介绍给中国学者,主要有高友工、梅祖麟著《唐诗的魅力——诗语的结构主义批评》,用西方文艺学和语言学理论研究唐诗。倪豪士编选的《美国学者论唐代文学》(黄宝华等译,上海古籍出版社1994版),选入了9位学者的论文各一篇,内容涉及唐代文学的多个方面。莫砺锋编《神女之探寻——英美学者论中国古典诗歌》(上海古籍出版社1994版)。斯蒂芬·欧文(中文名宇文所安)是美国哈佛大学中国文学和比较文学教授,美国中青年汉学家中成就最大的一位,先后出版了《孟郊和韩愈的诗》(耶鲁大学出版社1975版)、《初唐诗》(耶鲁大学出版社1977版,中译本由贾晋华译,广西人民出版社1987版)、《盛唐:中国诗歌的顶峰》(耶鲁大学出版社1981版;中译本改名为《盛唐诗》,由贾晋华译,黑龙江人民出版社1992版),这些著作构成了由初唐到中唐的唐代诗史。

优秀的文学作品是没有国界的,是具有人类共通性的,也必然为世界各国人民所喜爱。唐诗研究在美国的兴盛,清楚地说明了这一点。

此外,唐诗的译本还有西班牙、葡萄牙、意大利、捷克、匈牙利、罗马尼亚以及北欧等的各种文字,各国人民通过对唐诗的欣赏,了解中国和中国的优秀文化遗产。自从唐诗有了译本以后,国际汉学中有关唐诗的研究也日益深入,不断出现新的成果。

---

① 参见李明滨《前苏联的唐诗研究》,《唐代文学研究年鉴》1992年辑。

第七章

唐诗的阅读与欣赏

阅读与欣赏是学习唐诗的基础与目的。"操千曲而后晓声,观千剑而后识器"(《文心雕龙·知音》),只有通过大量的阅读,才能全面了解唐诗这座艺术宝藏的风貌;只有学会欣赏唐诗,才能充分领略这座宝藏的艺术魅力,同时提高自己的艺术修养与鉴赏力。但阅读与欣赏并不是一件简单的事,如何读、读什么,如何提高阅读的效率,怎样培养欣赏的趣味,都有许多需要注意的问题与方法。

首先是读者的知识素养、文化储备,作为阅读、欣赏唐诗的主观条件,有一定的要求;其次,阅读、欣赏唐诗应该具备正确的态度,即对于文学的审美态度与对于唐代文学的历史态度;再次,就是读什么、如何读的问题。留存到今天的唐诗有 55 000 多首,对于大多数人来说,不可能做到通读,那么,选读作品,把握阅读的层次、深浅,欣赏不同题材、体裁的作品在审美品格上的特点,等等,一定要注意运用正确的方法;最后,阅读、欣赏唐诗对于个人及社会的意义,如果对此有明确的认识,则会增强我们学习唐诗的热情。下面分别就这几个方面阐述一下唐诗阅读与欣赏的相关问题。

一、阅读与欣赏唐诗的历史文化储备

每个时代的文学艺术总是与自己的时代相联系,具有自己的时代特色,"知人论世"一直是符合中国文学实际的重要批评原则,阅读、欣赏唐诗同样如此,必要的历史文化储备是不可少的。唐诗的繁荣发展,与当时社会的政治、经济、文化等社会背景是密切相关的。我们在"唐诗的渊源"一章中,讲到唐代统治者在政治、经济、文化上施行了一系列较为开明的政策,唐代的国家实力增强,国际地位提高,各民族文化交融,多元思想并存发展,等等,这些作为唐诗发展的外在因素,对唐诗的成因、风貌、特征都产生了极其重要的作用。因此,阅读、欣赏唐诗,就有必要学习一些唐代的历史文化知识。官修的"两唐书"(《旧唐书》、《新唐书》),唐代的文化史、思想史、艺术史、制度史、经济史等著作,都要有所涉猎,从中了解唐代社会各方面的情况。此外,各类笔记、野史中记录的民情风俗、士林风潮,也有助于我们直观而感性地认识那个时代。只有了解唐诗产生与发展的历史土壤,才能走进那个时代,对唐诗的体味也才会更加贴切与深刻。

与其他时代的文学相比较,唐诗的阶段性特征尤为明显。林庚先生就指出,唐诗"被传统地分为初、盛、中、晚,起伏分明的四个时期;我们也很少看到其他时代的诗坛有这么完整的时代性的划分,这当然也由于它是一个波澜壮阔巨大持久的高潮,所以才能分得清它的潮头、潮尾、顶峰与转折。而这个初、盛、中、晚的四个时期,又恰恰与唐代整个社会的起伏发展,如影随形,相为终始……"(《从唐诗的特色谈起》)。自严羽将唐诗分为初唐体、盛唐体、大历体、元和体等,按时代划分唐诗发展阶段成为普遍的做法,明人高棅在其《唐诗品汇》中将此系统化为初、盛、中、晚四个时期,"四唐说"得以定型并至今为绝大多数的学者所认可。无论严羽还是高棅,其分期虽着眼于诗歌风貌,但由于政治、经济与文学的密切关系,这种分期实际上又是与唐代社会发展阶段相一致。故学习唐代历史文化,还得注意唐诗阶段性特征与唐史阶段性的联系,盛唐诗歌联系着"开元盛世",盛衰之交的大历诗风联系着"安史之乱",中唐诗歌联系着"元和中兴"。不了解唐代的历史阶段,也就难以深刻认识唐诗的阶段性特征。而这种联系的着眼点则是那些对历史进程产生影响的重大事件,有唐近300年是一个起伏发展的动态过程,其起伏转折的动力就体现在这些重大事件中。"唐代是政治事件较为集中的时代,主要有武周革命、安史之乱、永贞革新、牛李党争、元和削藩、甘露之变、黄巢起义等等,文学史上的一些复杂现象,某一时期作家的群体心态,乃至某一作家的创作历程都与这些政治事件有或大或小的关系。因此,唐代政治兴变与动乱,给文人的心态造成了多方面积极与消极的影响,激起士风转变文心演化,而必然导致文风与诗风的走势,从而使文学的内涵更为丰富与复杂。"[①]除了政治事件,还有文化事件,如唐初的修史注经、科考制度的革新与扩大、古文运动、武宗灭佛等,也对唐诗创作产生了重要影响。这些政治事件与文化事件,成为我们考察唐诗与唐代历史相对应的阶段性特征的具体着眼点,应当对其有一定的了解。

除了历史文化修养,个人的器识、胸襟、颖悟,对唐诗的阅读、欣赏也非常重要。陆游曾经说学诗"功夫在诗外",读诗同样如此。"盖有南威之容,乃可以论于淑媛;有龙渊之利,乃可以议于断割。"(曹植《与杨德祖书》)知音之难,就难在器识、胸襟、眼光、境界的千古相通。"黄河落天走东海,万里写入胸怀间"(李白《赠裴十四》),没有磊落旷达的胸襟,如何承接这样雄浑的气魄?"安得广厦千万间,大庇天下寒士俱欢颜"(杜甫《茅屋为秋风所破歌》),没有忧念天下的情怀,如何体验这样深广的悲悯?"红楼隔雨相望冷,珠箔飘灯独自归"(李商隐《春雨》),没有玲珑剔透的颖悟,如何感受这样幽微绵邈的哀愁?"古人之言,包含无尽,后人读之,随其性情浅深高下,各有会心。"(沈德潜《唐诗别裁集》)若欲其会心之深

[①] 胡可先《政治兴变与唐诗演化》,第374页,中国社会科学出版社2003年版。

切高明,读者就需要涵养性情,培育胸襟,开阔眼界,不断提高自身素养。

二、阅读与欣赏唐诗的态度

　　诗歌鉴赏是一项审美活动,因此我们要以审美的态度去看待唐诗;唐诗又是古代文学,摆脱不开历史属性。所以,审美的态度与历史的态度,是我们阅读、欣赏唐诗的根本态度。具体而言,一要认识到阅读对象作为文学作品的审美属性,这是根本;二要把握好审美客观性与审美活动主观性的平衡;三是对待古代文学要有实事求是的历史态度,而不能以今度古;四是要立足文本,力求公允。

　　首先,我们要始终清醒地认识到阅读对象是文学作品,要以审美的眼光去看待它们。王士禛《渔洋诗话》中记载,清初学者毛奇龄讥讽苏轼"春江水暖鸭先知"一句不通,认为"鹅也先知,怎只说鸭"。用这样的态度来读诗,就很可笑了。以类似态度对待唐诗的也有不少。比如杜牧一首非常著名的七绝《赤壁》:"折戟沉沙铁未销,自将磨洗认前朝。东风不与周郎便,铜雀春深锁二乔。"《赤壁》是一首咏史诗,前两句叙述,后两句议论,作者引曹操筑铜雀台事,作翻案文章,认为如果不是天时地利的帮助,赤壁之战很可能是另一种结局。铜雀锁二乔在这里是一个比喻,极富概括力与象征意义,既生动地说明诗人对赤壁之战的看法,又反映了杜牧对历史偶然性的看重。诗还让人联想到那些历史当事人羽扇纶巾、风流潇洒的风神,无愧是千古名句。但宋人许顗在其《彦周诗话》中却批评说:"社稷存亡,生灵涂炭都不问,只恐捉了二乔,可见措大不识好恶。"①这是以史论来要求诗歌,不懂得象征、比喻、含蓄的诗家语,这样的评论就很不足取。

　　杜牧的《江南春绝句》也是唐诗中的名篇:"千里莺啼绿映红,水村山郭酒旗风。南朝四百八十寺,多少楼台烟雨中。"其中"千里莺啼绿映红"一句,生动而形象地写出了杂花生树、群莺乱飞、春光骀荡的情景,让人不由地陶醉其中。但明人杨慎在其《升庵诗话》中却认为:"千里"是今本误字,原因是"'千里莺啼',谁人听得?'千里绿映红',谁人见得?"所以他认为:"若作十里,则莺啼绿红之景,村郭楼台,僧寺酒旗,皆在其中矣。"②如果没有版本上的依据,根据这样的理由来推测"千里"应为"十里",那是拿科学的尺度来衡量文学,不懂得诗歌修辞上的夸饰,也就无从进入本诗所描绘的春光遍地的艺术胜境。刘勰在《文心雕龙·神思》篇中早就说过:"文之思也,其神远矣。故寂然凝虑,思接千载;悄焉动容,视通万里。"显然,"千里"是诗家语,其表现力要远远胜过"十里"。

　　以审美的态度阅读、欣赏唐诗,还要注意避免穿凿附会。由于比兴寄托的传

---

① 许顗《彦周诗话》,载何文焕所辑《历代诗话》,第392页,中华书局1981年版。
② 杨慎《升庵诗话》卷八,载丁福保所辑《历代诗话续编》,第800页,中华书局1983年版。

统,中国古典诗歌每每言外寓有深微的内涵,但这只能根据切实可靠的背景资料来做合理的推测,切忌附会索隐,穿凿作解。李商隐的诗歌由于寄兴深微,就屡遭穿凿之厄运。如清代诗论家吴乔就将李商隐的全部《无题》诗说成是为令狐绹而作,并按双方关系的变化排出次序:

> 义山少年受知于楚,而复受王郑之辟,绹以为恨。及其作相,惟宴接款洽以侮弄之,不加携拔。义山心知见疏,而冀幸万一,故有《无题》诸作……"阿侯",望绹之速化也;"紫府仙人",美之也;"老女",自伤也;"心有灵犀",谓绹必相引也;"闻道阊门",幸绹之不念旧隙也;"白道萦回",讶绹之舍我而握人也,然犹未怨;"相见时难"、"来是空言",怨矣,而未绝望;"凤尾香罗"、"重帷深下",绝望矣,而犹未怨;至《九日》而怒焉,而《无题》自此绝矣。①

在晚唐党争纷纭的背景下,作为一个深受牵累的诗人,真实的思想情感不能直接抒发,只能借助隐曲的比兴来表达,说李商隐的诗歌背后隐藏有不能直言的本事,当然有一定的道理。但"诗人感物,联类不穷",尤其是像李商隐这样的主观抒情性极强的诗人,如果一一比附作解,务求篇篇落实,事实上是不可能的,同时也破坏了对李商隐诗歌的审美感受。这不是对待文学作品应有的审美态度,不足取。梁启超先生曾谈到他是如何读李商隐的诗的:"义山的《锦瑟》、《碧城》、《圣女祠》等诗,讲的是什么事,我理会不着……但我觉得他美,读起来令我精神上得一种新鲜的愉快。须知美是多方面的,美是含有神秘性的。"(《中国韵文内所表现的情感》)这才是审美的态度。诗歌不是谜语,也不是历史档案,而是表达思想、感情,具有美感的艺术作品,审美是其本质属性。

其次,把握审美客观性与审美活动主观性的平衡。对于文艺作品,审美态度是根本态度,但审美又是一种相当复杂的活动。"作者用一致之思,读者各以其情而自得"(王夫之《姜斋诗话·诗译》),西谚也有"一千个读者的心中,就有一千个哈姆莱特"的说法,文学鉴赏本来就是一种极具个性的行为,对于文学作品的阅读、欣赏,轻重与憎爱在所难免,问题是要把握好分寸,在个人喜好与客观批评之间保持一定的平衡。我们既要尊重审美趣味的主观性,又要承认审美本身具有客观性,个人趣味要建立在审美客观性的基础上。"口之于味也,有同嗜焉;耳之于声也,有同听焉……"(《孟子·告子上》)若喜好的对象本身并不具备审美性,个人随其嗜欲,则"淄渑并泛,朱紫相夺,喧议并起,准的无依"(钟嵘《诗品序》),其趣味便谈不上是审美趣味,也就无法真正领略文学作品的魅力。所以,在阅读、欣赏唐诗时,一方面,作为一个普通读者,我们自然可以因自己的偏嗜而

---

① 《西昆发微序》。

有所选择,李、杜、高、岑,王、孟、韦、柳,不妨各有所好;另一方面,从客观、公允的立场出发,又不能因个人好恶而有所偏执。要有一定的审美眼光,培养自己的辨别能力,能认识自己趣味之外的作品的价值。因为唐诗本来就是万紫千红、多姿多彩的,"子美不能为太白之飘逸,太白不能为子美之沉郁"(严羽《沧浪诗话·诗评》),各家均有自己的长处与特色。

在尊重审美客观性的前提下,阅读所得的主观感受是鉴赏的基础,自己的独立体味才具有意义。当然,由于读者个人的阅历、经验、知识结构的差异,个人主观感受所能把握到的深度或准确度都会有很大不同,这也许会发生前面所说的"淄渑并泛,朱紫相夺"的现象。在接受美学中就有所谓"期待视野"的理论,即阅读前所拥有的生活体验、文化积累、审美经验及能力等各方面因素,会作为一种"成见"影响到阅读者对作品的理解。但随着个人各方面素养的提高,我们囿于自身局限对唐诗的误解、偏解以及庸解等缺陷会逐步得到改善。所以前面我们着意强调了个人修养、阅历在唐诗阅读中的重要作用。这里还要强调一点,即培养自己阅读能力,提高自己阅读水平,最有效的方法还是多读、勤读。因为,阅读在受"成见"制约的同时,也不断地突破"成见",生成"新知"。但无论个人处于哪一个层次,感受的真实性都是阅读、欣赏的基础。比如一个20岁左右的年轻读者,很可能更容易被李白那些浪漫明丽的歌行、绝句所打动,更喜欢李商隐爱情诗的朦胧美,却较难对杜甫的《北征》、《自京赴奉先县咏怀五百字》这样的史诗产生强烈的共鸣。清人张潮有句名言:"少年读书,如隙中窥月;中年读书,如庭中望月;老年读书,如台上玩月。皆以阅历之深浅所得之深浅耳。"(《幽梦影》)年龄与阅历对阅读的影响是一种客观存在。杜甫确实伟大,但这种伟大需要具有一定的阅历、学养或达到一定的境界才能真正理解。多读作品,多读权威、专家对作品的解释,都是培养自己阅读能力的有效途径,但一定要建立在自己体悟与思考的基础之上,才能消化吸收,得到真正的提高。毕竟,文学鉴赏过程,是一个用心体会、咀嚼和消化的过程,如果没有自己的感受与共鸣,盲从权威或潮流,也就谈不上真正的阅读,更遑论鉴赏了。

再次,要有实事求是的历史态度,而不能以今度古。文学的审美性超越时空,但唐诗毕竟是1 000多年前的古典文学,仅仅通过历史文化知识的积累尚不足以消弭它与当今的距离。因此,运用历史的眼光,本着实事求是的历史态度,在唐诗阅读与鉴赏中就显得非常重要。比如唐代诗人的狎游之风、纵情声色,这些行为在今天会受到严厉的道德苛责。如果考虑到当时的社会环境、士林风气以及习俗,上述行为虽不值得赞同,但也不像今人所想象的在道德上有多么污秽不堪。人总是生活在一定的历史环境之中,在思想上带有历史局限性,行为上带有时代的烙印是可以理解的,正如陈寅恪先生说的,对历史要有"理解之同情",如果缺少这种"同情",就会发生认识上的偏差而有失公允。

试以韦应物的《送杨氏女》为例，如果站在今天的角度来看，就会觉得该诗在思想上无甚可取。韦应物长女嫁给一个姓杨的人家，这是离家前诗人写给她的赠别诗。据 2007 年 8 月在西安出土的韦应物家族墓志，韦氏有两女一男，妻子早逝，当时长女尚未成年。诗中说"……尔辈苦无恃，抚念益慈柔。幼为长所育，两别泣不休。对此结中肠，义往难复留。"女儿从小失去母亲，还要照顾更小的妹妹和弟弟，现在就要出嫁离家，与弟妹洒泪话别，诗人见此场景伤心无比。这些地方写得充满感情，极其动人。诗人接着叮嘱女儿："自小阙内训，事姑贻我忧。赖兹托令门，任恤庶无尤。贫俭诚所尚，资从岂待周。孝恭遵妇道，容止顺其猷。"由于从小没有母亲的教诲，寄养在姑姑家里，所以诗人着意叮嘱女儿要遵守妇道，勤俭持家，对长辈要孝敬、恭从，行为举止要顺从迎合公婆与丈夫的心意。如果没有对历史的"理解之同情"，我们只会反感这位父亲的落后、迂腐，哪里能体会到诗人的苦口婆心中包含了无限牵挂。在当时的历史环境下，诗人的拳拳父爱正是通过这一番看似迂腐的叮咛深挚地体现了出来。

可见，如果没有客观的历史态度，以今度古，将直接影响到我们对唐诗的理解与接受，以及对作品思想情感的正确认识。

最后，立足文本，力求公允。刘勰在《文心雕龙·知音》中指出做到公允批评的几个途径：一是博观，"操千曲而后晓声，观千剑而后识器"；二是在态度上要"无私于轻重，不偏于爱憎"；三是在具体的操作实践上，提出考察体制、文辞等的"六观"说。在这里，我们仅就阅读态度而论。前面谈到，阅读作为审美活动，受到种种主客观因素的限制，是非常个性化的行为，轻重爱憎在所难免，似乎很难做到绝对的公允。虽然如此，力求公允仍然是我们的追求和目标，起码主观上要尽量摆脱成见与先见的影响，一切看法都要建立在对文本的细读之上，立足作品谈作品。这就要求我们有这样一种态度与勇气，即不迷信权威，对大家要敢于说"不"。唐诗也不是篇篇皆佳，诗坛大家也不是没有缺陷，阅读不是顶礼膜拜，而是一种平等的交流与对话。我们要勤于思考，敏于观察，敢于指瑕。清代学者王夫之在这方面可以作为我们的榜样。比如他在《唐诗评选》中评论杜甫的《哀王孙》："世之为写情事语者，苦于不肖；惟杜苦于逼肖。画家有工笔士气之别，肖处大损士气。此作亦肖甚，而士气未损，较'血污游魂归不得'一派，自高一格。"[①]一方面肯定杜甫这首诗虽然写得逼肖，却未有损士气；一方面又指出杜诗中存在不少苦于逼肖损害士气的作品，比如《哀江头》中写杨玉环悲惨的结局："明眸皓齿今何在，血污游魂归不得。"虽然形象逼真，但格调不高。再如他批评陈子昂的《感遇》诗"似诵、似说、似狱词、似讲义，乃不复似诗"，虽然尖刻，但也不无道理。

不惧权威，坚持己见，是非常可贵的阅读态度，阅读任何一位诗人的作品，都

---

① 王夫之《唐诗评选》，第 25 页，文化艺术出版社 1997 年版。

应有这样一种平等的意识、批判的心态。不过,不能为批判而批判,故作惊人之语,哗众取宠,难免流于轻浮。此外,对于专家和权威对唐诗的解读,我们不应盲从,但权威与专家的意见,大多建立在长期的专业研究的基础上,是我们学习唐诗的重要指导。所谓不盲从,是指我们对他们的解读要经过自己的思考、消化,从而提高自己对唐诗的阅读与欣赏能力。

总之,褒贬皆要立足于作品,而不迷信大家,不盲从权威。其前提是多读唐诗,多读权威、专家对唐诗的解读,并经过认真的思考,消化吸收,从而得出自己真实的体认,力求公允。

三、阅读与欣赏唐诗的方法

留存到今天的唐诗有 55 000 多首,随着各地考古工作的进展,这一数字还在被不断地刷新。这些唐诗,犹如一座万紫千红、蔚为大观的艺术花苑,如果不由径辙,则不免"乱花渐欲迷人眼",难以充分领略到她的魅力。因此,我们在阅读唐诗的时候,总体上要注意两点:一是宏观与微观的结合;二是精读与泛读的并重。而对于具体的每一首作品,则要兼顾内容与形式,并且要注意采取恰当的步骤与方法。

我们先从总体上来看阅读唐诗所要注意的两点原则。所谓宏观与微观的结合,是指既见森林,又见树木,既对唐诗的总体风貌、演变发展要有全面完整的把握,又要对唐诗各个发展阶段、作家流派等有具体的了解。余恕诚先生在《唐诗风貌·弁言》中说:"唐诗有不同于其他时代诗歌的总体风貌特征,唐诗内部不同阶段、不同诗体、不同作家或流派又各有其独特的风貌。"[1]前者要求我们把唐诗作为一个整体,将其与汉诗、魏晋诗歌、宋诗等进行比较,从而体认其独特性。如钱锺书先生曾提出诗分唐宋的观点:"唐诗、宋诗,亦非仅朝代之别,乃体格性分之殊。……唐诗多以丰神情韵擅长,宋诗多以筋骨思理见胜。"[2]虽然就具体情况而言,唐音中也有开宋调的,宋调中也有杂唐音的,但唐诗总体风貌是注重丰神情韵的,这就是从宏观上来把握所把握到的唐诗特征。再如严羽说"子美不能为太白之飘逸,太白不能为子美之沉郁"(《沧浪诗话·诗评》),也是一种宏观考察。因为李白、杜甫也是多面立体的,李白也有沉痛悲郁的作品,而杜甫也不乏清新流丽之篇,但飘逸、沉郁,毕竟分别是两者最具特色的地方,是两者的主要区别。这是就具体诗人而言的宏观考察。

至于唐诗内部丰富独特的个性特征,每一位诗人在总体风貌之下的多面特

---

[1] 余恕诚《唐诗风貌》,第 1 页,安徽大学出版社 1997 年版。
[2] 钱锺书《谈艺录》第一则,第 2 页,中华书局 1984 年版。

征,则需要具体地微观考察,才能得到更真实的认识。同时,即便是总体上得出的印象,也是通过具体的阅读得来的,宏观把握必须建立在微观考察的基础上方能落实。在学习唐诗中,要做到对大家名作进行深入的个案研读。从大家、名作、主要诗歌流派入手,并且要有文学史的视野,注意考察唐诗的发展流变过程,尤其要留心在诗风转折时期的代表作家、作品或文化、政治事件,以这些大家、名作为节点,勾勒出唐诗的总体轮廓。在主流与大家之外,一些中、小作家,中、小作家所组成的文学集团、诗人群,等等,也不能忽视,要联系时代风气作群体考察,并将其放在文学史流程之中,通过前后比较来认识其地位与价值。宏观具有相对稳定的特征,微观则具体多变,微观体认越细腻,则宏观把握也就越准确。

宏观与微观的结合,要求我们在阅读唐诗的时候,精读与泛读并重。严羽在《沧浪诗话·诗辨》中强调学诗入门须正,学习唐诗要"以李、杜二集枕藉观之,如今人之治经,然后博取盛唐名家,酝酿胸中,久之自然悟入";《红楼梦》第四十八回林黛玉指导香菱学诗,让她先把王维的五言律诗读100首,细心揣摩透了,然后读一二百首杜甫的七言律,再将李白的七言绝句读一二百首,肚子里要拿这三个人做底子。这些对我们阅读唐诗同样具有借鉴意义。唐诗中的大家,如李白、杜甫、王昌龄、高适、岑参、王维、孟浩然、元稹、白居易、韩愈、柳宗元、刘禹锡、李贺、杜牧、李商隐等人,是唐诗风貌的主要代表。我们要像严羽所要求的那样,以读经的态度来学习这些大家名家,揣摩细味。不仅要熟读他们的诗作,还要了解他们的生平、思想,考察其诗歌创作的渊源、影响;至于中、小作家,则不妨按照诗歌流派、题材类型、文人集团,进行群体的浏览,有些作家留下的作品不多,但在文学史上留下了影响深远的名篇,如张若虚的《春江花月夜》,也要作为精读的对象。因此,我们阅读的文本,起码要准备以下这些:一是《全唐诗》,这是作为资料或是工具书而准备的,便于随时查阅;二是历代著名的唐诗选本,如清人王士禛编选的《唐贤三昧集》、沈德潜编选的《唐诗别裁集》、蘅塘退士编选的《唐诗三百首》,以及今人的一些唐诗选本,如马茂元编选的《唐诗选》、张燕瑾编选的《唐诗选析》、社科院编选的《唐诗选》等,选择其中一两部精读,是学习、把握唐诗的捷径。这里特别值得一提的是以萧涤非领衔编写的《唐诗鉴赏辞典》(上海辞书出版社1983年版),集当代众多唐代文学专家之力,全面地反映了唐诗的面貌及其丰富多彩的内涵,有助我们对唐诗的进一步了解,可以说是阅读唐诗的必备书籍;三是大家的别集、选集,如《李太白集》《杜工部集》《王右丞集》等,这些都能找到很好的笺注本。当然,如果不是进行专门研究,阅读这些大家的选集也就可以了。一些著名的诗篇,最好还要做到背诵。唐诗中值得我们熟记或背诵的名篇不下500首,如果我们能有选择地按不同时段背熟这些名篇,那么唐诗史也就基本烂熟于胸中了,这比看100本唐代文学史还要有效。

无论是大家名篇，还是中、小作家作品，无论是沉潜玩味，还是走马观花，具体到每一首唐诗，阅读、欣赏不外乎两个方面，一是内容，二为形式，两者不可偏废。而在对内容与形式的把握中，具有文学史的视野、比较分析的方法、辩证的思维，非常重要。

先看内容，这是写什么的问题，包括题材、思想、情感等方面。唐诗反映唐代社会以及唐人生活的方方面面，就题材而言，极为广泛，山水、田园、边塞、婚恋、酬赠、咏史、题画……几乎无事不可入诗，有些题材如以王维、孟浩然、韦应物、柳宗元等为代表的山水田园诗，以高适、岑参等为代表的边塞诗，由于作者杰出，成就卓著，对该题材的写作起到垂范作用，从而产生广泛影响，并进而形成创作流派，使特定题材具有自足的文学史意义。因此，考察唐诗题材，一定要有文学史的观念，同时，还要注意横向的比较，辨别同一题材不同作家所表现出的风格特征。我们看下面两首诗：

斜光照墟落，穷巷牛羊归。野老念牧童，倚杖候荆扉。雉雊麦苗秀，蚕眠桑叶稀。田夫荷锄立，相见语依依。即此羡闲逸，怅然吟式微。

——王维《渭川田家》

故人具鸡黍，邀我至田家。绿树村边合，青山郭外斜。开轩面场圃，把酒话桑麻。待到重阳日，还来就菊花。

——孟浩然《过故人庄》

这两首诗都是田园隐逸题材，唐人在这一题材上均受到过陶渊明的影响，沈德潜就说王维得陶渊明之"清腴"，孟浩然得陶渊明之"闲远"（《唐诗别裁集·凡例》）。就这两首诗来说，孟浩然诗中受陶渊明影响的痕迹更重，"把酒话桑麻"一句直接从陶渊明《归园田居》"相见无杂言，但道桑麻长"化出，通篇平易闲淡，但又充满生活气息，显得朴素而淳厚，与陶渊明的风格也特别接近。王维的诗歌，一下子就让人想到《诗经·王风》"君子于役"篇"日之夕矣，羊牛下来"，以及初唐王绩的《野望》，王维诗在语言、意境及构思上受两者影响的痕迹都非常明显。但王、孟在吸收继承前人的同时，也形成自己的特色，语言、音韵更圆润和谐，色彩应用更丰富，意境比较明朗丰满，均显示出盛唐的气象。而王、孟之间比较，王诗清雅但更秾丽，也就是沈德潜所说的"清腴"，孟诗则相对朴素，前者显得超脱孤高，后者则闲淡平易，有冷热之别。

将两者放到文学史的流程之中，通过比较赏析，则他们在这一题材诗歌创作中的渊源成就、风格特征，都会得到直观而又切实的认识。

思想与情感是诗歌内容的核心，同样的题材，在不同的作品中包含的思想与情感并不相同。比如上面提到的两首诗，虽然都属于田园诗，也都表现出隐逸的情怀,但王维诗对田园生活站在旁观的欣赏的角度,追求的是一种超逸出尘的境界,因而显得清高孤傲;孟诗对田园生活则是投入的,充满了人世间的烟火气息。我们在上面说两者有冷热之别,主要是指思想、情感的区别。

思想与情感,往往决定着一首诗的品质的高下,是决定诗歌价值高低最重要的内在因素。闻一多先生在《宫体诗的自赎》中就曾肯定初唐卢照邻、骆宾王等人的宫体诗,因为它们反映了人们真实、健康、正常的情感与欲望,因此,从内容上考察唐诗,重点要关注诗歌的思想与情感。我们看黄巢的两首菊花诗:

飒飒西风满院栽,蕊寒香冷蝶难来。他年我若为青帝,报与桃花一处开。

——《题菊花》

待到秋来九月八,我花开后百花杀。冲天香阵透长安,满城尽带黄金甲。

——《不第后赋菊》

两首都是托物言志的诗,第一首想象新奇,表达了对社会不公的愤懑和改造这种局面的意愿,志向远大,情怀慷慨;第二首也富有气势,境界阔大,但一花独放,百花凋杀,又流露出一种张扬跋扈的暴戾之气,在思想上并不可取,格调低于第一首。可见,就具体作品来说,思想的深度,情感的真切度,还是各有深浅高低,因此价值上自有高下不等。我们阅读、欣赏唐诗,要细心体会诗中所包含的思想情感,分辨高下美丑,既要领略唐诗感性的美,也要领略唐诗知性的美。

当然,思想与情感有各种层面,包括政治的、哲学的、文化的、历史的、道德的等,比如张若虚《春江花月夜》中"江畔何人初见月?江月何年初照人?人生代代无穷已,江月年年只相似",就蕴涵着哲学、文化等层面的思想与情感;杜甫"三吏"、"三别"则蕴涵着政治、道德、文化等方面的思想与情感。唐诗中还有对建功立业的追求、对清明政治的歌颂与期盼、对人民苦难的同情、对贪官污吏的愤恨、对人生宇宙的思考、对个体尊严的珍重、对自然山水的热爱、对亲人朋友的关怀……正是这些思想与情感的内涵,成就了唐诗的伟大。学习唐诗,是美的巡礼,也是思想与灵魂的熏陶。

内容附载于形式,诗歌的形式主要体现在语言上,大致包括体裁、修辞、声律,前二者是体现在字面上的语言形式,后者则是体现在吟咏上的语言形式。刘勰在《文心雕龙·知音》篇中曾提出文艺作品的"六观"说:"一观位体,二观置辞,三观通变,四观奇正,五观事义,六观宫商。"这对我们阅读、欣赏唐诗,仍然具有现实的指导意义。"通变"与"奇正"是指从文学史的角度来考察作品的渊源发展,继承创新,这在我们前面所谈的唐诗题材方面,已经涉及了;"事义"在刘勰这里指所载前言往事,即典故,如果诗中运用了典故,我们自然需要弄清楚它的出处、意思以及诗人采用的意图,但典故并非诗歌必不可少的因素,因此这一点我们这里不谈。

现且就其他"三观"而言。一是观"位体",在这里我们专指诗歌体裁,范围较刘勰所论稍狭。体裁是诗歌语言形式最直接的表现,我们读唐诗,首先接触到的就是体裁,五言、七言、杂言、古体诗、近体诗,等等,每一种诗体因形式因素,都有特定的审美要求。读五绝涵泳于其语短情遥,读七律沉潜于其婉扬顿挫,读歌行流连于其流转婉畅,读古体诗体味于其古拙高远……拿绝句来说,从形式上看仅有四句,五绝二十字,七绝二十八字,客观上使得它对事物或情感无法工笔细描,而只能集中着墨,写意传神,所以绝句最讲究韵外之致,言外之意。如王维的"辋川绝句",历来被认为富有禅意:

独坐幽篁里,弹琴复长啸。深林人不知,明月来相照。
——《竹里馆》
木末芙蓉花,山中发红萼。涧户寂无人,纷纷开且落。
——《辛夷坞》

两首诗均通过剪影式的场景或者某一细部的特写,传达出清幽静谧的情怀;寥寥几句,展开的意境空间却极其深邃,让人产生丰富的联想,这就是绝句所要求的"以少少许胜多多许"。再看杜牧的一首名诗《华清宫绝句》:

长安回望绣成堆,山顶千门次第开。一骑红尘妃子笑,无人知是荔枝来。

唐明皇、杨贵妃之间的故事很多,本诗只抓住唐明皇置骑传送荔枝一事,并且不置任何评论,不表露任何情感,似乎就事写事,结尾戛然而止。但唐明皇与杨贵妃生活的奢靡、唐玄宗为讨妃子欢心无所不为的荒唐,无不寄寓其中。同样的题材,白居易的《长恨歌》用了近千言,洋洋洒洒,从"杨家有女初长成"到"一朝选在君王侧",然后是"从此君王不早朝","三千宠爱在一身",铺陈了许多细节、情境,一直到"渔阳鼙鼓动地来",最后是"此恨绵绵无绝期"。歌行讲究的是铺陈、叙述、抒情、议论在诗歌中展开得都非常从容、充分。诗体不同,其审美感受也就完全不同。

唐诗中的很多大家都有自己特别擅长的体裁,比如王维、孟浩然的五言古、近体诗,李白、王昌龄的七绝,杜甫、李商隐的七律,元稹、白居易的歌行,等等,前面提到《红楼梦》中林黛玉指导香菱作诗,于五律推举王维,于七律推举杜甫,于七绝推举李白,是极有心得的。如果七律推举李白,七绝推举杜甫,那就不得要领,贻误后学了,因为七律对于李白,七绝对于杜甫而言恰恰是他们相对薄弱的诗体。即便是唐诗大家,也很难做到诸体皆工,这是因为每一种诗体均有自己的审美特性,且不同诗体之间,在审美特性上往往还会产生矛盾,如绝句的精简与歌行的铺陈,七律的顿挫与古体的和缓,所以对于某一具体诗人来说,精于此往往疏于彼,这是很自然的。因此,阅读欣赏唐诗时,对于每一种体裁,要阅读在这一体裁上成就最高的名家诗作。

二是观"置辞",即诗歌语言、遣词造句等修辞方面。一般来说,诗歌的语言总是要求典雅、优美,意蕴丰富,生动而富有表现力。虽然不避俚俗的唐诗也不少,但阳春白雪毕竟已越来越成为人们对诗家语的共识。白居易是一位非常伟大的诗人,特别是他的新乐府,充分表现了同情百姓的仁者情怀,但有些作品因过于俗白而诗意大减。钱锺书曾说:"香山作诗,欲使老妪都解,而每似老妪作诗,欲使香山都解。"①话虽说得尖刻,但说明了仅有伟大的思想、高尚的情感,如果在语言上不能给读者优美典雅的审美感受,对于诗歌来说,艺术魅力也会大减。

遣词造句是诗歌语言形式高下最重要的判断依据,包括字词句的选择、锤炼,各种积极的修辞表达手法运用等方面。"吟安一个字,捻断数茎须"(卢延让《苦吟》),唐人给我们留下了许多推敲苦吟的故事,也留下了许多千锤百炼的名章迥句,如王维的"大漠孤烟直,长河落日圆"(《使至塞上》)、杜甫的"绿垂风折笋,红绽雨肥梅"(《陪郑广文游何将军山林十首》其五)、贾岛的"鸟宿池边树,僧敲月下门"(《题李凝幽居》)等,就是诗人殚精竭虑锤炼语言的典范。此外,如李白那想落天外的夸张,"韩(愈)孟(郊)诗派"瘦硬生新的比喻,李贺光怪陆离的藻彩,李商隐委婉缠绵的比兴……种种夸饰、比喻、通感、拟人、象征、比兴等修辞手法的运用,创造了唐诗万千丰富的形式美。

修辞作为形式美的重要组成部分,在于它们生动传神的表现力,但要体会并进入其所创造的艺术境界,充分领略其中的艺术魅力,需要我们提高审美素质,增长审美经验。如"绿垂风折笋,红绽雨肥梅"一句,修辞上可视为倒装,但从视觉、感觉的角度来说,却非常符合生活经验。风折之笋,雨绽之梅,让人最先感受到的是颜色——"红"、"绿";然后是感觉——"垂"、"绽";最后是知觉——因风而折,因雨而肥。诗人突出自己感觉最强烈的色彩、形态,也给读者感觉上强烈的冲击,增强了诗歌的感染力。如果我们有过类似的经验,或者能在脑海中悬揣这幅图景,就会更深切地感受到如此遣词之妙。再如"大漠孤烟直,长河落日圆",

---

① 参钱锺书《谈艺录》第五九则,第195页,中华书局1984年版。

《红楼梦》第四十八回香菱学诗,说到她对这句的理解,因为一次旅途经历而获得深刻的感受。当然,这并不具有绝对性,多读,多思考,并联系整首诗的内容、写作背景咀嚼揣摩,同样可以训练我们去体会诗人遣词造句之佳妙。如杜甫《登高》中"万里悲秋常作客,百年多病独登台"一句,"万里"作客,乃是身在他乡;"常"说明经常漂泊,居无定所;"百年多病"则指垂垂老矣;"独"说明老而无依,终身潦倒。万里异乡、潦倒老翁、愁病之躯,因这些词句的界定、渲染,其"悲秋"的深广到了无以复加的地步。结合本诗的写作背景、杜甫晚年的处境,综合考察整首作品,我们就可以深刻体会到这里的每一个字词都是千淘万漉、呕心沥血的珠玉。

因此,形式上的修辞美,最终还是要联系诗歌的内容,才能获得深切的理解。形式与内容是毛皮相依的关系,有时形式本身就是诗歌内容的组成部分。

三是观"宫商",在这里指声律。诗歌是韵文,声律是其特有的形式因素,讲求平仄和音韵,是诗之为诗的标志。阅读、欣赏唐诗,需要具备一定的音韵学知识,这样才能懂得诗人在声律上的苦心经营,了解不同的诗体在声律上的特点。唐诗的声韵属于中古音系,我们今天可以根据宋代平水韵的106个韵部去考察唐诗的押韵情况,有些按当今普通话读起来不押韵的地方,在唐代是押韵的,对这点我们要清楚。唐代的近体诗一般只押平声韵,严格起来还不能邻韵通押;古体诗押韵稍宽,既可押平声韵,也可押仄声韵,邻韵也可通押。古体诗在押仄声韵时要区别上、去、入三声,一般必须押同一声调。王力《古代汉语》第四册《古汉语通论(三十)》,关于唐诗声律问题有较详细的阐述,可供参考。

除了声韵相押,还要平仄协调。唐诗分平、上、去、入四声,平属于平声,上、去、入都是仄声,以今天的普通话来读,第一、第二声是平声,即阴平与阳平,第三声为上声,第四声为去声。入声在普通话中已经消失,古入声字被派入其他三声,其中派入平声的,特别值得我们注意。比如"白"、"拔"、"得"、"桌"、"学"等,在唐诗中都是入声字,属仄声,但说普通话的读者很可能就把它们看成平声了。入声字比较短促,今天的粤语区以及江苏、浙江、福建、江西等南方方言区域还保留入声,所以对于北方方言区的读者来说,阅读唐诗在声韵上的障碍要更多一些,需要勤翻韵书,多读作品,加以克服。

我们以律诗平仄用韵情况为例,来具体了解一下唐诗的声律。有一说法叫"一三五不论,二四六分明",这有一定的道理,因为律诗的音节单位是双音步,双平双仄是基本规则,节拍多落在二、四、六字上,故五言的二、四字,七言的二、四、六字,一定要符合平仄对粘的规则,一、三、五非节奏点,要求自然可以宽松些。但这句话又不绝对,对于收平声韵的句子(仄仄)—平平—仄仄—平,如果一、三、五不论,变成(仄仄)—仄平—仄仄—平,就犯了孤平(一句中除了韵脚只有一个平声字),这是律诗大忌。如杜甫《寄赠王十将军承俊》"臂悬两角弓",第一字当为平声,但"臂"字却是仄声,除韵脚外,只有"悬"一个平声字,犯了孤平。但这种声病在唐人诗中极少,杜诗除此处外也不多见。

近体律、绝,要讲究平仄的相对、相粘与相错,有各种病、犯需要避免,体现了格律谨严与灵活变化的统一。"如果不对,上下两句的平仄就雷同了;如果不粘,前后两联的平仄又雷同了。讲究粘对能使整首诗的平仄有变化、有回还,对诗的节奏优美能起一定作用。"①但唐代诗人有时又有意突破格律,以营造一种拗峭之美,这就是所谓拗体。比如杜甫的拗体七律就有十多首(也有人统计为二三十首的)。我们看下面一首《题省中壁》:

披垣竹埤梧十寻,洞门对雷常阴阴。落花游丝白日静,鸣鸠乳燕青春深。腐儒衰晚谬通籍,退食迟回违寸心。衮职曾无一字补,许身愧比双南金。

首句第四字当仄而平,第六字当平而仄,前拗后救,两句中"门"字当仄而平,"常阴阴"三平尾,典型拗句;颔联"白日静"三仄连用,"青春深"三平连用,又是一个三平尾;颈联有人认为也有拗字,如"谬"当平而仄,"违"当仄而平,杜诗上拗下救,其实,本联的"谬"、"违"倒是属于"一、三、五不论"的情况,不过,由于这个字位是音节落脚的重点,上下联平仄应该相对,故也不可"不论",应当救补;尾联"一字补"三仄声,"双南金"又是三平声,再次拗律。因为这首诗在声律上的特点,一拗再拗,读起来感觉就不是那么圆润流转,但也因此显得铿锵生新,饶有意趣。

再如崔颢的名诗《黄鹤楼》:

昔人已乘黄鹤去,此地空余黄鹤楼。黄鹤一去不复返,白云千载空悠悠。晴川历历汉阳树,芳草萋萋鹦鹉洲。日暮乡关何处是,烟波江上使人愁。

这首诗前半皆拗,第一句本来应是平平－仄仄－平平－仄的形式,但"乘"当仄而平,"鹤"字当平而仄,第二句仄仄－平平－(平)仄－平,没有对第一句的拗字进行补救;第三句除"黄"为平声,余六字均为仄声,第四句除"白"、"载"仄声,余五字皆为平声,像"空悠悠"这样的三平尾,和前举杜律一样,其实是古风常见的格律,在律诗中是常常被看成是声病的。但崔诗后四句却又相当合律,平仄协调,整首诗也因此显得错综多姿,极富声韵之美。

---

① 王力《古代汉语》第四册《古汉语通论(三十)》,第 1 528 页,中华书局 1999 年版。

欣赏唐诗的声律之美，同样也要结合诗歌的内容，声律也是为增强诗歌表现力服务的。比如前面提到的杜甫的《题省中壁》，就有学者认为是其对于左拾遗这一微职心情比较抑郁复杂，故诗用拗体，表现出一种纠结的心绪；其后杜甫被贬为华州司功参军，在华州仅一年余，而拗体七律就有三首。① 可见，拗体律诗在这里成为反映诗人内心世界最恰当的一种诗歌形式，其生新拗峭的音律恰恰与诗人抑郁的心情相呼应。再如高适的《燕歌行》（汉家烟尘在东北），四句一换韵，每一韵一层意思。第一层四句，用入声"职"韵，写主将出征；第二层四句，写军队气势和敌我对峙情形，用平声"删"韵；第三层写敌势浩大与军中主将荒淫，用上声"虞"韵；后面又分别换了平声"微韵"、上声"有"韵，结尾"至今犹忆李将军"，用平声"文"韵作结。分别写到战争之烈、报效国家之心以及征夫思妇之苦，最后表达呼唤良将的愿望。诗中平仄韵交替，张弛有度，节奏明快，每一次换韵就是诗意的一层推进或承转。在写激烈场面时多用仄韵，句式上是二、二、三的节奏，每句结尾的三字多平仄相错，音韵铿锵，这些都与所表现的内容很好地配合在一起，增强了作品的感染力。

　　欣赏唐诗的声律之美，还要学会吟诵朗读。当然，由于古今声韵的变化，今天用普通话吟诵唐诗，很可能会发现唐诗中有的音韵并不谐和。不过，在大部分情况下，其轻重缓急、平仄扬抑的声情之美，还是能够通过吟诵来体会到的。叶嘉莹曾著文专门强调古诗吟诵的作用，认为通过吟诵不仅能够体味诗歌声情之美，而且能够更深刻地体会其中的思想感情，诗歌"感动兴发"的特质，也正是通过吟诵最集中地体现出来。② 唐诗吟诵的重要性于此可见一斑。

　　以上我们就内容与形式两方面，谈了阅读、欣赏唐诗的一些基本方法。最后还要强调一点，阅读一定要与思考相伴，才能真正领略唐诗的精华。诗歌是语言的艺术，但诗歌的语言又是富含形象、意境、情感与思想的，这些都需要读者的思考、体悟才能复活乃至深化。"故寂然凝虑，思接千载；悄焉动容，视通万里。吟咏之间，吐纳珠玉之声；眉睫之前，卷舒风云之色"（《文心雕龙·神思》），说的是作者的文思，但对于读者，又何尝不是如此？没有读者思考的参与，诗歌永远只是一堆冷冰冰的字符。宋代诗论家严羽在《沧浪诗话》中以学禅喻读诗，强调"熟参"与"妙悟"，《诗辨》一节，从初唐王、杨、卢、骆到盛唐李、杜，再到大历十才子、元和诗人，每举一例，都要求说"熟参之"。对于唐诗来说，这"熟参"就是熟读大家名作；只有读熟读透，酝酿于胸中，久而久之，才能有所体悟。"熟参"是基础，"妙悟"则是读诗的意义，否则就成了死读书了。但如何才能得到"妙悟"呢？这

---

① 参见金启华《论杜甫的拗体七律》，《杜甫研究学刊》1998年第1期。
② 参见叶嘉莹《我的诗词道路》中《谈古典诗歌中兴发感动之特质与吟诵之传统》一文，第181～218页，河北教育出版社1997年版。

就必须有一种积极的阅读态度,开动脑筋,勤于思考。钱锺书说:"夫悟而曰妙,未必一蹴而至也。乃博采而有所通,力索而有所入也。学道学诗,非悟不进。"(《谈艺录》)"博采"与"力索"的结合,也就是我们所说的阅读与思考的结合,"熟参"与"妙悟"之间,揣摩思考这极其关键的一环,在我们阅读、欣赏唐诗的过程中至关重要。

四、阅读与欣赏唐诗的意义

  进入五彩缤纷的唐诗世界,徜徉于那近300年美的历程,1 000多年以来,一代代炎黄子孙,口耳相传,涵泳于斯,陶醉于斯,并将世世代代传承下去。这是魅力无穷的审美体验,同时也是一项意义重大的文化实践活动。

  首先,对个人来说,阅读、欣赏唐诗,可以提高个人的文化修养,获得审美愉悦。上面提到"妙悟",只有参而有悟,只有吸收唐诗营养,提高体悟,增加自家见识,我们的阅读才有意义。早在南北朝时期,钟嵘就说读诗能使"穷贱易安,幽居靡闷"(《诗品序》),对人们的生活能产生实际的作用。唐诗丰沛的意境、和谐的音律、优美的语言,更能给我们提供审美的愉悦,而涵泳其中,日与芝兰为伴,读者也自然分其余馨,提高了自身的文化品位。丰子恺曾将人的生活分为三个层次:物质生活、精神生活、灵魂生活。"懒得(或无力)走楼梯的,就住在第一层,即把物质生活弄得很好,锦衣玉食,尊荣富贵,孝子慈孙,这样就满足了。这也是一种人生观。……其次,高兴(或有力)走楼梯的,就爬上二层楼去玩玩,或者久居在里头。这就是专心学术文艺的人。他们把全力贡献于学问的研究,把全心寄托于文艺的创作和欣赏……"①其实,就人性来说,在物质生活基本满足后,精神追求自然就会成为生活的目标,这是人性的本质需求。唐诗的阅读和欣赏,就是一项高雅的精神追求,能极大地满足我们精神生活的需要。

  其次,唐诗融入个人生活,成为读者心境的写照、情绪的负载,所谓借古人酒杯浇自家块垒,这是阅读唐诗对于个人的另一重要意义。由于阅读具有一定的主观性与发散性,"作者之用心未必然,而读者之用心何必不然"(谭献《复堂词录·叙》),所以唐诗的意义,往往会超出文本自身,达到一种古为今用的效果。比如李商隐《无题》中的"春蚕到死丝方尽,蜡炬成灰泪始干",举凡对爱情、事业、理想、信念等的执著,均可引用这一名句;再如李白《子夜吴歌》(长安一片月),本是思妇征夫之歌,王夫之在《石崖先生传略》中记载其兄王介之吟咏该诗追忆已故的先人,"宛转欷歔,流涕被面"(《姜斋文集》卷二)。类似现象在唐诗阅读中非常普遍,诸如"海日生残夜,江春入旧年"(王湾《次北固山下》)、"天生我材必有

---

① 《丰子恺散文全编》中《我与弘一法师》一文,第398页,浙江文艺出版社1992年版。

用,千金散尽还复来"(李白《将进酒》)、"洛阳亲友如相问,一片冰心在玉壶"(王昌龄《芙蓉楼送辛渐》)、"沉舟侧畔千帆过,病树前头万木春"(刘禹锡《酬乐天扬州初逢席上见赠》)、"旧时王谢堂前燕,飞入寻常百姓家"(刘禹锡《乌衣巷》)……当这些诗句与读者的处境、思考、情绪相通时,读者就会用它们来表征自己那个时候的现实,抒发自己的情绪、思想,唐诗也因此与我们的生活融为一体,获得与时俱进的生命力。

再次,阅读、欣赏唐诗,是对历史的传承,能保存并发扬我国珍贵的文化遗产。唐诗给我们展示了一个无比辉煌的时代、纷纭万千的生活图景以及无数丰富的心灵世界,它是我们民族的集体记忆。刘士林曾说:"一个民族之所以区别于其他民族,不仅在于生理基因的不同,更重要的是文化基因的差异。如果说前者直接反映在肤色、毛发与体质上,那么后者则主要表现为他们的精神本性与文化传统。诗性文化当然不是只有审美意义,它本身也曾是我们民族最真实的生活方式。就是这股生命的泉水日夜流穿我的血管,也流穿整个历史,它们的精神气质都是诗性的,也都是一致的。"①经过1 000多年传承,唐诗已经作为一种文化积淀,参与建构我们民族的个性气质、审美心理,渗进我们的血脉,培育我们民族的诗性文化精神,犹如血缘、肤色一样成为我们这个民族的文化标记。

一个不知道珍视历史的民族没有未来,一个不知道继承并发扬传统的民族谈不上创新,阅读、欣赏唐诗,可以培养我们的民族认同意识,增强我们的民族自豪感,是我们继续前行的强大后援。

最后,阅读、欣赏唐诗,对当代文学发展、文化建设、文明进步具有积极的意义。唐诗对现当代文学创作依然在产生积极的影响,比如废名、何其芳、戴望舒、林徽因、余光中等现当代许多著名诗人,在创作方法、诗歌意象的选择、意境的营造等方面,都曾从唐诗吸收过艺术营养。我们以董乃斌先生《超越时空的心灵契合——论何其芳与李商隐的创作因缘》所举到的一个例子作一斑之窥②:

  远书归梦两悠悠,只有空床敌素秋。阶下青苔与红树,雨中寥落月中愁。

——李商隐《端居》

  草下阴虫叶上霜,朱栏迢递压湖光。兔寒蟾冷桂花白,此夜姮娥应断肠。

——李商隐《月夕》

---

① 刘士林《在唐诗宋词中走上回家之路》,《中国教育报》2006年9月21日。
② 董乃斌曾有一系列文章考察李商隐与现代诗人的关系,如《李商隐和现代诗人戴望舒》(《天中学刊》2002年第1期)、《超越时空的心灵契合——论何其芳与李商隐的创作因缘》(《文学评论》2002年第5期)、《废名作品的文学渊源——以与李商隐的关系为中心》(《文艺研究》2004年第4期)等,可以作为参考。

黄色的佛手柑从伸屈的指间
放出古旧的淡味的香气；
红海棠在青苔的阶石的一角开着，
像静静滴下的秋天的眼泪；
鱼缸里玲珑吸水的假山石上
翻着普洱草叶背的红色；
小庭前有茶漆色的小圈椅
曾扶托过我昔年的手臂。
……

——何其芳《昔年》

正如董先生所论，取景、遣词、意象、情绪乃至色彩的搭配，何其芳与李商隐极为相似。放在一起比较，何其芳的诗歌似乎就是李商隐诗的白话版本。

不仅仅是诗歌创作，包括影视、音乐、建筑中，唐诗的影响随处可见，比如当今流行歌坛中以陈小奇为代表的岭南派，曾创作过著名的"涛声依旧三部曲"——《涛声依旧》、《白云深处》、《巴山夜雨》，歌词、旋律、意境，有诸多嫁接自唐诗的地方。以《涛声依旧》为例：

带走一盏渔火，让它温暖我的双眼，留下一段真情，让它停泊在枫桥边。无助的我，已经疏远了那份情感，许多年以后，才发觉又回到你面前。留（流）连的钟声，还在敲打我的无眠，尘封的日子，始终不会是一片云烟。……

比较一下张继的《枫桥夜泊》：

月落乌啼霜满天，江枫渔火对愁眠。姑苏城外寒山寺，夜半钟声到客船。

陈小奇的歌词显然是从唐诗化出。由于化用唐诗，增添了古典的因素，这首歌缠绵优美，一唱三叹，极富古典情韵。流行歌曲还有很多直接为唐诗谱曲的，比如李商隐的《无题》（相见时难别亦难），也受到今人的广泛欢迎。流行文化吸收唐诗精髓，自身品位得到极大提高，艺术生命力更显隽永。

将唐诗阅读、欣赏融入当代旅游及其他文化生活、文化建设工程的例子也随处可见。比如西安所打造的文化工程：大唐芙蓉园以及山水情景舞剧《长恨歌》，将唐诗的审美因素与当代社会、文化相融合，极大地丰富了古城的旅游文化资源和当代人的文化生活。

阅读、欣赏唐诗，提高个体素质、修养，促进当代文学发展、文化建设，也就从整体上提高了整个社会的精神文明素质。阅读、欣赏唐诗对当代社会有积极意义。基于这一点，专家学者在致力于唐诗研究的同时，有必要投入一定的精力推广普及唐诗，比如推出内容适中的选本、文字清浅的赏析、图文并茂的通俗读本，以及积极应用现代媒体传播手段普及唐诗，等等。国家在文化建设中也应加大力度普及唐诗，予以一定的资金支持，使唐诗的阅读与欣赏在全社会蔚然成风。这必将有益于中华文化的发扬光大。

第八章

词的兴起与昌盛

  词是一种新兴的音乐文学形式,它从发生发展到繁荣兴盛经历了一个较为漫长曲折的历史进程。一般认为,宋代是词的繁荣鼎盛时期,宋元以来人们已经习惯于将"宋词"与"唐诗"、"元曲"并称,视为"一代之文学"。[①]

  然而宋词的繁荣鼎盛并非一蹴而就,宋词的源头在唐五代。因此在观览宋词繁盛景象之前,我们有必要了解宋词源头的情况。

一、词的起源和唐五代词的发展

  词起源于隋唐之际,是配合隋唐流行音乐——燕乐曲调的歌唱,并以"依调填词"的方式创作出来的一种新型的文学形式。

  词最早起源于民间。和其他民间文学形式的命运一样,词这一新型的音乐文学形式在乡野民间孕育和诞生之后,长期被"城里人"视为"乡巴佬"而遭到鄙弃和拒斥;当她以顽强的生命和绮艳的风姿终于走入宫廷和城市、受到士大夫文人阶层的接纳和青睐之后,也就更没有人再去关注她在乡野民间的命运了。近千年来,人们只知有文人词,对于其真正的源头——民间词的历史却付之阙如。然而这段历史的空白终于被20世纪初敦煌藏经洞的打开和敦煌写本遗书的发掘给填补了。在这些敦煌写本遗书和抄卷中,发现了不少唐五代时期的歌词作品,其中有题为"《云谣集》杂曲子共30首"的较完整的集子,还有一些抄写相对集中的残卷和其他零散作品。经过王重民、任二北、饶宗颐等一大批学者的整理校录,其中有近200首作品属于较为可信的词作。[②] 这就是为全世界所注目的"敦煌词"或叫"敦煌曲子词"。这些作品大多没题姓名,其中少量作品出自文人之手,多数则应来自民间,主要反映了唐五代词的民间状态和初期风貌。

  从内容题材上来看,敦煌民间词为我们描绘和展现了一幅平常而又多彩的

---

  ① 参见王国维《宋元戏曲史》自序,第1页,百花文艺出版社2002年版。
  ② 据曾昭岷、曹济平、王兆鹏、刘尊明编《全唐五代词·正编》统计,共收敦煌词199首,中华书局1999年版。

世俗生活图画,一个真实而又生动的民众情感世界。这里有征夫与思妇的生活与情感天地,如《破阵子》《生查子》等作,战士们歌唱着"年少征夫军帖,书名年复年。为觅封侯酬壮志,携剑弯弓沙碛边,抛人如断弦"(《破阵子》),"为国竭忠贞,苦处曾征战。未忘立功勋,后见君王面"(《生查子》),表现了征夫们豪迈与悲壮兼而有之的军旅生活;而《凤归云》《送征衣》《捣练子》等大量作品,则是由征人的妻子们唱出的歌声:"征夫数载,萍寄他邦。去便无消息,累换星霜。月下愁听砧杵,拟塞雁行。孤眠鸾帐里,枉劳魂梦,夜夜飞飏。""倚牖无言垂血泪,暗祝三光。万般无那处,一炉香尽,又更添香。"(《凤归云》)这些作品,表现了征妇们期盼与哀怨相互纠结的情感世界。

这里有少数民族和边地人民的歌唱和心声,如《赞普子》和《菩萨蛮》:

本是蕃家将,年年在草头。夏日披毡帐,冬天挂皮裘。语即令人难会,朝朝牧马在荒丘。若不为抛沙塞,无因拜玉楼。

敦煌古往出神将,感得诸蕃遥钦仰。效节望龙庭,麟台早有名。只恨隔蕃部,情恳难申吐。早晚灭狼蕃,一齐拜圣颜。

前者抒写吐蕃民族的将士归顺大唐的心声,后者则反映了敦煌人民反对分裂、向往和平的思想感情。

这里也有下层民众的婚恋情爱生活和芸芸众生的喜怒哀乐,如《菩萨蛮》:"枕前发尽千般愿,要休且待青山烂。水面上秤锤浮,直待黄河彻底枯。白日参辰现,北斗回南面。休即未能休,且待三更见日头。"唱出了一曲热烈而又执著的情歌。而另一些词,则是遭遇不幸的女性们唱出的失恋与婚变的哀歌:"珠泪纷纷湿绮罗,少年公子负恩多。当初姊姊分明道,莫把真心过与他。子细思量着,淡薄知闻解好么?"(《抛毬乐》)"莫攀我,攀我太心偏。我是曲江临池柳,者人折了那人攀。恩爱一时间。"(《望江南》)

这近200首词作,表现了相当广泛丰富的思想内容,具有非常浓厚的生活气息和现实主义色彩。其中虽不无描写"闺情与花柳"的所谓"艳情"题材,但远没有形成后来文人词创作的所谓"艳科"局面。

从艺术表现上来看,敦煌词也反映出鲜明的民间文化特征和初期词体风貌。其一,具有丰富灵活的形体格律特征。敦煌民间词只是粗具体式,略备声律,它的形体及格律不像后世文人词那样规范和严整,而是更富于变化,表现更丰富,更注重对演唱声情的配合,常常运用迭唱、衬字、句式的特殊分合等表现手段,造成"同调异体"等现象。其二,具有综合呈现的艺术功能。不仅可以广泛地应用于徒歌清唱,而且也能合乐歌唱;不仅被诸管弦,而且配合舞蹈;不仅歌之舞之,而且还能用于讲唱,演为戏弄。它典型地体现了早期民间词的综合艺术特征。其三,具有叙事言情的艺术特征。敦煌民间词中已出现不少中长调,擅长铺陈叙事,注重故事情节,讲究前因后果,甚至穿插戏剧因素,具有较强的叙事性,这与汉乐府民歌有一脉相承之处,却与初期文人词多用小令形式和比兴手法形成鲜明对照。同时,敦煌民间词也具有浓郁的抒情性,在抒情特征上虽不以委婉细腻见长,却以质朴真率取胜。其四,具有真率自然的美学风采。质朴、通俗甚至俚俗,是因为它来自里巷,传之口耳;自然、真率,是因为它源于生活,发自肺腑。这就同早期文人词偏于香艳婉媚的美学风貌形成了鲜明的对比。

词这种刚刚从民间兴起的音乐文学形式,慢慢地也开始引起文人的兴趣和模仿,并逐渐成为他们所喜闻乐见的一种新型的娱乐抒情的工具。当然,唐五代文人词的发展也经过了一个相当艰难曲折的历史进程。

初、盛唐时期文人词的创作和发展显得较为沉寂和迟缓。这一时期文人词的创作主要是在宫廷宴游娱乐环境中产生的,初唐主要围绕中宗而展开,盛唐则以玄宗为中心。因此在内容题材的表现上也就显得相当狭窄,无非是表现一些与宴游娱乐的环境气氛相契合的思想内容。如中宗朝内宴时所产生的几首《回波乐》词,或借机邀宠(沈佺期作),或戏谑笑乐(无名优人所作,嘲讽中宗怕老婆),或意含规谏(李景伯作)等;又如玄宗所作《好时光》乃描写宫女的容颜情态,李白所作《清平调》词三首乃咏赞杨贵妃的国色天香和恃恩受宠,也都是宫廷宴游娱乐的产物。就艺术表现来看,主要选用较有限的几种短小的曲调来作词配唱,一部分作品在外在形体上还未脱近体诗的格局和风貌,"依调填词"的创作观念和创作方式还显得比较模糊和生硬。这是文人词在初起阶段所必然带有的一些表象和特征。

中唐在唐五代文人词的发展进程中具有明显的承上启下的过渡作用。和初、盛唐文人词的蹒跚步履相比,中唐文人词的发展已有了一些重要变化,并具有一定的个性特征。

首先,从创作队伍和作品数量来看,中唐文人词已有所扩大和增长。从总体趋势来看,中唐时代尝试作词的文人已越来越多,而且出现了一些较有影响的词人词作,如张志和的《渔父》词,戴叔伦、韦应物、王建等人的《调笑令》,刘禹锡、白居易的《忆江南》、《杨柳枝》、《竹枝》、《浪淘沙》等,其中又尤以张志和《渔父》词的影响为最大,以刘禹锡、白居易的创作数量为最多(两人所作性质比较明确的词作各有 20 多首和 30 多首)。

其次,从创作方法即词与曲的配合方式来看,"依曲拍为句"、"由乐以定词"已作为一种正式的创作方法,被刘禹锡、元稹等人明确提出并得到较自觉的运用,这是词区别于选诗入乐歌唱的"声诗"等其他音乐文学形式而走上独立发展进程的重要标志。

其三,从内容题材来看,中唐文人词的创作正逐步突破宫廷娱乐的狭小圈子,开始走上抒情言志的道路。除了部分表现"宫情""宫怨"、离别相思、边塞生活的内容题材之外,还有几类作品特别值得注意。第一类是表现隐逸生活情趣之作。以张志和《渔父》5首为代表,其中流传最广的是第一首:

　　西塞山前白鹭飞,桃花流水鳜鱼肥。青箬笠,绿蓑衣,斜风细雨不须归。

词中描写的实际上就是张志和自己"浮家泛宅"的"烟波钓徒"的生活,抒发的就是他本人"自乐其乐"的直率性灵。第二类是描写仕宦游乐生活及城市风情的作品,以白居易《忆江南》3首最为传诵,其中又尤以第一首最为脍炙人口。词云:

　　江南好,风景旧曾谙。日出江花红胜火,春来江水绿如蓝。能不忆江南!

第三类是咏史怀古、托物言志之作,以刘禹锡、白居易的《杨柳枝》、《竹枝》、《浪淘沙》等为代表。第四类是表现山村水乡风物情事之作,如刘禹锡的《竹枝》9首既是模仿巴蜀民歌的产物,其内容也多反映巴蜀民间风情。兹举两首为例:

　　山桃红花满上头,蜀江春水拍山流。花红易衰似郎意,水流无限似侬愁。

　　杨柳青青江水平,闻郎江上唱歌声。东边日出西边雨,道是无晴还有晴。

其四,从艺术风貌来看,中唐文人词既表现出受近体诗和民间词双重影响的痕迹,又开始显露出文人词的艺术风采和审美特征。一方面,中唐文人词已开始用较多的作品实例显示出比近体诗更摇曳多姿的形体优势;另一方面,中唐文人词也开始体现它擅长抒情写意之能事,显示出向绮丽柔婉的艺术风情靠近的发展趋势。

词在晚唐之际开始呈现出发展兴盛的态势。这主要表现在三个方面:

一是从作品数量和创作队伍来看,晚唐比之中唐又有所增加和壮大。据林大椿辑《唐五代词》的统计,其所收初、盛唐文人词约29首,中唐文人词约117首,晚唐文人词约230首(其中含托名吕岩词48首),可见晚唐文人词在数量上比中唐增加了近一倍。又据中华书局新编本《全唐五代词·正编》来统计,其所收初、盛唐文人词约 18 首,中唐文人词约 146 首,晚唐文人词约 191 首(含韦庄词 54 首,不含薛昭蕴词 19 首,另外易静《兵要望江南》720 首亦未计入),可见晚唐文人词也比中唐增加了数 10 首。尤其重要的是,晚唐文人词的创作队伍更为成熟。比如晚唐出现了温庭筠这个杰出的词人,他以创作总成果达 70 首(或定为 69 首)的作品数量居唐代词人之首,并被《花间集》以 66 首的最高入选率列于卷首,以至于被后人誉为"花间鼻祖";又比如这个时期还出现了皇甫松、薛昭蕴这两个著名词人,他们的作品数量也分别达 22 首和 19 首之多,而且皆被选入《花间集》,成为"花间词人"18 家中的两员。又比如被《花间集》选录的"花间"大家韦庄,因其晚年入蜀依附王建成为开国元勋,故后人多把他视为前蜀词人,实际上他的生活年代和创作活动主要都在晚唐时期,也应该算作晚唐词人。仅就晚唐这几个重要词人而论,已显示出空前的创作成就。

二是从艺术消费与艺术创作的关系来看,晚唐社会对词的消费需求和消费范围既大有增强和扩展,文人与乐工歌妓之间的合作也进一步密切。不仅民间新声腾沸造成整个社会对歌词需求量的增大,而且作为文学创作主体的士大夫文人阶级也较普遍地加入了这一艺术消费行列。如唐宣宗爱唱《菩萨蛮》词,宰相令狐绹不会作词,就去请求温庭筠为之代作,然后进献皇上以讨欢心。这个事例反映了宫廷对流行歌曲的消费需求的增强。又如温庭筠为举子时,与裴諴交游,"好作歌曲",相传当时"饮筵竞唱其词而打令"[①],这说明词在城市社会中更具有流行特色。晚唐时期,文人与乐工歌妓之间的合作关系也进一步密切。不仅是青楼歌妓寻求文人作词配唱的需求进一步增强,而且是文人们也开始主动地寻求与歌妓们合作了。如温庭筠、裴諴作《新添声杨柳枝》词,就曾主动寻求当时的名歌妓周德华来演唱:"(周)德华者,乃刘采春女也。虽《罗唝》之歌,不及其母,而《杨柳枝》词,采春难及。……温、裴所称歌曲,请德华一陈音韵,以为浮艳之美,德华终不取焉。二君深有愧色。"[②]

三是从艺术表现和内容题材来看,晚唐文人词既在形体的定型和风格的建树等方面取得了重要成就,而且也开始形成文人词的"艳科"局面。在这个方面,温庭筠作出的贡献最大。晚唐文人词的发展兴盛主要以温庭筠的大力创作和突出成就为标志。这不仅因为温词数量在唐代词人中位居第一,在《花间集》中名列前茅,在整个唐五代词人中仅稍逊于冯延巳和孙光宪,而且还因为他使词的形体和格律进一步精美与成熟,创造和奠定了文人词狭深幽细的抒情特征和浓丽婉约的艺术风格,影响所及,不仅形成五代西蜀的"花间词派"和"花间词风",而且一直贯穿于以后整个文人词的发展进程。

---

① 参见范摅《云溪友议》卷下"温裴黜"条,第 65 页,古典文学出版社 1957 年版。
② 参见范摅《云溪友议》卷下"温裴黜"条,第 66 页,古典文学出版社 1957 年版。

温庭筠今存《菩萨蛮》共 15 首,不仅在声律形体上已趋于严整规范,而且建树了一种以浓艳密丽为特色的艺术风格。兹举其《菩萨蛮》第一首为例:

小山重叠金明灭,鬓云欲度香腮雪。懒起画蛾眉,弄妆梳洗迟。　　照花前后镜,花面交相映。新贴绣罗襦,双双金鹧鸪。

此词表面所写不过一女子晨起梳妆之过程、姿容服饰之精美,及其慵散无聊之心绪、自矜自怜之情怀,并没有跳出传统诗歌"闺怨"题材的范围,但就艺术表现而言,色彩偏于浓丽,意象较为密集,描写精美,刻画细致,于客观冷静的叙写中,含委婉蕴藉之情思,这正为温词的创新之处及特色所在。

当唐帝国的大厦倾倒之后,中华民族便进入了另一个分裂战乱的时代——五代十国时期。原先作为唐代政治文化中心的中原都市地区,现在却因连年的战争破坏和频繁的政权更替而变成文化的沙漠,大批中原文化人纷纷向着经济较繁荣、政局较稳定的西南和江南城市地区迁徙和聚集。这样,割据于今四川成都的西蜀和偏安于今江苏南京的南唐两个小国,便俨然取代了长安和洛阳而成为这个时期的文化和文学的中心,而文人词也借助于这种特殊的文化和文学变迁,在西蜀和南唐两个地域中心走向发展兴盛,形成西蜀的"花间"群体和南唐的创作高峰。

西蜀政权经历了前、后蜀的更替,前蜀仅享国 18 年(907—925),后蜀为时也不过 32 年(934—965)。但就在这短短的几十年时间里,西蜀一隅却产生了一大批词人并留下了大量的词作。这些词人词作多被后蜀赵崇祚编选的《花间集》及时选录而得以流传下来,这就是后世所说的"花间词人"和"花间词派"。

《花间集》共选 18 家凡 500 首词,兹依次列举 18 家如下:温庭筠、皇甫松、韦庄、薛昭蕴、牛峤、张泌、毛文锡、牛希济、欧阳炯、和凝、顾敻、孙光宪、魏承班、鹿虔扆、阎选、尹鹗、毛熙震、李珣。其中温庭筠、皇甫松、薛昭蕴为晚唐、唐末词人,和凝为中原后晋词人,孙光宪为荆南词人。除此 5 人外,其余韦庄、牛峤、张泌、毛文锡、牛希济、欧阳炯、顾敻、魏承班、鹿虔扆、阎选、尹鹗、毛熙震、李珣共 13 人,皆为西蜀词人或流寓仕蜀的词人(其中韦庄晚年方入蜀,其主要创作活动在晚唐),《花间集》选录他们的作品共达 322 首(未计薛昭蕴 19 首)。另外,《花间集》未收而为《尊前集》等其他载籍所收西蜀词也有近百首之多。可见数十年的西蜀文人词的总数不仅超过了数百年唐代文人词的总数,而且也占整个五代文人词作品总数的一半左右。西蜀文人词的发展兴盛局面与作品数量即可见一斑。再从所用曲调来看,整个唐五代所用词调不过在 180 个左右,而《花间集》所用词调即达 75 个(同调异名者不计),除了温庭筠、皇甫松所用的 20 余个词调外,大部分为西蜀词人所采用,其中除《杨柳枝》、《竹枝》、《玉楼春》、《生查子》、

《浣溪沙》数调为齐言体外,绝大部分都是句式参差的杂言体。由此也可见,词到了五代西蜀文人手中已完全形成以长短句为主流的形体特征。

若从创作队伍及其创作活动来看,《花间集》中的西蜀词人主要是围绕在前、后蜀这两个小国的国主身边的一批宫廷文人或御用文人,前蜀以后主王衍为中心,后蜀以后主孟昶为中心,他们的创作活动也主要是在宫廷环境中进行的。其中李珣虽只以秀才"预宾贡"(即以读书人的身份受到地方或朝廷的礼待),但其妹李舜弦为前蜀后主王衍的昭仪(宫妃名称),李珣词的创作也受到宫廷环境的影响,"以小词为后主所赏"[①]。又如阎选虽为后蜀布衣,时人称"处士",但据史书记载,他与鹿虔扆、欧阳炯、韩琮、毛文锡等人,都以小词供奉后主孟昶,时有"五鬼"之号。[②] 另外,像欧阳炯、毛文锡、顾敻等人又都是由前蜀转仕后蜀的词人,皆以"小词"、"艳词"为供奉,迎合后主孟昶的喜好,以致宋太祖灭蜀后犹云"朕常闻孟昶君臣溺于声乐"[③]。可见这批西蜀词人,实际上已形成一个以宫廷为中心的创作群体。

若再从创作倾向及艺术风貌来看,西蜀词坛则散发出一股温馨热烈、浓艳绮丽甚至是淫靡流荡的"花间"香风。从内容题材来看,主要是写男欢女爱、离情别绪、春愁秋怨一类以女性为中心的生活情事,即使是表现其他题材,如"边塞"题材、"游仙"题材、"咏史怀古"题材等,也大多染上了"艳情化"的色彩,有些作品甚至堕入了描写色情的泥淖。从艺术表现来看,大多数作品都显得色彩浓艳绮丽、情调婉转妩媚,但也有些作品表现得较为直露、浅率、鄙俗、流荡、俳调。很明显,西蜀文人词既有继承或者说模仿"花间鼻祖"温庭筠的一面,同时也表现出超逸于温庭筠影响之外的新的创作倾向与发展趋势,这就是内容题材的进一步"艳情化"与"世俗化",美学情趣的转向"绮靡化"与"俳调化"。温词虽艳而不淫,艳而能深,艳而犹婉,艳而不失其雅,而西蜀文人词则进一步朝向淫艳、俗靡、浅率、鄙陋的方向发展。这种创作倾向和美学情趣的转变与表现,既是齐梁宫体诗风影响下的产物,也受到西蜀宫廷享乐风气的影响和城市游乐生活的熏染。

"花间"词坛并不完全是一块密不透风的香艳世界,在一片温馨绮靡的"花间"合唱中也迸发出几丝不和谐的音响,这就是后世所谓的"花间别调"。"花间别调"首先是由西蜀文坛领袖韦庄领唱的。韦庄不仅是前蜀开国的功勋,而且是西蜀词坛的元老。他的词虽不脱"艳情"范围,但由于他在唐末长期漂泊浪迹江湖,有着半生蹉跎的坎坷人生,所以他的词大多写得情真意切,而又以清新疏朗的词风为主要特征。如其代表作《菩萨蛮》云:

---

① 吴任臣《十国春秋》卷四十四李珣传,第644页,中华书局1983年版。
② 参见《十国春秋》卷五十六鹿虔扆传,第815页,中华书局1983年版。
③ 《十国春秋》卷五十二欧阳迥(炯)传,第777页,中华书局1983年版。

  人人尽说江南好,游人只合江南老。春水碧于天,画船听雨眠。垆边人似月,皓腕凝双雪。未老莫还乡,还乡须断肠。

  所写就是词人漂泊江南时的羁旅之愁和乡国之思。可以看出,韦庄的作风与温庭筠已经有了很大区别,词人已直接进入词中,写景状物清新明丽,尤其是抒情造境真率疏朗。韦庄的词风还具有大胆直露、自然真率的一面。如《思帝乡》写道:

  春日游,杏花吹满头。陌上谁家年少,足风流。妾拟将身嫁与,一生休。纵被无情弃,不能羞!

  此词真堪与汉魏六朝的乐府民歌以及"敦煌曲子词"中的那首写爱情的《菩萨蛮》相媲美,运笔轻快,一气贯注,抒情真率热烈,毫无扭捏之态。这与韦庄受民歌的影响是颇有关系的。

  韦庄虽然在西蜀词坛为时甚短,但他的这种清新疏朗的词风对西蜀词坛乃至五代其他地域文人词的创作都是有所影响的。仅就《花间集》而言,在一片浓香腻粉之中,也时有缕缕清风吹过。这些"花间别调"的出现,也显示了西蜀词坛在"艳化"的总体背景下所蕴涵的"分化"趋势。这主要表现在西蜀词人欧阳炯、游宦西蜀的词人鹿虔扆、具有波斯血统而流寓蜀中的词人李珣、本为蜀人而游宦荆南的词人孙光宪等人的创作中。在他们创作中,主要有三类作品值得注意:第一类是表现隐逸生活情趣的冷色调的作品,如李珣、孙光宪等人所作《渔歌子》;第二类是描绘南粤风物人情乃至乡村生活的色彩较清新明丽而又富于乡土气息的作品,如欧阳炯、李珣所作《南乡子》和孙光宪所作《风流子》(咏农村耕织生活)等;第三类是咏史怀古、抒发兴亡之感的带有感伤情调的作品,如鹿虔扆所作《临江仙》等。

  在五代十国时期,南唐乃是与西南的两蜀东西呼应、前后辉映的另一个文化与文学中心,五代文人词在继西蜀的兴盛之后也在南唐走上另一个发展的高峰。南唐的词人词作,从现在流传下来的数量来看,约有 10 人共 210 多首作品,而且绝大多数作品都是由中主朝的宰相冯延巳和中主李璟、后主李煜所创作的,似乎不如西蜀词坛那样兴盛。南唐词的创作队伍既以二主一相为代表,那么,南唐词以宫廷为中心、以君臣为主体的创作特征也就昭然可见了。然而南唐君臣却凭借他们共同的高雅而全面的文化修养和艺术情趣、独特的个性禀赋和情感体验,在继承传统文化和发扬时代风气的基础上,取得了词的创作的辉煌成就,确立了他们结束"花间"开启北宋的承上启下的词史地位。

  在南唐词人中,冯延巳年岁最长。他的主要活动和创作时期是在南唐前期尤其是中主在位的近20年时间里。这是南唐较为繁荣安定的时期,也是冯延巳仕途亨达之际。据北宋陈世修为冯延巳词集《阳春集》所写序言云:"公以金陵盛时,内外无事,朋僚亲旧,或当燕集,多运藻思,为乐府新词,俾歌者倚丝竹而歌之,所以娱宾而遣兴也。"[①]可见冯词也多是在"金陵盛时"的宴集享乐活动中创作的,带有较明显的"娱宾遣兴"性质。但是,冯词毕竟表现出了不同于"花间词"的新风采。这主要表现在两个大的方面。

其一,冯词在一般"花间"题材之中灌注了一定的思想意蕴,从而在一定程度地拓展了唐五代文人词的艺术境界,开掘了唐五代文人词的抒情深度。比如冯延巳的词写"情",也写"愁",但是已不再仅仅局限于具体的男女情事和实在的生活忧愁,而是多写一种无可名状而又难以抛掷的"闲情"和"新愁",而且多是在富贵之余、欢宴之后所滋生的那种对于人生或生活更为深邃和执著的悲情愁绪。兹举其代表作《鹊踏枝》一首为例:

谁道闲情抛掷久?每到春来,惆怅还依旧。日日花前常病酒,不辞镜里朱颜瘦! 河畔青芜堤上柳。为问新愁,何事年年有?独立小桥风满袖,平林新月人归后。

词人在这里所抒写的抛掷不去、随春而生、年年常有的"闲情"与"新愁",既可以指爱情的苦闷、相思的缠绵,也可以象喻人生的惆怅、理想的失落。此外在《鹊踏枝》一调及《采桑子》一调中,还有不少作品也都写到了"春愁"、"新愁"、"闲情"、"闲愁"、"闲想闲思"一类的情怀,也都一定程度地关合着词人对于生活与人生的感触。可见冯词已不再像"花间词人"那样较多地关注香艳绮靡的感官享受,而是开始注重深化词的抒情品味,开拓词的情感境界。王国维《人间词话》评冯词以"堂庑特大"许之,其实冯词的"堂庑"之大,不是体现在对外部生活空间的拓展上,而是主要体现在对内部情感世界的深化与开拓上。

其二,冯词又在"花间词"浓艳热烈和浮靡浅俗的风格情调之外,表现出一种偏于幽冷哀婉的感伤情调,呈现出一种较为雍容雅丽的艺术品味。冯延巳虽身居宰相之位,享受荣华富贵生活,但他身处南唐偏安之国,卷入朋党纷争之中,遭受内忧外患的压力,加之他又具有一颗特别敏感善愁的艺术家的心灵,这样他也就十分敏锐深刻地体验到了来自五代衰乱时世和封建文人阶级所特有的那种对于世事人生的空虚、悲凉、忧患、感伤的情绪。于是,不管他自觉与否,这种情怀和心绪都难免要渗透到他的词的创作中来。如此,冯词也就比之一般"花间词"多了一分幽冷的色彩和感伤的情调。可以说,冯延巳的词进一步奠定和加强了

[①] 陈世修《阳春集序》,引自金启华等编《唐宋词集序跋汇编》,第8页,江苏教育出版社1990年版。

唐、宋文人词的感伤基调和悲婉风格。不仅如此，冯延巳还以他全面的艺术修养和高雅的艺术情趣，将唐五代文人词的发展推进到一种更为含蓄细腻、雍容圆润、典雅清丽的艺术境界，一定程度地提高了词的艺术品格，加强了词的审美特性。

  冯延巳的词不仅在当时南唐小朝廷里受到中主和后主等人的称赏，而且对北宋初期文人词的创作和发展产生了极大的影响。由于南唐与北宋前后相继，又由于冯延巳曾一度被贬到江西抚州地区做官（即任昭武军节度使），这样也就对北宋前期两个重要的江西籍词人晏殊和欧阳修词的创作影响尤为深刻。据宋人刘攽《中山诗话》记载："晏元献尤喜江南冯延巳歌词，其所自作，亦不减延巳。"又清刘熙载《艺概》卷四云："冯正中词，晏同叔得其俊，欧阳永叔处其深。"可见晏殊和欧阳修都各从一面对冯词有所继承和发扬。清人冯煦《唐五代词选序》评曰："吾家正中翁，鼓吹南唐，上翼二主，下启欧晏，实正变之枢纽，短长之流别。"这个评价虽然带有一定的感情色彩，但还是比较客观准确地指出了冯延巳在词史上的成就和地位。

  作为一个国主，李煜是个失败者；然而作为一个词人，李煜却是一个成功者。这是一个天资聪颖、趣尚高雅、艺术情调格外深浓、艺术修养非常全面的文学家、艺术家。最能代表李煜文学创作成就、流传最广、影响最大的是他的词。李煜词的专集已不传于世，流传下来的是《南唐二主词》合集，其中少量作品尚存疑问，比较可靠的李煜词有30余首。

  李煜词的创作随着其生活经历的变化而发展，大致可以亡国为界划分为前、后两个时期。前期是他以王子和国主的身份地位进行创作的时期。他前期词的创作在内容题材上也主要是描写和表现他在宫中的富贵享乐生活。如《玉楼春》"晚妆初了明肌雪"、《菩萨蛮》"花明月暗笼轻雾"等，即是他前期词的代表作。后期则是李煜在国破家亡后由座上皇沦为阶下囚的创作时期。这个时期尽管只有短暂的两三年时间，然而李煜却经历了巨大的生活变难，饱尝了丧家亡国、被俘受囚的奇耻大辱和深悲巨痛，对社会、人生和情感的体验与认识也得到了大大扩展和丰富。因此李煜这个时期词的创作在内容题材上便相应地也发生了巨大变化，即由前期的表现宫廷享乐生活转向抒写亡国的哀思惨痛。兹略举他的几首代表作如下：

    四十年来家国，三千里地山河。凤阁龙楼连霄汉，玉树琼枝作烟萝。几曾识干戈！ 一旦归为臣虏，沈腰潘鬓消磨。最是仓皇辞庙日，教坊犹奏别离歌。垂泪对宫娥。

                ——《破阵子》

无言独上西楼,月如钩。寂寞梧桐深院锁清秋。　　剪不断,理还乱,是离愁。别是一番滋味,在心头。

——《乌夜啼》

　　春花秋月何时了?往事知多少。小楼昨夜又东风,故国不堪回首月明中。　　雕阑玉砌应犹在,只是朱颜改。问君能有几多愁?恰似一江春水向东流。

——《虞美人》

　　帘外雨潺潺,春意阑珊。罗衾不耐五更寒。梦里不知身是客,一晌贪欢。　　独自莫凭栏,无限江山。别时容易见时难。流水落花春去也,天上人间!

——《浪淘沙》

　　《破阵子》是他在城破国亡、受降辞庙时所作,其他几首皆是他沦为阶下囚之后所作,都是他后期用血泪凝成的佳作绝唱。更为难能可贵的是,李煜在后期词的创作中,还能在咀嚼和抒写个人不幸痛苦的基础上升华成对宇宙人生的哲理体悟,写出"自是人生长恨水长东"(《乌夜啼》)、"人生愁恨何能免"(《菩萨蛮》)一类带有人生体悟和哲理意蕴的词句。李煜后期词的创作既突破了"花间词"以艳情题材为主的表现范围,也改变了初期文人词以应歌性质为主的表现功能,进一步地把词的创作引向个性化、抒情化、文人化的发展道路。用王国维《人间词话》的评论来概括就是:"词至李后主而眼界始大,感慨遂深,遂变伶工之词而为士大夫之词。"这就是李煜对唐五代文人词和整个词体文学的发展所做出的重要贡献。

　　李煜的为人是不假雕饰的,他的词风也恰如其人,以纵情任性、自然真率见长。清周济《介存斋论词杂著》曾以"粗头乱服,不掩国色"这个形象的比喻来描述李煜的词风,王国维《人间词话》更以"神奇"二字来概括李煜词的特色,都很精辟。李煜的这种词风一直贯穿在他整个创作历程之中。他前期词的创作虽然未能摆脱"花间"艳情题材的范围,但摒弃了"花间词"浓艳纤巧的作风,能以清新流畅的语言,描绘生动鲜明的形象,抒写真率充实的情感。他后期词的创作虽然所表现的内容题材及其所抒发的思想感情都较之前期发生了重大变化,但他真率自然的词风却依然不变。他往往以白描取胜,甚至是纯任性灵,直抒胸臆,那种追怀往事的深悲巨痛,那股怀念故国的长恨浓愁,那份体悟人生的大彻大悟,一切都仿佛是从心腑中流淌而出,那样自然真率而又深挚感人。所不同的只是,他后期的词在用笔上往往是从大处着墨,在结构上常常是大开大阖,显得境界更阔大,感慨更深沉,力量更充沛,在直率奔放之中又增添了几分沉着郁结。这种自然真率的词风既是对浓艳香软的"花间词风"的有力冲击,这种奔放而又沉郁的词风也为宋代苏轼、辛弃疾一派豪放沉郁词风的形成和兴盛导夫先路。

唐五代词的发展为宋词的繁荣奠定了坚实的基础。当宋王朝消灭了五代十国最后一个江南小国南唐之后，词的创作和历史也就进入了另一个崭新的艺术天地！

二、宋词的昌盛气象与繁荣原因

宋词之所以称"盛"，既是相对于它的源头——唐五代词而言的，也是相对于它的后续——元、明、清词而言的。从宏观的视角来看，词体文学的发展大致经历了这样一个历史进程：起源于隋唐之际，发展于晚唐五代，昌盛于两宋，衰微于元明，中兴于清代。唐五代是宋词繁荣的准备时期，元明是宋词鼎盛之后的衰微时期，固然不能与宋词比"盛"；即使是清词号称"中兴"，毕竟是鼎"盛"之后的复"兴"，已落于第二位，也难以和宋词之"盛"并驾齐驱。

宋词的昌盛气象，首先体现为创作成果的繁荣丰硕。

一代文学、一种文体的繁荣与否，虽然不完全取决于作者和作品的数量，但是作家队伍和作品数量毕竟是观照和衡量的一个重要依据。如果作家队伍零零散散，作品数量稀稀落落，那么这个时代的文学或者这种文学样式的创作，恐怕是难以称"盛"的。据唐圭璋先生编纂的《全宋词》和孔凡礼先生辑补的《全宋词补辑》来统计，现存宋代有姓氏可考的词人共1 493人，词作共21 055首，其中有1 569首为姓氏失传的无名氏之作。这个数字既反映了宋词创作所取得的丰硕成果，也是宋词繁荣的一个重要标志。仅就数量而言，宋词虽然与清词相比不可言多，但是与唐五代词相比却大显"盛"况。据中华书局新编本《全唐五代词》来统计，《正编》共收有姓氏可考的词人83人，性质确定的词作1 962首（不计《副编》所收作者60人、性质不定的作品863首）。可见，宋代词人词作的数量已在唐五代词的基础上翻了10倍有余，显示出宋词创作的空前繁盛景象。

与此相应，宋代词人别集也大量涌现。别集也就是作家个人的专集，它既是检验一个作家创作成就大小的标志，也是衡量一种文体或一代文学繁荣与否的指标。唐五代词人有别集传世的仅有冯延巳的《阳春集》、李璟和李煜父子的《南唐二主词》（合集），其他见诸记录而失传的词集也不过是温庭筠的《金荃集》等数种。而宋人有词别集传世的多达313人[①]，其中只有52家词别集原本已佚而为近人辑佚而成，其他数百人的词别集大多代有刻本，广为流传，如柳永的《乐章

[①] 据王洪主编《唐宋词百科大辞典·典籍》统计，学苑出版社1990年版。

集》、苏轼的《东坡乐府》、秦观的《淮海词》、周邦彦的《清真集》、辛弃疾的《稼轩词》、姜夔的《白石道人歌曲》等,即是宋代著名词人别集的代表作。这数百家词人别集的产生和流行,乃是宋词创作丰硕成果的集中体现和主要标志。

宋词的昌盛气象,其次体现为作家队伍的整齐壮大。

名家辈出,群星灿烂,这是宋词繁荣昌盛的又一个重要标志。从整个词史的发展进程来看,宋代词人堪称是一支创作成果最丰硕、艺术生命最强劲、历史影响最深远、结构最完善、力量最整齐的创作队伍。综合各种数据和材料可以获得这样一个定量分析的结果,即在宋代词人中有一定成就和影响的词人在300家左右,其中堪称"大家"和"名家"的词人排名前30位的是:辛弃疾、苏轼、周邦彦、姜夔、秦观、柳永、欧阳修、吴文英、李清照、晏几道、贺铸、张炎、陆游、黄庭坚、张先、王沂孙、周密、史达祖、晏殊、刘克庄、张孝祥、高观国、朱敦儒、蒋捷、晁补之、刘过、张元幹、王安石、陈与义、叶梦得。① 这批词人分布于北宋、南北宋之交以及南宋各个历史时期,无论是就他们个人的创造性、表现力来看,还是从他们作品的艺术性、影响力来讲,他们都堪称是一支达到巅峰状态的词人队伍,他们代表了宋词创作的最高成就。此外,在宋代词人的创作队伍中,还包含着一代代、一群群、一个个的中小词人和业余作者,帝王将相、才子佳人、乐工歌妓、贩夫走卒、方外僧道、钓叟莲娃等,他们虽出自不同阶级或阶层,却都有多多少少的词作产生和流传。可见,宋词的创作队伍也具有良好的基础性和普遍性,似乎并不比唐诗的创作队伍逊色多少。

就个体词人的作品数量来看,宋代词人的创作成果也显现出空前繁盛的景象。唐五代第一个大力作词的文人温庭筠现存词作仅有69首(或作70首),唐五代词人现存作品数量名列前茅的也不过如此:冯延巳112首,孙光宪84首,顾夐55首,韦庄、李珣54首。而在宋代词人中,存词数量在100首以上的就有51人,其中宋代著名词人的作品数量大多在数百首以上,如辛弃疾629首、苏轼362首、刘辰翁354首、吴文英341首、张炎302首、贺铸283首、刘克庄269首、晏几道260首、朱敦儒246首、欧阳修242首、张孝祥224首、柳永213首、黄庭坚192首、周邦彦186首、张元幹185首、张先165首、陆游145首、晏殊140首等;在宋代杰出词人中,只有少数词人的作品数量不到百首,如秦观90首、李清照52首、姜夔87首等。作品数量的大幅度增加,反映出宋代词人创作热情的高涨和创作能力的加强。尤其值得注意的是,宋代还涌现出了像柳永、晏几道、秦观、贺铸、周邦彦、辛弃疾、姜夔、吴文英这样的一大批倾力于词的创作的专业化的优秀词人,这是宋词走上繁荣之巅的一个重要标志。

---

① 参见王兆鹏、刘尊明《历史的选择——宋代词人历史地位的定量分析》,《文学遗产》1995年第4期。

宋词的昌盛气象,再次体现为词体词调的成熟完备。

一代文学、一种文体的繁荣与否,也与文学形式规则的是否成熟完备密切相关。如果一种文学的形体特征还没有定型与成熟,似乎很难期望这种文学形式的创作能取得怎样辉煌的成就。词是一种新型的音乐文学形式,经过唐五代民间词的创作和文人词的发展,词的音韵格律等形体规范已基本形成,词以长短句为主体的形体特征及其由音乐所陶铸的以娱乐抒情见长的文学特性也逐步显露出来。正因为如此,从晚唐到五代,词体文学才渐渐引起文人们的兴趣与爱好,词的创作才慢慢走上发展兴盛的道路。但是在整个唐五代时期,词体的发展毕竟十分有限,再加上唐诗光芒的闪烁与掩映,词体文学的发展也就受到了较大的限制与影响。隋唐音乐文化在融和南北、中外音乐文化的基础上达到了空前繁荣的境界,燕乐曲调大量创制并广为流行,但是词的创作实践却较为滞后,实际被用作填词歌唱的燕乐曲调并不太多。据《花间集》、《尊前集》、《阳春集》、《南唐二主词》和"敦煌曲子词"的作品实例来统计,唐五代词所用曲调共147调,再加上其他散见词作所用曲调,总数不过在200调以内。从唐五代所用曲调的形式来看,大多为体制简便的令曲;以双调体居多,有些还是单片体;长短句的杂言体虽已占据主流,但齐言体的形式也占有相当大的比重。"敦煌曲子词"中已出现《内家娇》、《倾杯乐》等少量长调慢曲,加之中晚唐以来文人词中出现的《卜算子慢》(钟辐)、《八六子》(杜牧)、《歌头》(李存勖)、《金浮图》(尹鹗)等曲调,整个唐五代词所用长调慢曲也不过在10调左右。小令的体式也就决定了唐五代词在思想内容和艺术风貌上,呈现出相对"小"的格局与气象。

与唐五代相比,宋代的音乐文化不仅有更大的繁荣,而且有更新的风采。除了继承唐五代创制和流行的燕乐曲调这笔宝贵的音乐文化遗产之外,宋代的燕乐新声更是层出不穷。尤其是在仁宗朝至徽宗朝约一个世纪的时期里,随着市民阶级的成长壮大和城市文化的发展兴盛,市井新声腾涌竞起,极大地推动了整个社会的音乐文化迅速走向繁荣发达。加之宋代教育的全面发展,精通音乐、能度曲制谱的文人越来越多,尤其是像柳永这样的热爱音乐艺术的专业化词人的大量涌现和倾力创造,宋代燕乐曲调的总数不仅大大超越了前代,而且曲调的体制更为丰富多样,令、引、近、慢,大小长短,兼有众体,琳琅满目;不仅传统的小令体式在唐五代的基础上更趋精美娴熟,而且新兴的长调慢曲尤为新颖多姿;不仅音乐曲调的表现功能更为全面多样,而且音韵格律及方法技巧等形式规范也更为稳定精严。于是则词调大盛,众体兼备矣!

据统计,在《全宋词》及《全宋词补辑》中,宋代词人共用词调881个;若计入同调异名者,则共用1 407调;若再加上一调多体的情况,则宋词所用词调有近2 000种体式。宋词所用词调的总数不仅比唐五代词翻了约6倍多,而且也为明、清人的依调填词提供了词谱的格律规范。其创调之丰富、用调之繁多,的确堪称前无古人,后无继者。唐五代词的用调主要以小令居多,形式较为单一,而宋词用调则是短调小令与长调慢曲兼备,各擅胜场。据统计,宋词使用频率最高的词调,取其前 10 名依次为:《浣溪沙》(775 首,指用此调创作的作品数量)、《水调歌头》(743 首)、《鹧鸪天》(657 首)、《菩萨蛮》(598 首)、《满江红》(549 首)、《念奴娇》(535 首,含《酹江月》103 首)、《西江月》(490 首)、《临江仙》(482 首)、《减字木兰花》(426 首)、《沁园春》(423 首)。可见令词的使用频率虽略高于慢词,但令词与慢词的比例仍然保持大体均衡的态势。就个体词人的用调情况来看,唐五代词人用调最多的是冯延巳,也不过 36 调,其他用调较多的词人如孙光宪、毛文锡、韦庄、温庭筠等,则大多在 20 调左右。而宋代词人的用调则大幅度地增多,如柳永用调 133 个,张先用调 100 个,周邦彦用调 112 个,辛弃疾用调 104 个,吴文英用调 146 个。最为突出的例子是以"自度曲"而著称的姜夔,其词作总数虽只有 87 首,用调却多达 56 个。

新颖的形体风采更强烈地引发了主体的审美情趣,成熟的格律规则更有利于激发作者的创造能力,完备的曲调体式也为词人提供了更广阔的选择空间和创作条件。总之,词调的繁兴与完备,形体的成熟与新变,规范的建立与完善,既是宋词昌盛气象的表现之一,也是宋词繁荣鼎盛的原因之一。

宋词的繁荣昌盛,乃是由多种因素共同促成的。简而言之,宋词的繁荣昌盛乃是由文学内部的因素和社会外部的因素合力作用的结果。

首先,就词体文学发展繁荣的内部因素而言,宋词的繁荣离不开词体的定型、词调的完备、特色的确立、美感的显现等重要因素。对于这些因素,上文在对宋词昌盛气象的描述中已有所涉及。而词体文学发展繁荣的这些内部因素的形成,则既与唐代诗歌盛极而衰的诗体发展趋势有关,也与唐五代词曲折演进的艺术积累有关。

对于晚唐五代"词代诗兴"这一文学发展奇观,古人已多有体认和揭示。如南宋初期的王灼在其《碧鸡漫志》卷二中说:"唐末五代,文章之陋极矣,独乐章可喜,虽乏高韵,而一种奇巧,各自立格,不相沿袭。"又如南宋著名诗人陆游在为《花间集》写的跋语中也说:"唐自大中后,诗家日趋浅薄。其间杰出者,亦不复有前辈闳妙浑厚之作,久而自厌,然梏于俗尚,不能拔出。会有倚声作词者,本欲花间易晓,颇摆落故态,适与六朝跌宕意气差近,此集所载是也。故历唐季五代,诗愈卑而倚声辄简古可爱。盖天宝以后,诗人常恨文不逮;大中以后,诗衰而倚声作。"[①]他们都注意到了晚唐五代时期与传统诗文走向"衰"、"陋"相伴而行的,是"倚声作词"的"可喜"、"可爱"的形式风貌的出现,并把"诗衰"与"词兴"理解为一

---

① 陆游撰《跋花间集》,载《渭南文集》卷三十。《陆放翁全集》(上),第 186 页,中国书店 1986 年影印本。

种具有因果关系的文体嬗变现象。近代王国维《人间词话》亦云："四言敝而有楚辞,楚辞敝而有五言,五言敝而有七言,古诗敝而有律绝,律绝敝而有词。盖文体通行既久,染指遂多,自成习套,豪杰之士亦难于其中自出新意,故遁而作他体,以自解脱。一切文体所以始盛终衰者,皆由于此。"王国维不仅提出了"律绝敝而有词"的观点,认为词是承唐代近体诗衰"敝"之后而兴盛起来的,这一观点与宋人王灼、陆游的看法大体相似,而且还将诗敝而词兴这一文学现象放到整个中国诗体演进的历史长河中去观照,认为是中国诗体推陈出新的发展规律的体现。这种文体演化论虽然有些感性的笼统色彩,却也具有一定的合理因素。的确,词从唐五代发生发展至宋代走向繁荣昌盛,它的整个历史进程与唐宋诗的盛极而衰的演进轨迹正好形成一种大致的对应关系,说明两者之间具有一定的因果联系。一方面,唐代近体诗登峰造极后渐渐显露衰敝的迹象,尤其是宋诗承唐诗之后更难以超迈前贤,也就一定程度地减弱了宋代文人对诗体的创造激情;另一方面,从民间脱颖而出的词体文学经过唐五代文人的创作实践和不断摸索,不仅慢慢显示出新奇独特的形体特征和美学风采,而且也渐渐积累了丰富成熟的艺术经验和表现技巧,这就大大刺激了宋代词人的创造激情,并为宋词的走向繁荣昌盛提供了有利的条件和坚实的基础。

其次,就词体文学发展繁荣的外部因素来看,宋词的繁荣昌盛也与时代、社会、政治、经济、文化等各个方面的因素相互关联。从宏观的视角来看,宋代虽与唐代前后相续,但在社会风貌和文化特征等方面却发生了一些较大的变化。就文化类型及其特征来看,宋代文化是与唐代文化有所区别的一种新的文化类型,具有更为内倾化、理性化、世俗化、淡雅化、感伤化、柔美化等文化特征。文学的发展与文化的选择密切相关。德国现代艺术理论家格罗塞在《艺术的起源》一书中这样论述说:"一个民族的艺术往往是依靠着该民族的文化,而某一形式的文化也可以妨碍了某一形式的艺术而促进了别的艺术。"如果说,以外倾、感性、热烈、浪漫、豪壮为特征的唐代文化主要促进了近体诗的繁荣,却妨碍了词的发展,那么,宋代文化则更适合于词这种以娱乐抒情为主要功能特征的音乐文学形式的发展繁荣。

宋词的发展繁荣固然也需要强盛的社会、和平的时代、开明的政治、繁荣的经济等外部因素的作用,比如北宋相对承平开明的政治局势与社会环境,便有利于北宋词的发展繁荣,而"靖康之变"所带来的民族危难和文化变迁,也对南宋词的中兴和嬗变起到了重要作用。但是与其他文学形式尤其是传统诗文相比,宋词的发展繁荣最需要的外部条件则是发达的音乐文化的基础和适宜的娱乐消费的土壤。这两个方面,都与宋代城市经济的繁荣密切相关。宋代的城市建制比唐五代又有了新的变化,如坊(居住区)与市(商业区)的融合、夜市的开放等,对宋代城市的发展繁荣影响颇大,尤其是对城市商业和娱乐业的发展提供了更适宜的文化机制和物质基础。如北宋的都城汴京(开封)、南宋的都城临安(杭州),以及建康(南京)、成都等,都已发展成为拥有十万以上人口的大都市。城市商业的发展既带来了市民阶层的成长壮大和市民文艺的全面发展,也推动了城市音乐文化的繁荣尤其是娱乐消费行业的兴盛。于是便出现了孟元老在《东京梦华录·自序》中所描述的情景:"举目则青楼画阁,绣户珠帘;雕车竞驻于天街,宝马争驰于御路;金翠耀目,罗绮飘香;新声巧笑于柳陌花衢,按管调弦于茶坊酒肆。"这种绮丽繁华的城市风情既推动了市民阶层对音乐歌唱艺术消费需求的增长,也促成了广大文人阶层冶游狎邪风气的盛行及其对城市文化娱乐生活的熟悉。这就是宋代词人创作的大背景,也是宋词繁荣的大温床。

  宋词的创作主体是宋代词人,宋代社会与文化的外部因素只有通过宋代词人创作主体这个内部环节才能作用于词的发展与繁荣。与唐五代文人相比,受新型的社会文化尤其是城市文化的影响,宋代词人的生活环境及其文化性格已经有了新的变化。他们既涉足于属于士大夫文人阶层的生活圈子,也出入于城市市民阶层的生活圈子;他们既秉承了雅正的传统文化基因,又接受了俚俗的市民文化因素;他们既坚持功名事业和道德理想的追求,也注重自我个性和七情六欲的释放;他们既继承了"言志"、"载道"的文学信条,也拓展了"缘情"、"娱兴"的艺术天地。宋代词人创作主体在文化生活与思想观念上所发生的一系列变化,也是促成宋词繁荣的重要因素。

第九章

宋词的演变与发展

词这种文学形式经过晚唐五代的发展,到宋代已蔚为大观。在宋代的300余年里,宋词是如何发展的?它大致经历了怎样的演变轨迹?

从清代的朱彝尊开始,人们就试图对这一问题作出自己的解释。但直到现在,也还没有完全一致的看法。一般说来,宋词的发展演变大致经过了五个阶段,即沿袭期、变革期、过渡期、中兴期、衰落期。

一、沿 袭 期

词经过了民间阶段的发展后,到中唐,特别唐五代时期,已成为文人主要的创作形式。经过文人的大量创作,词逐渐形成了自己的创作定势。不论是"花间派"的温庭筠、韦庄,还是南唐的李璟、李煜、冯延巳,他们的词在内容上大多写的是男女恋情、离愁别恨,形式多为小令,艺术上则多用白描手法,很少用典,而且多为应歌的娱乐之作。正如欧阳炯所作的《花间集序》所说的:"则有绮筵公子,绣幌佳人。递叶叶之花笺,文抽丽锦;举纤纤之玉指,拍按香檀。不无清绝之辞,用助娇娆之态。"作词的是绮筵公子、绣幌佳人,作词的主要目的是为了供有着"纤纤玉指"、"拍按香檀"的歌女演唱,这样的词,其内容可想而知。

宋词的沿袭期指的是从宋代开国(960)到1060年前后这100年左右的时间,人们往往称之为北宋的初中期。这一时期的词沿袭了唐五代词的特点,在形式上以小令为主,内容多写男女恋情、离愁别恨,艺术上多用白描手法,也多是应歌宥酒的娱乐作品,其间虽然有一些表现人生感受的内容,但毕竟是少数。

这一时期代表词人有柳永、欧阳修、晏殊、张先、晏几道等,其中成就最高的是柳永。

(一)柳永

柳永是宋代第一位专力于写词的词人,现存近200首词收在他的词集《乐章集》中。从内容来说,柳永的词大致可以分为三类。

第一类是表现男女爱情、离愁别恨。这一类的代表作是《雨霖铃》:

寒蝉凄切。对长亭晚,骤雨初歇。都门帐饮无绪,留恋处,兰舟催发。执手相看泪眼,竟无语凝咽。念去去千里烟波,暮霭沉沉楚天阔。　　多情自古伤离别,更那堪、冷落清秋节。今宵酒醒何处?杨柳岸、晓风残月。此去经年,应是良辰好景虚设。便纵有千种风情,更与何人说!

　　这首词上阕写离别的当时,下阕写想象中的离别之后。通过对景物的描写,运用虚实结合的手法,将离别之情表现得淋漓尽致。不过,这一类的作品与北宋以至晚唐五代词并没有太大的差别。
　　第二类是表现羁旅行役之苦。这一类可以《八声甘州》(对潇潇暮雨洒江天)为代表:

　　　　对潇潇暮雨洒江天,一番洗清秋。渐霜风凄紧,关河冷落,残照当楼。是处红衰翠减,苒苒物华休。唯有长江水,无语东流。　　不忍登高临远,望故乡渺邈,归思难收。叹年来踪迹,何事苦淹留?想佳人、妆楼颙望,误几回、天际识归舟。争知我、倚阑干处,正恁凝愁。

　　柳永一生浪迹天涯,对羁旅行役有深切感受,所以,这类作品往往写得真切动人。这首词情景交融,从双方着笔,其中"渐霜风凄紧,关河冷落,残照当楼"与李白《忆秦娥》"西风残照,汉家陵阙"意境颇有相似,所以苏轼认为"不减唐人高处"。
　　第三类是描写城市风光。《望海潮》(东南形胜)是这一类的代表作。这类作品在以男女爱情、离愁别恨为主流的北宋词坛上,是别具一格的,算是为词坛吹进的一股新风。
　　从语言风格来说,柳永的词又可以分为雅词与俗词两大类。他的雅词在风格上与当时一般的士大夫词比较接近,多通过景物的描写来抒发感情,写得比较含蓄。他的名作多属此类。俗词则直抒胸臆,多用口语,写得比较直露。
　　柳永在北宋前期具有广泛的社会影响,"凡有井水处,即能歌柳词"(叶梦得《避暑录话》),之所以如此,是因为柳词在艺术上有新的创造:一是大量使用长调慢词,改变了以小令为主的传统,扩大了词的表现功能,使铺叙手法进入了词中;二是大量吸收俗语入词,使词更接近下层人民,从而具有广泛的群众性;三是采用了许多新曲调,使词与当时的流行音乐结合得更紧密。王灼《碧鸡漫志》说:"柳耆卿《乐章集》,世多爱赏该洽,序事闲暇,有首有尾,亦间出佳语,又能择声律谐美者用之。唯是浅近卑俗,自成一体,不知书者尤好之。"准确地指出了柳永词的特点与受欢迎的原因。柳永的词既属于北宋初期,又不完全属于初期。在某种意义上,柳永也可算作这一时期的异类。清人纪昀在《四库全书总目提要》中说"词自晚唐五代以来,以清切婉丽为宗,至柳永而一变,如诗家之有白居易"。可见,柳永最大的特点就是使词走向平民化、通俗化。

(二) 张先

张先的词从内容来说,并无特别之处,仍以伤春伤别为主,写的多是"心中事、眼中泪、意中人"。艺术上则有两个方面是比较独特的。第一,善于炼字。这方面最经典的故事便是他得名"张三影"的传说。《苕溪渔隐丛话》前集卷三十七载,有人称张先为张三中,"公曰:何不目之为'张三影'?客不晓。公曰:'云破月来花弄影'、'娇柔懒起,帘压卷风影'、'柳径无人,堕风絮无影',余平生所得意也"。张先之所以对三个"影"字得意,原因在于炼字之精。这个例子说明张先已经有意识地在词中进行精细化创作,而不仅仅是将词视为音乐的附属物。第二是长调的运用。沿袭期的词人大多用小令,而张先的词则较多地采用了长调,在这一点上,他与柳永有相似之处。例如《卜算子慢》(溪山别意)长达90字,这在北宋初中期是较少见到的。

张先词的特色虽不很突出,但在当时地位很高,被认为是与柳永齐名的大家。

(三) 晏殊

晏殊生活优裕,人生道路没有太大的起伏。叶梦得《避暑录话》说他"性喜宾客,未尝一日不燕饮,每有嘉客必留,亦必以歌乐相佐,谈笑杂出"。这就明确地道出了晏殊的词是为了遣兴娱宾,筵宴助兴。这两个方面决定了晏殊的词不可能具有太深刻的思想内容。总体来看,晏殊的词仍与晚唐五代词没有多大区别,多写男欢女爱、离愁别恨,艺术上多用白描手法。例如《蝶恋花》:

> 槛菊愁烟兰泣露,罗幕轻寒,燕子双飞去。明月不谙离恨苦,斜光到晓穿朱户。　　昨夜西风凋碧树,独上高楼,望尽天涯路。欲寄彩笺兼尺素,山长水阔知何处?

这首词是晏殊的代表作之一,典型地表现了晏殊词的特点:主人公的身份和姓名不确定,以代言体的方式,用白描的手法写离愁别恨,既不用典,也不用工笔,借景抒情而表现含蓄。

当然,晏殊的某些词也表现了他自己的一些真实的人生感受,其中对时光流逝、人生苦短的表现尤为突出,但因为身居高位,仕途坦达,所以词中没有强烈的矛盾冲突。如《浣溪沙》:

一曲新词酒一杯,去年天气旧亭台。夕阳西下几时回? 无可奈何花落去,似曾相识燕归来。小园香径独徘徊。

这首词表现了面对时光流逝的伤感,词的最后一句揭示了词人内心的不平静。"无可奈何花落去,似曾相识燕归来"表现了无奈中的温暖,严酷中的希望,对仗工整。作品虽然真实地表现了晏殊内心情感的波动,但缺乏深刻厚重之感。

(四) 欧阳修

欧阳修的词也同当时的大多数词一样,多写男女爱情、离愁别恨。正如他自己所说,是"翻旧阕之辞,写以新声之调,敢陈薄伎,聊佐清欢"(《采桑子·西湖念语》),大体上也是为了消遣娱乐。但是,与其他词人的作品相比,欧阳修的词有两个方面是比较独特的。

首先,欧词在内容上已不再完全局限于写男女爱情、离愁别恨,而把山水自然、身世感慨引入词中,这就扩大了词的表现范围。例如,他的《采桑子》10首,写的是自然景色。在《临江仙》中,则有"如今薄宦老天涯,十年歧路,空负曲江花"的感慨。这些都是当时的词作中较少见到的。就是写爱情,欧阳修也不完全像其他词人一样,多写闺中女子的离愁别恨,而写的多是闺房之外女子的爱情,特别是采莲女的爱情,使恋情词走出了闺阁,走向了广阔的天地。

其次,欧词在表现手法上虽然以白描为主,但写得更加细腻生动。例如《蝶恋花》:

庭院深深深几许?杨柳堆烟,帘幕无重数。玉勒雕鞍游冶处,楼高不见章台路。 雨横风狂三月暮,门掩黄昏,无计留春住。泪眼问花花不语,乱红飞过秋千去。

这首词表现一位女子的苦闷,除了借景抒情的手法之外,其中"泪眼问花花不语,乱红飞过秋千去"两句极尽曲折:因伤心而有泪眼,再因伤心无法解脱而有问花的非同寻常之举。花不语本是正常现象,但掉头而去则显示花的无情,花的无情更衬托出女主人公的悲哀。

《南歌子》(凤髻金泥带)写一位新婚女子的生活情态,生动形象,惟妙惟肖:

凤髻金泥带,龙纹玉掌梳。走来窗下笑相扶,爱道画眉深浅入时无。 弄笔偎人久,描花试手初。等闲妨了绣功夫。笑问双鸳鸯字怎生书。

整首词的语言通俗易懂,通过对女主人公装饰打扮、神态表情、动作行为以及对话的描写,栩栩如生地写出了女主人公的美丽可爱。欧词艺术上的这一特点,来自于他深厚的艺术功力。

(五) 晏几道

从生活的时代来说,晏几道应属于北宋后期,他的词却与北宋前期的词比较接近。内容上,基本不出传统的男女爱情的题材,但已有自己鲜明的特点,那就是带有浓厚的感伤色彩,多表现人生变化的梦幻感;在形式上往往多用小令,运用今昔对比的手法,融情入景,并巧妙地融化前人的诗句,将情感表现得既真实动人,又耐人寻味。例如他的两首代表作:

> 梦后楼台高锁,酒醒帘幕低垂。去年春恨却来时,落花人独立,微雨燕双飞。　记得小蘋初见,两重心字罗衣。琵琶弦上说相思。当时明月在,曾照彩云归。
> ——《临江仙》

> 彩袖殷勤捧玉钟,当年拼却醉颜红。舞低杨柳楼心月,歌尽桃花扇底风。　从别后,忆相逢,几回梦魂与君同。今宵剩把银釭照,犹恐相逢是梦中。
> ——《鹧鸪天》

《临江仙》通过今昔对比的手法,借对一位歌女的思念,表现了对人生变幻的独特感受,读来极为动人。其中的"落花人独立,微雨燕双飞"两句,借景抒情中又有对比,更是传诵的名句。而《鹧鸪天》的上阕写离别,下阕写相逢,也有人生如梦的感叹。其中"今宵剩把银釭照,犹恐相逢是梦中"虽从杜甫"夜阑更秉烛,相对如梦寐"化出,但"犹恐"二字更显曲折。

二、变　革　期

变革期指的是从1060年前后到1127年北宋灭亡约70年的时间。这既是宋词的改革期,同时也是宋词发展的第一个高峰期。这一时期的主要词人有苏轼、秦观、周邦彦、贺铸等,其中最突出的是苏轼和周邦彦。

之所以称这一时期为宋词的变革期,是因为:

首先,从功能来说,虽然词的应歌娱乐的特点还没有完全消失,但是,这一时期的词更主要地是为了抒情言志。世人评苏轼的词往往不协音律,这说明苏轼的词主要不是为了歌唱,而成了诗外的另一种抒情工具。秦观、周邦彦的词固然是合乐的,但其娱乐的功能已大大降低,自我抒情的功能则大大加强。表面上看来,秦观与周邦彦的词也多写艳情,但与前期的恋情词有所不同,这表现在两方面。一是在于前期的词所写的是普泛的恋情,恋爱的双方无确切的所指,恋人是符号化的①,如谢娘、楚女之类,恋情是类型化的,而且失恋的往往是女子。这说明作者没有将自己的爱情经历和体验写入其中。虽然柳永有些作品不属这一类,但只是个别现象。而周邦彦和秦观等词人则往往写的是自己的亲身经历,他们的恋情词多以自我为中心,思恋的对象也往往是某一个具体的女子。二是前期的词多数是纯粹的恋情词,而周邦彦和秦观等人的词则将恋情与身世之感结合起来,"将身世之感并打入恋情",使词成为抒发人生情感的另一种形式。

其次,从题材和内容来说,这一时期的词完全突破了晚唐五代以至北宋初中期"词为艳科"的传统,很多内容,如怀古、言志、隐逸、悼亡、农村风光等,都写入词中。这方面以苏轼最为突出。所以刘熙载说:"东坡词似是老杜诗,以其无意不可入,无事不可入也。"(《艺概·词概》)后人常用"以诗为词"来概括苏轼的特点,着眼点也主要在题材和内容与诗的相似性上。

再次,从艺术手法和风格来说,以苏轼和贺铸为代表的词人,将议论、抒情与叙事等手法,豪放与婉约、雅洁等风格结合起来,使手法和风格多样化,突破了前期词多用白描手法而造成的单一的婉约风格。以周邦彦、秦观为代表的词人,则在总结柳永等人的艺术手法的基础上,改变了前期比较简单、粗糙的手法,在情景交融、铺叙手法及章法结构等方面做得更为精致和成熟。

正是因为这一时期的词人在以上几个方面有了改革与突破,又因为出现了苏轼、周邦彦、秦观等大家,于是就造成了宋词发展史上的第一个高峰。

(一) 苏轼

在词的创作上,苏轼是宋词发展史上的一座重要的里程碑。古人评价他的词:"一洗绮罗香泽之态,摆脱绸缪宛转之度,使人登高望远,举首高歌,而逸怀浩气,超然乎尘垢之外。"(胡寅《题酒边词》)自有词人以来,未曾有人得到过这样的评价。可见,苏轼的词确实非同凡响。

苏轼对词最大的创造,一言以蔽之,就是"以诗为词"。具体表现在:

第一,内容上,打破了过去多写男女爱情、离愁别恨的传统,举凡怀古、悼亡、山水、田园、仕途失意、报国雄心、人生奥秘等,无不可以入词。例如《江城子》(密州出猎)描写的是打猎及报国之情;《浣溪沙》(徐门石潭谢雨,道上作)描写的是农村的和平劳动生活。这样的内容,在以前的词中是不可能见到的。这就扩大了词的表现领域,提高了词的境界,使词从以娱乐为主,转变为以抒发个人的人生感受为主,从而具有与诗相同的功能与作用。例如《念奴娇》(赤壁怀古):

---

① 参见王兆鹏《论宋词的发展历程》,《暨南学报》2000年第6期。

大江东去,浪淘尽、千古风流人物。故垒西边,人道是、三国周郎赤壁。乱石崩云,惊涛裂岸,卷起千堆雪。江山如画,一时多少豪杰。　遥想公瑾当年,小乔初嫁了,雄姿英发。羽扇纶巾,谈笑间、樯橹灰飞烟灭。故国神游,多情应笑我,早生华发。人间如梦,一樽还酹江月。

　　这首词将词的表现场景从闺阁转变为古战场,作品中不仅出现了以前词中很少出现的周瑜这样的英雄人物,而且更重要的是表现了苏轼怀才不遇、仕途失意的感叹。这种与士人政治命运相联系的情感在诗中常见,在词中罕见,因此是对传统婉约词的一大突破。

　　第二,在风格上,打破了以婉约为主的传统,既有婉约,又有豪放、清旷、幽美等。《水龙吟》(次韵章质夫杨花词)写得极其缠绵,婉约的程度不亚于传统的婉约词;《念奴娇》(赤壁怀古)、《江城子》(密州出猎)则极尽豪放。而他的《水调歌头》则又是另一种风格:

　　明月几时有?把酒问青天。不知天上宫阙,今夕是何年。我欲乘风归去,又恐琼楼玉宇,高处不胜寒。起舞弄清影,何似在人间。　转朱阁,低绮户,照无眠。不应有恨,何事长向别时圆?人有悲欢离合,月有阴晴圆缺,此事古难全。但愿人长久,千里共婵娟。

　　苏轼在这首词的序中说:"丙辰中秋,欢饮达旦,大醉,作此篇,兼怀子由。"交代了作品写作的背景及缘由。这首词题材虽是传统的离别之情,但没有陷入离别的悲哀而不能自拔的窠臼,最终表达的却是旷达之怀;同时更把表现的空间扩大到了天上的月宫。这使词的风格表现出一种高远清旷的特点,这又是传统中所没有的。风格的多样,使词多姿多彩。

　　第三,在词与音乐的关系上,打破了以词附属于音乐的传统,使词成为独立的抒情工具。苏轼的词,往往不谐音律。李清照说他的词是"句读不葺之诗",并非毫无根据。由于创作在一定程度上摆脱了音乐的束缚,这使得苏轼的词具有更大的自由度,因而更能表现出他的艺术个性。

　　总之,词发展到苏轼,娱乐功能减弱了,而抒情功能大大加强了,它实际上已经成了诗的另一种形式。至此,诗与词之间的那道鸿沟便基本上填平了。①

(二) 秦观

　　秦观虽为苏门弟子,但他的词更多地接受了柳永等"婉约派"的影响,因此也

---

① 参见木斋《唐宋词流变》,京华出版社1997年版。

多描写离愁别恨、男女爱情,风格偏于柔弱。秦观与其他婉约词人不同之处在于:

首先,秦观的词并不是单纯地表现男女爱情,而是将个人的身世之感与爱情描写结合起来,借爱情的描写来抒发身世之感,即"将身世之感并打入艳情"。例如他的代表作《满庭芳》(山抹微云),通过对一位歌妓的怀念,表现了政治上找不到出路的苦闷,便是突出的一例。

其次,他后期的词多直接表现政治上遭受挫折时的痛苦绝望心情,这在其他婉约词人的作品中是很少见到的。例如《踏莎行》(郴州旅舍):

> 雾失楼台,月迷津渡,桃源望断无寻处。可堪孤馆闭春寒,杜鹃声里斜阳暮。　　驿寄梅花,鱼传尺素,砌成此恨无重数。郴江幸自绕郴山,为谁流下潇湘去?

作品一方面对景物的描写极尽悲凉,一方面又直接抒发了远贬郴州时孤寂无聊的沉重苦闷,其中流露出来的绝望心情,今天读来依然动人心弦。

再次,在艺术上,秦观的词有两方面突出的特点。一是善于塑造迷离朦胧的意境。如《踏莎行》(郴州旅舍)开篇就写道"雾失楼台,月迷津渡,桃源望断无寻处",展现了一种迷离的景象。二是善于通过比喻、写景等手法,将无形之情写得既形象又富有美感。例如:"春去也,落红万点愁如海"(《千秋岁》);"自在飞花轻似梦,无边丝雨细如愁"(《浣溪沙》);"便做春江都是泪,流不尽,许多愁"(《江城子》)。这些描写长期以来都为人所称道。

秦观一向被列为"婉约派"的大家,他的词娱乐成分减少了,更多的是抒发自己的真实情感,这不能不说是苏轼影响的结果。

(三) 贺铸

贺铸的词兼有豪放与婉约等多种风格,但都非常强烈地表现了他自己的情感。其词集《东山词》中的大部分作品属于婉约之作,贺铸在写作此类作品时,风情不减柳永、秦观等。如代表作《青玉案》:

> 凌波不过横塘路,但目送、芳尘去。锦瑟华年谁与度?月桥花院,琐窗朱户,只有春知处。　　飞云冉冉蘅皋暮,彩笔新题断肠句。试问闲愁都几许?一川烟草,满城风絮,梅子黄时雨。

作品表现因一位女子路过而引起的感情波澜,可见词人晚年的无聊。后几句"试问闲愁都几许?一川烟草,满城风絮,梅子黄时雨"连用三个比喻,将"闲

愁"写得具体而又形象。这"闲愁"不是一般的闲愁,而是深重的人生失意感。再如他的《踏莎行》:

> 杨柳回塘,鸳鸯别浦,绿萍涨断莲舟路。断无蜂蝶慕幽香,红衣脱尽芳心苦。　　返照迎潮,行云带雨,依依似与骚人语。当年不肯嫁春风,无端却被秋风误。

　　表面上这是一首咏物词,实际上却是抒情之作,词中的莲正是作者的自我写照,一个"苦"字,道出了词人的人生况味和内心感受。写得婉约含蓄,形象传神。
　　贺铸对词的贡献主要不在婉约词,而在豪放及其他风格词的创作上。婉约词之外,贺铸创作了部分豪放词。例如著名的《六州歌头》(少年侠气),通过对少年生活的回忆,表现了壮志难酬、报国无门的苦闷。全词写得悲壮苍凉,豪放之中不乏沉郁。这样的作品,对稍后的张孝祥、辛弃疾、刘过等产生了直接的影响。此外,贺铸还写了一些其他风格的作品,这表现了他可贵的艺术尝试。与贺铸同时的著名诗人张耒在《东山词序》中说贺铸的词高绝一世,"盛丽如游金、张之堂,而妖冶如揽嫱、施之袪,幽洁如屈、宋,悲壮如苏、李",既指出了贺铸词风格的多样性,同时也可见当时对贺铸的崇高评价。

(四) 周邦彦

　　对周邦彦的词向来评价极高,有人称他为北宋词的集大成者,认为"邦彦词上承温(庭筠)、韦(庄),下开姜(夔)、吴(文英),为南北宋之宗匠。词法之精,无逾邦彦者"(周济《宋四家词选序》)。
　　客观地说,周邦彦的词在内容上仍然承袭婉约词的传统,以表现男女爱情、离愁别恨为主。但是,同样是写离愁别恨,他却有自己的特点,那就是他写的多是自己的亲身经历,而不是泛泛地代别人立言;多是一种追忆性的爱情回忆,而不是一种现在时的爱情描写。例如他的代表作《瑞龙吟》(章台路)全写的是春游章台旧池,"因念个人痴小,乍窥门户。侵晨浅约宫黄,障风映袖,盈盈笑语"之类的追忆,那种物是人非的伤感极为动人。这与柳永的《雨霖铃》(寒蝉凄切)所写的现在时的离情很不相同。
　　周邦彦的最大的成就还在艺术上。他善于融合各家之长,将词写得更为精致。这主要表现在:
　　其一,在音乐上,周邦彦确定并创制了许多新调。他利用在大晟府任职的机会,对前代和当时流行的80多种词调重新进行了审定,确定了各调中每个字的平仄,使各种词调定型。与此同时,他还制作了一些新调,例如《六丑》、《华胥引》、《花犯》等。这样,周邦彦写出来的词"下字用韵皆有法度",格律严整。这种对音律的重视,实际上也是对苏轼以来词的创作脱离音乐倾向的纠正。这对南宋的格律派影响很大。

其二,在语言上,周邦彦非常讲究语言的锤炼、典故的运用以及对前人诗句的融化,形成了一种典雅工丽的语言风格。这几个方面,前人都已在词中有所尝试,例如用典在苏轼词中已不少见,晏几道、贺铸的词中也不乏成功化用前人诗句的作品,但周邦彦在这些方面后来者居上,做得远比他的前辈和同辈出色。例如《西河》(金陵怀古):

佳丽地,南朝盛事谁记?山围故国绕清江,髻鬟对起。怒涛寂寞打孤城,风樯遥度天际。　断崖树,犹倒倚,莫愁艇子曾系。空余旧迹郁苍苍,雾沉半垒。夜深月过女墙来,伤心东望淮水。　酒旗戏鼓甚处市?想依稀、王谢邻里。燕子不知何世,向寻常、巷陌人家,相对如说兴亡,斜阳里。

这首词融汇刘禹锡的《石头城》、《乌衣巷》和古乐府《石城乐》三首古诗,完整自然,天衣无缝,比晏几道、贺铸等人常化用一首或一联古诗更进一层。

其三,在结构上,周邦彦的词比柳永、苏轼等人的作品更复杂曲折。柳永、苏轼的某些词虽用长调,但结构并不复杂,往往上阕写景,下阕抒情。周邦彦的词在时间和空间上转换频繁,极尽变化之能事。例如他的《兰陵王》(柳):

柳阴直,烟里丝丝弄碧。隋堤上,曾见几番,拂水飘绵送行色。登临望故国,谁识京华倦客?长亭路,年去岁来,应折柔条过千尺。　闲寻旧踪迹,又酒趁哀弦,灯照离席。梨花榆火催寒食。愁一箭风快,半篙波暖,回头迢递便数驿。望人在天北。　凄恻,恨堆积。渐别浦萦回,津堠岑寂。斜阳冉冉春无极。念月榭携手,露桥闻笛。沉思前事,似梦里,泪暗滴。

这是一首送别之作,全词分三阕,时间上时而现在,时而过去,时而将来,甚至有将来中的过去;空间上京华、送别地、路途中等,转换变化,令人眼花缭乱。

可以说,周邦彦是宋代词坛上第一个完成了对词的艺术形式和表现手法等方面高度精致化的人物,这使其成为宋代词坛上的大家。

三、过 渡 期

从1127年到1160年左右的这段时间,是宋词发展史上由北宋词向南宋词的过渡期。一方面,从作家队伍来说,这一时期的代表人物多是由北宋入南宋的词人,如李清照、陈与义、朱敦儒、张元幹等。另一方面,从创作来说,也鲜明地体现了过渡期的特点：这一时期的词人虽然有一定的个性，但更多的是起着承上启下的作用。他们早期的词一般多是婉约词，这显然承接了北宋后期的特点，而后期的词则由于时代的动荡与战乱的影响，多表达对国家命运的关怀。如果说，前一时期以苏轼为代表的豪放词主要关注的是自身的生存方式与价值实现的话，那么这一时期的词则往往将国家的命运与个人价值的自我实现结合在一起，忧伤与愤慨成为最普遍的情绪。而这又开启了下一时期以辛弃疾为代表的辛派词人的创作。正是在这一意义上，我们称这一时期的词是下一时期词的准备阶段。

（一）李清照

李清照是中国古代最著名的女文学家，作品有词、诗、文等，但成就最高的是词。

受生活境遇的影响，李清照的词明显地分为前后两个时期。早期的词主要表现她作为少女和少妇的生活与情怀。在她的笔下，少女生活是充满欢乐的。有她的两首《如梦令》为证：

常记溪亭日暮，沉醉不知归路。兴尽晚回舟，误入藕花深处。争渡，争渡，惊起一滩鸥鹭。

昨夜雨疏风骤，浓睡不消残酒。试问卷帘人，却道海棠依旧。知否，知否，应是绿肥红瘦。

这两首词均是李清照少女生活的反映，笔调轻松，充满诗意。

而少妇之词，则主要抒写离别相思的感受，与少女之作相比，明显多了一分沉重。例如《一剪梅》：

红藕香残玉簟秋。轻解罗裳，独上兰舟。云中谁寄锦书来？雁字回时，月满西楼。　花自飘零水自流。一种相思，两处闲愁。此情无计可消除，才下眉头，却上心头。

这首词表现了婚后李清照对在异地他乡的丈夫的思念之情，词中的"香残"、"飘零"、"闲愁"、"无计"等词语，透露出无聊与忧伤。

李清照后期的作品主要表现她作为寡妇的身世之苦、故国之思以及孤寂无聊的心情，情调低沉，凄苦悲凉。例如《永遇乐》：

落日熔金，暮云合璧，人在何处？染柳烟浓，吹梅笛怨，春意知几许?元宵佳节,融和天气,次第岂无风雨?来相召,香车宝马,谢他酒朋诗侣。　　中州盛日,闺门多暇,记得偏重三五。铺翠冠儿,捻金雪柳,簇带争济楚。如今憔悴,风鬟霜鬓,怕见夜间出去。不如向、帘儿底下,听人笑语。

天气融和与心情悲凉形成了鲜明的对比。三个疑问句,透露出无法把握命运的惶惑与心绪之乱。而更触动人心的是词人感到了欢乐只属于过去,属于别人,自己只是一个旁观者,一个与欢乐无关的多余人!

无论哪一时期的作品,李清照都能写得独具韵味、真切动人,因此,人们将李清照这种独特的风格称为"易安体"。"易安体"的独特之处表现在几个方面。第一,情感真实动人。以往的婉约词,往往是代言体,即男作者代女子说话,因此,抒发的是作者想象出来的女子的情感。李清照则真实地袒露自己的内心世界,大胆而又真切。第二,语言浅显自然,却又韵味无穷。例如:"花自飘零水自流。一种相思,两处闲愁。此情无计可消除,才下眉头,却上心头。"(《一剪梅》)"多少事,欲说还休。新来瘦,非干病酒,不是悲秋。"(《凤凰台下忆吹箫》)看起来似乎是平常语,读来却令人回味无穷,很好地解决了语言之浅与情感之深的矛盾,表现了李清照独特的驾驭语言的本领。第三,情感表现形象具体而富有美感。例如:"东篱把酒黄昏后,有暗香盈袖。莫道不销魂,帘卷西风,人比黄花瘦。"(《醉花阴》)"闻说双溪春尚好,也拟泛轻舟。只恐双溪舴艋舟,载不动,许多愁。"(《武陵春》)运用各种手法,使情感的表现形象而具体。

(二) 张元幹、陈与义

张元幹的词以南渡为界,明显地分为前后两期。北宋时的前期词,风格多婉约秀丽,属于典型的言情之作。后期的词则慷慨悲凉,豪放壮阔,将身世之感与国家之忧打成一片,成为辛弃疾、陆游词的先声。《贺新郎》(送胡邦衡待制赴新州):

梦绕神州路。怅秋风,连营画角,故宫离黍。底事昆仑倾砥柱,九地黄流乱注,聚万落千村狐兔?天意从来高难问,况人情老易悲难诉。更南浦,送君去。　　凉生岸柳催残暑。耿斜河、疏星淡月,断云微度。万里江山知何处?回首对床夜语。雁不到、书成谁与?目尽青天怀今古,肯儿曹恩怨相尔汝?举大白,听《金缕》。

这是张元幹的代表作之一,上阕表现对国事的悲愤,下阕抒发离别之情。词中弥漫着强烈的悲凉感,这种悲凉感既来自于个人的不幸遭遇,也来自于国家的不幸,将国事之悲与个人不幸作了很好的结合,具有巨大的艺术容量。

陈与义的词虽然现存只有18首,但语意超绝,笔力不凡,甚至有人认为其中的某些作品"可摩坡仙之垒"(《中兴以来绝妙词选》卷一)。从内容来说,其最大的特点是将个人遭遇、感受与国家之忧结合,而在艺术上往往运用追忆的方式,今昔对比,富于概括性。例如《临江仙》(夜登小阁忆洛中旧游):

忆昔午桥桥上饮,坐中多是豪英。长沟流月去无声,杏花疏影里,吹笛到天明。　二十余年如一梦,此身虽在堪惊。闲登小阁看新晴,古今多少事,渔唱起三更。

这首词虽是对个人往事的回忆,但其中的家国之忧、沧海桑田之感是十分明显的。全词运用对比的手法,概括地写出了20余年间巨大的变故与作者的深切感受。他的另一首《临江仙》(高咏楚词酬午日),既有"酒杯深浅去年同",而今则是"万事一身伤老矣,戎葵凝笑墙东"的今昔感叹,又因为运用了"万事"、"天涯"之类的抽象词汇,具有较强的概括力。

(三) 朱敦儒

朱敦儒的词大致分为两大类。一类表现隐逸,主要见于早期和晚年。例如《鹧鸪天》(西都作)以"清都山水郎"自居,词中流露出的不仅是闲适之情,更有隐居之后"几曾着眼看侯王"的傲岸。《好事近》(渔父词)也非常典型地表现了这种情感:

摇首出红尘,醒醉更无时节。活计绿蓑青笠,惯披霜冲雪。　晚来风定钓丝闲,上下是新月。千里水天一色,看孤鸿明灭。

远离尘世,自适自足,"定"、"闲"二字可见其心境,也可见其词风。

另一类则是表现忧国伤世,主要是他中年时期的作品。经历了靖康之难,看到了历史的巨大变化,于是他写了不少关于这一重大事件的作品,例如《相见欢》:

金陵城上西楼,倚清秋。万里夕阳垂地,大江流。　中原乱,簪缨散,几时收?试倩悲风吹泪,过扬州。

这首词表现靖康之难后国家破乱危亡的景象及词人的悲愤心情,沉郁忧伤,与他的早期的词作形成鲜明的对比。

在宋代,朱敦儒是享有比较高的地位的。南宋的汪莘在《方壶诗余自叙》中总结宋词的发展时,将他与苏轼、辛弃疾并列,认为朱的主要功绩和特点在于"多尘外之想,虽杂以微尘而其清气不可没",可见朱敦儒词的主要特点与影响。

(四)张孝祥

张孝祥的词很多是表现爱国感情的,例如他的代表作《六州歌头》:

> 长淮望断,关塞莽然平。征尘暗,霜风劲,悄边声,黯销凝。追想当年事,殆天数,非人力。洙泗上,弦歌地,亦膻腥。隔水毡乡,落日牛羊下,区脱纵横。看名王宵猎,骑火一川明。笳鼓悲鸣,遣人惊。　念腰间箭,匣中剑,空埃蠹,竟何成。时易失,心徒壮,岁将零。渺神京。干羽方怀远,静烽燧,且休兵。冠盖使,纷驰骛,若为情?闻道中原遗老,常南望、翠葆霓旌。使行人到此,忠愤气填膺,有泪如倾。

这首词既表现了对中原被金人占领的悲伤、对南宋朝廷安于现状的愤慨,又表现了自己壮志难酬、老大无成的哀伤,具有强烈的爱国情感。"忠愤气填膺,有泪如倾"既是作品的收束之词,更是点睛之笔。

又如《浣溪沙》(荆州约马举先登城楼观塞):"霜日明霄水蘸空,鸣鞘声里绣旗红。淡烟衰草有无中。万里中原烽火北,一樽浊酒戍楼东。酒阑挥泪向悲风。"面对着烽火满地的中原,作者只有借酒浇愁,挥泪向悲风了,表现了他对中原不能忘怀的心情。这类词往往写得豪放慷慨,悲壮激昂。但与当时其他词人的同类作品相比,个性不算突出。

张孝祥也有许多写山水自然景物的作品。如《念奴娇》(过洞庭)、《水调歌头》(金山观月)、《西江月》(黄陵庙)等。这些词与一般的山水自然之作有很大的不同,它们往往创造出一种独立于现实世界之外的带着仙境意味的旷远而优美的境界,表现出坦荡的胸怀、乐观豪爽的性格、潇洒出尘的风貌。例如《念奴娇》(过洞庭):

> 洞庭青草,近中秋、更无一点风色。玉鉴琼田三万顷,着我扁舟一叶。素月分辉,明河共影,表里俱澄澈。悠然心会,妙处难与君说。　应念岭表经年,孤光自照,肝胆皆冰雪。短发萧骚襟袖冷,稳泛沧浪空阔。尽挹西江,细斟北斗,万象为宾客。扣舷独啸,不知今夕何夕。

这首词描绘出了月光朗照下的洞庭湖"素月分辉,明河共影,表里俱澄澈"的景象,词中既有"悠然心会,妙处难与君说"的独特体会,又有"尽挹西江、细斟北斗,万象为宾客。扣舷独啸,不知今夕何夕"的豪迈与超然。《水调歌头》(金山观月)则描绘了长江在月光下"幽壑鱼龙悲啸,倒影星辰摇动,海气夜漫漫,涌起白银阙"的壮阔景象,并表现了遗世独立、超尘出世的感觉。张孝祥的这一类词最得苏轼真传,所以有人将《念奴娇》(过洞庭)称为"小《赤壁》"。

张孝祥的词既有超迈飘逸之作,又有雄豪悲壮之声,可以看做苏轼向辛弃疾过渡的桥梁。

四、中 兴 期

如果说,以苏轼、周邦彦为代表的变革期是宋词发展的第一个高峰期的话,那么,从1160年左右至1220年前后这段时间,则是宋词发展的中兴期。宋人常将宋高宗、宋孝宗时期看成是宋代历史上的中兴期,这实际上是名不副实的,但在词的创作上,从宋高宗后期至宋孝宗时期,确实是一个中兴时期。因为经过南渡初期的相对低落,到了这一时期,涌现了辛弃疾、陈亮、刘过、姜夔、陆游等著名词人,特别是辛弃疾与姜夔,他们的成就即使与变革时期的苏轼、周邦彦相比,也毫不逊色。他们的出现,无疑是宋词再度兴旺的最显著标志。

这一时期词的创作是从两个方向来发展的:一是以辛弃疾与陈亮、刘过等辛派词人为代表,主要表现爱国情感与怀才不遇的苦闷,以议论为词,以文为词,风格粗犷豪放;一是以姜夔等人为代表,多咏物之作和表现失恋的感伤,强调艺术,注重音律、意境、用字,风格婉约,具有较高的艺术性。这两者的结合,可以说基本上体现了这一时期词的创作成就与风貌。

(一) 陆游

作为著名的诗人,陆游在词的创作上也作了不少的尝试和努力。他的词犹如他的诗,大致可分为三类:一类为豪放的爱国词;一类为平淡的闲适词;一类为婉约的恋情词。

第一类主要表现他的报国之心与不遇之悲。往往运用对比的手法,通过对少年壮志与当年军中火热生活的回忆,反衬晚景的凄凉失意。例如《诉衷情》:

当年万里觅封侯,匹马戍梁州。关河梦断何处,尘暗旧貂裘。　胡未灭,鬓先秋,泪空流。此生谁料,心在天山,身老沧洲。

这首词没有写景,完全以抒发个人的感受为主,通过当年与如今的对比,失意之情溢于言表。此外如《鹊桥仙》(华灯纵博)、《汉宫春》(初自南郑来成都作)等,都属此类。

第二类主要表现晚年他闲居山阴时的生活。例如《鹊桥仙》:

一竿风月，一蓑烟雨，家在钓台西住。卖鱼生怕近城门，况肯到红尘深处。　　潮生理棹，潮平系缆，潮落浩歌归去。时人错把比严光，我自是无名渔父。

作品描写了江湖场景与生活，表现了闲适之情，这完全是一副隐士的模样。第三类表现他的冶游之遇或与妻子唐琬的恋情。代表作是《钗头凤》：

　　红酥手，黄縢酒，满城春色宫墙柳。东风恶，欢情薄，一怀愁绪，几年离索。错，错，错！　　春如旧，人空瘦，泪痕红浥鲛绡透。桃花落，闲池阁，山盟虽在，锦书难托。莫，莫，莫！

这首词像陆游的多数词一样，直抒胸臆，沉痛之情令人感动，其婉约也不减传统词。

陆游以余事作词，其词风格多样，虽不能说在艺术上有突出的创造性，但最可贵之处在于真实自然，毫不做作，因此有一种天然的韵味。

（二）辛弃疾

辛弃疾不是传统的那种只会纸上谈兵的文人，而是真正具有军事、政治才干的人，因此，他的《稼轩词》也就不是传统的文人词，而是英雄之词。所以，有人评价他的词是"慷慨纵横，有不可一世之概，于倚声家为变调；而异军特起，能于剪红刻翠之外，屹然别立一宗"（《四库全书总目提要》）。

从内容来说，辛词表现范围之广是前所未有的。就宋词总体而言，始终是"剪红刻翠"的婉约词占主流，南宋也是如此。辛弃疾的词虽也写离愁别恨，但更多地是表现失路之悲、家国之忧、不平之气、愤懑之情，同时也不乏农村风光、自然景色的描写。与苏轼相比，题材之广有过之而无不及，真正做到了"无意不可入，无事不可入"。尤其是他将词这种娱乐性的文体与国家、个人的命运紧密结合，使词成为一种抒发"英雄气"的庄重体裁，就比苏轼改革得更为全面、彻底。

从艺术来说，辛词表现了一种十足的大家风范。

首先，辛词的艺术风格多种多样。豪放无疑是辛词的主要风格，除此之外，他有的作品秾纤华丽似花间体，如《唐河传》；有的明白通俗如白乐天体，如《玉楼春》；有的轻巧尖新，如《丑奴儿》；有的婉丽清畅，如《念奴娇》；有的缠绵婉约，如《祝英台近》；更有将豪放与婉约两种风格融合在一起的作品，如《摸鱼儿》（淳熙己亥，自湖北漕移湖南，同官王正之置酒小山亭，为赋）：

更能消、几番风雨,匆匆春又归去。惜春长怕花开早,何况落红无数。春且住。见说道,天涯芳草无归路。怨春不语。算只有殷勤,画檐蛛网,尽日惹飞絮。　　长门事,准拟佳期又误。蛾眉曾有人妒。千金纵买相如赋,脉脉此情谁诉?君莫舞,君不见,玉环飞燕皆尘土!闲愁最苦。休去倚危栏,斜阳正在,烟柳断肠处。

作品的上阕写伤春之情,下阕写后宫失意,但这都是表面现象,其实质是借伤春之情表现忧国之情,借后宫失意表现政治上的落魄。外婉约而内豪放。词风的多样性表现了辛弃疾兼收并蓄的才情与胸怀。

其次,辛词的艺术境界阔大而充满流动感。这主要表现在豪放的情感、阔大的空间、久远的时间、富有力量和阳刚之气的意象等方面。辛弃疾的词往往站在一个制高点上来描写空间和时间,选取的意象也决非婉约派的兰柳花草,而是富有阳刚之气的意象。他对空间和时间的描绘使用的数量词往往是百、千、万之类的词语。如"千丈情虹"、"千里玉鸾飞"、"万斛琼粉盖玻璃"、"千古兴亡,百年悲笑"等。这就使辛词具有一种非同寻常的雄阔之气。《水龙吟》(过南剑双溪楼)就是这样一首典型的作品:

举头西北浮云,倚天万里须长剑。人言此地,夜深长见,斗牛光焰。我觉山高,潭空水冷,月明星淡。待燃犀下看,凭栏却怕,风雷怒,鱼龙惨。　　峡束苍江对起,过危楼,欲飞还敛。元龙老矣,不妨高卧,冰壶凉簟。千古兴亡,百年悲笑,一时登览。问何人,又卸片帆沙岸,系斜阳缆?

作品中长剑、高山、风雷、鱼龙、苍江、危楼等意象,雄伟壮观;万里、千古、百年则在时空上作了极大的拓展。而倚天、峡束苍江、鱼龙惨、欲飞还敛,则在行为动作上展示了非同寻常的力度。

再次,辛词在语言上融会贯通,既从古代各种文体的不同作家作品,如《诗经》、《史记》、《庄子》、《楚辞》、《世说新语》、陶诗、杜诗、韩柳散文中广泛地撷取精华,使词具有典雅之气;同时,又能大胆地吸取民间口语,使词富有浓厚的生活气息。如:"七八个星天外,两三点雨山前"(《西江月》);"近来愁似天来大,谁解相怜?谁解相怜?又把愁来做个天"(《丑奴儿》)。

总之,辛词在内容、风格以及艺术手法上,都能兼收并蓄,因而呈现出多样性的特征。辛弃疾是宋代词坛上,苏轼之后的又一座高峰。

(三) 陈亮、刘过

陈亮和刘过是辛弃疾的好友,在词的创作上也深受辛弃疾的影响。

陈亮的词在内容上主要是表达对国家政治、军事形势的看法以及强烈的民族情感。如《水调歌头》(送章德茂大卿使虏):

> 不见南师久,漫说北群空。当场只手,毕竟还我万夫雄。自笑堂堂汉使,得似洋洋河水,依旧只流东。且复穹庐拜,会向蒿街逢。　尧之都,舜之壤,禹之封,于中应有,一个半个耻臣戎。万里腥膻如许,千古英灵安在,磅礴几时通?胡运何须问,赫日自当中。

这首词赞扬章德茂在众人畏葸不前的情况下,敢于使金,为国效命,并表达了对南宋"赫日自当中"的美好祝愿。值得注意的是,词中反复出现了"汉使"、"穹庐"、"蒿街"、"腥膻"、"胡"等词汇,十分明显地表现了民族情感。《念奴娇》(登多景楼)表达了反对划江而治,希望积极进兵、统一中原的主张。

在艺术上,陈亮的词已表现出明显的政论化的特点:横放恣肆,痛快淋漓,多议论、用典,少含蓄蕴藉,可看做他的政论散文《中兴五论》、《上孝宗皇帝书》的另一种形式。上述《水调歌头》(送章德茂大卿使虏)、《念奴娇》(登多景楼)所表达的基本观点在《中兴五论》、《上孝宗皇帝书》中都可以找到,甚至有的典故是相同的,手法也有类似之处。他认为"大凡论不必作好语言,意与理胜则文字自然超众"(《书作论法后》),这也可以看做他对词的创作的理解。

刘过的词与陈亮词有类似之处,都以表现爱国情感为主旋律,都喜欢以文为词,以议论为词。但刘过并不像陈亮那样在词中直陈方略,而是侧重于情感的表达。他往往通过对英雄人物的赞美来表达某种理想,并且喜欢表现自己怀才不遇的寂寞苦闷,词中常有一股狂气。例如他的《六州歌头》(题岳鄂王庙):

> 中兴诸将,谁是万人英?身草莽,人虽死,气填膺,尚如生。年少起河朔,弓两尺,剑三尺,定襄汉,开虢洛,洗洞庭。北望帝京,狡兔依然在,良犬先烹。过旧时营垒,荆鄂有遗民。忆故将军,泪如倾。　说当年事,知恨苦,不奉诏,伪耶真?臣有罪,陛下圣,可鉴临。一片心。万古分茅土,终不到,旧奸臣。人世夜,白日照,忽开明。衮佩冕圭百拜,九泉下,荣感君恩。看年年二月,满地野花香,卤簿迎神。

这首词表现了对岳飞的敬佩与悼念,也表达了对奸臣的痛恨。字里行间充满强烈的忠愤之情。

刘过有的作品则抒发的是理想不能实现的落魄与苦闷。《念奴娇》(留别辛稼轩)、《贺新郎》(老去相如倦)、(弹铗西来路)等。但也有一些庸俗之作,如咏美人指爪、咏美人足趾之类。

陈亮和刘过的词都不太注意艺术上的精雕细刻,因此都比较粗糙,豪放有余,韵味不足。

(四) 姜夔

如果说辛弃疾及辛派词人继承了苏轼的传统,以表现爱国的豪放之情为主,那么,与此同时,姜夔等则承袭了周邦彦的衣钵,在词的格律、辞藻等方面下功夫,专注于雅趣的追求,从另一个方向发展了宋词。

姜夔的词大多为记游及咏物之作,抒发的情感也多为身世飘零和情场失意的感叹,如《暗香》、《疏影》。其中也有少数表现了对国事的忧患,如《扬州慢》。

姜夔的词虽然在内容上并无特别之处,但趣味高雅,艺术上颇为精致。他精通音律,能自度曲,所以,他的词一个突出特色是音节谐婉。同时,也讲究用字,善于渲染气氛。当然,最能代表姜夔词特色的是前人所说的"清空",即情感上主要表现高洁的士大夫情怀,艺术表现上避实就虚,侧重于空灵的境界,色彩上偏于素净。以《扬州慢》为例,这首词的序言云:"淳熙丙申至日,予过维扬。夜雪初霁,荠麦弥望。入其城,则四顾萧条,寒水自碧。暮色渐起,戍角悲吟。予怀怆然,感慨今昔,因自度此曲。千岩老人以为有《黍离》之悲也。"就是表现"黍离之悲"的作品,姜夔同样也写得不同一般:

淮左名都,竹西佳处,解鞍少驻初程。过春风十里,尽荠麦青青。自胡马窥江去后,废池乔木,犹厌言兵。渐黄昏、清角吹寒,都在空城。 杜郎俊赏,算而今、重到须惊。纵豆蔻词工,青楼梦好,难赋深情。二十四桥仍在,波心荡,冷月无声。念桥边红药,年年知为谁生?

作品表现对扬州遭受兵火的哀伤,但并不直接从正面入手,而是通过写景来暗示扬州的破败萧条,用"废池乔木,犹厌言兵"及想象"杜郎俊赏,算而今、重到须惊"暗示战乱频繁和战争对扬州的严重破坏。词中很少有人活动的身影,而"清"、"空"、"冷"既是全词的基调,也是全词的风格。

姜夔上承周邦彦,下启吴文英等人,其最大的功绩在于恢复了宋词之雅。汪森《词综序》云:"西蜀南唐而后,作者日盛。宣和君臣,转相矜尚。曲调愈多,流派因之亦别。短长互见,言情者或失之俚,使事者或失之伉。鄱阳姜夔出,句琢字炼,归于淳雅。"指出了姜夔在宋词的发展史上具有特殊的地位。

五、衰　落　期

从1120左右到1279年南宋灭亡前后,是南宋由偏安走向灭亡的时期。随着政治、军事的一步步走向衰落,词的创作也走向了衰落。衰落的标志是,虽然这一时期也有一些比较著名的词人,如吴文英、周密、王沂孙、蒋捷、张炎、刘克庄、刘辰翁等,但他们只不过是辛弃疾和姜夔的余绪,没有一人能取得较大的突破。

  这一时期的词主要有两大类,一以吴文英、史达祖、周密、王沂孙、张炎为代表,沿着姜夔的道路,多在艺术上用功,多通过咏物的方式寄托亡国之恨;一以刘克庄、刘辰翁等为代表,沿着辛弃疾的路线,多直接表现爱国之情,以文为词,以议论为词,风格豪放粗犷。

  吴文英与姜夔一样,在词的内容上也多咏物抒怀,艺术上也讲究音律,但与姜夔不同的是,吴文英更加注意辞藻,意象密集而又思绪大幅跳跃,且多用典故,读来颇嫌晦涩。所以有人称他为词家之李商隐。

  史达祖、周密、王沂孙、张炎四人虽然生活经历略有不同,但大都经历了亡国之变。他们的词往往比较强调音律,注意用字造句,特别擅长咏物,例如史达祖的《双双燕》(咏燕)、王沂孙的《眉妩》(新月)和《齐天乐》(蝉)、张炎的《解连环》(孤雁)等,都是传世的名作。这些词往往采取比兴、象征的手法,其中往往寄托着作者的亡国之恨,但情调低沉,隐晦曲折,不易解读。

  与此相对的刘克庄、刘辰翁等人,他们的词以表现爱国情感为主,粗犷豪放,颇多议论,与辛弃疾的词有类似之处,因此,习惯上常将他们列为辛派词人。这些人在豪放上不减辛弃疾,如刘克庄《满江红》:

    金甲雕戈,记当日、辕门初立。磨盾鼻、一挥千纸,龙蛇犹湿。铁马晓嘶营壁冷,楼船夜渡风涛急。有谁怜猿臂故将军,无功级。 平戎策,从军什。零落尽,慵收拾。把茶经香传,时时温习。生怕客谈榆塞事,且教儿诵花间集。叹臣之壮也不如人,今何及?

  这样的词放在辛弃疾的集子中也很难分辨。但是,这些人在以文为词、以议论为词上比辛弃疾走得更远,而且不像辛词那样富于变化,注重分寸的把握,因而艺术成就便远远不及辛弃疾了。

第十章

宋词的特色与美感

  词是中国古代诗歌苑囿中新生的一朵奇花！"词之花"在宋代的诗歌苑囿中开放得最为灿烂繁华！她后来居上，青胜于蓝。她美得有个性，她美得有内涵！千百年来，"宋词"已成为美文佳艺的典范，具有不可替代的经久不衰的艺术魅力！

  词的创作实践与艺术消费是在与正统文学相区别的文化环境中开始起步的，词的艺术特色与审美特征也是在与传统诗文的比较中逐步显现出来的，而词的历史进程也最终画出了一道与传统诗文分合有致的发展轨迹。当词体文学在晚唐五代之际慢慢走向定型与成熟的时候，人们就已经开始注意到她的奇异风采，五代欧阳炯的《花间集序》便已经分析了词的合歌、谐律、工巧、鲜艳等特色。到了宋代，词的特色与美感在与诗、文的比较中进一步得到体认与凸显。如北宋李之仪《跋吴思道小词》，即标举"自有一种风格"；陈师道《后山诗话》评东坡"以诗为词"，亦以"虽极天下之工，要非本色"为憾；"苏门四学士"中的晁补之、张耒谈论苏轼和秦观的创作，也有"少游诗似小词，先生小词似诗"①的比较；李清照在《词论》中更鲜明地提出了词"别是一家"的观点。到了南宋，由于政治的巨变和文化的变迁，词学观念也随着创作实践而有所变化。如金人王若虚《滹南诗话》提出"诗词只是一理"之说，南宋末期刘将孙在《胡以实诗词序》中也提出"诗词与文同一机轴"之见。到了清代，常州词派更特意标举"比兴"、"寄托"，甚至攀附《诗经》和《楚辞》，以抬高词的地位。尽管如此，宋以来尤其是明清两代，词学批评的主流仍然是强调"诗词、词曲分界"，标榜"本色"、"当行"理论。如清王士禛《花草蒙拾》云："或问诗词、词曲分界，予曰'无可奈何花落去，似曾相识燕归来'，定非《香奁》诗；'良辰美景奈何天，赏心乐事谁家院'，定非《草堂》词也。"又如清谢元淮《填词浅说》云："词之为体，上不可入诗，下不可入曲，要于诗与曲之间，自成一境，守定词场疆界，方称本色当行。"这些认识和观点虽然还不够细致和严密，甚至带有一定的直观感悟的色彩，但是其中包含着某些合理的因素和科学的内核，对于我们体认和揭示宋词的特色和美感具有重要的参考价值和启示

---

① 《王直方诗话》，载胡仔《苕溪渔隐丛话》前集卷四十二引，第284页，人民文学出版社1984年版。

意义。

　　钱锺书先生《管锥篇》云:"文章之体可辨别而不可执著。"我们对宋词特色与美感的认识也应该如此。通过与诗文等其他文体的比较,我们可以从总体上"辨别"出宋词的一些主要艺术特色和审美特征。

一、袅娜多姿的形体美

　　早在北宋时代,词就出现了"长短句"的别名,表明宋人已经对词以长短句为主体的形体特征有所体认和揭示。又如清人亦有"词之为体如美人,而诗则壮士也"[①]之类的比喻。以壮士比诗,以美人喻词,不仅是就风格意境而论,也是就形体特征而言。的确,词以长短句为主体的形体特征,比之以齐言句为主体的古体诗尤其是近体诗而言,恰如美人之比壮士,具有一种窈窕妩媚、袅娜多姿的形体之美。宋词在形体上的特征和美感,主要体现在以下三个方面。

(一) 标题形式:丰富多彩之美

　　文学作品的标题对作品本文的主题思想和美学意蕴的表现具有不可忽视的作用。中国古代的诗歌和诗论对制题制序的艺术比较讲究,但词的标题形式和审美特征却没有引起足够的重视。实际上,与诗、文等各体文学作品的标题形式相比较,宋词的标题不仅在字数的长短上更趋于规范化,多以三字为调名,在标题的形式上更趋于多样化,有调、有题、有序,而且在意蕴的表现上更趋于审美化,能给人以更为丰富多彩的审美联想和审美体验。

　　每首词都有一个调名,又称"词调"、"词牌",如"调笑令"、"渔歌子"、"女冠子"、"太常引"、"好事近"、"扬州慢"等。一首词的调名,与一首诗的诗题并不相同,诗题是诗的内容的揭示,词调则是乐曲内容及其性质的标志。初期填词,词的内容往往与曲调内容相符合,古人称之为"赋咏本调"或"缘题而赋",如"杨柳枝"写杨柳,"女冠子"叙道情等。这种情况下,词的调名实际上具有代词题的作用。后来,词的内容与曲调内容逐渐分离开来,调名则只表示它的音乐性质与格律特征,于是有些词人便在调名下另加题目或小序,以揭示创作缘起及其所表现的思想内容。唐五代词除敦煌写本曲子词中的部分作品有简短的题记之外,一般作品都很少用题或序。北宋中前期词坛,从张先到苏轼,词题、词序的运用开始逐渐增多,至南宋才进一步流行起来。

　　这样,一首词在标题的形式上有调、有题、有序,比之传统的诗歌较单调的标题形式(极少数诗篇题下有序)显得更为新颖多姿;比之大多数诗题(尤其是宋代

[①] 田同之《西圃词说》引魏塘曹学士语,据唐圭璋编《词话丛编》本,第1450页,中华书局1986年版。

诗题)的冗长乏味来,词调大多以三字为题,而且优美动听,也能令人产生更丰富的审美联想;同时,词序的写作(如苏轼、姜夔等人的词序)也更注重艺术性和抒情性,与词作本文的配合更密切,颇具相映成趣之美。

现存唐、宋词调数百种,几乎每一个词调的名称都能给人以美的享受和联想,如"一枝花"、"一萼红"、"一剪梅"、"三姝媚"、"玉楼春"、"贺新郎"、"永遇乐"等,可谓举不胜举,美不胜收。正因为词调优美,所以有些词人还写出了"集曲名"一类的词作。兹举南宋哀长吉《水调歌头·贺人新娶集曲名》一词为例,词云:

紫陌风光好,绣阁绮罗香。相将人月圆夜,早庆贺新郎。先自少年心意,为惜㛠人娇态,久侯愿成双。此夕于飞乐,共学燕归梁。 索酒子,迎仙客,醉红妆。诉衷情处,些儿好语意难忘。但愿千秋岁里,结取万年欢会,恩爱应天长。行喜长春宅,兰玉满庭芳。

这是一首祝贺他人新婚的贺词,词人竟然能用"集曲名"的形式来表示喜庆和祝愿的内容。全词每句之中都嵌含一个曲名,它们依次是:风光好、绮罗香、人月圆、贺新郎、少年心、㛠人娇、愿成双、于飞乐、燕归梁、索酒(子)、迎仙客、醉红妆、诉衷情、意难忘、千秋岁、万年欢、应天长、长春、满庭芳,一共19个曲名。词人能将这么多的曲名连缀成一个有机的整体并表现一个特定的命意,一方面体现了高超的艺术技巧,另一方面也体现了这些曲名本身所具有的审美内涵。

至于词序的优美,我们可以举苏轼与姜夔的作品为例。苏轼《西江月》(照野弥弥浅浪)一词序云:"顷在黄州,春夜行蕲水中。过酒家,饮酒醉,乘月至一溪桥上,解鞍,曲肱醉卧少休。及觉已晓,乱山攒拥,流水锵然,疑非尘世也。书此语桥柱上。"这篇小序不仅点明创作的背景等情况,而且本身就是一篇优美的写景短文。又如姜夔《一萼红》(古城阴)一词序云:"丙午人日,予客长沙别驾之观政堂。堂下曲沼,沼西负古垣,有卢桔幽篁,一径深曲,穿径而南,官梅数十株,如椒如菽,或红破白露,枝影扶疏。著履苍苔细石间,野兴横生。亟命驾登定王台,乱湘流,入麓山,湘云低昂,湘波容与,兴尽悲来,醉吟成调。"此序记游写景兼抒情,清雅婉转,堪称绝妙小品。这些词序以散文书写,与词作连读,更增相得益彰之美。

(二) 体式结构:摇曳多姿之美

宋词在外在形体上的另一个显著特征是片、段的划分,这与齐言的古体诗及近体诗凝固的单调的板块形体形成鲜明的对照。

宋词在体式上有单片体和多片体之分。作为入乐歌唱的歌词,词的分片,主要是依据乐曲的分段而来的。唐宋时代,乐曲的一段叫一"遍"。"遍"又作"片",也称"阕"。乐曲分两遍的最多,故词中的双片体或双叠体也最多。两遍的乐曲在演奏和演唱时以暂时休止来表示,而歌词的上下片之间在书写和刻印上则以空格为标志。双片体的词,有上下片完全一样的,称双叠体,它表明下片是依上片的乐曲重奏一遍,这类曲调大多是篇制较短小的令曲、杂曲。也有上下片不一样的,它表明乐曲的前后两段有变化,一般是前段较短,后段较长,这类曲调大都是慢曲。三叠、四叠的词调不多见,这主要是因为曲调太长,不便于歌唱和流行的缘故。三叠词中前两叠字数、句式等完全一样的,称为"双曳头",又称"双拽头"或"双头",如"双头莲"即是。现存最长的词调是宋人所创的"莺啼序",共由四段组成,歌词共四片,长达240字。

    词的形体结构于晚唐五代渐趋定型成熟,但局限于令词一体,显得单调狭窄。至宋代,词的形体发展才变得更为多姿多彩,长、短并用,令、慢兼胜。如此,宋词片、段的划分所带来的体式结构的变化,尤其是慢词体制的成熟与完善,不仅打破了齐言诗凝重方板的主体结构,使得中国古代的诗体走上了解放之路,而且创造了更灵活更多样的形体结构方式,丰富了中国古代诗歌形体美的内涵。

    宋词片、段的划分所带来的形体美,我们可以通过具体的作品来加以分析。如"浣溪沙",此调属令曲,双片体。兹以晏殊词为例:

    一曲新词酒一杯,去年天气旧亭台。夕阳西下几时回? 无可奈何花落去,似曾相识燕归来。小园香径独徘徊。

    从形体上看,"浣溪沙"由七言六句组成,"很像一首不粘的七律减去第三、第七两句"[①]。从总体的视觉形象而言,它依然是一个齐言的方阵。然而仔细观赏,我们就会有新的发现和体悟:其一,此调分上下两片,这就打破了七律以七言八句为一整体的凝固结构,使得结构走向开放,形体变得摇曳起来;其二,此调上下两片各由三句组成,这又打破了中国古代诗体尤其是近体诗以四句或八句等偶数句式为单位的结构形式,具有一种不平衡的摇荡而又和谐的美感。"浣溪沙"一调在宋词的创作中使用频率最高,与它接近于近体诗而又比近体诗更新颖多姿的形体特征是密切相关的。

    宋词在形体上的创造还有着丰富多彩的表现形式,如三叠体中的"双曳头"体即为其一。如"瑞龙吟"一调即属"双曳头"体。兹举周邦彦所作为例:

    章台路。还见褪粉梅梢,试华桃树。愔愔坊陌人家,定巢燕子,归来旧

[①] 王力《诗词格律》,第78页,中华书局1977年版。

处。　　黯凝伫。因念个人痴小,乍窥门户。侵晨浅约宫黄,障风映袖,盈盈笑语。　　前度刘郎重到,访邻寻里,同时歌舞。唯有旧家秋娘,声价如故。吟笺赋笔,犹记燕台句。知谁伴,名园露饮,东城闲步？事与孤鸿去。探春尽是,伤离意绪。官柳低金缕。归骑晚,纤纤池塘飞雨。断肠院落,一帘风絮。

此调共分三叠,前两叠的字数、句式、平仄完全相同,且前两叠的字数要比第三叠少,第三叠字多体长,犹如身子,前两叠恰如双头,故名"双曳头"。"双曳头"在三叠词中并不常见。"三换头"则是三叠词中的常见体式,指三叠词三段的开头各不一样。属于"三换头"的词调有"戚氏"、"夜半乐"、"西河"、"兰陵王"、"宝鼎现"(又名"三段子")等。三叠词中的"双曳头"体固然新奇,"三换头"体也极富变化。这种词体结构既具有对称和谐之美,也具有袅娜多姿之态,是近体诗的方板凝固结构所无法相比的。

（三）句式句法：参差多变之美

宋词在形体上还有一个一眼就能看出的最重要的形体特征,即长短错落、参差不齐的杂言句式,故词又有"长短句"之称。唐宋词以前的诗歌如《诗经》、乐府诗,虽不乏长短参差的句式,但大体整齐,如《诗经》以四言句式为主,汉魏六朝的乐府诗以五言句式为主；至于唐代成熟和繁荣的近体诗无论五言、七言或六言体,都是一个个齐言的整齐方阵。宋词中虽然也有少量整首词全为五言或全为七言句式的齐言体的作品,但长短句已占据词体的绝对主导地位。只有当词在唐宋时代出现和兴盛之后,长短句才以一种新型诗体的身份和魅力,取得了与齐言诗并驾齐驱的地位,甚至掩过了齐言诗的光彩。

宋词的句式,从一字句到十一字句应有尽有。据电脑统计,《全宋词》中使用频率最高的句式依次是：四言句(71 105句)、七言句(69 037)、五言句(54 097)、六言句(38 539)、三言句(27 781)。可见宋词的句式已打破了长期以来五、七言的奇言诗歌一统天下的传统格局,堪称中国古代诗体演变的一大进步。词的长短句式,虽极尽参差变化,但又不是随意为之,而是"依曲拍为句",有具体的法度规范可以依凭。

上文所举周邦彦《瑞龙吟》一词,从句式上来看,由三、四、五、六、七、九各种句式组成,其中尤多四字和六字的偶言句,与三、五、七字等奇言句的穿插配合,构成摇曳多姿的形体美。又如上文所举袁长吉的《水调歌头》一词,也是杂用三、四、五、六、七多种句式组合而成,同样显现了它以长短句为主体的形体美。宋代词体由长短句所呈现的这种形体美,如果我们严格按照现代化的排版形式分行排列的话,可能会得到更鲜明的体现。以上两例皆属长调。至于短调令词,在形

体上也能各显其袅娜之姿。兹举周邦彦《十六字令》为例,词云:

  眠。月影穿窗白玉钱。无人弄,移过枕函边。

  此为单片的小令,虽没有分片的结构优势,而长短句的运用依然给作品带来了摇曳飞动的形体美。短短16个字共4句,就杂用了一言、七言、三言、五言共四种句式,而且极尽参差跌宕之变化,不仅造成了悦耳的音乐效果,而且带来了爽目的视觉美感。

  宋词不仅以参差不齐的杂言句式为主体,而且句法也更加灵活多变,既有"散句",也有"对句",还有"拗句"、"折腰句"、"参差句"等多种特殊句法,尤其是创造性地运用了"领字句"等句法。这样,宋词也就突破了一般诗歌的节奏和句法,可谓骈散并用,奇偶相生,极尽错综跌宕之美。正因为宋词的句法更灵活多变,故南宋张炎《词源》卷下专论"句法"云:"词中句法,要平妥精粹。一曲之中,安能句句高妙,只要拍搭衬副得去,于好发挥笔力处,极要用功,不可轻易放过,读之使人击节可也。"这堪称是对宋词句法经验的总结,大抵以平妥精粹、婉转流畅为审美标准。

  总之,宋词参差多变的长短句式,与摇曳多姿的篇段结构、新颖多样的标题形式等因素的结合,共同构成词体的外观形象,给人以超越凝固方板的传统诗体的袅娜之美;再加上丰富多彩的韵声韵位的变化、精严多样的字声配合,宋词于是形成了成百成千的"调"与"体",真是琳琅满目,各具风采,构成中国古代诗歌美学画廊中一道绮丽的风景。

二、错综和谐的音乐美

  词本是配乐歌唱的歌词,可称之为"音乐文学",是一种融歌、舞、乐为一体的综合艺术形态,这就决定了词从生产到消费都带有音乐性,从形体到内质都具有音乐美的特征。宋词的创作和消费虽然已经开始出现脱离音乐歌唱走上案头文学或格律化的某些迹象,但通观宋词发展的整个历史进程,宋词与音乐歌唱相生相伴、相辅相成的关系仍然十分密切而完满,宋词的音乐美特性也得到了非常鲜明的体现。

  宋词的外在的音乐美特性是显而易见的。从创作上讲,它是依声填词,应歌而作,而它所依之"声"、所应之"歌",乃是唐宋时代最为优美动听的流行歌曲——燕乐曲调;从传播和消费来看,宋词多是交由歌妓舞女去歌唱表演的,出之以檀口皓齿,伴之以歌扇舞袖,合之以丝竹管弦,则不仅赏心悦目,而且悦耳美听。

由于时空的变换和词乐的失传,歌唱的宋词究竟如何悦耳美听,今天的读者已经难以像当时的听众那样去亲身体验了。但是,我们还是可以通过文献资料的记载获得这样一个总体的认识:唐宋词所配合歌唱的燕乐曲调本身就是当时的流行音乐,内容既非常广泛丰富,音调也十分优美动听。关于隋唐燕乐的内容和性质,我国当代著名燕乐研究专家丘琼荪先生在《燕乐探微》中曾经有一个"速写":"这燕乐是雅俗兼施的……其中有中原乐,有边疆民族乐,也有外族乐。……一切民间乐曲,可称无一不在燕乐范围之内。所以'燕乐'二字,在唐以后便成为俗乐的代名词了。隋唐燕乐中的中国乐(原按:此'中国'与四夷相对,指京师及中原地区也),以清乐、法曲为主。外族乐很多,以龟兹乐为主。……于是,这燕乐成为古今中外、兼收并蓄、包罗万象的一个新乐种。"可见隋唐燕乐有这样几个重要特征:一是以民间俗乐为主体;二是胡乐占有相当大的比重;三是包含有法曲的成分。"俗乐"与"雅乐"相对,来自于市井民间,以通俗、俚俗、俗艳、俗靡、清新、鲜活为特征,具有不可抗拒的流行特色和经久不衰的艺术魅力。至于法曲,则是"出自清商,以清商为基本再融合部分的道曲佛曲及若干外族乐而成的一种新乐"[①]。法曲的音调旋律也特别神妙优美,唐代诗人甚至于把它比喻为"天乐"、"仙音"。《霓裳羽衣曲》即是唐代法曲最经典的作品。尤其是"胡乐"最具冲击力。所谓"胡乐",亦称"夷乐",指西域少数民族的音乐和域外民族的音乐。这种西域音乐或外族音乐以其强烈动荡的节奏旋律而与中土音乐大异其趣,在隋唐时期极为风行,正如宋俞文豹《吹剑三录》所描述的那样,"喧播朝野,熏染成俗","而淫词丽曲,布满天下矣"。

　　宋代的音乐依然属于燕乐系统。丘琼荪先生《燕乐探微》在"唐燕乐和燕乐调的速写"之后接着说:"宋代乐曲,颇多唐代的遗留,或因唐曲创造的新声,其乐调更是隋唐燕乐调的延续。"既然如此,宋代燕乐自然也就继承了隋唐燕乐的特色与美感。苏轼在《书鲜于子骏传后》中曾这样反映说:"凡世俗之所用皆夷声夷器也。"俞文豹《吹剑三录》也如此感叹道:"夷乐以淫声荡人,雅乐遂至于尽废。"柳永《木兰花慢》词中如此描写北宋时的流行音乐:"风暖繁弦脆管,万家竞奏新声。"王明清《挥麈录》后录卷十一也这样描述南渡后的音乐风气:"士大夫家与夫尊俎之间,悉转而为郑、卫之音。"所谓"夷声"、"夷乐"即指胡乐,所谓"郑、卫之音"即指俗乐新声,可见它们依然作为宋代燕乐的主体而风行于天下。至于曾经被唐人誉为"仙乐"的法曲,在宋代也得到了遗存和继承,如姜夔就曾经创作出《霓裳中序第一》的曲调和词篇。至于宋词由歌妓演唱而带来的音乐美感和审美效果,我们也可以从宋代词人的描写中得到体会。如柳永《玉蝴蝶》云:"珊瑚筵上,亲持犀管,旋叠香笺。要索新词,殢人含笑立尊前。按新声,珠喉渐稳,想旧

[①] 丘琼荪《燕乐探微·为法曲下一结论》,第99页,上海古籍出版社1989年版。

意,波脸增妍。"如晏殊《木兰花》云:"重头歌韵响铮琮,入破舞腰红乱旋。"如晏几道《鹧鸪天》云:"小令尊前见玉箫,银灯一曲太妖娆。歌中醉倒谁能恨?唱罢归来酒未消。"最典型的例子莫过于李廌的《品令》:

  唱歌须是,玉人檀口,皓齿冰肤。意传心事,语娇声颤,字如贯珠。 老翁虽是解歌,无奈雪鬓霜须。大家且道,是伊模样,怎如念奴!

不仅描写了宋词在歌唱时的音乐美感,而且反映了宋人歌唱排斥男声、"独重女音"的审美风尚。①

至于宋词内在的音乐美的特性也是极为鲜明的。既是依声填词,词的创作也就必然要受到曲调旋律节奏的规范和陶铸,在字句声韵格律方面主动而自觉地寻求与音乐曲调的配合;同时,前此汉语诗歌韵文已颇具音乐美的声律规则的发达,也为宋词的创作提供了艺术借鉴。这样,宋词在字声、用韵等各个方面都更趋于丰富复杂,形成更错综变化、更强烈鲜明的音乐美特性。

讲求声律是汉语诗歌尤其是近体诗的一个重要特征。词在近体诗兴起和繁荣的同时,作为歌词,更要求以文字的声调配合乐谱的腔调,以求协律美听。近体诗的声律只分平仄,上、去、入三声统称仄声或侧声,不再严加分辨,它的字声组织大体上是两平两仄交替与对称使用。这一声律规则的发明与运用,使得近体诗比之古体诗获得了更鲜明的声律美和音乐美特征。但是近体诗毕竟是"徒诗",它的声律协畅只能在吟咏讽诵时才能得到体现。而词作为合乐歌唱的歌词,既要"合之管弦",又要"付之歌喉",其对声律美的讲究便有了多重的需求。所以作词除了分字声的平仄之外,有时还须分辨四声与阴阳,字声的配合方式也比近体诗更加复杂多变。早在北宋末期,李清照在其《词论》中就特别指出:"盖诗文分平、侧(仄),而歌词分五音,又分五声,又分六律,又分清、浊、轻、重。"②分五音,即分辨唇、齿、喉、舌、鼻五种部位的发音;论五声,即辨析宫、商、角、徵、羽五个音级;讲六律,即讲究六律六吕(古代乐律的十二律吕,阳六为律,阴六为吕,称六律六吕,十二律吕);辨阴阳,即辨别字声的清、浊、轻、重(清、轻字为阴声,重、浊字为阳声)。这样做无非是为了使字声与乐律相互和谐。清谢元淮《填词浅说》云:"词有声调,歌有腔调,必填词之声调字字精切,然后歌词之腔调声声轻圆。"这个分析便很好地揭示了歌词之声调与歌曲之腔调间的相互关系。因此,填词者不仅要懂诗歌的声律,还要通音乐的乐律,这样才能做到"逐弦吹之音",

---

  ① 参见王灼《碧鸡漫志》卷一,据岳珍《碧鸡漫志校正》,第26页,巴蜀书社2000年版。
  ② 宋胡仔《苕溪渔隐丛话后集》卷33引,原题《李易安云》(今人名之为《词论》,人民文学出版社1984年版)。

"审音用字",使歌词与曲调、字声与乐律达到契合无间、圆融无碍的艺术境界。当然,词的声律的精严与成熟也经历了一个演进的过程。由于词是一种综合艺术形态,极富包容性和伸缩性,所以初期的民间词和文人词只是粗分平仄,大处合拍,即使歌词偶有不协声律处,歌唱者也能做变通处理,它是粗疏的,但同时又是鲜活的。到了宋代,经晏殊、柳永至周邦彦,逐渐分四声、辨阴阳,尤其在音乐的紧要处要求极严,词的声律便渐至精密;到李清照始在理论上加以强调,到宋末又进一步转向苛严,从而走向僵化。总起来看,尽管宋代后期某些词人、词论家、乐律家对词的声律有一些过于苛细的做法和议论,但宋代词人对词的声律的研究和探索,无疑使汉语诗歌在近体诗之后具有更悠扬动听的音乐美感。

宋词既是歌词,也是格律诗。在押韵这一点上,它与任何形式的诗歌都是相同的。但是在押韵的方式和特征上,它又与一般的诗歌尤其是与近体诗不一样。近体诗在押韵方面特别严谨,一般是偶句押韵,押平声韵,一韵到底。词的押韵却并没有一个共同的规范和法式,不同的词调有不同的押韵方式,韵位的确定,韵声的选择,都因调而异,各不相同,有一千个词调,就有一千种押韵方式。但是每一个具体的词调的押韵方式,却并非是由作词者随意而定的,而是由词调词腔的音乐曲度、音乐段落所决定的。依据不同曲调填写的歌词,其押韵的韵位及韵数也随之各异。韵密的,密至一句一韵;韵疏者,疏至三、四句甚至五、六句一韵;也有一调一词之中,韵位疏密相间的情况。比起近体诗的偶句押韵、韵位固定的单调风貌,词的押韵在韵位的表现方面就显得更丰富多彩了。就韵声的选择、押韵的方式来看,词有比近体诗更复杂、更严密的一面,但就总体而言,它比近体诗更灵活、更宽松。一个词调押什么韵声,押平声韵或仄声韵,仄声韵是押上、去声还是押入声,词的韵声的这些分别和选择并非由作词者随意而定,其依据是求与曲调的声腔吻合。宋代的作词者大多精通音律,故能依调准腔,择声押韵。词的押韵的严密主要表现在仄声韵的运用上,但有这种严密的押韵规则的毕竟是少数词调,大多数词调的押韵则是比较灵活多样的,可平,可仄,可换韵,甚至可以一首多韵、数部韵交协、同部平仄韵通协、四声通协、平仄韵互改、协方言俗韵,等等。这是因为词本歌词,来自民间,其用韵的规则与目的主要是为了便歌美听。

此外,上文所论宋词以长短句为主体的参差多变的句式句法,不仅造成了词体视觉上的美感,而且也带来了词体音乐美的效果。宋词参差多变的句式句法既是外在音乐性的赋予——依调填词的产物,反过来它也增强了宋词内在音乐美的特性。如"领字句"(用在词句之首起领起作用的字词或有领字的词句)的运用,就是诗体中很难见到的,它为宋代词体带来了更为婉转和谐的节奏韵律之美。又如"叠句"(词体中重叠的句式)的运用,最先多与曲调乐句的重叠有关,往往是借乐句的重叠或修饰性延长以表达某种特殊的声情。清沈雄《古今词话·词品》上卷云:"两句一样为叠句,一促拍,一曼声。"其意是说词中叠句所配合的乐句,往往一句节奏急促,一句节奏舒缓,在音乐的节奏旋律方面富于变化。这就是对宋词中叠句所具有的音乐美特征的精辟揭示。

刘永济先生在《词论·通论》中这样描述词的音乐美的特性:"填词远承乐府杂言之体,故能一调之中长短互节,数句之内奇偶相生,调各有宜,杂而能理,或整若雁阵,或变若游龙,或碎若明珠之走盘,或畅若流泉之赴谷,莫不因情以吐字,准气以位辞,可谓极错综之能事者矣。""故词之腔调,弥近音乐。其异于近体而进于近体者,在此;其合于美艺之轨则而能集众制之长者,亦在此。"所论极为精辟。这种"弥近音乐"的特性,即使在词脱离音乐歌唱之后,也仍然保存和凝定在它作为一种特殊格律诗体的文本之中,即所谓"词之腔调"中。

应该说,凡汉语的歌辞或诗歌韵文形式都具有一定的音乐美,只是程度不同而已。宋词与以前的古歌辞(《诗经》、乐府)及同时代的格律诗相比,无论其外在的音乐美还是其内在的音乐美都得到大大加强。古歌辞所配合歌唱的周秦古乐及六朝清乐,固然不如宋词所配合的燕乐优美丰富,而古歌辞的创作由于多采用先辞后曲、选诗入乐的方式,其歌辞的内在音乐性尚处于一种自发而无序无律的状态,也不如宋词的内在音乐性因先曲后辞、依声填词的制约而能达于自觉而有序有律的最高境界。唐代成熟的近体诗虽然比古体诗具有自觉而有序有律的声律美,但"长于整饬而短于错综"[①]。而宋词则集众制之长,将诗与乐的结合达到一种内外兼备的有机整体,从而使词体文学进入了一种前所未有的音乐美的新境界。

三、绮丽哀婉的阴柔美

宋词是香艳绮丽的花,而不是高大挺拔的树;宋词是涓涓流淌的溪,而不是浩浩奔涌的河;宋词如娇女步春,顾影自怜,而不似壮士挥戈,视死如归;宋词如丝雨薄雾,窈窕深谷,而不似丽日晴空,巍峨高山。因此,从宏观的视角来观照宋词的体性特征和美感类型,它不以阳刚见长,而以阴柔擅胜。宋词的阴柔体性和审美特征,主要体现在以下几个方面。

(一) 香艳绮丽的形貌

在对词的接受与批评的历史过程中,人们已经形成了一个"词为艳科"的共识。一些词论家在品词评词的时候,还喜欢以女性为比喻。如清周济《介存斋论词杂著》云:"毛嫱、西施,天下美妇人也,严妆佳,淡妆亦佳,粗服乱头,不掩国色。飞卿,严妆也;端己,淡妆也;后主,则粗服乱头矣。"这是对晚唐五代温庭筠、韦

---

① 刘永济《词论》卷上《通论·声韵第四》,第34页,上海古籍出版社1981年版。

庄、李煜三位词人不同风格的品评,以毛嫱、西施两大美人作比,以严妆、淡妆等三种妆式为喻,既形象又贴切。又如清王又华《古今词论》引毛稚黄词论云:"长调如娇女步春,旁去扶持,独行芳径,徙倚而前,一步一态,一态一变,虽有强力健足,无所用之。"用"娇女步春"来描状长调慢词的袅娜风姿,也极为生动传神。此外,如清田同之《西圃词说》引魏塘曹学士语云:"词之为体如美人,而诗则壮士也。"也同属于以美人比词体之例。

从语义学的角度来看,所谓"艳",主要与美女艳色有关。《说文》云:"艳,好而长也。"《方言》卷二云:"秦晋之间,美色曰艳。"由此引申,指一切容色鲜艳美丽的事物,如云"百花争艳"、"辞采艳丽"等;也用以形容有关男女情爱之事,如云"艳情"、"艳事",而以表现男女情爱为主题的文学作品也被称之为"艳诗"、"艳歌"。

由此观之,所谓"词为艳科",首先应该主要是指词的内容题材集中于表现女性生活情感以及与女性相关联的男女情爱;其次是指词由多写女性的内容题材所决定和赋予的绮丽的语言及香艳的色调。的确,翻开一部《全宋词》,就见一个个艳丽的红袖佳人款款走来,便有一股股浓郁的脂香粉气扑面而来,我们仿佛走进了一个"女性化"的世界,强烈地感觉到宋词的"艳科"格局和绮丽风貌。这就是我们走进宋词这个艺术王国所领略的一道奇异风景,这也是构成宋词阴柔美的一个重要因素。

本来,词在民间初起时内容题材的表现是相当广泛丰富的,并不局限于女性生活情感之一隅,"其言闺情与花柳者,尚不及半"①。但是从晚唐温庭筠开始,文人词的创作由于长期处于"樽前"、"月下"、"花间"、"酒边"的创作环境之中,带有鲜明突出的娱乐消遣功能,便逐渐形成了"作闺音"、"裁艳语"、"为艳科"的特色和传统。对此,清田同之《西圃词说》曾加以明确地揭示:"若词,则男子而作闺音。"所谓"男子而作闺音",就是指男性词人模拟女性的口吻来表现有关女性生活情感的内容题材。几乎每一位涉足于词的宋代文人,上至帝王将相,下至骚人雅士,都写有或多或少的与女性生活或男女情爱有关的"艳词"。如宋初以"梅妻鹤子"而著称的隐逸高士林逋,身为一代名相、封疆大吏的寇准、范仲淹,都留下了吟咏离别相思之情的香艳词篇。即使是理学家程颐,"闻诵晏叔原'梦魂惯得无拘检,又踏杨花过谢桥'长短句,笑曰:'鬼语也!'意亦赏之"②。宋代还涌现了许多以写"艳情"和"艳词"而著称的优秀词人,如柳永、欧阳修、晏几道、秦观、黄庭坚、周邦彦、姜夔、吴文英等。尤其是晏几道最为擅长,故宋人王铚《默记》卷下以为"叔原妙在得于妇人",今人吴梅《词学通论》亦评曰"艳词自以小山为最"。

---

① 王重民《敦煌曲子词集·叙录》,第17页,商务印书馆1956年修订版。
② 邵博《邵氏闻见后录》卷十九,第151页,中华书局1983年版。

即使是以豪放词风而著称的苏轼、辛弃疾等人,也都不免有"艳情"之作。宋人胡寅《题酒边词》曾以"一洗绮罗香泽之态,摆脱绸缪宛转之度",高度评价苏轼对词风的革新与开拓;今人胡云翼《中国词史大纲》也如此论断说:"苏轼以前二百多年的词都是病态的、温柔的、女性的词;直到苏轼起来,始创为健康的、壮美的、男性的词。"其实,这种认识是不尽符合历史真实的。实际上,苏轼也写下了大量的赠妓、咏妓、表现男女情爱的所谓"艳情"之作。此外,宋代不仅有大量的歌妓舞女参与了词的创作、歌唱与传播,而且还推出了像李清照、朱淑真、魏夫人等一批优秀的女词人,她们的创作应该属于真正意义上的女性文学。就中国古代文学的发展历史来看,还没有哪个时代、哪种文体像宋代的词这样有如此众多的女性如此集中地来参与创作和传播的。

女性是阴柔美的典型体现,而男女情爱也特别具有温婉柔丽的审美内涵。宋词对女性生活情感及男女情爱的集中表现,对女性形象的成功塑造,以及大量的女性的参与创作和传播,也就帮助造成了宋词走向女性化、偏于阴柔美的审美特色。这种审美特色一经形成,还带有极强的渗透力和普遍性。比如,像秦观等人那样,"将身世之感打并入艳情"①;又比如像辛弃疾等人那样,"倩何人、唤取红巾翠袖,揾英雄泪"(《水龙吟》),将多情的佳人与落泪的英雄联系在一起,摧刚为柔,别有寄托;甚至于描写山川景色,也融入了女性的倩影与柔情,如王观《卜算子》(送鲍浩然之浙东)一词,即以"水是眼波横,山是眉峰聚"来比喻浙东的丽水秀山,还有南宋词人对西湖美景的描写,也多叠映出红巾翠袖的形象。

(二) 幽细感伤的情思

宋词也具有浓郁的抒情性和情思美的特色。对此,历代读者和词论家也早有体认和揭示。如宋尹觉《坦庵词序》云:"吟咏性情,莫工于词。"又如宋张炎《词源》卷下云:"簸弄风月,陶写性情,词婉于诗。盖声出于莺吭燕舌间,稍近乎情可也。"又如今人王国维《人间词话》云:"词之为体,要眇宜修。能言诗之所不能言,而不能尽言诗之所能言。诗之境阔,词之言长。"这些精辟的观点应该都是以宋词文本为主体观照对象而获得的经验之谈。的确,当我们更进一步地贴近宋词所创造的艺术世界的时候,我们便会更深切地感受到一种比传统诗文表现得更纯粹、更普泛、更幽细、更感伤的抒情性和情思美。

宋词长于抒情的特色,是由多种因素合力作用的结果。比如,与宋词所依凭的燕乐曲调浓郁的抒情特征有关(参见上文论宋词音乐美一节)。又比如,与宋词的创作环境、消费特征和传播方式有关。词的创作本是为了应歌,它的传播和消费主要是靠歌妓舞女在歌楼舞榭、筵前酒边、花间月下以歌唱表演的形式来实

---

① 周济《宋四家词选》评语,引自杨世明《淮海词笺注》,第41页,四川人民出版社1984年版。

现的,这也就决定了词的创作在内容题材的表现上,不可能像传统诗文那样去"言志"、"载道"、"为时"、"为事"而作,而必然选择和趋向于表现与这种消费特征相契合的"情事",从而使词的抒情性得到有力的凸显。又比如,与宋代进一步强化的文体分工观念和词学思想有关。在词产生之前,中国古代就已形成了"诗言志"、"赋体物"、"文载道"的文体分工观念。由于词最先来自民间的通俗歌唱,而在它的初期发展阶段又走入了以娱乐消遣为主、多写艳情的狭窄天地,因而形成词为"诗余"、"小道"、"末技"、"艳科"等对词的轻视鄙薄观念;而这些词体观念又反过来促成词进一步向抒情的深度开进的创作走势,并形成观念的自觉性和创作的趋同性。这样,在词为"诗余"、"艳科"等观念的保护伞下,词人们反而找到了一块淋漓尽致的抒情领域,凡诗文中所不能言所不宜写的"七情六欲",都可以在词中委婉写出,尽情抒发。

宋词的抒情性还具有普泛化、幽深化、感伤化的审美内涵。

音乐是用幻象的形式来表现人的情感的,往往停留在它们所采为内容的那种对象的抽象普遍性上,只表达出模糊隐约的内在心情。受这种音乐特性的潜在规定与制约,入乐歌唱的词最初也主要是表达人类共通的普泛化情感,如男女情爱之事、悲欢离合之情、羁旅行役之感等。就表达方式而言,词人往往不是以主体自我的身份和口吻直接抒情,而是多以"代言者"的身份替"他人"言情,把个体化的情感隐含寄寓在普泛化的情感之中。黑格尔《美学》第三卷第三部分第三章论"抒情诗"曾说:"只表现作者本人个性的歌毕竟比不上具有普遍意义的歌,因为后者的听众较广,打动的人较多,引起同情共鸣者也较容易,会由众口流传下去。"王国维《清真先生遗事·尚论三》也曾这样阐述说:"境界有二:有诗人之境界,有常人之境界。诗人之境界唯诗人能感之而能写之,故读其诗者亦高举远慕,有遗世之意;而亦有得有不得,且得之者亦各有深浅焉。若夫悲欢离合、羁旅行役之感,常人皆能感之,而唯诗人能写之,故其入于人者至深而行于世也尤广。先生之词属于第二种为多。"唐宋时代的词便主要是一种表现"常人之境界"的"具有普遍意义的歌",故能感人至深而传世极广。

就宋词中所抒发的情感性质来看,虽具有普泛化的特征,而就其艺术表现来讲,却又具有幽细感伤的特色。诗歌所表现的内容题材较广泛丰富,而宋词则专就男女情爱、人生际遇、离情别绪、春愁秋恨、风花雪月、悲欢离合、羁旅行役、兴亡盛衰这类普泛化的情事进行开掘和抒写,故越掘越深,愈写愈细。欧阳修《玉楼春》词云:"人生自是有情痴,此恨不关风与月。"柳永《雨霖铃》词云:"多情自古伤离别,更那堪、冷落清秋节。"可以看出宋代词人对"情"的大胆张扬和执著追求,已经超出了传统诗文"发乎情,止乎礼仪"的规范。"心似双丝网,中有千千结。"(张先《千秋岁》)"此意如何,细似轻丝渺似波。"(欧阳修《减字木兰花》)"自在飞花轻似梦,无边丝雨细如愁。"(秦观《浣溪沙》)从中可以看出宋代词人对情感世界的抒写与刻画,已经达到了如丝如网的幽微缠绵的境界。尤其突出的是,由于深于忧患的文化精神的哺育,"诗穷而后工"的创作心理的积淀,以及不如意的人生和多苦难的社会等因素的影响和决定,宋词所抒写的情感带有普遍的、浓郁的感伤色彩。感伤不仅构成了宋词的感情基调,而且成为宋词有别于其他文体的一个重要的审美特征。翻开《全宋词》,满眼跳动的尽是悲、愁、怨、恨、哀、痛、忧、伤、涕、泪、梦、魂这些令人悲叹伤感的字眼,而那些最为脍炙人口的名篇名句也大多浸满了泪水,饱含着忧伤;不仅是像晏几道、秦观这样的"本色"词人被推为"古今伤心人也"①,他们的词篇是由"伤心人"抒写的哀婉心曲,而且是像苏轼、辛弃疾这样的"豪放"词人,他们的词作也不免"中多幽咽怨断之音"②,"英雄感怆,有在常情之外"③。幽细的情思,感伤的基调,也是构成宋词阴柔美的重要因素。

(三) 柔媚婉约的风格

宋词的风格本有多种多样。不同的词人有不同的个体风格,不同的流派也有各自的流派风格;北宋词有北宋词的主体风格,南宋词也有南宋词的时代风格。但是如果我们把宋词视为一个整体,并从一代文体的宏观视野来考察的话,便可以很深切地感受到宋词偏于柔媚婉约的主体风格特征。

对宋词以柔媚婉约而擅胜的风格特征,历代词论也多有揭示和阐发。如宋胡仔《苕溪渔隐丛话后集》卷三十三曾拈出"婉美"二字,评论秦观的词风。又如宋许𫖮《彦周诗话》评僧洪觉范:"善作小词,情思婉约,似少游。"又如明何良俊《草堂诗余序》云:"如周清真、张子野、秦少游、晏叔原诸人之作,柔情曼声,摹写殆尽,正词家所谓当行,所谓本色者也。"又如清王又华《古今词论》引李东琪词论云:"诗庄词媚,其体元别。"又如清纪昀《四库全书总目·东坡词提要》云:"词自晚唐五代以来,以清切婉丽为宗。"无论是评述个体词人的风格,还是阐发词的体性特征,强调和突出的都是"婉美"、"婉约"、"婉丽"、"柔"、"媚"这些核心因素。所谓"婉约",本指言辞和顺婉转,与直质劲切相对。至晋陆机《文赋》云:"或清虚以婉约,每除烦而去滥。"始用于文学批评,形容一种含蓄蕴藉的艺术风格。所谓"柔",多指"阴柔"、"轻柔"、"纤柔"、"细柔"、"柔弱",常与"阳"、"刚"、"豪"、"壮"等概念范畴相对,形容一种纤细轻柔的艺术风貌。所谓"媚",乃与"庄"相对,形容一种妩媚妍丽的艺术风采。

---

① 冯煦《蒿庵论词》,据唐圭璋编《词话丛编》本,第 3587 页,中华书局 1986 年版。
② 夏敬观《映庵手批东坡词》,龙榆生《唐宋名家词选》引,第 126 页,上海古籍出版社 1980 年版。
③ 刘辰翁《辛稼轩词序》,据施蛰存主编《词籍序跋萃编》,第 201 页,中国社会科学出版社 1994 年版。

宋词柔媚婉约的主体风格的形成,原因是十分复杂多样的。首先,与音乐曲调柔婉声情的陶铸有关。清沈曾植《菌阁琐谈》云:"五代之词促数,北宋盛时啴缓,皆缘燕乐音节蜕变而然。即其词可悬想其缠拍。《花间》之促碎,羯鼓之白雨点也;《乐章》之啴缓,玉笛之迟其声以媚之也。"其意谓《花间集》中的词节奏急促繁复,与其所配合的羯鼓曲的急拍子有关;而柳永《乐章集》中的慢词节奏舒缓婉转,则与其所配合的慢曲和伴奏的笛声的悠扬缓慢有关。唐宋词人所选用的曲调,大多是一些声情和内容偏于柔媚香软的小调、慢曲、情歌、恋曲,那么词的艺术风格也就会自然趋向于柔媚婉约一路。其次,也与歌妓演唱的消费特征和传播方式有关。宋末张炎《词源》下卷所谓"词婉于诗,盖声出于莺吭燕舌间",即揭示了个中奥秘。在那种花间月下"浅斟低唱"的场合,为了使"丽词堪与雪儿歌",词人们的创作风格也就会相应地契合于那种香软柔婉的风情。再次,还与宋代文人柔弱的文化心态和审美趣尚有关。自从晚唐五代以来,社会政治的走向衰落和经济重心的逐步南移,尤其是宋代城市经济的繁荣和文官文化的发达,使得广大文人不断加重了感伤的情调、多情的气质、"雌化"的心态、柔弱的风采。对此,宋人自己也有体悟。如理学家程颐曾无比感慨地说:"今人都柔了!"并这样解释其中的原因:"盖自祖宗以来,多尚宽仁……由此人皆柔软。"①可谓切中肯綮。又如南宋词人陈人杰《沁园春》词序亦云:"东南妩媚,雌了男儿。"则又从另一个侧面揭示了宋人柔弱心态生成的原因。这种柔弱的心理必然会造成宋代词人嗜柔、趋婉的审美情趣,并最终在词的艺术风格上呈现出来。

至于宋词柔媚婉约的主体风格的艺术表现,则是十分鲜明突出的。首先,在内容题材的表现上偏于所谓"儿女柔情"或"七情六欲"。清刘熙载《艺概·词概》论"五代小词"云:"虽小却好,虽好却小,盖所谓'儿女情多,风云气少'也。"体式之"小"已偏于轻柔,而"儿女情多"则更添婉媚。这个评述,也同样适合于宋词的整体风貌。尽管宋词中已经出现了大量篇长体大的慢词,但就内容情感的表现来看,仍然大多为关乎男女情爱和个人情思的艳情词、恋情词、妓情词、闺情词、闲情词、伤春词、悲秋词、离别词、怀乡词等。宋王炎《双溪诗余自序》云:"长短句命曰'曲',取其曲尽人情,唯婉转妩媚为善。"明王世贞《艺苑卮言》也这样描述词的艺术魅力:"其婉娈而近情也,足以移情而夺嗜。"情的世界本来是浩瀚博大的,而宋词对情的表现的趋向于儿女柔情和"曲尽人情",也就势必形成"婉转妩媚"或"婉娈"的艺术风采。其次,与内容情感的表现特征相关联,宋词在人物形象或抒情主人公的塑造上也以女性为主。她们貌美、体弱、多情、敏感、哀怨、慵懒、多才、多艺,宋代词人通过对这样的女性群像的描绘与塑造,将婉媚阴柔这种美感类型的创造推上了最高境界。即使是宋词中的男性形象,除一部分豪放

---

① 《朱子语类》卷133引,《四库全书》本。

词人的作品之外,也大多为多情善感的"才子型",甚至带有"雌化"的色彩。其次,在艺术表现上多用"代言体"和"比兴"手法。所谓"代言体",即清田同之《西圃词说》所云"男子而作闺音",这样也就使得词的声腔情调染上了浓郁的脂粉气息,强化了柔媚婉约的风格特征。虽然慢词起来后"赋"(铺叙描写)的手法得到广泛的运用,但"比兴"仍然是宋代词人最为擅胜的表现手法,这种手法也帮助造成了宋词抒情委婉、风调蕴藉的艺术特色。此外,宋词柔媚婉约的风格特征在语言、意象的运用等方面也各有表现,兹不一一论析。

(四) 轻柔朦胧的意境

宋词阴柔的体性特征和审美特性还集中地表现在意境的创造上。意境的创造是中国古代诗歌所追求的最高境界,这是一种情景交炼、意与境浑、内外合一的文学形象和美学境界。清陈廷焯《白雨斋词话》卷八云:"诗有诗境,词有词境。"所谓"词境",就是指词的意境,这是一种综合呈现的词美,也是最高境界的词美,词有别于诗而优于诗的艺术魅力就在于它创造了一种比"诗境"更独特更优美的"词境"。王国维《人间词话》曾标示"词以境界为最上",樊志厚《人间词乙稿序》也指出:"文学之工不工,亦视其意境之有无,与其深浅而已。"应该说,诗歌意境的创造在唐代近体诗中已达到了登峰造极的境地,后起的词体似乎难以为继。然而宋词却凭借音乐力量节律的力量、长短句式的辅助、莺吭燕舌的修饰,为中国古代诗歌意境的创造开辟了另一片风光旖旎的胜景。比较而言,诗境主要以开阔明朗、玲珑浑然为特征,而词境则主要以轻柔幽婉、迷离朦胧为特长。

词的意境创造,关键在于情景的融合、内外的统一。对此,历代词论已多有体认和阐发。如宋张炎《词源》卷下评姜夔《琵琶仙》、秦观《八六子》等抒情名作佳处"全在情景交炼",元仇远《山中白云词序》也这样描述词境的创造:"铅汞交炼而丹成,情景交炼而词成。"又如近人陈匪石《声执》卷上云:"词境极不易说。有身外之境,风雨、山川、花鸟之一切相皆是。有身内之境,为因乎风雨、山川、花鸟发于中而不自觉之一念。身内身外,融合为一,即词境也。"王国维《人间词话》对他所标举的"词以境界为最上"也加以具体的阐述说:"境非独谓景物也。喜怒哀乐,亦人心中之一境界。故能写真景物、真感情者,谓之有境界。否则谓之无境界。"其中尤以王国维的论述最为深辟。鉴于词体文学长于抒情的特征,他特意强调"心中之境界"——情境的创造,并有力地突出了"真"在意境创造中的地位。这对于我们理解和欣赏宋词的意境美颇具启发意义。

宋词的意境创造和审美特征也是由多种因素构成的。其中普泛而又真实的情感、香艳而又细腻的情思是其内核,精美的语言、轻灵的物象、摇曳的形体则是其外貌;而形与神、情与景又依凭婉转含蓄、自然精巧的表现手法,达至水乳交融、浑然一体的艺术境界。打个比喻,宋词的意境就譬如一个容颜娇丽、风姿袭娜的美人具有一颗香艳灵巧、多愁善感的心灵。宋词中虽然不乏明朗阔大的意境类型，但从总体上来看，宋词的意境创造仍偏于轻柔朦胧的阴柔一型。今人缪钺先生在其所著《诗词散论·论词》中，曾揭示词区别于诗的四个特征，即"文小"、"质轻"、"径狭"、"境隐"。其中论"境隐"说："若夫词人，率皆灵心善感，酒边花下，一往情深，其感触于中者，往往凄迷怅惘，哀乐交融，于是借此要眇宜修之体，发其幽约难言之思……故词境如雾中之山，月下之花，其妙处正在迷离隐约。"其对词境本质特征的体认可谓形象而精辟。而其论"文小"，更从语言和物象的运用方面见出词境的轻灵柔美的特征。他举例分析说，如言天象，则"微雨""断云"、"疏星""淡月"；言地理，则"远峰"'曲岸"、"烟渚""渔汀"；言鸟兽，则"海燕""流莺"、"凉蝉""新雁"；言草木，则"残红""飞絮"、"芳草""垂杨"；言居室，则"藻井""画堂"、"绮疏""雕槛"；言器物，则"银釭""金鸭"、"凤屏""玉钟"；言衣饰，则"彩袖""罗衣"、"瑶簪""翠钿"；言情绪，则"闲愁""芳思"、"俊赏""幽怀"，皆"取其轻灵细巧者"；"即形况之辞，亦取精美细巧者，譬如台榭，恒物也，而曰'风亭月榭'（柳永词），则有一种清美之境界矣；花柳，恒物也，而曰'柳昏花暝'（史达祖词），则有一种幽约之景象矣。"缪先生还举秦观的小令名篇《浣溪沙》为例，词云：

　　　　漠漠轻寒上小楼，晓阴无赖似穷秋。澹烟流水画屏幽。　　自在飞花轻似梦，无边丝雨细如愁。宝帘闲挂小银钩。

此词所写，无非是惜花伤春一类的情思，内容题材并无新意，但词人却以精巧的语言、优美的物象、敏锐的感觉、柔婉的音韵，建构出一个清寒、深幽、朦胧、优雅的艺术境界，去展现和抒写那小楼之上、深闺之中的主人公似飞花般轻盈的梦、如丝雨般细腻的愁。外在的景与内在的情，如水乳般交融一体，每个字都那样贴切，每个音都那样和谐，的确堪称是一首以轻柔蕴藉的意境擅胜的典范之作。缪钺先生在举例后又概括指出："盖词取资微物，造成一种特殊之境，借以表达情思，言近旨远，以小喻大，使读者骤遇之如在耳目之前，久诵之而得隽永之趣也。"这些分析都很形象深刻地说明了宋词意境形成的原因及其审美特征，可以帮助我们进一步体悟和欣赏宋词的意境美。

第十一章

宋词的风格与流派

  风格的建树与流派的发展,也是宋词创作成就和艺术特色的重要标志。然而由于受传统的文学思想和词学观念的影响,历代对于宋词风格与流派的考察与划分始终存在着偏颇与分歧,影响最大的就是"婉约"、"豪放"二分法和"正"、"变"说。其实,被誉为"一代之文学"的宋词作为一种文体,其风格的建树既有主体性,也有多样性;其流派的结构既有严密型,也有松散型;而风格与流派之间既有对应关系,也有交叉关系。因此,对宋词风格与流派的观照与描述,虽然不能排除宏观鸟瞰的视野,却忌讳任何过于简单机械的操作。下面,我们试在吸取前人研究成果的基础上,对宋词的风格流派加以梳理与概述。

一、历代宋词风格流派研究之简述

  早在北宋时期,宋代词人和词论家们就开始关注于宋词的风格问题。南宋胡仔《苕溪渔隐丛话后集》卷三十三引《复斋漫录》,就记载了北宋晁补之"评本朝乐章"的一段词论。这段文字既是宋代现存最早的一篇较系统的词论,也是北宋人评北宋词的一篇风格论。文中评述了北宋中前期的七位著名词人,大多皆从风格着眼。可以看出,晁氏虽然更赞赏晏殊、张先、欧阳修、秦观的"娴雅"、"韵高"、"谐音律"、"好言语"的词风词作,对黄庭坚词"不是当家语"略有微词,但是他对柳永词的俗中有雅、东坡词的"横放杰出"表示接受与肯定。稍后,李清照在那篇著名的《词论》中,也涉及对宋词风格的论述。在此文中,李清照历数北宋词坛诸名家,第一次鲜明地提出了"别是一家"的词学思想。从她的批评与阐述中可以看出,所谓词"别是一家",乃是对词的总体特性的一种表述与揭示,其中既包含着对"谐音律"、"主情致"、"尚故实"等内容与形式方面的要求,也包含着对高雅、"典重"、婉丽等风格与特色方面的追求。此外,从宋代其他散见的词论中,也可以约略窥见一些有关宋词风格的论述。如苏轼在与"柳七郎风味"的比较中,已表现出"自是一家"的创作意识,对"壮观"与"豪放"风格的审美追求①;如苏轼那位"善讴"的"幕士",对苏、柳词风已做出了鲜明的对比和形象的描述:"东坡在玉堂日,有幕士善讴,因问:我词比柳词何如?对曰:柳郎中词,只好十七八女孩儿,执红牙拍板,唱杨柳岸晓风残月;学士词,须关西大汉,执铁板,唱大江东去。公为之绝倒。"②如陈师道《后山诗话》批评苏轼"以诗为词","要非本色";如胡寅《题酒边词》、陆游《老学庵笔记》卷五等对苏轼"逸怀浩气"的赞赏,对东坡"但豪放不喜剪裁以就声律"的辩护;又如胡仔《苕溪渔隐丛话后集》卷三十三亦有"少游词虽婉美,然格力失之弱"的精彩评点。

　　可见宋人对宋词风格类型的认识与描述,已粗具"婉约"、"豪放"二分法的萌芽;对秦观等人的词风偏于"婉约"、苏轼等人的词风偏于"豪放",以及两种词风各自的流播与影响,已经有了初步的接受和体认。但是,宋人对宋词风格的认识尚未形成僵化的固定的模式,虽然出现了"别是一家"的体性论、"本色论"的理论观念,但同时也存在着批评柔弱与俗艳、标举"壮观"与"豪放"的词学思想。尤其需要指出的是,宋代词学批评中的风格论还显得较为简明和纯正,没有与流派论混为一谈,也没有出现以"婉约"、"豪放"两种类型风格强行划派的做法。

　　相对于风格论而言,宋人对于词派的论述则显得较为薄弱。这既与中国古代文学流派的松散性特征有关,也与宋代词派建构的模糊性特征有关。从现存资料来看,宋人明确使用"派"的概念来论词的,似乎只有南宋后期滕仲因为郭应祥(号遁斋)的《笑笑词》所写的跋语一例。在这里,滕仲因不仅提出了"词章之派,端有自来,溯源徂流,盖可考也"的概念和观点,而且为《笑笑词》寻源溯宗,描述了自南宋前期张孝祥(号于湖居士)"一传"至南宋后期的吴镒(号敬斋)、"再传"至同时的郭应祥而形成一个流派的情形。可见宋代词论中已经出现了"溯源徂流"的"词派"意识的萌芽。此外,南宋初期的著名词学家王灼在《碧鸡漫志》卷二中,有一大段评"各家词短长"的文字,虽没有使用流派的概念,却可以当做一篇简短而精彩的北宋中后期词体词派史来读。在这里,王灼实际上勾勒出了北宋中后期几个主要的词派:学苏轼的一派,学柳永的一派,以贺铸、周邦彦等人为代表的"精新"一派,以张山人、王齐叟、曹组等人为代表的"滑稽"一派。③ 王灼对于宋词流派的勾勒颇有见地,遗憾的是未能引起当时及历代词学家们应有的关注和发展。

　　明清词论对于宋词风格流派的研究,主要承宋代词论而发展与变化。明张

---

① 参见苏轼《与鲜于子骏书》、《答陈季常书》等文,载《苏东坡全集·续集》卷五,第141、156页,中国书店1986年影印本。
② 俞文豹《吹剑续录》,据唐圭璋编《宋词纪事》,第81页,上海古籍出版社1982年版。
③ 参见刘扬忠《唐宋词流派史》第一章第三节,福建人民出版社1999年版。

綖在《诗余图谱·凡例》中，首次明确提出"婉约"、"豪放"二体说："按词体大略有二：一体婉约，一体豪放。婉约者欲其辞情蕴藉，豪放者欲其气象恢弘。盖亦存乎其人，如秦少游之作多是婉约，苏子瞻之作多是豪放。大约词体以婉约为正。"张氏所谓的"词体"实际上是指词的风格、体性。他从总体上把宋词(主要是北宋词)的风格划分为"婉约"与"豪放"两大类型，并分别以"辞情蕴藉"和"气象恢弘"来描述两种类型风格的审美内涵，而且认为创作者究竟趋向哪一种风格"亦存乎其人"，不可一概而论。应该说张氏"二体说"的观点和阐述大体不错。然而此说一出，影响极大，后人在此基础上又衍化出"二派说"、"正变说"等说法。如清王士祯《花草蒙拾》云："张南湖论词派有二，一曰婉约，一曰豪放。仆谓婉约以易安为宗，豪放唯幼安称首。"不仅将张綖的"二体"说改成了"二派"说，而且进一步标举李清照和辛弃疾为二派之宗主与首领。此说混"体"为"派"，流弊极大，特别是对20世纪的宋词研究危害极深，已是众所周知的事情。与"二体"、"二派"说相联系，明清词论中又衍生出"正变说"。如明王世贞《艺苑卮言》云："言其业，李氏、晏氏父子、耆卿、子野、美成、少游、易安，至也，词之正宗也。温、韦艳而促，黄九精而险，长公丽而壮，幼安辨而奇，又其次也，词之变体也。"实际上是将宋人的"本色论"加以了进一步的明确与强化，即以婉约的风格为"本色"和"正宗"，偏之者即为"变体"和"别调"。此外，明清词论中不满"二体"、"二派"和"正变"诸说而有所增衍或补充者，也不乏其例。如有人在"婉约"、"豪放"二派外，又增列"闲适"一派，或"淳雅"一派，或"冲澹秀洁"一体等，形成"三派说"或"三体说"。"三派说"中还有摒弃"婉约"、"豪放"的旧概念另立新说者，最著名的例子就是《四库全书总目·东坡词提要》："词自晚唐五代以来，以清切婉丽为宗。至柳永而一变，如诗家之有白居易；至轼而又一变，如诗家之有韩愈，遂开南宋辛弃疾等一派。寻源溯流，不能不谓之别格，然谓之不工则不可。故至今日，尚与《花间》一派并行而不能偏废。"将唐宋词划分为宗尚婉丽的《花间》一派，"一变"的柳永一派，"又一变"的苏、辛一派，不仅更符合唐宋词流派的发展历史，而且对宋、明以来词学批评中的"正、变"观念也有所修正。另外，明、清以迄现当代的词学研究中，还有"四体"或"四派说"、"十四体说"、"八派说"等，兹不一一列述。

考察和梳理历代有关词话词论，我们发现，历代对宋词风格流派的研究，虽然存在着笼统、直观、简单、偏颇等弊端，但是毕竟打下了一定的研究基础，具备了基本的理论雏形，其中也不乏合理可取的元素和内核，可以帮助我们更深入更准确地探讨和把握宋词风格流派的特征与内涵。

二、北宋词的主要流派及风格特征

文学流派是文学创作和文学发展中的一个普遍现象，也是体现一代文学或一种文体的成就与特色的一个重要标志。以现代文艺学的理论来讲,严格意义上的文学流派,是指在一定的历史时期内由若干相互交往、旨趣相投、风格相近的作家群体构成的一种文学派别,一般应具有领袖人物、理论主张、派别名称或社团组织等要素。考察中国古代文学流派的发展历史,符合现代文艺学理论的严格意义上的文学流派则寥寥无几,比较常见的多是一些非自觉意识的、结构较为松散的、主要以风格的类似而形成的或被后人归纳追认的流派类型。词体文学在唐五代尚处于发生发展阶段,只有"花间"和南唐这两个创作群体略具流派的雏形。宋词的创作虽形成繁荣昌盛的局面,但由于受词体功能特征及词学思想的影响和决定,宋代词人创体构派的意识既较之传统诗文显得薄弱,严格意义上的词派也并不多见,主要以上述那种以风格的相近类聚而成的"松散型"的流派为主。

风格和流派本是两个相关又有区别的文学现象和理论概念。一方面,流派的建构与划分常常以风格为主要内容和重要标志,在这种情况下流派与风格具有一定的对应关系;另一方面,流派的建构与风格的形成又都具有复杂性与多样性,不仅风格会呈现多种形态,而且流派也会包容多种风格。鉴于历代的宋词研究长期存在着风格与流派混淆不清,尤其是习惯于以风格强划流派或代替流派的弊端,下面我们试对宋词的几个主要流派加以勾画,并兼述这些流派的主体风格特征。

(一) 北宋前期的雅俗二派及其风格特征

在北宋中前期即真宗、仁宗朝前后的词坛上,出现了一大批有成就、有特色、有影响的词人,从他们在政治地位、人生经历、文学思想、审美情趣、创作倾向、艺术风格等各个方面所表现出的不同特征,大致可以将他们分为崇雅与尚俗两大派。

先看崇雅一派。此派以台阁大臣晏殊、欧阳修为主帅,骨干包括晏殊的儿子晏几道及与晏、欧交往密切的张先,成员还有同属于晏殊门下士的宋祁、王琪等人。这一词派虽没有严密的组织形式和鲜明的理论纲领,但晏、欧两个人皆位极人臣,且领袖文坛,尤其是晏殊年岁最长,集"太平宰相"和文坛领袖为一身,连欧阳修亦出其门下,因此颇具开宗立派的影响力。同时,以他们为中心而形成的这个创作群体,也因此具有创作倾向的一致性和艺术风格的趋同性。由于晏、欧包括宋祁等人皆官为显宦,这个词派实际上堪称是一个以台阁词人为主体的创作群体,可名之为"台阁词派",也有人称此派为"西江词派"或"江西词派"。如晚清冯煦《蒿庵论词》云:"宋初大臣之为词者……独文忠与元献,学之既至,为之亦勤,翔双鹄于交衢,驭二龙于天路。且文忠家庐陵,而元献家临川,词家遂有西江一派。"其意谓在北宋中前期的一批台阁大臣中,以欧阳修和晏殊两个人词的创作成就最大,且两个人皆籍贯江西,遂形成"西江一派"(西江即指江西)。此说仿"江西诗派",以主帅和主要成员的籍贯命名词派,也具有合理的因素。

能够将这批词人凝聚成派的关键因素,还是相同的创作倾向和相近的艺术风格。此派词人主要运用小令的词体形式和比兴的表现手法,继承晚唐五代文人词的艺术传统尤其是南唐词风,大多以清雅婉丽相尚,代表着北宋中前期士大夫雅词的主流方向,也是宋词以婉约为主体的类型风格的典型体现。如晏殊的词,内容虽多为娱宾遣兴、应歌酬唱而作,主要表现他的富贵生活和闲适情趣,但在艺术表现上显得雍容典雅、温润蕴藉。据北宋人记载:

> 晏元献公虽起田里,而文章富贵,出于天然。尝览李庆孙《富贵曲》云:"轴装曲谱金书字,树记花名玉篆牌。"公曰:"此乃乞儿相,未尝谙富贵者。"故公每吟咏富贵,不言金玉锦绣,而唯说其气象,若"楼台侧畔杨花过,帘幕中间燕子飞","梨花院落溶溶月,柳絮池塘淡淡风"之类是也。故公自以此句语人曰:"穷儿家有这景致也无?"①

可见晏殊是一个艺术趣味极其高雅的文人,特别擅长以平淡自然的意象去表现其富贵气象和娴雅气度。上述引文中所举晏殊得意之句主要是诗歌,其实晏殊在词中也有非常突出的表现。晏殊有《珠玉词》140首,其中有相当一部分就是他在政事之余,于花间樽前、小园香径的环境中创作的表现其娴雅情思的作品,如前文所举《浣溪沙》"一曲新词酒一杯",就典型地体现了《珠玉词》珠圆玉润般的艺术风貌。晏殊这种词风的形成,除了其"太平宰相"的生活和地位、风流优雅的才情禀赋等因素的影响之外,便是与他对南唐词风的继承与发展有关。清冯煦《蒿庵论词》云:"晏同叔去五代未远,馨烈所扇,得之最先,故左宫右徵,和婉而明丽,为北宋倚声家初祖。"即揭示了晏殊词风形成的艺术渊源。

欧阳修在词的创作上与晏殊具有同样的艺术渊源。清冯煦《蒿庵论词》评欧词云:"其词与元献同出南唐,而深致则过之。"又清刘熙载《艺概·词曲概》亦云:"冯延巳词,晏同叔得其俊,欧阳永叔得其深。"欧词与冯词的这种渊源关系,我们可以举《鹊踏枝》一词为例:

> 庭院深深深几许。杨柳堆烟,帘幕无重数。玉勒雕鞍游冶处,楼高不见章台路。　　雨横风狂三月暮。门掩黄昏,无计留春住。泪眼问花花不语,乱红飞过秋千去。

---

① 吴处厚《青箱杂记》卷五,第46页,中华书局1985年版。

此词互见于冯延巳词集和欧阳修词集,这种重出互见的现象可能是由多种原因引起的,但通过这种现象我们却可以得到这样一个认识,即欧词与冯词在艺术风格上确实具有某些相近的特点,两者之间的确存在一定的渊源传承关系。正因为"同出南唐",所以欧词表现出与晏词大体相近的婉曲含蓄的艺术风格。但是由于人生经历和个性气质的更为曲折丰富,欧词又表现出与晏词雍容圆润不同的深婉沉挚之风、疏宕清旷之致,这就是清冯煦《宋六十一家词选例言》所揭示的"疏隽开子瞻,深婉开少游"的欧词风采。

　　作为晏殊的儿子,晏几道的生活年代虽晚于晏、欧等人,而且其政治地位也远远不及父辈,但他在词的创作上却继承了南唐的遗风,发扬了父辈的风范。所不同的是,小晏既经历了前富后贫的人生坎坷,又具有多愁善感的个性气质,故其词又表现出与父风有异的感伤情调和幽峭风格。至于张先,其词以"韵高"取胜①,似与晏、欧风范有别,故有人单独标举"张子野为一体"②。但是从总体风貌来看,张先既与晏、欧颇有交往唱酬,其词的内容也以表现"心中事,眼中泪,意中人"为主(故有"张三中"之号),清丽婉雅,情味隽永,也与晏、欧风调气息相通。此外,宋祁、王琪二人虽传词不多,但风格亦略与晏、欧相近。

　　再看尚俗一派。所谓"尚俗",即追求通俗、俚俗、浅俗、世俗的艺术风貌。在北宋前期的词坛上,尚俗一派的主要代表人物是柳永。从生前身后宋人对柳永词的态度和评价中,即可看出柳词的尚俗风貌及其所代表的俗词派的存在与影响。据北宋张舜民《画墁录》卷一记载:"柳三变以词忤仁庙,吏部不放改官。三变不能堪,诣政府。晏公曰:贤俊作曲子么? 三变曰:只如相公亦作曲子。公曰:殊虽作曲子,不曾道'彩线慵拈伴伊坐'。柳遂退。"可见柳永因科举失利和仕途不顺曾去拜谒时任宰相、亦以诗词而著称的晏殊,自然是希望得到晏相公的赏识和荐引,可是晏殊却对柳永的俗艳之词加以嘲讽,并意识鲜明地要同他的俗艳词划清界限。遭到晏殊不满和嘲讽的"彩线慵拈伴伊坐"的词句,就出自柳永的《定风波》"自春来、惨绿愁红"一词,是柳永"代妓女抒写离情之词"③,表达了她们平凡而真实、大胆而现实的人生观和爱情观。实际上,柳永就是在代市民阶层立言、传声和抒情。此词之所以遭到晏殊的鄙夷,主要不在其语言色调上的艳丽,而在其思想情感上的世俗。更有甚者,仁宗皇帝还因为柳永词中公开宣扬"浅斟低唱",而将他从科举考试的录取名单上除名。北宋后期陈师道《后山诗话》曾指出柳词的特点在于"骫骳从俗"。南宋初期严有翼《艺苑雌黄》既批评柳词多"闺门淫媟之语",又将柳词与晏、欧等人加以比较,以为"万万相辽",不可同日而语。

---

① 吴曾《能改斋漫录》卷十六"黄鲁直词谓之著腔诗"条,第469页,上海古籍出版社1979年版。
② 参见陈廷焯《白雨斋词话》卷八,第206页,人民文学出版社1983年版。
③ 刘永济《唐五代两宋词简析》,第58页,上海古籍出版社1981年版。

又如王灼《碧鸡漫志》卷二评柳词云"唯是浅近卑俗,自成一体"。柳永以一人一体而独树一帜,虽然没有崇雅一派深厚的传统和庞大的阵容,但是柳永的尚俗却具有强烈的反叛精神和鲜明的革新意义,故而能以少胜多,形成与崇雅派相抗衡的创作态势和艺术格局,并影响北宋中后期的词坛风貌,甚至开启了宋以来中国俗文学发展的先河。

由于个性气质、艺术修养、人生经历等多种因素的决定和影响,在其人生最重要的青壮年时期,柳永更多地受到了市井文化的熏陶,他的词也因此走上了市俗化与通俗化的创作道路,表现出从俗尚俗、以俗为美的市民文学特征。柳词的"俗",可用"俗情俗调"四个字加以概括。首先,在思想内容的表现上,以世俗风情和都市生活为主体对象,为市井细民代言写心,反映了较为鲜明的市民意识和市俗情调。其次,大量运用为市民阶层所喜闻乐见的市井新声和长调慢曲来创作,以赋为词,擅长铺叙,语言浅近通俗,风格自然真率,表现出以俗擅胜的审美特征。在词体文学从民间走向文人并逐步雅化的历史进程中,柳永又将它回复到市民化、通俗化的创作道路上去,这无疑是对宋词的发展所做出的一次重大的革新与开拓。

柳永的从俗风尚虽然遭到了崇雅派的士大夫文人的不满与抵制,却受到了市民阶层和普通民众的欢迎与喜爱,所谓"俗子易悦"、"不知书者尤好之"、"流俗之人尤喜道之",以至于广为流传,"凡有井水饮处,即能歌柳词"①。不仅如此,在北宋中后期的词坛上,还出现了以沈唐、李甲、孔夷、孔榘、晁端礼、万俟咏等人为代表的一批词人,其"源流从柳氏来",以俗艳相尚,"病于无韵",②堪称柳派词人。此外,北宋末南宋初的左誉、康与之二人,也同属于柳派词人之列。左誉字与言,为北宋末人,善作香艳之词,时人因有"晓风残月柳三变,滴粉搓酥左与言"之句。③康与之为南宋初人,为南宋追摹柳永词风成就较为突出的一个著名词人,南宋著名词论家张炎、沈义父在《词源》、《乐府指迷》等论著中,即多以"康、柳"并称,视二人为同道。

(二) 北宋中后期的新体新派及其风格特征

在北宋中后期的词坛上,又出现了一些新体新派。它们不像北宋前期的雅俗二派那样水火不容,尖锐对立,而是多元共存,各领风骚,共同将宋词发展推上

---

① 严有翼《艺苑雌黄》评柳永词云:"彼其所以传名者,直以言多近俗,俗子易悦故也。"胡仔《苕溪渔隐丛话》后集卷三十九引,第319页,人民文学出版社1981年版。宋王灼《碧鸡漫志》卷二评柳词云:"惟是浅近卑俗,自成一体,不知书者尤好之。"据岳珍《碧鸡漫志校正》,第36页,巴蜀书社2000年版。叶梦得《避暑录话》卷三载云:"余仕丹徒,尝见一西夏退朝官云:'凡有井水饮处,即能歌柳词。'言其传之广也。"据《宋元笔记小说大观》本,第2628页,上海古籍出版社2001年版。
② 王灼《碧鸡漫志》卷二,据岳珍《碧鸡漫志校正》,第35页,巴蜀书社2000年版。
③ 王明清《玉照新志》卷四,第68页,上海古籍出版社1991年版。

繁荣兴盛的高峰。

其一,"东坡体"及"苏轼词派"。

清陈廷焯《白雨斋词话》卷八云:"唐宋名家,流派不同,本原则一。"并"论其派别",划分为"十四体",以为"各树一帜",其中标举"苏东坡为一体",并且特意指出"东坡、白石,尤为矫矫"。陈氏这里所说的"体",就是他所谓的"流派"、"派别"的意思。以一人一体而立派,前此已有柳永,即《四库全书总目提要》所云"至柳永而一变";苏轼继之而起,革新更深锐,开拓更有力,成就也更卓著,影响也更深远,此即《提要》所谓"至轼而又一变"也。可见,"东坡体"的特点就体现在这"又一变"上。

同样是以"变"来创体构派,柳永是向着市井化、通俗化的方向"变",这样他虽赢得了"流俗之人"的喜爱,却背离了本阶级的文化传统和审美理想,因而难以得到士大夫文人阶层的普遍接受与发扬。苏轼从柳永的创作实践中总结经验并吸取教训,从而改从文人化、雅化、诗化的方向去求"变",这就是陈师道指出的"以诗为词"。所谓"以诗为词",就是将传统的诗学思想、士大夫文人的观念意识,以及诗化的语言风格、方法技巧等因素移植到词体文学的机体之中,使词成为士大夫文人手中类同于诗而又有别于诗的一种抒情言志的工具。苏轼这"又一变"的大方向是正确的,他的创作实践也因此取得了较卓著的艺术成就。除了带来词的内容题材的扩大、艺术境界的拓展、品格地位的提高等新变之外,苏词也创造出不同于传统的"婉约"、"柔媚"风调的,以"豪放"、"清旷"为特色的新词风。苏东坡求变革新的意识是十分自觉而强烈的,这可以从他的有关言论和创作实践中得到印证。如《与鲜于子骏书》云:"近却颇作小词,虽无柳七郎风味,亦自是一家。呵呵!数日前猎于郊外,所获颇多。作得一阕,令东州壮士抵掌顿足而歌之,吹笛击鼓以为节,颇壮观也!"这首"颇壮观"的词就是《江城子·密州出猎》。词云:

    老夫聊发少年狂。左牵黄,右擎苍。锦帽貂裘,千骑卷平冈。为报倾城随太守,亲射虎,看孙郎。 酒酣胸胆尚开张。鬓微霜,又何妨!持节云中,何日遣冯唐?会挽雕弓如满月,西北望,射天狼!

用后来的眼光和概念来表述,这是苏轼较早的一首表现"豪放"词风的作品。苏轼举此词,意以证明自己近来所作"无柳七郎风味"而"自是一家"。在这里,苏轼虽没有提出"豪放"的概念,但他"自是一家"的创作意识和"颇壮观"的风格描述,却是在与"柳七郎风味"的比较中表现出来的。虽然苏轼所谓"柳七郎风味",主要不是指"婉约"的词风,而是指"俗"、"艳"的风貌,但他对"壮观"美的追求已带有对"豪放"词风的建树意义。

最能代表苏轼豪放词风且对后世影响最为深远的词作,当推《念奴娇》(赤壁怀古)。此词将咏史怀古与抒情言志融为一体,既有对历史的缅怀,对英雄的追想,也有对现实的不满,对人生的思索,所表现的内容题材已完全超出晚唐五代至北宋初期文人词的"艳科"格局,而开阔的境界,雄浑的气象,沉郁的词情,豪壮的风格,也与此前士大夫文人词的婉约柔媚风范形成鲜明的对照。南宋胡仔不满陈师道对苏轼词"要非本色"的批评,而称赏"子瞻佳词最多,其间杰出者",即首举这首风格豪放的"赤壁词"[1],又称赞说"东坡'大江东去'赤壁词,语意高妙,真古今绝唱"[2];又如南宋胡寅所论"及眉山苏氏,一洗绮罗香泽之态,摆脱绸缪宛转之度,使人登高望远,举首高歌,而逸怀浩气超然乎尘垢之外,于是《花间》为皂隶,而柳氏为舆台矣"[3],应该也是以这首《念奴娇》(赤壁怀古)为代表作的。据今人根据历代词选、历代品评、历代追和等多项数据的统计和分析,在宋词"经典"名篇中,苏轼的这首"赤壁词"名列第一位。

以诗化、雅化而自立的"东坡体",虽然符合士大夫文人的崇雅风尚,但是他所新建的"豪放"词风,却又有悖于以"婉约"为主体的风格传统和审美理想,因而也一定程度地受到时贤及后人诸如"要非本色"、"不谐音律"一类的批评,尤其是明清以来的"正变说"更斥之为"变体"、"别调"。但是"东坡体"及其所创建的"豪放"词风,也得到了后人的认同和继承,形成几个历时态甚至是具有地域特色的"学苏派"或"苏轼词派"。最早表现学苏倾向的就是"苏门四学士"中的黄庭坚和晁补之。南宋初期的王灼在《碧鸡漫志》卷二中就曾指出:"晁无咎、黄鲁直皆学东坡,韵制得七八。"的确,黄庭坚既有学苏"以诗为词"之举,其清旷超逸一面的词风也与东坡相近。至于晁补之,不仅"坦易之怀、磊落之气"与苏轼"差堪骖靳"[4],而且"其词神资高秀,可与坡老肩随"[5]。此外,在北宋末南渡初,一方面苏学北渐,形成一个由一批自宋入金的词人发端、以金源文宗元好问为主帅的学苏的金源词派,在北国异域将苏体苏风发扬光大;另一方面随着"靖康之变",由北宋入南宋的一批词人如叶梦得、陈与义、张元幹、向子諲、李纲、王以宁、朱敦儒等,也在继承东坡词风的基础上各成一体,大致衍化出三个分支流派,各以豪壮慷慨、清超旷达、颓放逍遥为特征。至于南宋中后期"辛派词人"的崛起与繁衍,也受到苏轼词风的深远影响,则更是词史上众所周知的一个事实。

其二,"周美成体"及"大晟词派"。

北宋后期,由于政治变革的失败所带来的社会文化的一系列变迁,宋词的创作和发展在继柳永、苏轼的两次革新之后,又重新回复到以婉约柔媚为"本色"的老路上去,并以更精美的形式、更精严的技巧,使词体文学在北宋王朝坍

---

[1] 胡仔《苕溪渔隐丛话后集》卷二十六,第192页,人民文学出版社1981年版。
[2] 胡仔《苕溪渔隐丛话前集》卷五十九,第411页,人民文学出版社1981年版。
[3] 胡寅《题酒边词》,据施蛰存主编《词籍序跋萃编》,第168页,中国社会科学出版社1994年版。
[4] 刘熙载《艺概·词曲概》,第109页,上海古籍出版社1982年版。
[5] 胡薇元《岁寒居词话》,据唐圭璋编《词话丛编》本,第4 031页,中华书局1986年版。

塌之前放射出一抹绚丽而冷艳的光彩。这个时代属于周邦彦所代表的"周美成体"及"大晟词派"。

清陈廷焯《白雨斋词话》卷八论唐宋词"流派"的"十四体"中,以"周美成为一体",并将他与温庭筠、韦庄、冯延巳、秦观、史达祖、王沂孙共"七家"七体,合成"殊途同归"的一个大"派别"。又清周济《宋四家词选目录序论》亦标举周邦彦、辛弃疾、王沂孙、吴文英"是为四家,领袖一代,余子荦荦,以方附庸",以"四家"为风范而将宋词分化为四大派,并认为"清真,集大成者也"。此外,明清以来其他有关宋词体派的词话词论,也大多将周邦彦视为以婉约正宗的宋词体派中的一大家,或以"秦(观)、周"并称,或以"清真、玉田(张炎)"并举,等等。这种认识和划分是大体符合历史事实的。在徽宗即位的北宋后期,与社会政治的走向腐败衰落形成鲜明对照的,是城市经济和都市文化的畸形繁荣,以徽宗为主帅的整个统治阶级也因此走向了沉湎于游宴歌舞、荒淫亡国的道路。据史书记载,徽宗专设大晟府,集中了一大批知音识律的音乐人才,从事整理词乐、规范词律、创制新调、填写新词的工作,周邦彦被任命为大晟府提举。这样,便形成了一个以周邦彦为领袖、以一批先后在大晟府供职的词人为主体的"大晟词派"。

既秉持温雅蕴藉的个性气质,又具有"性好音律"的艺术修养①,适应着柔靡享乐的社会风气和统治阶级的审美需求,周邦彦在总结和吸取此前以婉约柔媚的风调为主体的各体各派艺术经验的基础上,成为"掩众制而尽其妙"的"集大成"者,创造出一种既不同于"柳调"也有别于"苏体"、以感伤沉郁为主调、以浑雅典丽而擅胜的新风范。因而获得"最为词家之正宗"、"真千古词坛领袖"、"词中老杜,非先生不可"等高度的评价和称誉。② 具体表现是:艳而不俗,雅而能婉;既重应歌协律,也重文学辞彩;尤其是将慢词的章法技巧发展到丰富多彩、成熟完密的艺术高度,又特别善于融化前人诗句意境入词,形成雅丽精工的语言风格。尽管周邦彦于政和六年(1116)提举大晟府时已过花甲之年(61岁),且次年即被罢黜出京,但他此前已经取得的创作成就和定型的艺术风格,已经使他俨然成为当时词坛的领袖,提举大晟府只不过进一步强化了他作为"大晟词派"的宗主地位。据记载,曾在大晟府供职且追摹清真词风的大晟词派的成员主要有田为、徐伸、晁冲之、江汉、万俟咏、晁端礼等人,此外还有一些成员没有作品流传下来。其中万俟咏、晁端礼二人较为突出,但他们兼具学柳与学周两种风貌;其他诸人作品皆不多,他们的创作成就也都不及周邦彦。

其三,"俳谐体"与"俳谐词派"。

---

① 参见楼钥《清真先生文集序》,《攻媿集》卷五十一,文渊阁《四库全书》本。
② 参见戈载《宋七家词选》评语、陈廷焯《词坛丛话》、王国维《清真先生遗事》等。据吴熊和主编《唐宋词汇评》(两宋卷),第877~880页,浙江教育出版社2004年版。

所谓"俳谐体",是指一种以滑稽游戏、诙谐幽默为特色的体式与风格。在宋代以前的诗文中已经出现了"俳谐"之体。这种"俳谐"的作风在唐五代词中也初露端倪。至北宋真宗时,有"滑稽之雄"称号的陈亚以善作药名词而著称,实际上已开宋词"俳谐体"之先河。在同时而稍后的柳永的俗词中,也存在一些谐谑之作,而且"俳调"与"俚俗"之间也具有某种相通的精神。此后,性喜幽默的苏东坡及苏门文士黄庭坚、秦观等人,也写下了一些带有俳谐风调的词作。至北宋后期,遂形成一个成员相对集中而且影响较大的"俳谐词派"。

对于宋词中存在的"俳谐"风调及其代表词人,南宋初期的王灼最先注意到,并在《碧鸡漫志》卷二中加以了简略的描述。他认为宋词中的"滑稽"之风兴盛于神宗熙宁、元丰至哲宗元祐年间,而繁衍于徽宗政和年间以后,其代表词人即张山人、王齐叟、曹组、张衮臣等,他们的政治地位皆不高,其创作的主要特点就是"诙谐"、"滑稽"、"无赖"、"媟戏污贱"。今人刘永济先生首次明确提出宋词有"滑稽一派"①,此后才有更多学者考察和探讨宋代"俳谐词",并注意到北宋后期形成"俳谐词派"的现象。② "俳谐词派"虽然组织松散,以社会地位较为低下的文人甚至是无名氏作者为主体,总体成就也不高,但它的形成既有渊源可寻,影响也较为深远,其余波一直延续至南宋。更为重要的是,它为我们提供了一种不能为"庄"、"雅"、"婉"、"豪"等风格类型所涵盖的审美新风采。

此外,在北宋后期的词坛上还有两位成就卓著的大家,即秦观和贺铸。传统词论多把他们划入以"婉约"为主体的"本色"派中。从总体上看,他们的确是晏、欧一派传统词风的继承者。但一来他们与晏、欧一代毕竟处于不同时期,二来他们与同时代(稍前或稍后)的苏轼、周邦彦等人又难以同道同调,更重要的是他们在继承传统风范的基础上又各以创新和发展而自成一体。秦观以清新婉丽、情韵兼胜为特色,被称为"秦淮海体";贺铸则以浓丽和雄奇兼备而擅胜,被称为"贺方回体"。

三、南宋词的主要流派和风格特征

(一) 南宋中前期的各体各派及其风格特征

随着公元1127年北宋王朝的覆灭和宋王室的南渡,宋代的社会、政治、经济、文化等各方面也随之发生了一系列巨大的变化,南宋词也因此形成不同于北宋词的风格流派的递嬗与新变。而南宋前期正是民族矛盾最为激剧、南北对峙最为尖锐的时期,一大批由北宋渡江南下的词人成为这个时期的词坛主流,他们

---

① 参见刘永济《词论》卷上《通论·风会第五》、《唐五代两宋词简析·总论》,上海古籍出版社1998年版。

② 参见刘扬忠《唐宋词流派史》,福建人民出版社1999年版。

也带来了南宋前期词的风格流派的新风貌。

其一,南渡初期的各体各派。

南渡初期词坛风貌在不知不觉中发生了一种群体性的大变异,其中一个比较突出的共同倾向就是对"东坡体"的继承与发扬。以抗金将帅和民族英雄岳飞为代表的军旅将士词人,以李纲、李光、赵鼎、胡铨"中兴四大名臣"为代表的宰辅重臣词人,以张元幹、张孝祥"二张"为代表的积极主张抗金恢复的士大夫词人,他们构成一个"英雄豪杰词派",以英雄豪杰之气和时代忧患精神灌注于辞章,成为由"东坡体"到"稼轩派"的一道重要的枢纽与桥梁。另有一批以士大夫文人的身份为主体的南渡词人,主要以叶梦得、向子諲、陈与义、朱敦儒等人为代表。他们中虽然也有人曾一度作为南渡名臣或政坛骨干,也不无抗金恢复的爱国之心和忧患意识,但后来或明哲保身,或急流勇退,或隐逸不仕,走出了一条与上述英雄豪杰决然不同的人生之路。在词的创作上,他们也追摹苏轼词风,但主要取法东坡清旷一路,以清旷超逸、潇洒高朗的词风为特色,也堪称是南渡时期学苏词派的一个重要分支。其中朱敦儒学苏而又自成一体:就其晚年词风来看,清旷中杂有颓放,乃学习苏轼旷达之风而走向消极一面的表现;但就整体风貌而言,朱敦儒的词表现题材较为广泛,言志特色较为突出,语言晓畅自然,风格清新高朗,一扫绮靡雕琢之风,既有对柳词精神的继承,也有对苏词风范的发展。

此外,在南渡词坛上还出现了一个寄迹于宫廷的供奉词人群体和遁迹于山林的隐逸词人群体。前者以曹勋、康与之、曾觌、史浩、张抡等人为代表,多为应制唱酬之作,思想内容无多可取。后者主要是指一批江南本土的隐逸词人,主要以苏庠、杨无咎、周紫芝、吕渭老等人为代表,词风较为清疏婉丽。

在南渡初期的词坛上,李清照还以女性词人的身份和魅力而独标风韵。由于受女性所特有的生理因素与心理特质的影响,尤其是受她所秉持的"别是一家"的词学思想的决定,李清照虽然经历了南渡的社会变迁和人生体验,其词的表现内容和风格特征也略有嬗变,即由前期主要以少女和思妇的身份抒写春愁秋怨和离情别绪,转为后期主要以嫠妇和孤老的身份抒写离乱伤亡和哀思愁怀,由前期纤巧柔媚、清雅婉丽的风格,转为后期哀婉悲凉、低回凄丽的风格,但是从总体艺术风貌来看,她基本保持着词的谐律、典雅、婉丽的"正宗"、"本色",并创造出独具特色的"易安体"。南宋词人如辛弃疾等人都曾有过"效易安体"一类的创作。"易安体"最主要的特点就在于清丽自然、真切深挚,对此历代词论也有所揭示,即所谓"平淡入调"、"以寻常语度入音律","用浅俗之语,发清新之思"[①]。李清照以其女性词人的身份来从事"体如美人"的词体文学的创作,既一定程度

[①] 张端义《贵耳集》卷上,据《宋元笔记小说大观》本,第4 273页,上海古籍出版社2001年版。彭孙遹《金粟词话》,据唐圭璋编《词话丛编》本,第721页,中华书局1986年版。

地打破了"男子而作闺音"的传统格局,也进一步诠释了"诗庄词媚"的美学真义,因此被后人推尊为代表婉约风范的宗主。

其二,"稼轩体"与"稼轩词派"。

在前面那批南渡词人相继淡出词坛之后,由北国南下"归正"的抗金英雄辛弃疾又站到了南宋前期的词坛上。他以文武双全之才、刚柔兼济之风,接续了南渡初期的学苏风潮,既开创了"稼轩体"龙腾虎掷的审美新风采,也形成了以稼轩为主帅、以豪壮悲慨的词风为主流的"辛派词人"或"稼轩词派"。

出生于济南历城(今山东济南市)这个文献礼仪之地,在沦陷于金国的"白区"度过青少年时代的辛弃疾,从小就接受了儒家文化、爱国主义、尚武精神等多种思想素质的教育和熏陶,培养出忧国愤时的主体意识,树立起抗金恢复的雄心壮志,并以参加抗金义军、俘获卖国叛徒的奇特经历和英雄壮举南下"归正",为南宋统治阶级和广大爱国民众献上了一份隆重的厚礼。然而在以后的漫长岁月里,由于政局的复杂变幻、和与战的尖锐斗争以及世风时尚的潜移默化等各种因素的制约,辛弃疾有心报国却无路请缨,虽具文武将相之才略却长期失意赋闲,这就是辛弃疾充满传奇色彩的悲剧英雄的一生。辛弃疾本来无意作词人,可英雄失意的命运却偏偏要驱使他去作一个大词人。当他倾心全力地选择词体文学来从事创作的时候,辛弃疾不仅以629首的作品数量高居两宋词人创作成果排行榜之首,而且创造出了一种以豪雄悲慨为主质的"英雄之词"[①],这就是时人所称的"稼轩体"和"稼轩风"[②]。"稼轩体"的成就和特色最重要的有两点:首先,在创作态度和内容题材的表现方面,辛弃疾将词的创作与社会人生和人格精神完整地结合在一起,彻底改变了词为"艳科"、"小道"的传统格局和卑弱地位,进一步提高和强化了词的文学功能和艺术品位;其次,在审美情趣和艺术风格的表现方面,辛弃疾也完全突破了以婉约为正宗的"本色"理论和以阴柔为主体的审美理想,真正做到了兼济众体、融会百家、刚柔交融、亦庄亦谐、雅俗并陈,成功地完成了词体文学审美特性和艺术风格的多元化。

以辛弃疾为主帅、以"稼轩体"为风范,在南宋中前期的词坛上便形成了一个力量强大的"稼轩词派"。陈亮、刘过便是"稼轩词派"的两员健将。陈亮号龙川,刘过号龙洲,世称"二龙"。陈亮是稼轩最亲密的战友,刘过则以晚辈的身份奉稼轩为宗师和楷模,他们不仅在生活中与稼轩有密切交往,思想性格也与稼轩相近,而且在创作上多有唱和,力追豪宕悲慨的"稼轩风"。此外,韩元吉、陆游等人

---

① 王士禛《倚声初集序》,《渔阳山人文略》卷三。引自吴熊和主编《唐宋词汇编》(两宋卷),第2 334页,浙江教育出版社2004年版。

② 戴复古《望江南》词句、蒋捷《水龙吟》词序,据唐圭璋编《全宋词》,第2 309、3 436页,中华书局1986年版。

虽年岁略长于稼轩,但他们也以忧患深切的爱国歌声和雄浑豪放的艺术风格与稼轩相互唱和,彼此辉映,成为辛派的盟友与同道。

"稼轩风"不仅劲吹于当时,而且流响于身后。正如戴复古《望江南》词云"诗律变成长庆体,歌词渐有稼轩风","稼轩风"一直吹拂着南宋中后期的词坛,形成一个追摹、接续稼轩风范的强大阵容。如杨炎正、程珌、黄机、岳珂等人,皆以晚辈的身份与稼轩有过交往唱和,从而得以亲炙稼轩风范;又如戴复古、刘仙伦、刘学箕、崔与之、葛长庚、刘克庄、吴潜、李曾伯、方岳、陈人杰等人,则是在辛氏身后的南宋后期词坛上出现的一大批"辛派词人",他们虽与稼轩不同时,也没有共同的纲领与组织,却表现出学习稼轩、继承稼轩的共同倾向和基本风貌。最后,在宋末元初之际还出现了一个以江西籍的词人为主体的遗民词人群体,他们的作品为元初江西庐陵(今吉安)的凤林书院所刊印的一部不著编者姓名的《名儒草堂诗余》所收录,后因清代浙西词派著名词人厉鹗《论词绝句》的阐发——"不读凤林书院体,岂知词派有江西",遂有"江西词派"之称。这个词派的代表作家主要有刘辰翁、罗志仁、文天祥、邓剡等人,另外也包括非江西籍的遗民词人蒋捷、汪元量等人。他们同处于宋、元易代之际,相同的籍贯、漂泊的生活、亡国的体验,使他们共同接受了在江西的土地上创建和繁衍的"稼轩风"的影响,以悲慨沉郁之调,抒身世家国之怀,堪称是稼轩风调在宋、元易代这个特定历史时期的一次回荡或变奏。

(二) 南宋中后期的词体词派及其风格特征

随着抗战恢复的"中兴"之梦的一次次破灭,南宋中后期的国势与世态也逐渐由偏安苟延走向衰落颓败。一方面,随着无可奈何的偏安政局的凝定而游冶享乐之风大为盛行,另一方面,飘摇残缺的社会现实也加重了社会心理的感伤与柔靡。南宋中后期的审美思潮也随着这种时代风会的转移而发生又一次嬗变,复雅之风愈吹愈烈,讲究谐律、典雅的清真风范得到继承发扬,形成两宋词体词派最后一道绮丽的风景。

其一,"姜张词派"与清空骚雅之风。

所谓"姜张词派",是指由姜夔所开创、由张炎等人相传续、代表南宋中后期审美风尚的一个历时态的重要词派。

姜夔与辛弃疾同时而稍晚,早年因崇拜辛弃疾曾经受到稼轩风格的影响,以至于有"气味相通"、"脱胎稼轩"的痕迹。① 然而由于受其清雅孤高的才情禀赋、精通诗乐的艺术修养、漂泊江湖的身世遭遇、崇尚清幽淡雅的审美情趣等多种因素的综合影响,姜夔却最终创造出具有独特艺术个性的"白石体"。

---

① 参见刘熙载《艺概·词曲概》、周济《宋四家词选目录序论》。

最先对"白石体"的精髓加以体认和揭示的是姜派得力传人张炎:"词要清空,不要质实。清空则古雅峭拔,质实则凝涩晦昧。姜白石词如野云孤飞,去留无迹。"①此后,清郭麐《灵芬馆词话》云:"姜、张诸子,一洗华靡,独标清绮,如瘦石孤花,清笙幽磬。"又清刘熙载《艺概·词曲概》亦云:"姜白石词如幽韵冷香,令人挹之不尽,拟诸形容,在乐则琴,在花则梅。"比之为乐中之琴、花中之梅,喻之为野云孤飞、去留无迹,拟之为瘦石孤花、清笙幽磬,皆借以形容和描状其风韵品格之清灵飘逸、幽洁瘦劲也。这是一种既不同于柔媚婉约一类,也有异于雄放豪壮一型的审美新风范。其具体表现一在意象境界方面,二在字句锻炼方面。在意象境界方面,多取清冷的意象,以象喻孤洁的精神情怀,营造幽邃的艺术境界。在语言运用方面,亦能做到"句琢字炼,归于淳雅"②。

"白石体"既承袭了典雅精丽的清真风范,又与南宋中后期复雅的美学思潮相契合,因而在其身后得到一大批词人的响应与效仿,以至于繁衍成南宋后期一个声势浩大的词学流派。其中承传白石衣钵而成就不及白石的姜派词人主要有同乡晚辈张辑、宋宗室词人赵以夫、浙江籍词人柴望等,或受学于姜氏,或风格相近,或有意模仿,皆各有所得。到了宋末元初,张炎、王沂孙等人又进一步将"白石体"发扬光大。其中王沂孙兼取清真、白石两家,而词风更近于白石,以凄清幽咽、空灵蕴藉见长,故张炎赞其"琢语峭拔,有白石意度"③。张炎对姜派的继承和发展则做出了更大的贡献,因而赢得了"姜、张"合称的宗主地位。张炎出身于一个世代簪缨而又极富文学传统的官宦家庭,其曾祖张镃、父亲张枢皆为当时精通音律、效仿姜夔的著名词人,张炎早年因受家学渊源的影响而追续姜夔词风也就不足为奇了;而当元军攻破临安南宋灭亡之后,正当年青的张炎便从此结束了贵介公子的生活而开始了落魄流浪的生涯,相近的人生遭遇则进一步驱使张炎走上追摹与发扬姜夔清空骚雅之风的创作道路,创造出以幽冷空灵、清刚疏宕为特色而又颇具白石风韵的"张玉田体"。张炎继承白石风范不仅表现在创作实践中以姜夔的词风词法为圭臬,而且表现在词学理论上对姜夔词学词艺进行阐发与总结。这样,从姜夔到张炎,姜张词派也就最终完成了从创作到理论的升华,影响所及,至清代浙西词派而形成"家白石而户玉田"的空前盛况。

其二,"学清真派"与柔婉典丽之风。

所谓"学清真派",主要是指南宋中后期出现的一批步趋清真风范的词人,代表作家有史达祖、高观国、卢祖皋、周密、吴文英等人。他们虽没有形成严密的流派组织,却表现出大致相同的创作倾向和艺术风貌:崇尚周邦彦,注重词艺词法,追求

---

① 《词源》卷下,据唐圭璋编《词话丛编》本,第259页,中华书局1986年版。
② 汪森《词综序》,载朱彝尊、汪森辑《词综》,第2页,中华书局1975年影印本。
③ 张炎《琐窗寒》词序,据唐圭璋编《全宋词》,第3 466页,中华书局1986年版。

典雅柔丽之风。"学清真派"与"姜张词派"并辔而行,既声气相应而又各具风采。

史达祖是南宋中后期"学清真派"中成就十分突出的一家。他早年曾与张镃(张炎曾祖)和姜夔有密切交往。张镃作词尤长于咏物,以细腻入神著称,词风即趋近于周邦彦;姜夔虽自创体派,其艺术精神和审美情趣亦与周清真有相通相续之处。作为长辈词人,张、姜二人无疑对史达祖步趋清真的创作道路起到了一定的影响作用。张镃还以长者的身份为史达祖的《梅溪词》作序,以"妥帖轻圆"、"瑰奇警迈、清新闲婉"描绘梅溪(史达祖)词的艺术风采,并指出"端可以分镳清真,平睨方回"①,即以史达祖为传续清真风范的支脉与苗裔。对此,历代词论也多有揭示,如清戈载《宋七家词选》云"梅溪乃清真之附庸",又如清陈廷焯《白雨斋词话》卷二云"梅溪全祖清真",所见略同。史达祖在最负盛名传诵最广的咏物词创作中,不仅借鉴和效仿了清真词在神理思致、章法结构、用语设色等方面的成功经验,而且也保持和发扬了清真式的柔婉典丽、工细幽秀的艺术风格。

与史达祖同辈共时且有交游唱和的高观国、卢祖皋,以及宋末元初遗民词人周密等人,他们与史达祖或同时相应或前后相续,也都表现出追摹清真风范的共同倾向,皆对清真的词艺词风有所承传与发扬。其中高观国、周密也皆以咏物词擅胜,而卢祖皋则以小令见长;高观国在继承清真柔婉工丽风格的同时又体现了清俊疏快的个性特色,而周密则进一步发展了清真词格律精严缜密、风格典雅浑融的特色。此外,方千里、杨泽民、陈允平三人效法清真,则采取了追和清真词的特殊方式。方千里有《和清真词》一卷共 93 首;杨泽民亦有《和清真词》一卷共 92 首;而陈允平的《西麓继周集》一卷共收词 123 首,其中和清真词者多达 121 首。这种逐首追和清真词原韵的创作虽带有机械模仿的意味,却从一个侧面反映了南宋中后期崇尚清真的风气之盛。

其三,"梦窗体"与密丽质实之风。

"梦窗"是南宋后期词坛大家吴文英的号。吴文英作词始则取法清真,终至自成一家。词史上常将周、吴并称,词论中也多有对周、吴渊源传承关系的论述。如吴文英的友人尹焕《梦窗词叙》尝称赞云:"求词于吾宋者,前有清真,后有梦窗。此非焕之言,四海之公言也。"又如宋末词论家沈义父《乐府指迷》云:"梦窗深得清真之妙。"并记载吴文英向他传授词法曰:"音律欲其协,不协则成长短句之诗;下字欲其雅,不雅则近乎缠令之体;用字不可太露,露则直突而无深长之味;发意不可太高,高则狂怪而失柔婉之意。"可见吴文英不仅在创作实践中继承了周邦彦精妙的词法词艺,而且在词学理论上对清真风范加以了总结与提炼。但吴文英学清真并非亦步亦趋,而是既能入其中又能出其外,在继承中创新,"开

---

① 张镃《梅溪词序》,据施蛰存主编《词籍序跋萃编》,第 263 页,中国社会科学出版社 1994 年版。

径自行"，"别构一格"①。清陈廷焯《白雨斋词话》卷八即列"吴梦窗为一体"。清周济《宋四家词选》也将梦窗视为两宋词坛"领袖一代"的"四家"之一。

  对于"梦窗体"的特色，宋人已有体认和揭示。如沈义父《乐府指迷》既以为"深得清真之妙"，又指出"其失在用事下语太晦处，人不可晓"。其实"用事下语太晦"既是学清真遣词用语方面的经验法度的结果，也是梦窗词密丽质实风格特色的表现。又如张炎《词源》卷下既将"清空"与"质实"作为两种艺术风格相对举，认为"清空则古雅峭拔，质实则凝涩晦昧"，又各举姜夔与吴文英为例，并描述说"吴梦窗词如七宝楼台，炫人眼目，碎拆下来，不成片段"。张炎对梦窗的评论虽然表现了鲜明的批评色彩与过分苛求的态度，但也很生动而深刻地揭示了梦窗词外表绮艳瑰丽、结构精巧严密、风格质实典重的艺术风采。其实，梦窗词所表现的这种别具一格的艺术新风采，乃是他身处宋末对此前唐宋词（包括晚唐诗）以婉约为主调的各家众体的艺术经验加以吸取与融炼的结果。从远处看，吴文英既继承了中晚唐李贺、李商隐奇朦胧的诗风，又发展了晚唐温庭筠密丽绮艳的词风。故张炎《词源》卷下评梦窗词"善于炼字面，多于温庭筠、李长吉诗中来"，清孙麟趾《词径》亦以为"词中之有梦窗，如诗中之有李长吉"，而《四库全书总目提要》亦谓"词家之有文英，亦如诗家之有李商隐"。从近处看，吴文英既受到南宋中后期学清真之风的影响，也与姜张词派的清空之风有神理暗通之处。对此，清周济《宋四家词选目录序论》评曰："梦窗奇思壮采，腾天潜渊，返南宋之清泚，为北宋之秾挚。"即认为梦窗词融合了南宋中后期以姜夔为代表的清空之风和北宋后期以周邦彦为代表的秾丽之风。其实梦窗词在浓丽的外表与质实的字面之中，潜伏着清空之气与神骏之势，他的艺术精神和审美情趣仍与南宋中后期的时代风尚息息相通。

  由于吴文英身处南宋末年，他死后不久便发生了宋、元易代的历史变迁，故在他生前追随"梦窗体"的词人并不多，只有尹焕、翁元龙、黄孝迈、楼采、李彭老等人略续薪火，成就都不大，影响亦有限。至于"梦窗体"的发扬光大，则是清代中晚期的事情了。

---

① 郑文焯《郑校梦窗词跋》，龙榆生《唐宋名家词选》引，第293页，上海古籍出版社1980年版。

第十二章

宋词与宋代文化

宋词作为宋代文学的代表,它的繁荣发展以及特色的形成等,都不是偶然的,与宋代文化有着紧密的关系。

说到文化,人们常常会对其宽泛无边的定义感到迷惑。在这里,我们当然没有必要讨论其定义,只不过用的是它的最一般的含义,具体说来,就是指音乐、宗教、民俗、时代风尚等。

一、宋词与宋代的音乐文化

(一)宋词的婉约风格与宋代的音乐

"盖自隋以来,今所谓曲子者渐兴,至唐稍盛,今则繁声淫奏,殆不可数。"(王灼《碧鸡漫志》卷一)这几句话一方面揭示了词由隋到宋的简单发展历程,同时它的"曲"、"声"二字也从另一方面揭示了词与音乐之间的紧密联系。词被称为"曲子词"、"乐府"等,也可以看出它与音乐的关系。

与词配合演唱的是燕乐。所谓燕乐,就是隋代以来中国的传统音乐与外来的胡乐相结合而形成的一种新的通俗音乐。它的特点是旋律优美,活泼多变,比较悦耳,与传统的雅乐有很大的区别。这种特点使它在各阶层都受到了热烈的欢迎。宋词作为一种与音乐关系十分密切的文学,必然会受到音乐的影响。音乐对词的影响,不仅使词在宋代达到了前所未有的繁荣,同时在风格体制等各方面影响着宋词。

宋词的风格无疑是以婉约为主,这一点就与音乐有直接的关系。

作为一种音乐文学,词在唐五代以至宋代的主要功能是侑酒娱人,在宴席上演唱。在这种特定的场景里,什么样的音乐最合适?是豪放悲壮的歌曲还是婉约轻柔的小调?从一般人的美感经验来说,无疑是后者。因为这时候需要的不是热血沸腾,而是心灵的休息,与这种心态相适应,那些豪放悲壮的音乐就远远比不上婉约轻柔的小调了。那么,这样一种曲调,用什么样的歌词来配合呢?军旅生活、政治斗争等显然过于严肃,最合适的就是男欢女爱。这是因为男女之情,是人类最基本的情感,每一个人都有所体验,而且感受很深,因而演唱起来容易深入人心,百唱不厌,百听不厌。特别是爱情中的幽怨哀伤,本身就具有荡气回肠的特点,这就更加强了它的动人魅力。在饮宴中享受美味佳肴的同时,又能欣赏品味到这种深入人心的幽怨哀伤,引起内心深处的某种感动,既可以饱口福,又可以享耳福,何乐而不为呢?这恐怕是宋词多婉约的主要原因。

同时,宋人对于词的演唱者也有自己的爱好。王灼《碧鸡漫志》卷一说:

> 古人善歌得名,不择男女。战国时,男有秦青、薛谈、王豹、绵驹、瓠梁;女有韩娥。汉高祖《大风歌》,教沛中儿歌之;武帝用事甘泉圜丘,使童男女七十人歌。汉以来,男有虞公发、李延年、朱顾仙、未子尚、吴安泰、韩发秀;女有丽娟、莫愁、孙锁、陈左、宋容华、王金珠。唐时男有陈不谦、谦子意奴、高玲珑、长孙元忠、侯贵昌、韦青、李龟年、米嘉荣、李衮、何戡、田顺郎、何满、郝三宝、黎可及、柳恭;女有穆氏、方等、念奴、张红红、张好好、金谷里叶、永新娘、御史娘、柳青娘、谢阿蛮……今人独重女音,不复问能否。而士大夫所作歌词,亦尚婉媚,古意尽矣。政和间,李方叔在阳翟,有携善讴老翁过之者。方叔戏作令云:"唱歌须是,玉人檀口,皓齿冰肤。意传心事,语娇声颤,字如贯珠。 老翁虽是解歌,无奈雪鬓霜须。大家且道,是伊模样,怎如念奴!"方叔固是沉于习俗,而语娇声颤,那得字如贯珠,不思甚矣。

这段话说得非常清楚,古代唱歌本来是不分男女,也没有重女轻男的观念。然而,到了宋代,这种情况发生了变化,独重女音,以致男人唱歌会遭到讥笑。虽然王灼认为这是不正常的,却无力改变这种情况。因此,在宋词中,我们很少看到对男性歌手的描写,而经常看到对女性歌手的描写,例如:

> 有个人人,飞燕精神。急锵环佩上华裀。促拍尽随红袖举,风柳腰身。 簌簌轻裙,妙尽尖新。曲终独立敛香尘。应是西施娇困也,眉黛双颦。
>
> ——柳永《浪淘沙令》
>
> 碾玉钗头双凤小。倒晕工夫,画得宫眉巧。嫩曲罗裙胜碧草,鸳鸯绣字春衫好。 三月露桃芳意早,细看花枝,人面争多少。水调声长歌未了,掌中杯尽东池晓。
>
> ——晏几道《蝶恋花》

从这两首词可以看出,作为女性歌手,一般来说必须是年轻漂亮的。这样的歌手最适合演唱的当然是那些低回婉转的恋情词了。既然整个社会都独重女音,那么,文人在为这些歌女创作演唱的歌词时,就不得不考虑他的作品的演唱者,自然也就"男子而作闺音"了。这样,宋代以婉约词为主流也自在情理之中。

(二) 宋词的体制与宋代的音乐

宋代的音乐不仅影响到了词的风格,同时也影响到了宋词的体制。因为词是应歌而作的作品,实际上也就是先有曲后有词,这样,词就必须考虑如何去配合音乐,而不是让音乐来适合词。"词以协音为先",因此,在体制上肯定会受到音乐的制约。

就其音乐属性来说,词属于杂曲小唱。它不像大曲那样复杂,而是比较短小灵活,因而受到人们的喜爱,成为文人学士通行的词体。它包括令、引、近、慢这几种主要的形式。

在语言形式上,词与诗的最大区别在于诗以齐言为主,而词则以杂言为主。词与诗在语言上的这种区别很大程度上是由于词要和乐演唱,而诗则以吟诵为主造成的。在隋唐时期,固然有一些诗是和乐演唱的,其中最多的是绝句。但就整体而言,用来演唱的诗毕竟是少数,而且也并不是为了和乐才创作。在大多数情况下,它主要用来吟诵。因此,它主要遵从的还是诗的体制。词则不同,它主要是一种音乐文学,因此,为了更好地与音乐配合,就不能不受音乐的支配。《全唐诗》卷八百八十九"词序"云:"唐人乐府,元(原)用律绝等诗杂和声歌之。其并和声作实字,长短其句以就曲拍者,为填词。""长短其句以就曲拍"一句,非常准确地道出了词的创作实际情况,也揭示了音乐对词的创作的制约支配作用。

词的语言主要受音乐的乐段乐句支配。宋代的乐曲都有各自的节拍,歌唱时用拍板来按节拍。节拍又称为均拍,这在歌唱中是非常重要的。张炎《词源》卷下"拍眼"云:"曲之大小,皆合均声,岂得无拍。歌者或敛袖,或掩扇,殊亦可哂。唱曲苟不按拍,取气决是不匀,必无节奏,是非习于音者不知也。"也就是唱歌的人要拿着拍板来协调声音节奏,如果不是拿着拍板,而是拿着扇子,或做出收敛衣袖的动作,都是不正规的,会影响到节拍的掌握。按照常规,一般令曲为四均拍,引、近为四均拍,慢曲为八均拍。[①] 曲调的长短是由均拍的多少来决定的。作词如何以曲拍为句,这是一个很复杂的问题,学术界目前还有不同的看法,但下列情况是比较清楚的——

以拍为句。即以曲的一拍与词的一句配合。刘尧民先生说:"那个时候的唱曲法是一个音数等于一个字数,一拍等于一句,所以拍的长短必等于句的长短。"(《词与音乐》第一编"长短句之形成")例如"十拍子"("破阵子"的别名),从调名可知,这支曲子是十拍。一般的"十拍子"("破阵子")也是十句。例如辛弃疾的

---

① 参见吴熊和《唐宋词通论》,第61~66页,浙江古籍出版社1985年版。

《破阵子》(为陈同甫赋壮词以寄之):"醉里挑灯看剑,梦回吹角连营。八百里分麾下炙,五十弦翻塞外声,沙场秋点兵。　　马作的卢飞快,弓如霹雳弦惊。了却君王天下事,赢得生前身后名。可怜白发生!"不多不少,正好十句。毛滂《剔银灯》自注:"侑歌者以七急拍七拜劝酒。"可见这支曲子是七拍,而这首词的上片和下片都是七句:"帘下风光自足,春到席间屏曲。瑶瓮酥融,羽觞蚁闹,花映霜湖寒绿。汨罗愁独。又何似、红围翠簇。　　聚散悲欢箭速,不易一杯相属。频剔银灯,别听牙板,尚有龙膏堪续。罗熏绣馥。锦瑟畔、低迷醉玉。"

以拍定句的字数。张炎《词源》卷下"拍眼"说:"前衮、中衮六字一拍。""煞衮则三字一拍,盖其曲将终也。"前衮、中衮、煞衮都是大曲的入破部分。这里就非常明确地说到一拍定一句的字多少。《碧鸡漫志》卷三说"六么"一调"拍无过六字者,故名六么"。这就是说,"六么"中的每拍不超过六字。例如柳永《六么令》:"淡烟残照,摇曳溪光碧。溪边浅桃深杏,迤逦染春色。昨夜扁舟泊处,枕底当滩碛。波声渔笛,惊回好梦,梦里欲归归不得。　　展转翻成无寐,因此伤行役。思念多媚多娇,咫尺千山隔。都为深情密爱,不忍轻离拆。好天良夕,鸳帏寂寞,算得也应暗相忆。"这首词除上下片的最后一句超过六个字之外,其他的均未超过六个字。这与张炎所说的"拍无过六字"基本吻合。

"长短其句以就曲拍"的情况非常复杂,由于资料的缺乏,详细的情况已难尽知。但从上面的论述中可以看到,音乐对乐句的支配作用是非常明显的。那么,为什么要长短其句而不用齐言?这是因为节拍本身是长短不一、变化多端的。既然一句对应于一拍,那么,句的长短也就等于拍的长短了。换言之,节拍长的句子就长,节拍短的句子就短。当然,如前所述,就音乐的节拍来说,情况是非常复杂的,而且音乐与句子的配合情况也是非常复杂的。同时,在具体歌唱过程中,字句也可以根据具体情况,有所增损。杨无咎《雨中花令》说:"换羽移宫,偷声减字,不顾人肠断。"赵福元《鹧鸪天》(赠歌妓)云:"腔子里,字儿添,嘲撩风月性多般。"正可以说明这种情况。所以清人吴衡照说:"或前词字少而今多之,则融洽其多字于腔中;或前词字多而今少之,则引申其少字于腔外,亦仍与音律无碍。盖当时作者述者皆善歌,故制辞度腔,而字之多寡、平仄参焉。"(《莲子居词话》)

音乐不仅影响到词句的长短,同时也影响到词句的句法节奏。《词谱·凡例》说:"词中句读,不可不辨。有四字句而上一下一,中两字相连者;有五字句而上一下四者;有六字句而上三下三者;有七字句而上三下四者;有八字句而上一下七,或上五下三、上三下五者;有九字句而上四下五,或上六下三、上三下六者。此等句法,不可枚举。"这与诗歌四言上二下二,五言上二下三,七言上四下三的句法很不相同。之所以有这样的差别,原因也在于音乐的影响。因为词句是依从节拍来写作的,它要与乐曲节奏、旋律变化相适应,否则很难演唱。

就词牌(调)来说,它本身就是乐曲名。它或属于令、引,或属于近、慢,所以,我们经常会在词牌中看到令、引、近、慢这几个字。这与诗歌的标题很不相同。诗歌的标题往往能表明作品的大致内容,如看到"蜀相"这样的标题,我们就大致可以知道它是写蜀国的丞相诸葛亮的;看到"将进酒",也大致知道它的内容与饮酒有关。然而,宋词的词牌名称往往与作品的内容并不一致,仅从词牌的名称来判断作品的内容经常会出错。例如,"念奴娇",仅从名称来看,它似乎是写女性之美,然而苏轼的《念奴娇》(赤壁怀古)写的却是怀古与感叹怀才不遇的命运。李清照的《念奴娇》(萧条庭院)写的是春天的无聊。这两首词的内容均与词牌名称不吻合。又如"贺新郎",从名称来看,无疑是写恭贺新婚之喜的,然而张元**幹**的《贺新郎》(曳杖危楼去)表现的是爱国之情,辛弃疾的《贺新郎》(老大犹堪说)也表现的是爱国之志,这两首词的内容均与恭贺新婚之喜无关。之所以如此,是因为在最初的时候,词牌既是一首曲的名称,同时也大致表明词的内容。到了后来,人们在创作中只取其音乐特性,而逐渐将内容改变了,于是便出现了词牌与作品内容的分离。

  词与诗的一个明显区别是大部分词明确地分片(段或阕)。之所以要分片,这也是由音乐决定的。在大多数情况下,一首乐曲是由几个乐段组成的,有一段、二段、三段、四段几种,其中以二段最为常见。因为一段太短,三段、四段太长,而二段最适合演唱,所以二段就成了最普遍的形式。《苕溪渔隐丛话》后集卷三十九说:"如晁次膺《绿头鸭》一词,殊清婉,但尊俎间歌喉,以其篇长,惮唱,故湮没无闻。"这就说明太长的乐曲不太适合演唱,实际上也说明了一般听众也不喜欢太长的乐曲。

  与诗一样,词也要押韵,但词韵与诗韵不同,诗的韵脚是为了"同声相应"以造成一种声音的美感,而词韵则主要是为了和乐。词的韵位实际上就是乐音停顿的地方。《乐府指迷》说:"词腔谓之均,均即韵也。"可见,一均就是一韵。元人戴表元《程宗旦古诗编序》说:"语之成文者有韵,犹乐之成音者有均,一也。"也可以证明这一说法。一均也就是一个节拍,音乐因此形成一个相对独立的单元。词中的韵位依乐曲的节拍而定。

  不仅韵位要受乐曲节拍的制约,用韵的多少也要受乐曲的支配。《词谱》卷二十六《留住客》注:"宋人长调,以韵多者为急曲子,韵少者为慢词。"方成培则另有说法,认为:"声之悠扬相应处,即用韵之处也。故宋人用韵少之词,谓之急曲子;用韵多者,谓之慢曲子。"(《香研居词麈》)两种说法虽然不同,但都说明了词中用韵的多少取决于乐曲的急或慢的旋律节奏。

  另外,词押平声或仄声韵,也由乐曲决定。李清照说:"且如近世所谓《声声慢》、《雨中花》、《喜迁莺》,既押平声韵,又押入声韵。《玉楼春》本押平声韵,又押上去声,又押入声。本押仄声韵,如押上声则协,如押入声,则不可歌矣。"(《词论》)姜夔也说:"《满江红》旧调用仄韵,多不谐律。如末句云'无心扑'三字,歌者将'心'字融入去声,方谐音律。"李清照和姜夔都把词是否谐律、可歌看得非常重要,而押平声韵还是仄声韵,关键还是取决于是否可歌或谐律。清人顾彩在《草堂嗣响·凡例》中说:"(宋)词调中有连用数句,频抑频转,如'河传'等;有连不用韵,赶直五、七句始一叶,如'八六子'等;有句内连用平声,如'寿楼春'等;有半腰转平为仄,不复归平,如'换巢鸾凤'等;有极长篇屡用三字句,杂芜无收煞,如'六州歌头'等。推类而言,不可胜数。此等当时想便于歌,今则不良于读矣。"也认为用韵是为歌服务,歌决定用韵的平仄。

二、宋词与宗教

古今中外,宗教与文学都有一种天然的关系,宋词也不能例外。宋代的宗教主要是佛教,宋词在不同程度上受到了它的影响。

宋代的佛教主要是禅宗,它主要流行于士大夫阶层。王安石曾感叹:"儒门淡薄,收拾不住,皆归释氏。"(《扪虱新话》上集卷三"儒释迭为盛衰")这话道出了北宋中期的实情。当时的许多高官显宦、名公大臣都醉心于佛教。据《嘉泰普灯录》、《五灯会元》、《居士传》等载,参禅的就有富弼、张方平、文彦博、欧阳修、司马光、王安石、吕惠卿、李纲等。除此之外,杨亿、苏轼、黄庭坚等也与佛教有着紧密联系。这些人都是政治或文化名流。他们既会对整个社会的文化追求产生重大的影响,同时也是整个社会崇佛的标志。所以,司马光曾说:"近来朝野客,无座不谈禅。"(《戏呈尧夫》)宋代的这种崇佛风气,必然会对宋词的创作产生影响。

词由于是"艳科",多表现男女艳情,这显然与佛教教义背道而驰。所以,在一些正统的佛教徒看来,写词是大逆不道的。黄庭坚《小山词序》中说他"少时间作乐府,以使酒玩世。道人法秀独罪余以笔墨劝淫,于我法中当下犁舌之狱。"法秀的观点在宋代有一定的代表性。然而,在大多数情况下,佛教与词并不是水火不容的。由于宋代的崇佛风气十分盛行,因此,佛教对词的创作可以说无孔不入。从柳永、欧阳修到王安石、苏轼、黄庭坚、朱敦儒等,都深受佛教的影响,他们也创作了不少与佛教关系十分密切的作品。例如,在一般人的印象中,陆游这样的爱国主义的诗人、词人,其思想最应该是纯粹的儒家思想,然而,他却写下了这样的作品:"看破空花尘世,放轻昨梦浮名。蜡屐登山真率饮,筇杖穿林自在闲。身闲心太平。 料峭余寒犹力,帘纤细雨初晴。苔纸闲题溪上句,菱唱遥闻烟外声。与君同醉眠。"(《破阵子》)前两句表现了非常典型的佛教观念。可能有人说,这并不能说明陆游有意识地学佛,他只不过是拾人牙慧而已。如果真是这样,这恰恰说明了佛教的影响之广。同时,佛教徒往往也借词这种形式来说禅。例如则禅师写的《满庭芳》:"咄这牛儿,身强力健,几人能解牵骑?为贪原上,嫩草绿离离。只管寻芳逐翠,奔驰后、不顾倾危。争知道,山遥水远,回首到家迟。　　牧童,今有智,长绳牢把,短杖高提。入泥入水,终是不生疲。直待心调步稳,青松下、孤笛横吹。当归去,人牛不见,正是月明时。"这首词以牛喻心,以牧童喻僧人或则禅师自己,完全是以词说禅。可见,佛教对于词这种形式也是知道加以充分利用的。

　　既然佛教徒是主张清心寡欲的,但为什么像苏轼、黄庭坚等深受佛教影响,甚至以居士自称的人对作为"艳科"的词却如此倾心呢?这是因为从唐代以来,禅宗就抛弃了传统佛教徒清心寡欲、通过外在修炼来达到成佛的做法,而更注重内心的体验觉悟,因而对现实人生的享乐也不轻易放弃。这种情况到宋代时更甚。观世音是佛的象征之一,然而,也"金沙滩头锁子骨,不妨随俗暂婵娟"(黄庭坚《戏答陈季常寄黄州山中连理松枝》)、"设欲真见观世音,金沙滩头马郎妇"(黄庭坚《观世音赞》)。这个典故讲的是"昔有贤女马郎妇于金沙滩上施一切人淫,凡与交者,永绝其淫。死葬后,一梵僧来云:'求我侣。'掘开乃锁子骨,梵僧以杖挑之,升云而去"(叶庭珪《海录碎事》卷十三)。宋人更多地表现了"不妨随俗暂婵娟"的这一面。因此,他们对作为"艳科"的词感兴趣是完全可以理解的。

　　佛教对宋词的影响主要表现在以下几个方面:

　　第一,宋代的许多词人受了佛教思想的影响,他们的许多词在思想上深深地打上了佛教思想的烙印。宋代的许多词,不仅带着浓厚的佛教色彩,而且不少简直就是直接对佛教教义的宣扬。例如王安石,他现存词29首,其中有11首是说理谈禅的。我们不妨来看他的一首《雨霖铃》:

　　　　孜孜矻矻,向无明里、强作窠窟。浮名浮利何济,堪留恋处,轮回仓猝。幸有明空妙觉,可弹指超出。缘底事、抛了全潮,认一浮沤作瀛渤。　　本源自性天真佛,只些些、妄想中埋没。贪他眼花阳艳,谁信道、本来无物。一旦茫然,终被阎罗老子相屈。便纵有、千种机筹,怎免伊唐突。

　　这首词完全是从佛教的观点来看尘世的功名利禄,认为尘世间的这些追求转眼成空,都是不值得的。这首词在一定程度上也宣扬了佛教思想。又如黄庭坚的四首《渔家傲》是"效宝宁勇禅师作",其中的第一首云:

　　　　万水千山来此土,本提心印传梁武。对朕者谁浑不顾,成死语,江头暗折长芦渡。　　面壁九年看二祖,一花五叶亲分付。只履提归葱岭去,君知否,分明忘却来时路。

　　词中所写的是菩提达摩在中国的传佛情况,简直就可以看做一部禅宗在中国的发展简史。

当然,这种近乎佛教教义宣传的作品在宋词中毕竟不是多数,更多的则是表现了禅意或禅趣。这种禅意或禅趣往往不是显而易见的,而表现得比较隐蔽,例如陈与义的《渔家傲》(福建道中):

> 今日山头云欲举,青蛟素凤移时舞。行到石桥闻细雨,听还住,风吹却过溪西去。 我欲寻诗宽久旅,桃花落尽春无所。渺渺篮舆穿翠楚,悠然处,高林忽送黄鹂语。

陈与义的词集名叫《无住词》,这"无住"二字正是佛教的说法,意思是法无自性,无所住着,随缘而起。这首词带着很鲜明的佛教色彩。词中所写虽然是寻诗过程,但是,同时也是体悟"无住"的过程。诗兴如佛性,无所住着,随缘而起。它苦寻不来,往往得于不经意处或意料之外。因此,在经过了"寻诗宽久旅"的历程,尽管已是桃花落尽,春意阑珊,看起来似无诗兴可寻,然而在遇到"高林忽送黄鹂语"的情况之后,忽然又得到了诗兴。可见,诗兴无处不在,不拘定所,随缘而起。

有的词既不宣扬佛教教义,也不表现禅意或禅趣,而是表现作者用佛教的眼光来看待或处理情感、人生境遇等。这一类词非常突出地表现了作者受佛教影响之深,同时也是宋词中最为普遍的。例如苏轼的《西江月》(平山堂):

> 三过平山堂下,半生弹指声中。十年不见老仙翁,壁上龙蛇飞动。 欲吊文章太守,仍歌杨柳春风。休言万事转头空,未转头时似梦。

平山堂是欧阳修所建,这首词表现的是对欧阳修的怀念之情。然而,词中带着浓厚的佛教色彩。"弹指"是佛教用语,所谓"二十年为一瞬,二十瞬名一弹指"。后两句更是突出地表现了佛教的人生观。

在佛教对宋词的影响中,佛教的虚无观念对宋词的影响是深广的。因此,人生的虚无与虚幻就成了宋词中表现得最普遍的思想之一。苏轼可以说是具有代表性的词人。他的许多作品都表现了这种观念,上文说到的《西江月》(平山堂)就是这方面的代表作。又如他那首著名的《念奴娇》(赤壁怀古)在抒发一通怀古之情后,最终却以"人间如梦,一樽还酹江月"作结,用佛教的虚无观来协调理想与现实之间的矛盾。这种观点并不仅仅表现在苏轼词中,同时也大量表现在其他人的作品里,前面所举陆游《破阵子》(看破空花尘世)就是例子。宋词之所以大量表现佛教的虚无观念,根本的原因是宋代的词人们在人生道路上遭遇了各种挫折,借这种观念来调和矛盾,消除内心的极大痛苦。

第二,在艺术上,佛教也对宋词产生了深刻的影响。这主要表现在意境和艺术手法上。在意境上,受禅宗空无观念的影响,宋词中湛然空明的境界显得特别突出。例如苏轼的《西江月》:"照野弥弥浅浪,横空隐隐层霄。障泥未解玉骢骄。我欲醉眠芳草。　可惜一溪明月,莫教踏碎琼瑶。解鞍欹枕绿杨桥,杜宇一声春晓。"由于受佛教随遇而安的影响,心中无所牵挂,心境特别透彻明亮,景物也就没有了一般诗词中的萧条气象,词的意境因而呈现出一般作品所没有的明亮透彻。

在艺术手法上,佛教对词中写景的生动性有着重要的影响。欧阳修有一首《蝶恋花》写道:

　　海燕双来归画栋,帘影无风,花影频移动。半醉腾腾春睡重。绿鬟堆枕香云拥。　翠被双盘金缕凤,忆得前春,有个人人共。花里黄莺时一弄,日斜惊起相思梦。

这首词中最精彩的无疑是"帘影无风,花影频移动",这两句写景,完全可以与张先"云破月来花弄影"媲美。金圣叹说:"余尝言写景是填词家一半本事,然却必须写得又清真又灵幻乃妙,只是六一词'帘影无风,花影频移动'九个字,看他何等清真,却何等灵幻!盖人徒知帘影无风是静,花影频移是动,而殊不知花影移动只是情,正为极静;而'帘影无风'四字,却从女儿芳心中仔细看出,乃是极动也。呜呼,善填词者必皆深于佛事者。只一花影,皆细细分别不差,谁言慧业文人,不生天上哉?"(《唱经堂批欧阳永叔词十二首》)金圣叹所以激赏欧阳修这两句,正在于它们以动写静,巧妙地写出动来,而静正是佛教所追求的。金圣叹的这番评论道出了佛教对欧阳词的影响。

三、宋代的俗词、雅词与宋代士人的审美趣味

宋词的繁荣离不开宋代的社会文化,同样,它的发展也与宋代的社会文化息息相关。

就宋词的审美特征来说,大致可以分为两大类,一类是俗词,一类是雅词。现存的种种材料都可以证明,在宋代存在一个庞大的词的消费市场。而这个市场又是由两个群体构成的,一个是市民,一个是文人士大夫。俗词是市民阶层的精神消费品,雅词则是文人士大夫的精神乐园。两者虽不能说泾渭分明,但大致的分野是客观存在的。①

市民对词的消费主要存在于歌楼酒肆中。吴自牧《梦粱录》载:"诸店俱有厅

---

① 参见张惠民《宋代词学审美理想》,人民文学出版社1995年版。

院廊庑,排列小小稳便阁儿,吊窗之外,花竹掩映,垂帘下幕,随意命妓歌唱,虽饮宴至达旦,亦无倦怠也。"周密《武林旧事》也载:"每处(市楼)各有私名妓数十辈,皆时妆袨服,巧笑争妍……又有小鬟,不呼自至,歌吟强聒,以求支分。""歌管欢笑之声,每夕达旦。"那么,这些市井中的歌楼酒肆所唱的词是哪一类呢?宋人张炎说:"附之歌喉者,类是率俗,不过为应时纳祜之声耳……岂如美成《解语花》(赋元夕)……史邦卿《东风第一枝》(赋立春)……《黄钟喜迁莺》(赋元夕)……如此等妙词颇多,不独措辞精粹,又且见时序风物之盛,人家宴乐之同。则绝无歌者……而以俚词歌于坐花醉月之际,似乎击缶韵外,良可叹也。"(《词源》卷下)张炎感叹像周邦彦、史达祖等人的词完全不被人歌唱,而真正"附之歌喉"的,都是俗歌俚词,这反映了雅、俗这两种词存在的市场是不同的。沈义父也说:"如秦楼楚馆所歌之词,多是教坊乐工及闹井做赚人所作,只缘音律不差,故多唱之。"(《乐府指迷》)"教坊乐工及闹井做赚人"都是宋代的下层知识分子,他们所作的词当然不可能是雅词。宋代著名的词人柳永,其词的最大特点是俗,惟其俗,所以"凡有井水处,即能歌柳词"。"耆卿失意无俚,流连坊曲,遂尽收俚俗语言,编入词中,以便伎人传习,一时动听,散播四方。"(清宋翔凤《乐府余论》)其实,这种情况是可以想见的,市井中的市民阶层,他们的文化修养不高,较少接受雅文化的熏陶,而更多地是受了俗文化的影响,他们最需要的是感官刺激和追欢买笑,俗词通俗的语言和打情骂俏等内容与他们的口味最为吻合。而雅词由于更多地表现了文人士大夫的思想情趣,不可能受到市民阶层的广泛欢迎。另一方面,由于士大夫阶层有其特殊的审美趣味,他们对俗词也往往采取一种排斥的态度。从他们对柳永的态度就可见一斑。李清照斥之为"词语尘下"。《艺苑雌黄》更说:"柳三变,字景庄,一名永,字耆卿。喜作小词,然薄于操行……日与狷子纵游娼馆酒楼间,无复检约,自称云'奉旨填词柳三变'。呜呼,小有才而无德以将之,亦士君子所宜戒也。柳之乐章,人多称之。然大概非羁旅穷愁之词,则闺门淫媟之语,若以欧阳永叔、晏叔原、苏子瞻、黄鲁直、张子野、秦少游辈较之,万万相辽。彼其所以传名者,直以言多近俗,俗子易道也。"(《苕溪渔隐丛话前集》卷三十九引)对柳永的人品与词品进行了完全的否定。这种意见代表了宋代士大夫的普遍看法。正因为文人士大夫普遍对俗词持排斥的态度,所以,一般情况下,除少数的游戏之作外,文人士大夫是不大写作俗词的。他们所追求的是雅词,而将俗词当做对立面来看待。清人朱彝尊说:"北宋人选词,多以雅为目。"(《词综·发凡》)这就是说,北宋人在选词的时候,往往以雅标榜。其实,不仅北宋人如此,南宋人又何尝不是这样。宋代以"雅"标目的就有曾慥《乐府雅词》、鲖阳居士《复雅歌词》、张孝祥《紫微雅词》、赵彦端《介庵雅词》、程正伯《书舟雅词》等。这种命名方式反映了宋人的审美追求。这样,在宋代的词坛上,实际上就存在着两种类型的词——俗词与雅词。俗词多存在于市井,雅词多流传于文人之间。这种情况在北宋还不太明显,在南宋就显得十分突出了。

俗雅的存在不仅见于不同的流通市场,而且也存在于同一作者的作品中。近代夏敬观说:"耆卿词当分雅俚二类。雅词用六朝小文赋作法,层层铺叙,情景交融,一笔到底,始终不懈。俚词袭五代淫波之风,开金元曲子之先声,比于里巷歌谣,亦复自成一格。"(《手评乐章集》)张炎说:"词欲雅而正,志之所之,一为情所役,则失其雅正之音。耆卿、伯可不必论,虽美成亦有所不免。如'为伊泪落',如'最苦梦魂,今宵不到伊行',如'天便教人,霎时得见何妨',如'又恐伊,寻消问息,瘦损容光',如'许多烦恼,只为当时,一晌留情',所谓淳厚日变成浇风也。"(《词源》卷下)

大致说来,文人士大夫重雅词,而市民阶层喜俗词。柳永在他的《玉山枕》一词中就写道:"画楼昼寂,兰堂夜静,舞艳歌姝,渐任罗绮。讼闲时泰足风情,便争奈雅歌都废。"我们今天所看到的词大部分是文人创作的雅词。那么,什么样的词才是雅词呢?也就是说,雅词与俗词的区别是什么呢?

首先是在语言上,俗词较多口语或寻常套语,雅词多典雅的书面语,这是雅词区别于俗词的最直观的标志。释文莹《续湘山野录》载:"(宋)太宗酷爱宫中十小调子……十调者,一曰'不博金',二曰'不换玉'……太宗尝谓'不博金'、'不换玉'二者颇俗,御改'不博金'为'楚泽含秋','不换玉'为'塞门积雪'。命近臣十人各探一调,撰一词。""不博金"、"不换玉"本身是俗语,再加上其中又各有一个俗字"金"、"玉"字,就显得更俗了,所以,宋太宗将其改名。"楚泽含秋"与"塞门积雪"很显然是书面语,因而就显得典雅得多。这个例子说明,人们在语言层面上认为,俗词与雅词是有区别的。柳永的词之所以被看做俗词的代表,一个很重要的原因是他"以言多近俗"、"词语尘下"、"浅近卑俗,自成一体,不知书者尤好之",多用口语入词。例如他的《定风波》:

> 自春来,惨绿愁红,芳心是事可可。日上花梢,莺穿柳带,犹压香衾卧。暖酥消,腻云嚲。终日厌厌倦梳裹。无那,恨薄情一去,音书无个。　　早知怎么,悔当初、不把雕鞍锁。向鸡窗、只与蛮笺象管,拘束教吟课。镇相随,莫抛躲,针线闲拈伴伊坐。和我,免使年少,光阴虚过。

这首词表现一位女子独守空房的苦闷和盼望与丈夫长期厮守在家的愿望。从内容上来说,与一般的婉约词没有什么区别,但在语言上,这首词最大的特色在于口语化,词中典雅的传统书面语很少,而更多当时流行的口语如"个"、"怎么"、"和我"。正因为写得太通俗,所以,这首词遭到了晏殊的训斥。晏殊有一首《蝶恋花》,内容与柳永的这首词类似,但语言与柳词迥然不同:

> 槛菊愁烟兰泣露,罗幕轻寒,燕子双飞去。明月不谙离恨苦,斜光到晓

穿朱户。　　昨夜西风凋碧树,独上高楼,望尽天涯路。欲寄彩笺兼尺素,山长水阔知何处!

整首词的词汇、意象都是传统的,经典的,因而是雅词而非俗词。在宋代词人中,周邦彦的词向来被视为雅词的代表,其原因就是他"所作之词,浑厚和雅,善于融化诗句"(张炎《词源》卷下)。"凡作词,当以清真为主。盖清真最知音,且无一点市井气。下字运意,皆有法度,往往自唐、宋诸贤诗句中来,而不用经史中生硬字面,此所以冠绝也。"(《乐府指迷》)雅的原因就在"下字运意,皆有法度,往往自唐、宋诸贤诗句中来"。"下字欲其雅,不雅则近乎缠令之体。"(《乐府指迷》)苏轼一向对柳永是轻视的,然而,对于柳词《八声甘州》中的"关河冷落,残照当楼"却大加赞赏,认为"不减唐人高处"。原因也在于这两句的语言是典型的书面语。

其次是内容上,雅词在内容上并不局限于男欢女爱,而将身世之感、济世之怀、隐居之趣等引入词中。即使在写爱情上,俗词往往大胆直接地描写性爱,多是欲的传达;而雅词则往往回避性爱,而表现为情感的表达。例如柳永的《慢卷绅》:

闲窗烛暗,孤帏夜永,欹枕难成寐。细屈指寻思,旧事前欢,都来未尽,平生深意。到得如今,万般追悔。空只添憔悴。对好景良辰,皱着眉儿,成甚滋味?　　红茵翠被,当时事,一一堪垂泪。怎生得依前,似恁偎香依暖,抱着日高犹睡。算得伊家,也应随分,烦恼心儿里。又争似从前,淡淡相看,免恁牵系。

这首词不仅用了大量俗语,而且其中有"似恁偎香依暖,抱着日高犹睡"这样的描写,这在雅词中是非常罕见的。雅词虽然也大量写男女恋情,但往往略去性爱的过程,而注重情感的表达,因此,往往多写离情。例如欧阳修的《踏莎行》:

候馆梅残,溪桥柳细,草薰风暖摇征辔。离愁渐远渐无穷,迢迢不断如春水。　　寸寸柔肠,盈盈粉泪,楼高莫近危栏倚。平芜尽处是春山,行人更在春山外。

这首词与柳永的《慢卷绅》一样,都是写离愁别恨的,但词中没有一句是写情欲的,而完全是情感的表达。

作为雅词,其重要标志不仅是表达雅正的恋情,同时也表现身世之感、济世之怀与隐居之趣。王灼《碧鸡漫志》卷二说:"前辈云:'《离骚》寂寞千年后,《感氏》凄凉一曲终。'《戚氏》，柳（永）所作也。柳何敢知世间有《离骚》，唯贺方回、周美成时时得之。贺《六州歌头》、《望湘人》、《吴音子》诸曲，周《大酺》、《兰陵王》诸曲最奇崛。或谓深劲乏韵，此遭柳氏野狐涎吐不出者也。"这就是说，柳永将屈原《离骚》表现政治遭遇的传统破坏了，是贺铸、周邦彦恢复了这一传统。《戚氏》完全表现的是羁旅行役之苦，与政治遭遇无关。而贺铸《六州歌头》、《望湘人》、《吴音子》，周邦彦《大酺》、《兰陵王》诸曲，或直接表现政治情怀，或通过春思表现政治失意，总而言之与政治有关。所以，贺、周之词是雅词。苏轼的词虽然有"句读不葺之诗"的讥评，但更多的是"眉山苏氏，一洗绮罗香泽之态，摆脱绸缪宛转之度，使人登高望远，举首高歌，而逸怀浩气超然乎尘垢之外"（胡寅《题酒边词》）；"东坡先生非醉心于音律者，偶尔作歌，指出向上一路，新天下耳目，弄笔者始知自振"（王灼《碧鸡漫志》卷二）。可见，苏轼的词属于雅词是必无疑义的了。而苏轼之雅最重要的是将身世之感、济世之怀与隐居之趣，甚至人生虚无之叹等写入词中。

再次，在表现的分寸感上，俗词往往直露坦率，雅词则含蓄委婉。张炎曾说："词欲雅而正，志之所之。一为情所役，则失其雅正之音。"（《词源》卷下）所谓志，就是一种理性化的有节制的情感，如果失去了理性的控制，毫无节制，完全"为情所役"，就不是雅正之音了。这在描写爱情的作品中表现得尤其突出。像上面所举柳永所写的"似恁偎香依暖，抱着日高犹睡"的，就是完全"为情所役"。在柳永的词中，此类的描写不是少数。而雅词不会采取这样的写法。例如雅词的代表人物周邦彦有一首《少年游》：

    并刀如水，吴盐胜雪，纤手破新橙。锦幄初温，兽香不断，相对坐吹笙。 低声问：向谁行宿？城上已三更。马滑霜浓，不如休去，直是少人行。

这首词写的是一位妓女留宿客人的情景，从题材来说，是比较恶俗低下的。但是，很多人对这首词却赞不绝口。清人陈廷焯评曰："情急而语甚婉约，妙绝古今。"（《云韵集·宋词选》）谭献评道："丽极而清，清极而婉。"（《谭评词辨》卷一）可见，这首词雅就在雅在它的婉约上。它没有正面直露地描写性爱场面，妓女留宿客人的话也说得委婉含蓄。如果换成柳永或其他人来写，可能就写成了"做个蜂儿抱"之类的了。在柳永的词中，有的虽然没有直接描写性爱场面，但写得毫无含蓄之致，例如上文所举的《定风波》，一路直说，毫无拐弯抹角；词中的意象稀疏，没有情景交融等手法。而晏殊的《蝶恋花》通过借景抒情、拟人、对比、暗示等手法，塑造出一个情景交融的具体意境，在密集的意象和具体的意境中让人体会到女主人公的心情，所以显得含蓄至极，耐人寻味。张炎说："簸弄风月，陶写性情，词婉于诗。盖声出莺吭燕舌间，稍近乎情可也。若邻乎郑卫，与缠令何异也。

如陆雪溪《瑞鹤仙》……辛稼轩《祝英台近》……皆景中带情,而存骚雅。"(《词源》卷下)。沈义父在《乐府指迷》中说:"炼句下语,最是紧要。如说桃,不可直说破桃,须用'红雨'、'刘郎'等字;说柳,不可直说破柳,须用'章台'、'灞岸'等字。又有用事,如曰'银钩空满'便是'书'字了,不必更说'书'字;'玉箸双垂'便是泪了,不必更说'泪'。如'绿云缭绕',隐然鬓发;'困便湘竹',分明是簟,正不必分晓……往往浅学俗流,多不晓此妙用,指为不分晓,乃欲直捷说破,却是赚人与耍曲矣。"在沈义父看来,语言上"直捷说破"所要表达的对象,这是"浅学俗流"所为。这就从字面上将雅词与从俗词区别开来。这也是雅词追求含蓄的一种表现。

由上可见,词在语言、内容、表现的分寸等方面,与传统诗歌靠得越近,就显得越雅,反之就是俗。

崇雅固然是中国古代一种固有的传统,唐代的陈子昂"常恐逶迤颓靡,风雅不作",而提倡"风骨"、"兴寄"。李白高唱"大雅久不作,吾衰竟谁陈"、"大雅思文王,颂声久崩沦",认为"将复古道,非我而谁"。殷璠《河岳英灵集》以是否"理则不足,言常有余,都无兴象,但责轻艳"来区分雅体与俗体。元结《箧中集》以"雅正"而非"拘限声病,喜尚形似,且以流易为词"为选录标准。可见,唐代之求雅,着重于作品的现实内容和思想感情的充实感发以及与之相应的形式上的古朴,其判断的外在标准是教化的相关程度。由上可知,宋人在词的创作上所追求的雅的观念与此是很不相同的。并且,在以前也从来没有像宋人那样,如此强调雅与俗的对立。

宋代的雅词表现了宋人的高尚情趣。这种情趣的形成又是与宋代文化紧密相关的。宋代是儒学的复兴时期,其突出的标志就是理学的产生。宋代的文人士大夫的道德品格意识比任何一个时期都强,而且这种道德品格意识不是来自于外在的规范,而是发自内心,成为一种自觉的思想。在这种情况下,儒家思想自然就成了文学创作的指导思想。在宋人看来,雅词之所以为雅,前面所说的三个方面只不过是表面的现象,关键还在于它体现了儒家精神。胡寅《题酒边词》云:"词曲者,古乐府之末造也。古乐府者,诗之旁行也。诗出于《离骚》、《楚辞》,而《离骚》者,变风变雅之意,怨而迫、哀而伤者也。其发乎情则同,而止乎礼义则异。名之曰曲,以其曲尽人情耳。……唐人为之最工,柳耆卿后出,掩众制而尽其妙,好之者以为不可复加。及眉山苏氏,一洗绮罗香泽之态,摆脱绸缪宛转之度,使人登高望远,举首高歌,而逸怀浩气超然乎尘垢之外,于是《花间》为皂隶,而柳氏为舆台矣。""发乎情"、"止乎礼义"是胡寅对词创作在内容上的要求。在他看来,苏轼的词之所以雅,是因为"洗绮罗香泽之态,摆脱绸缪宛转之度,使人登高望远,举首高歌,而逸怀浩气超然乎尘垢之外",既摆脱了花间词和柳永词的影响,又完全符合"发乎情"、"止乎礼义"的儒家之道。苏轼本人对自己的创作虽然没有说过这样的话,但是,南宋后期汤衡《张紫微雅词序》说:"昔东坡见少游《上巳游金明池诗》有'帘幕千家绣帘垂'之句,曰:'学士又入小石调矣。'世人不察,便谓其诗似词。不知东坡之此言,盖有深意。夫镂石刻琼,裁花剪月,唐末词人非不美也,然粉泽之工,反累正气。东坡虑其不幸而溺于彼,故援而止之,惟恐不及。其后元祐诸公嬉弄乐府,寓以诗人句法,无一毫浮靡之气,实自东坡发之也。"这段话指出了苏轼对宋代雅词发展的贡献。其主要的贡献就是使词归于正,不使词有浮靡之气,也就是在内容和表现的分寸上符合儒家的传统精神。曹冠有《燕喜词》,詹效之为之作序说:"玩味之,旨趣纯深,中含法度,使人一唱而三叹,盖其得于六义之遗意,纯乎雅正者也。"这就是说,曹冠的词是完全符合儒家的六义的。另一方面,宋代的文人士大夫特别重视内在精神的修养和品格的提高,自觉地将各种文化现象归纳为雅与俗的区别,以雅与俗的二元论来论人和文化;将那些符合儒家精神、具有较高审美趣味的人或文化现象称为雅,如将收藏杜甫作品的地方称为"大雅堂"等。

  当然,我们也应看到,词的雅俗是相对的,并且宋代的词人自己也是存在着一定的矛盾性,这种矛盾性在北宋时表现得尤其明显。但是,无论如何矛盾,宋人对雅词的重视是毋庸置疑的。

# 第十三章

宋词的地位和影响

作为中国文学史的重要一环,宋词的地位无疑是十分重要的,其影响当然也是十分深远的。那么,对于这一问题,我们应当如何认识呢?

一、宋词的历史地位

作为一种新型的文学,人们对宋词地位的认识有一个漫长的历史过程,宋词的地位是在长期的历史发展过程中逐渐建立起来的。

早在宋代时,人们对于词的性质就有了不同的看法。大致说来,主要有四种观点:一种认为宋词是"诗余";一种将宋词看成是"郑声";一种认为词是"新声",一种称词为"小词"。这四种看法都流露出对词的轻视,说明在宋代时的人们心目中,词的地位是不高的。

苏轼在《题张子野诗集后》中说:"张子野诗笔老妙,歌词乃其余技也。"尽管张先的词无论在当时还是今天看来都具有较高的成就,但苏轼认为它仍不是张先一生主要的用力之处,而是诗歌创作的业余之作。这就非常明确地将词看成了"诗余"。既然是"诗余",毫无疑问,诗是主要的,词则无足轻重。

魏泰《东轩笔录》卷五载:"王荆公初为参知政事,闲日因读晏元献公小词而笑曰:'为宰相而作小词,可乎?'平甫(王安国)曰:'彼亦偶然自喜为尔,顾其事业,岂止如是耶!'时吕惠卿为馆职,亦在坐,遽曰:'为政必先放郑声,况自为之乎!'平甫正色曰:'放郑声,不若远佞人!'"王荆公即王安石,"为宰相而作小词,可乎"这样的话虽然有点开玩笑的味道,但在王安石看来,贵为宰相的晏殊作词是不太合适的。显然,起码在王安石的眼中,词没有太高的地位。而吕惠卿正是看到了王安石对词的轻视,于是便有意迎合,将其斥为"郑声"。所谓"郑声",指的是《诗经》中的郑风,因多写男女之情,于是便有了"郑声淫"的说法,与卫风一道,被称为"郑卫之音",在历史上一直是受批评的对象。吕惠卿的这种看法当然不是孤立的,宋代的理学家也普遍持这种看法。《河南程氏外书》卷二十载,著名理学家程颐"偶见秦少游(观),问:'天若知也,和天也瘦'是公词否?少游意伊川(程颐)称赏之,拱手逊谢。伊川云:上穹尊严,安得易而侮之!"为什么程颐会认为秦观的词句"天若知也,和天也瘦"是对上天的亵渎?很显然,就是因为秦观用词来写天。在卫道者看来,只有"郑声"才是"劝淫"的代表,能够"劝淫",当然也就与"郑声"成了一丘之貉。所以南宋的汪莘说:"唐、宋以来,词人多矣。其词主乎淫,谓不淫非词也。"(《方壶诗余自叙》)

有人则从音乐的角度认为词是一种"新声"。欧阳修在给他的组词《采桑子》所作的序《西湖念语》中说:"昔者王子猷之爱竹,造门不问于主人;陶渊明之卧舆,遇酒便留于道上。况西湖之胜概,擅东颍之佳名。虽美景良辰,固多于高会;而清风明月,幸属于闲人。并游或结于良朋,乘兴有时而独往。鸣蛙暂听,安问属官而属私;曲水临流,自可一觞而一咏。至欢然而会意,亦傍若于无人。乃知偶来常胜于特来,前言可信;所有虽非于己有,其得已多。因翻旧阕之辞,写以新声之调。敢陈薄伎,聊佐清欢。"(《近体乐府》)将词看做"新声",表面上看来似乎对词是持肯定态度的,但是,这样的新声却是为"聊佐清欢"而作,而不是像诗那样为抒情而作,可见,在欧阳修的内心深处,词也是仅仅用来娱乐的。而词的兴起与兴盛,原因之一恰恰就是因为新音乐的出现。而新音乐的出现,其主要的目的是为了满足人们娱乐的需要,以词来侑酒佐宴。这与赵崇祚编选《花间集》希望达到的"将使西园英哲,用资羽盖之欢"的目的并无二致。

李清照《词论》说:"晏元献、欧阳永叔、苏子瞻,学际天人,作为小歌词,直如酌蠡水于大海,然皆句读不葺之诗尔。"《苕溪渔隐丛话前集》卷五十九引《雪浪斋日记》云:"晏叔原工小词,如'舞低杨柳楼心月,歌尽桃花扇底风',不愧六朝宫掖体。荆公小词云'揉蓝一水紫花草,寂寞小桥千嶂抱,人不到,柴门自有清风扫',略无尘土思。山谷小词云'春未透,花枝瘦,正是愁时候',极为学者所称赏味⋯⋯"宋人口口声声称词为"小词"、"小歌词",不仅是指词的体制短小,更多地是指它不能登大雅之堂,是微不足道的雕虫小技。

宋人称词为"小词"、"诗余"也好,"郑声"、"新声"也罢,其实都离不开宋人对词的功能的看法。陈世修《阳春集序》说:"公(指五代的冯延巳)以金陵盛时,内外无事,朋僚亲旧,或当燕集,多运藻思,为乐府新词,俾歌者依丝竹而歌之,所以娱宾而遣兴也。"鲖阳居士《复雅歌词序》也说:"温(庭筠)李(煜)之徒,率然抒一时情致,流为淫艳猥亵不可闻之语。我宋之兴,宗工巨儒,文力妙于天下者,犹祖其遗风,荡而不知所止。脱于芒端而四方传唱,敏若风雨,人人歆艳,咀味于朋游尊俎之间,以是为相乐也。"这些材料明确地透露出在宋人看来,词的功能是遣兴娱宾,而不是"经国之大业,不朽之盛事"。既然如此,也就可以看出词在宋人心目中的地位了,称之为"小词"、"诗余"、"郑声"、"新声"也自在情理之中。

除此之外,在宋代一些与词有关的具体事例中,我们也可以看出词在宋人心目中的地位。王安石说:"古之歌者,皆先有词,后有声,故曰'诗言志,歌永言,声依永,律和声'。如今先撰腔子,后填词,却是永依声也。"(《侯鲭录》卷七)他从词的创作方式上否定了词。强焕说："文章政事，初非两途。学之优者发而为政，必有可观。政有暇余，则游艺于咏歌者。"(《题周美成词》)将主要用来咏歌的词看成是政之余事。类似的说法在宋代相当普遍。例如王灼说苏轼便是"以文章余事作诗，溢而作词曲"(《碧鸡漫志》卷二)。叶梦得也是"以经术文章为世宗儒，翰墨之余，作为歌词"(关注《题石林词》)。钱惟演"平生性好读书，坐则读经史，卧则读小说，上厕欲阅小词"(《归田录》卷二)。很显然，在政事、文章、经术、诗、词这几者中，词的排名无疑是最低的。那么，词人自己对于作词持什么态度呢？从现存的资料来看，相当普通的是抱着游戏的态度。正如胡寅所说："文章豪杰之士，鲜不寄意于此者，随亦自扫其迹曰：谑浪游戏而已也。"(《题酒边词》)有的词人甚至将写词看成是一生的过错。陆游就说："予少时汩于世俗，颇有所为，晚而悔之。然渔歌菱唱，犹不能止。今绝笔已数年，念旧作终不可掩，因书其首以识吾过。"(《长短句序》)赵以夫说："奚子偶于故纸中得断稿，又于黄玉泉处传录数十阕，共为一编。余笑曰：文章小技耳，况长短句哉！今老矣，不能为也。因书其后，以识吾过。"(《虚斋乐府自序》)

由上可见，总的说来，在宋代，词的地位是相当低的。这正如清人查礼所说的："宋人有词，宋人自小之。"(《铜鼓书堂词话》)

当然，我们也应看到，词的地位在南宋时有了一些改变。这种改变一方面是因为从北宋中后期开始，词的创作发生了重大变化，另一方面也是因为人们观念的改变。胡寅说："词曲者，古乐府之末造也。古乐府者，诗之旁行也。诗出于《离骚》、《楚辞》。而《离骚》者，变风变雅之意，怨而迫、哀而伤者也。其发乎情则同，而止乎礼义则异。名之曰曲，以其曲尽人情耳。方之曲艺，犹不逮焉。其去曲礼则远矣。"(《题酒边词》)认为词在曲尽人情和曲艺上，都是古乐府所不能及的。这就在整体上肯定了词具有古乐府所达不到的成就，对其地位予以了充分的肯定。尹觉说："词，古诗流也。吟咏情性，莫工于词。临淄、六一，当代文伯，其乐府犹有怜景泥情之偏，岂情之所钟，不能自已于言耶？"(《题坦庵词》)也从吟咏情性的角度对词进行了肯定，并且充分肯定了其"工"。由于这样的声音还相当微弱，所以，整个宋代，尽管词得到了人们的喜爱，但词的地位始终没有得到普遍的提高。

然而，随着宋王朝的灭亡，词的地位却发生了戏剧性的变化。明清时期，人们对于词的地位普遍给予了充分的肯定。

词在宋代被称为"诗余"，地位显然次于诗。然而到了元代，却将它视为宋代文学的代表。罗宗信《中原音韵序》说："世之共称唐诗、宋词、大元乐府，诚哉！"明代陈子龙说："诗与乐府同源，而其既也，每迭为盛衰。艳辞丽曲，莫盛于梁陈之季，而古诗遂亡。诗余始于唐末，而婉畅秾逸，极于北宋。然斯时也，并律诗亦亡。是则诗余者，匪独庄士之所疾抑，亦风人之所宜戒也。然亦有不可废者。夫风雅之旨,皆本之情,情之作必托于闺嬗之际。代有新声,而穷想拟议,于是以温厚之篇,含蓄之旨,未足以写哀而宣志也。思极于迫琢而纤刻之辞来,情深于柔靡而婉恋之趣合,志溺于燕惰而妍绮之境出,态趋于荡逸而流畅之调生。是以缕裁至巧而出自然,警露已深而意会未尽。虽曰小道,工之实难。不然,何以世之才人,每濡首而不辞也。"(《三子诗余序》)认为抒情性是宋词最突出的特点,并且在写作上具有很大的难度,这实际上是从词的抒情性及写作难度两方面肯定了宋词的地位。正因为具有这样的认识,所以,陈子龙又说:"宋人不知诗而强作诗,其为诗也,言理而不言情,故终宋之世无诗。然宋人亦不免于有情也,故凡其欢愉愁怨之致,动于中而不能抑者,类发于诗余,故其所造独工,非后世所及。盖以沉至之思出之必浅,使读之者骤遇如在耳目之表,久诵而得沉永之趣,则用意难也。……使篇无累句,句无累字,圆润明密,言如贯珠,则铸词难也。其为体也纤弱,所谓明珠翠羽,尚嫌其重,何况龙鸾必有鲜妍之姿,而藉粉泽,则设色难也。其为境也婉媚,虽以警露取妍,实贵含蓄有余不尽,时在低回唱叹之际,则命篇难也。唯宋人专力事之,篇什既多,触景皆会,天机所启,若出自然。虽高谈大雅,而亦觉其不可废。何则?物有独至,小道可观也。"(《王介人诗余序》)陈子龙主要是从内容的角度来比较宋词与宋诗的,认为宋词的最大特点在于言情,这与中国古代诗歌(尤其是唐诗)的传统是吻合的;而宋诗的特点在于言理,这与中国诗歌的主流是背离的。因此,两相比较,诗就不如词。陈子龙甚至还认为它"所造独工,非后世可及",这在整体上给予了宋词以极高的评价,这样就将宋人自己重诗轻词的观念完全颠倒了。清人毛先舒与陈子龙具有类似的看法,他将宋诗与宋词作了全面的比较,认为:"宋人词才,若天纵之,诗才若天绌之;宋人作词多绵婉,作诗便硬;作词多蕴藉,作诗便露;作词颇能用虚,作诗便实;作词颇能尽变,作诗便板。"(《古今词论》)在毛先舒看来,宋诗在艺术手法、艺术风格等方面均不如宋词,这就在全面的比较中突出了宋词的地位。

  很显然,宋词在明清的翻身与明清人(特别是明人)对宋诗的否定有直接的关系。明代复古思潮盛行,提倡"文必秦汉,诗必盛唐",认为汉魏古诗及盛唐诗歌才是诗的正宗,宋诗不过是旁门左道。之所以如此,是因为宋诗言理不言情,背离了中国古代以抒情为主的诗歌传统,而词恰恰与诗的这种传统一致。但是,词为艳科的特点又决定了宋词与传统诗歌以朴素的风格来表现人生感受为主的精神又是有区别的。为了解决这一矛盾,明清人往往将宋词与六朝诗歌联系在一起。所以杨慎说:"大率六朝人诗,风华情致,若作长短句,即是词也。宋人长短句虽甚,而其下者有曲诗、曲论之弊,终非词之本色。予论填词,必沂六朝,亦昔人穷探黄河源之意也。"(《词品》卷一)这样,词也就从诗中找到了同类,词因此也就不是另类了。王世贞也说:"盖六朝诸君臣,务裁艳语,默启词端,实为滥觞之始。故词须宛转绵丽,浅至儇俏,挟春月秋花于闺嬗内奏之,一语之艳,令人魂绝,一字之工,令人色飞,乃为贵耳。"(《艺苑卮言》附录)这与杨慎看法一致。

清代康熙皇帝的话颇有代表性。他说:"诗余之作,盖自昔乐府之遗音,而后人之审音选调,所由以缘起也……诗之流而为词,已权舆于唐矣。宋初,其风渐广,至周邦彦领大晟乐府,比切声调,篇目颇繁;柳永复增置之。词遂有专家,一时绮制,可谓极盛。虽体殊乐府,而句栉字比,帘内节奏,不爽寸黍。其于古者依永和声之道,洵有合也。然则词亦何可废欤!朕万几清暇,博综典籍,于经史诸书,有关政教而裨益身心者,良已纂辑无遗。因流览风雅,广识名物,欲极赋学之全而有《赋汇》,欲萃诗学之富而有《全唐诗》,刊本《宋金元明四代诗选》,更以词者继响夫诗者也。"(《御制选历代诗余》)康熙帝已将词与诗、赋等经典文体等同,并认为它是有益于政教的。可以想见,在《御制选历代诗余》这部著作中,宋词所占的比重相当大。康熙皇帝的态度实际上也就代表了清代的官方态度。

到了清末,王国维更是将词与汉赋、唐诗、元曲等并列,称之为"一代之文学":"凡一代有一代之文学,楚之骚,汉之赋,六朝之骈语,唐之诗,宋之词,元之曲,皆所谓一代之文学,而后世莫能继焉者也。"(《宋元戏曲考》)在王国维眼里,作为宋代文学的代表是词而不是宋人所强调的文或诗。这可以说是对宋词地位最明确而且也是最高的评价。从此以后,在宋代被称为"小词"、"诗余"、"郑声"的文学形式,便得到了彻底的翻身。由于王国维在近代学术史上的巨大影响,也由于时代的发展,将宋词看成宋代文学的代表,在20世纪便完全得到了人们普遍的认同。如刘毓盘所说:"宋人之词,与唐诗相等,荆璞隋珠,俯拾即是。"(《词史》)胡适也说:"文学者,随时代而变迁者也。一时代有一时代之文学:周、秦有周、秦之文学,汉、魏有汉、魏之文学,唐、宋、元、明有唐、宋、元、明之文学。此非吾一人之私言,乃文明进化之公理也……诗至唐而极盛,自此以后,词曲代兴,唐、五代及宋初之小令,此词之一时代也;苏、柳、辛、姜之词,又一时代也;至于元之杂剧传奇,则又一时代矣。凡此诸时代,各因时势风会而变,各有其特长。"(《文学改良刍议》)

那么,今天在我们看来,宋词的地位究竟如何理解呢?要回答这个问题,就不能不谈到宋词所取得的成就。

首先,宋词产生了一大批著名的作家和作品。宋词从作家和作品数量来说,比不上唐诗、宋诗,但从现存的资料来看,其数量也是相当可观的。唐圭璋先生所编《全宋词》收集的宋词作品是最全的,共收词2万余首,1 400多家。[①] 其中的许多作家的成就即使与唐代的著名诗人相比也是毫不逊色的。例如欧阳修、柳永、苏轼、秦观、周邦彦、贺铸、李清照、辛弃疾、姜夔、吴文英等。特别是苏轼和辛弃疾,更是宋词创作的两座高峰。他们在词的创作上所取得的成就,完全可以

[①] 参见王兆鹏《唐宋词史论》,人民文学出版社2000年版。

与唐代的李白、杜甫在诗歌上所取得的成就媲美。苏轼在词史上开辟了一片新的天地,达到了"倾荡磊落,如诗如文,如天地奇观"(刘辰翁《辛稼轩词序》)的境界。辛弃疾,如范开所说:"其词之为体,如张乐洞庭之野,无首无尾,不主故常;又如春云浮空,卷舒起灭,随所变态,无非可观。"(《稼轩词序》)刘克庄则说:"公所作大声鞺鞳,小声铿鍧,横绝六合,扫空万古,自有苍生以来所无。"(《辛稼轩集序》)苏轼和辛弃疾之外的周邦彦、姜夔等,其成就也是非常显著的。正是因为有了苏、辛、周、姜这样的大家以及其他卓有成就的词人,才形成了宋代词坛光辉灿烂的景象,使宋词的创作成为我国文学史上一段独具风情的画卷。

由于这些名家名作的问世,对于后世词的创作来说,宋词就具有经典意义。词的起源虽然很早,但是,在宋代以前,词的创作都是不成熟的,从内容到形式、手法等,都处于探索阶段,因此,宋前的词实际上是词的萌芽。词在宋代才完全成熟,其主要标志则是如前所述,产生了大量名家名作,这些名家名作往往成为后人模仿学习的对象。近世词学名家况周颐在给朱祖谋所编《宋词三百首》所作的序中说:"词学极盛于两宋,读宋人词当于体格、神致间求之,而体格尤重于神致。以浑成之一境为学人必赴之程境,更有进于浑成者,要非可躐而至,此关系学力者也。……近世以小慧侧艳为词,致斯道为之不尊,往往涂抹半生,未窥宋贤门径,何论堂奥!……先生尝选《宋词三百首》,为小阮逸馨诵习之资,大要求之体格、神致,以浑成为主旨。夫浑成未遽诣极也,能循涂守辙于三百首之中,必能取精用闳于三百首之外。"从这段话可以看出,无论况周颐还是朱祖谋,他们实际上都认为宋词是学习的榜样,是达到更高境界的桥梁,这也就承认了宋词的经典意义。

其次,就体裁来说,词的体裁无疑是具有开创性的。从《诗经》以来,中国古代的韵文的句子大致是比较整齐的,《诗经》是四言,《楚辞》是以七言、六言为主,汉魏晋南北朝时期的诗以五言为主,唐诗、宋诗则以五言、七言为主。而宋词作为韵文,采取的是杂言的形式,这在中国古代的韵文中是不多见的。句式的整齐,固然可以带来形式上的美观、阅读上的朗朗上口等效果,但在一定程度上也束缚了人们的创作自由。词由于采取的是杂言的形式,相对而言,创作时就灵活自由得多,因而也就更能表现细致、复杂、曲折的感情。胡寅说:"词曲者,古乐府之末造也……名之曰曲,以其曲尽人情耳。"(《题酒边词》)尹觉更说:"词,古诗流也,吟咏情性,莫工于词。"(《题坦庵词》)为什么胡寅和尹觉都说到词是最适于抒情的?原因当然是多样的,但其中一个非常重要的原因是词在体裁上的这种句式参差不齐的特点。例如岳飞的名作《满江红》:

怒发冲冠,凭阑处、潇潇雨歇。抬望眼、仰天长啸,壮怀激烈。三十功名尘与土,八千里路云和月。莫等闲,白了少年头,空悲切。　　靖康耻,犹未雪。臣子恨,何时灭?驾长车踏破,贺兰山缺。壮志饥餐胡虏肉,笑谈渴饮匈奴血。待从头,收拾旧山河,朝天阙。

  这首词读起来令人感动、振奋,热血沸腾。这种艺术效果的取得,除了因为作品本身所表现的激烈的爱国情感之外,长短结合,句子错落的形式也是一个重要的因素。"三十功名尘与土,八千里路云和月""壮志饥餐胡虏肉,笑谈渴饮匈奴血"是词中最长的句子,它们所表达的内容相对要复杂一些,节奏也显得舒缓一些,这就有了一种客观陈述的意味。而"莫等闲,白了少年头,空悲切""靖康耻,犹未雪,臣子恨,何时灭"由于句子简短,节奏显得非常急促,因而表达出了作者急切的心情。当然,这首词所表达的情感也可以用诗的形式来表现,但是,其艺术效果是不一样的。词这种形式特别适合用来抒发低回婉转的儿女之情,所以,张炎说:"簸弄风月,陶写性情,词婉于诗。盖声出莺吭燕舌间,稍近乎情。"(《词源》卷下)朱彝尊说:"有诗所难言者,委曲倚之于声。"(《陈红云〈红盐词〉序》)。朱彝尊所说的"有诗所难言者",实际上就是张炎所说的"簸弄风月",也就是表现儿女之情。词为什么会有这样的特殊功能?一方面是与之配合的燕乐的音乐特性,另一方面也是由于宋词的这种独特体裁。

  中国古代的律诗从形式上来说,主要是律绝二体,而宋词就丰富得多。据《钦定词谱》等统计,共有820余调,2 300多体。丰富的形式当然未必就是决定性的因素,但是至少可以说明宋人在词的这种形式上的创造性。这样丰富的形式在中国文学史上是空前的,在此之前无论诗还是其他文体在形式上都不具有这样的丰富性。由于每一体、每一调都有自己特殊的要求,这就可以为词人展示自己的创作才华提供广阔的舞台,从而使情感表现更为形象、细致。

  再次,宋词形象而全面地展现了人类生活与内心世界的丰富性。一般人常将宋词称为"艳科",也就是以表现男女恋情为主。但是,宋词并不仅仅局限于"艳科",它同样也表现了宋人的多种情感,特别是苏轼以后,词在内容上可以说是无意不可入、无事不可入了。正如王易所说:"入宋则由令化慢,由简化繁。情不囿于燕私,辞不限于绮语。上之可寻圣贤之名理,大之可发忠爱之热忱。寄慨于剩水残山,托兴于美人香草。合风雅骚章之轨,同温柔敦厚之归。故可抗手三唐,希声六代,树有宋文坛之帜,绍汉魏乐府之宗。"(《词曲史》)这就是说,宋词由于表现内容的多样性,于是就有了足以与前代诗歌相抗衡的资本。固然,宋词的内容应当说是比较广泛的,但是,内容的广泛并不是宋词的优势,因为在这一点上,它无论如何也无法与唐诗甚至宋诗相比。实际上,宋词的特点与优势恰恰在于它的"艳科"。这样的"艳科"表面上看来失之单调,但如果我们对中国文学史有了大致的了解之后,就会明白它的价值所在。《诗经》以后,实用主义的文学观一直对文学创作产生着深刻的影响。《诗大序》强调诗歌要"经夫妇,成孝敬,厚人伦,美教化,移风俗",曹丕则认为"文章,经国之大业,不朽之盛事"(《典论·论文》)。在诗歌创作上,言志的传统始终占据着主导地位。所谓的志,其实就是诗人的政治道德思想。所以,不论是诗歌还是散文、赋等,这些传统文学的侧重点在于表现道德、政治或与政治有关的人生情感。因此,在这样的文学中,我们只能经常看到作家的政治、道德观点或情怀,它们所表现的是作家的社会性。而人性的复杂性、内心情感的丰富性就很少能直观地看出。宋词则不然,它侧重在表现过去的文学中表现得较少的艳情上,从而将文学由朝堂、厅堂引向了闺房。宋代从封建皇帝、王公大人到贩夫走卒之所以对词的创作乐此不疲,一个很重要的原因就是词能将过去不便言或不能言的私生活情感较少顾忌地表现出来。[①] 例如,欧阳修是北宋著名的政治家,他在散文上强调"道胜文至",诗歌创作上主张要反映民生疾苦。然而他却写出这样的词来:"凤髻金泥带,龙纹玉掌梳。走来窗下笑相扶,爱道画眉深浅入时无? 弄笔偎人久,描花试手初。等闲妨了绣功夫,笑问双鸳鸯字怎生书。"(《南歌子》)描写一位书生与一位新婚女子的闺房情趣,极为生动形象。这样的作品在过去的诗歌中少有,凭过去的阅读经验也很难将它与欧阳修这样严肃的政治家联系在一起。然而,这样的作品正表现了欧阳修生活的多样性、情感的丰富性。词中所写的情景,可能是欧阳修自己的生活情景,也可能是一种艺术创造,但不管怎样,它无疑为我们展示了欧阳修情感生活的另外一个方面。我们将它与诗、文合在一起,便可以看出一个立体的、完整的欧阳修了。又如贺铸,他的言行都不拘礼俗,以豪放著称,然而他的《青玉案》却为我们展现了他的另外一面:"凌波不过横塘路,但目送、芳尘去。锦瑟年华谁与度?月桥花院,琐窗朱户,只有春知处。 碧云冉冉蘅皋暮,彩笔新题断肠句。试问闲愁都几许?一川烟草,满城风絮,梅子黄时雨。"作品写的是晚年无聊闲坐,因看到一位年轻漂亮的女子而引起的内心波动。这种内容在诗文中是极少见到的,而这首词却使我们看到了贺铸多愁善感的一面。总之,宋词为我们打开了一道了解宋人多样化生活、丰富的人生情感的窗口,而这正是过去的文学所缺少的。

最后,宋词在中国文学发展史上起着承上启下的作用。清人沈谦说:"承诗启曲者,词也。上不可以似诗,下不可以似曲,然诗与曲又俱可入词,贵人自运。"(《填词杂说》)这话揭示了词在中国文学史上的特殊意义。诗、词、曲是三种不同的话语系统,无论内容还是语言、功能等,均有各自的特色和不成文的规定。诗长期以来作为言志的工具,与政治的关系密切,因而无论内容还是语言,都以雅为主要的审美特征。所以,当白居易以通俗为追求的目标时,便遭到了人们普遍的批评。张打油、胡钉铰等在传统诗人看来更是俗不可耐。因此,诗一直都是典雅的象征。相反,曲则是通俗的代表。曲(散曲)与词相比,在俗的这一方面显得

[①] 参见谢桃坊《宋词概论》,第88页,四川文艺出版社1992年版。

更为突出。在语言上它的口语化特征尤为明显,在内容上则更多地表现下层民众的趣味,因而被称为"市井俗曲"。例如关汉卿的《大德歌·夏》:"俏冤家,在天涯,偏那里绿杨堪系马。因坐南窗下数清风想念他。蛾眉淡了教谁画?瘦岩岩羞带石榴花。"与词相比,更通俗,更直率。从词的体裁与功能来说,由于一开始词就是一种和乐的娱乐文学,其主要的功能在娱乐,它的这种大众化的特点,在相当长的时期内与经典的诗歌是很不相同的,这也是它在晚唐五代和宋代被人轻视的原因。诗对词保持着一种高度警惕的态度,然而,词却始终对诗持一种开放的态度,很多词人在创作时有意识地借用诗句或诗的意境等,例如晏几道的"落花人独立,微雨燕双飞"就直接借用了唐人翁宏的诗句。周邦彦、贺铸等在他们的作品中大量化用了唐人诗句。这种情况正如清人陈廷焯所说:"诗中不可作词语,词中不妨有诗语。"(《白雨斋词话》卷五)特别是到了苏轼时,以诗为词,将诗的内容、词汇、意象等大量引入词中,在很大程度上改变了词的原貌。这样,词的娱乐成分减少了,抒情色彩增加了,词在一定程度上成了一种合乐的新诗体,完成了从俗到雅的转变。这样,经过改造发展后的宋词实际上在诗、词、曲这三个话语系统中正好处在中间。清人李渔说:"诗有诗之腔调,曲有曲之腔调。诗之腔调宜古雅,曲之腔调宜近俗,词之腔调则在雅俗相和之间。"(《窥词管见》)由于词的这种特点,金元的散曲创作就直接受了宋词的启发,因此散曲被称为"词余"。元人陶宗仪说:"金季国初,乐府(散曲)犹宋词之流。"(《辍耕录》卷二十七)清人李调元所作《雨村曲话自序》也载:"予辑曲话甫成,客有谓予曰:'词,诗之余。曲,词之余。'"近代以来,词源于诗、曲源于词的观点更成了共识。王国维统计,曲的300多调中,出于唐、宋词的有75调,于是认为"(曲)之字句之数,或与古词不同,当由时代变迁之故;其渊源所自,要不可诬也"(《宋元戏曲考》八)。任二北先生也认为:"词源于诗,而流为曲。曲源于词,而流为小曲。"(《词曲通义》二)清人李调元从具体作品中证明了这一点:"宋人多以曲调为词调,如用'十'、'个'、'你'之类是也。石孝友《惜奴娇》云:'我已多情,更撞着多情的你。把一心十分向你。尽他们,劣心肠,偏有你。共你。撇了人,只为个你。　宿世冤家,百忙里方知你。没前程,阿谁似你?坏却才名,到如今都因你。是你,我也没星儿恨你。'通首不用韵,只以十个'你'字成韵,元人书皆本此。"(《雨村词话》卷二)以上材料足以证明,宋词在中国文学的发展史上扮演着一个十分重要而特殊的角色。

　　正是因为宋词具有以上多方面的特点和成就,所以,随着时代的发展,它的地位终于得到了历史的承认,成为了宋代文学的代表。

二、宋词的深远影响

　　宋词的影响是多方面的,这大致可以从两个方面来说明。一个是创作方面的,一个是认识研究方面的。在创作这一方面,又可分为两种情况,即横向的影响和纵向的影响。所谓横向的影响,指的是对同时的辽金文学的或其他国家的影响。所谓纵向的影响,指的是对后世词的创作的影响。

首先看横向的影响,况周颐曾说:"金(词)源之于南宋,时代政同,疆域之不同,人事为之耳。"(《蕙风词话》卷三)这是就南宋来说的。其实早在北宋后期,宋词对北方金国词的创作就发生了重要影响。元好问在《中州集》卷一中说:"国初文士如宇文太学、蔡丞相、吴深州之等,不可不谓之豪杰之士,然皆宋儒。"元好问说到的这些人由于种种原因被留在金国,因此就将宋词带入了金国。在北宋时期,对金国词的创作影响最大的是苏轼。金初最早接受苏轼影响的是吴激和蔡松年,其中蔡松年所受的影响尤深。蔡有《明秀集》六卷,录词177首。金末魏道明作注时,几乎将每一首都与苏轼联系在一起,可见苏轼对蔡的影响。蔡在风格上继承了苏轼豪放旷达的一面,同时,也多化用苏词的句子,追和苏轼词。例如他的《念奴娇》:

离骚痛饮,问人生佳处,能消何物?江左诸人成底事,空想岩岩青壁。五亩苍烟,一丘寒玉,岁晚忧风雪。西州扶病,至今悲感前杰。　　我梦卜筑萧闲,觉来岩桂,十里幽香发。块垒胸中冰与炭,一酹春风都灭。胜日神交,悠然得意,离恨无毫发。古今同致,永和徒记年月。

这首词和的是苏轼的《念奴娇》(赤壁怀古),只不过是化激烈为沉郁,其抑郁不得志的精神内涵与苏词的是一致的。金国词人中最为杰出的无疑是元好问,元好问的词雄阔豪放,而这种风格就来源于苏轼、辛弃疾。元好问曾说:"乐府以来,东坡第一,以后便到稼轩。"(《遗山自题乐府》)极力推崇苏轼和辛弃疾,因此,他的词也努力学习苏、辛词,并且能自出新意。例如《鹧鸪天》:

只近浮名不近情,且看不饮更何成?三杯渐觉纷华远,一斗都浇魂垒平。　　醒复醉,醉还醒。灵均憔悴可怜生。《离骚》读杀浑无味,好个诗家阮步兵!

用平易的语言来表达沉痛之情,与辛弃疾词极为接近。

不仅如此,宋词的影响还扩大到了当时或稍后的朝鲜、日本。例如日本人森槐南(明治时人)写的《念奴娇》(书晓风残月词后):

耆卿绝调,奉天家圣旨,蓬莱宫阙。报道宫娃争按拍,满殿歌云凝咽。红杏尚书,微云学士,让尔传新阕。重来谁识,晓风尽残月。　　犹似眄望华清,露寒仙掌,万古风流歇。词客遭逢如此耳,夜雨淋零凄切。不是梧桐,依然杨柳,白尽梨园发。更怜身后,酒醒寒食时节。

词中表达了对柳永的仰慕和同情。作者对宋词的熟悉程度不亚于中国人。

从纵向来说,宋词对后世的影响就更为深远。如前所述,宋词由于在各方面都已高度成熟,因而对于后世来说,就具有典范意义。可以说,元明清的词是在宋词的影响下发展起来的,宋词对后世词的影响完全可以与唐诗对后世诗的影响媲美。

元代是我国文化的衰落期,词的创作固然不太繁荣,然而,在取向上毫无疑问是以宋词为宗的。陆辅之《词旨》上"词说七则"云:"周清真(邦彦)之典丽,姜白石(夔)之骚雅,史梅溪(达祖)之句法,吴梦窗(文英)之字面。取四家之所长,去四家之所短,此翁(张炎)之要诀也。学者所谓刻鹄不成尚类犬鹜者也。"这就明确地号召学词的人要向宋代的周邦彦、姜夔、史达祖、吴文英学习。陆辅之在《词旨》中所举的例子,几乎全是宋词,这也实际上是将宋词视为创作的典范。南宋时最流行的选本《草堂诗余》在明代得到了人们的普遍重视,将其视为学词的典范,所以杨慎和沈际飞先后对它进行了评点,顾从敬又加以分调类编。清代是词学大盛的时期,词的创作出现了再度繁荣。清人陈廷焯说:"国(清)初诸公出,如五色朗畅,八音和鸣,备极一时之盛。然规模虽具,精蕴未宣。综论群公,其病有二:一则板袭南宋面目而遗其真,谋色揣称,雅而不韵;一则专习北宋小令,务取浓艳,遂以为晏欧复生。……反是者一陈其年,然弟得稼轩之貌,蹈扬湖海,不免叫嚣。"(《白雨斋词话》卷一)清田同之说:"本朝(清)士夫,词笔风流,自彭、王、邹、董以及迦陵、实庵、蛟门、方虎,并浙西六家等,无不追踪两宋。"(《西甫词说》)这就指出了清词实际上在某种程度上是宋词的继续。事实也是这样,清代影响最大的浙西词派的主要人物朱彝尊就说:"世人言词,必称北宋,然词至南宋始极其工,至宋季而始极其变。姜尧章氏最为杰出。"(《词宗·发凡》)对南宋词中的姜夔等人推崇备至。在他的影响下,"数十年来,浙西填词者,家白石(姜夔)而户玉田(张炎)。"浙西词派影响清代词坛达100余年,这实际上也是姜夔等人影响了清代100余年。直至今天,社会上许多人对宋代著名的词人常能做到如数家珍,创作上仍然以宋词为正宗。

从元代以来,对宋词的研究一直是中国古代文学研究中的一门显学。人们对宋词的不断研究,从另一方面来看,也是宋词对后世产生影响的表现。因为很难想象,一种对后世没有影响、在人们心目中没有地位的文学会引起人们的广泛关注。

宋代,由于人们对词的普遍轻视,尽管诗学十分发达,但人们对词的研究并没有太大的兴趣。因此,研究的面既不广,深度有限,形式也比较单一,专门的研究著作数量十分有限。明代,随着词的地位的提高,人们对宋词的研究有了质的飞跃,出现了大量的研究著作,涌现了一批词学名家,如杨慎、张綖、顾从敬、沈际飞、沈谦等,对宋词的研究广度拓宽了,深度加强了,涉及了许多过去未曾涉及的问题,提出了许多深刻的观点。如杨慎对宋词意象的研究,沈际飞对宋词的评点,张綖、顾从敬对词调的分类总结,特别是张綖对宋词豪放、婉约风格的划分,对后世更是产生了深远的影响。清代对宋词的研究更加兴盛,并首次提出了"词学"的概念,无论是对宋代词集的整理、格律的研究以及艺术分析等,均远远超越了前人,涌现了朱彝尊、万树、戈载、张惠言、周济、陈廷焯、朱祖谋等宋词研究大家,他们对宋词资料的整理、对宋词特征的阐发归纳,大大加强了人们对宋词的认识。历史进入20世纪以后,宋词的研究得到了前所未有的重视,形成了一支庞大的宋词研究队伍,除了王国维、胡适、龙榆生、夏承焘、唐圭璋等名家之外,还有许多知名或不知名的研究者在从事着宋词的研究,发表的论文和出版的专著数量极为可观。

由上可知,人们对宋词的兴趣日益增长,这实际上从另一个侧面说明了宋词在中国文学史上的地位以及它对后世的影响。

第十四章

宋词的阅读与欣赏

宋词作为一代之文学,它贡献了大量优秀的作品,长期以来深得人们的喜爱。其中的经典作品,人们更是不断吟诵品味,将其视为重要的精神享受。

那么,作为一般的读者,我们怎样才能正确地阅读与欣赏宋词呢?毫无疑问,多读是阅读、欣赏的基础。除此之外,还应当具备三个方面的知识和能力,即了解宋词的特点和有关社会背景、把握合适的着眼点、掌握正确的阅读欣赏方法。只有在以上三方面有了一定的基础,才能较好地阅读、欣赏宋词。

一、阅读与欣赏宋词的知识基础

读词如读人,要正确地理解一个人,就必须了解他的出生、经历、性别、性格等,同样,阅读与欣赏宋词,我们也必须对宋词作品产生的背景、它的体裁及作者等有一定的了解。

首先,是对于词人生平、思想、经历的了解。一首具体的作品往往有特定的产生背景,这种背景往往与其内容、艺术有密切关系。如果不了解,对作品的理解就无法深入,甚至会出现偏差。例如贺铸的《踏莎行》:

> 杨柳回塘,鸳鸯别浦,绿萍涨断莲舟路。断无蜂蝶慕幽香,红衣脱尽芳心苦。　　返照迎潮,行云带雨,依依似与骚人语。当年不肯嫁春风,无端却被秋风误。

这是一首咏莲花之作,表面看来像是一般的咏物词,但是,稍有中国古典文学修养的人在阅读这首词的时候,都可以凭直觉感到它不是简单地咏物,而是有言外之意,别有寄托。如果要理解它的言外之意,也就是词中所说的"芳心苦",就必须对贺铸本人的经历、思想有一定的了解。贺铸生活在新旧党争最为激烈的北宋中后期,党争,这是当时大多数士人绕不开的问题。贺铸正是因为在党争问题上有自己的立场,同情以司马光为首的旧党,再加上生性耿直,尚气使酒,故一生沉沦下僚,抑郁不得志。据此,我们可以认为,词中"当年"这两句的感慨,当与新旧党争有关,"不肯嫁春风"者,似乎指他不肯附和以王安石为首的新党;"无端却被秋风误",则似指元祐时期旧党执政后,他也不被旧党重用。假如不对贺铸的生平和当时的社会背景有一定的了解,我们就很难深入理解词中"芳心苦"的具体含义。

其次,是对于作品产生的时代背景的了解。任何作品都不可能产生于真空之中,必然会是一定社会条件下的产物,宋词也不例外。宋词不管是婉约词还是豪放词,都与特定的社会、历史条件相联系,甚至有的往往还有特殊的产生背景。如果对这些情况不了解,也很难深入透彻地把握作品的主旨。例如辛弃疾的《菩萨蛮》(书江西造口壁):

郁孤台下清江水,中间多少行人泪。西北望长安,可怜无数山。青山遮不住,毕竟东流去。江晚正愁予,山深闻鹧鸪。

这首词是辛弃疾当年路过江西郁孤台,书写在造口上的一首作品。初读这首词,读者无不为作品表现出来的强烈情感所打动,这就是卓人月《古今词统》中所说的"忠愤之气,拂拂指端"。但是,要深入了解其具体的内涵和艺术,就必须了解这首词产生的背景和造口一带的地理情况。据宋人罗大经《鹤林玉露》卷四载:"南渡之初,虏人追隆祐太后御舟至造口,不及而还。幼安由此起兴。"这就是这首词产生的背景。那么,为什么这件事会激发辛弃疾如此强烈的情感呢?这就要从隆祐太后本人和她被追的原因说起。隆祐太后姓孟,是宋哲宗时被废的皇后,宋高宗的伯母。靖康之难时,因住在民居,没有被掳北上。她曾与一大批官员被金兵从江西洪州(南昌)追赶到吉州(吉安),又被追赶到虔州(赣县),最后终于摆脱金人的追捕,来到杭州,把政权交给了宋高宗。曾重用抗敌将领韩世忠、张浚等。而郁孤台在今江西赣州市西南。清江则是指赣江与袁江合流处。了解了这些背景知识之后,我们才能弄明白,他之所以有如此强烈的感情,是因为像隆祐太后这样的人都被金人追得惶惶不可终日,由此可见靖康之难后国家的危险到了怎么样的程度,从而体会出辛弃疾的忧国之心是何等强烈!这"行人"既指他人,更指词人自己。而了解了相关的地理知识之后,我们才能明白郁孤台、清江、造口之间的关系,也才能明白"西北望长安"一句,指的是遥望北宋京城汴京。

再次,是对于词体本身相关知识的了解。相对于诗,词作为一种新型文体,它在体制、风格等方面具有一些与唐诗很不相同的特点。谢元淮《填词浅说》云:"词之为体,上不可入诗,下不可入曲,要于诗与曲之间,自成一境,守定词场疆界,方称本色当行。"王国维说:"词之为体,要眇宜修,能言诗之所不能言,而不能尽言诗所能言。诗之境阔,词之言长。"(《人间词话》)"诗之境阔,词之言长",这是对词与诗两种文体特点及区别所作的最经典的概括之一。所谓"诗之境阔"就是说,诗的境界一般以阔大为美;所谓"词之言长",就是词以委婉深曲、意味深长为美。不了解这一点,就难于理解宋词的特点。例如晏几道的《临江仙》:

> 梦后楼台高锁,酒醒帘幕低垂。去年春恨却来时。落花人独立,微雨燕双飞。　记得小蘋初见,两重心字罗衣。琵琶弦上说相思。当时明月在,曾照彩云归。

清代著名评论家陈廷焯在《白雨斋词话》卷一中评论此词:"'去年春恨却来时。落花人独立,微雨燕双飞',又'当时明月在,曾照彩云归',既闲婉,又沉着,当时更无敌手。"评价极高。我们知道,晏几道这首词中的"落花人独立,微雨燕双飞"完全沿用了晚唐时翁宏《春残》中的成句:"又是春残也,如何出翠帏?落花人独立,微雨燕双飞。"那么为什么完全相同的句子,在翁宏的《春残》中少有人知,而到了晏几道的手里却大放异彩呢?这就不能不从文体上找原因。如前所述,"诗之境阔,词之言长"指的是诗与词这两种不同文体的不同特点,也可以说是它们的不同性格。"落花人独立,微雨燕双飞"意象幽微,无论落花、人还是微雨、燕,都是体积较小之物,其意境幽微深曲,完全没有雄阔之气,这在以"境阔"取胜的诗歌中,颇有点不伦不类,却完全吻合"词之言长"的特点。打个比方,这就像一张樱桃小嘴,如果长在男人脸上总觉不伦不类,但长在女人脸上却绝对会成为亮点。所以,对词的整体风格的了解,对于理解词作是非常重要的。了解了诗词的不同风格,我们就很容易理解为什么宋词中豪放词是少数,婉约词是多数,同时也很容易理解为什么人们评论苏轼以诗为词、秦观诗似小词的现象了。

再如辛弃疾的《破阵子》(为陈同甫赋壮词以寄之):

> 醉里挑灯看剑,梦回吹角连营。八百里分麾下炙,五十弦翻塞外声。沙场秋点兵。　马作的卢飞快,弓如霹雳弦惊。了却君王天下事,赢得生前身后名。可怜白发生!

这首词风格豪壮,情感沉痛动人。而要对这一艺术特点有充分的了解,就必须了解宋词的语言特点、结构特点等。一般的宋词多以杂言为主,不像诗以齐言为主。这首词既有五字句,也有六字句、七字句。在情感的表现上,它很好地利用了《破阵子》的这种五、六、七三种句式并存的特点,制造了一些特殊的声律效果,多方面地表现了词人情感的变化。这种效果是一般的律诗所无法达到的。而一般的宋词的结构是分上、下两阕,上阕写景,下阕抒情,下阕的第一句往往是全词的转折点。这首词虽然在形式上分为上、下两阕,但在内容上则完全连为一体,只是到最后一句"可怜白发生"才在内容上发生重大转折。可见,它的转折点也是它的终结点,由此可以看出这首词在结构上的创新,不同一般。

其实,除了上述的三个方面之外,还应当对中国古代的各种典章制度、典故、诗词格律等有一些了解,这样才能较好地阅读、欣赏宋词。从阅读、欣赏者的角度来说,掌握的相关知识越多,对宋词的阅读、欣赏就越能深入,就能做到察人所不能察,明人所不能明,言人所不能言。

二、阅读与欣赏宋词的着眼点

了解相关的背景知识,只是阅读、欣赏宋词的第一步。当我们要正式进入阅读、欣赏环节时,还面临着一个从哪些方面来进行的问题。这个问题不解决,就如老虎吃天,无从下口。阅读、欣赏的着眼点,就是我们阅读、欣赏宋词的角度和切入点,在某种程度上其实也是衡量一篇作品的标准。

对于今天的阅读、欣赏者来说,阅读、欣赏宋词第一个需要重点关注的,就是词所能达到的立意深度、思想新颖度、情感感人度。可以说,词的立意、思想、情感是词的生命和灵魂,《红楼梦》第四十八回中林黛玉论诗说:"词句究竟还是末事,第一立意要紧。若意趣真了,连词句不用修饰,自是好的,这叫做'不以词害意'。"诗是这样,词也是如此。因此,一篇宋词作品只要立意和思想深刻新颖,表达的情感动人,即使在语言上不是那么精美,结构上不是那么复杂,同样不失为优秀之作。例如李之仪的《卜算子》:

> 我住长江头,君住长江尾。日日思君不见君,共饮长江水。此水几时休,此恨何时已。只愿君心似我心,定不负相思意。

这首词语言通俗浅易,表达出来的感情却是那么真挚,那么强烈,那么动人,千载之下,读来依然令人回味无穷。这种来自于情感的力量,比来自于纯粹的语言修辞上的力量往往更具穿透力。

岳飞的代表作《满江红》更是一首以情动人的宋词名作:

> 怒发冲冠,凭阑处、潇潇雨歇。抬望眼、仰天长啸,壮怀激烈。三十功名尘与土,八千里路云和月。莫等闲,白了少年头,空悲切。靖康耻,犹未雪。臣子恨,何时灭。驾长车踏破,贺兰山缺。壮志饥餐胡虏肉,笑谈渴饮匈奴血。待从头,收拾旧山河,朝天阙。

直至今日,这首词仍然是人们最熟悉的宋词之一。主要原因不在于它的艺术技巧有多么高超,语言有多么精美,而是作品所表达出来的强烈的爱国之情使人感动、震动。"这是一首振奋人心的壮词,词中洋溢着勇赴国难、气吞万里的豪情壮志,不仅能激发起人们爱国主义的崇高情操,还使人们对这位中兴名将铁马金戈、横槊中原的业绩获得形象的认识……这是一首充满爱国豪情的战歌。"[①] 这段话非常准确地指出了这首词的魅力所在。

词的意境也是我们在阅读、欣赏宋词时应当重点关注的。意境是否优美形象,往往是衡量一篇作品是否优秀的重要依据。王国维在《人间词话》中说:"词以境界为上,有境界则自成高格,自有名句。"这话是有道理的。例如李清照的《一剪梅》:

红藕香残玉簟秋。轻解罗裳,独上兰舟。云中谁寄锦书来?雁字回时,月满西楼。　　花自飘零水自流。一种相思,两处闲愁。此情无计可消除,才下眉头,却上心头。

这首词表现李清照的相思之情,在真挚动人的同时,意境也特别优美。红藕、玉簟、罗裳、兰舟、锦书、雁字、月、花等意象,色泽动人,小巧精美,给人以鲜明的视觉感受,再加上轻柔的动作,美好的情思,一起组成了一幅幅动人的图画,形成了优美鲜明的意境,大大增强了作品的艺术感染力。

再如张孝祥的《西江月》(黄陵庙):

满载一船明月,平铺千里秋江。波神留我看斜阳,唤起鳞鳞细浪。　　明日风回更好,今朝露宿何妨。水晶宫里奏《霓裳》,准拟岳阳楼上。

这首词描写黄陵庙前洞庭湖的景象,江水一色,画面鲜明,又有优美的想象,构成了一种声色俱佳的动人的意境,令人神往,也使作品具有了魅力。

对于阅读、欣赏的着眼点这一问题,第七章唐诗的阅读与欣赏中曾提到刘勰在《文心雕龙·知音》提出的"六观"说,同样适用于宋词的阅读、欣赏。下面试结合宋词分别加以说明。

一是观位体。所谓观位体,就是"根据体制风格来探索情理,从而研讨作者怎样'情理设位'、'因情立体'。"[②] 也就是从作品的体制风格入手来阅读、欣赏,看其根据思想内容确定作品所采用的表现风格,所采用的表现风格有没有独特性、有没有自己的个性,同时,风格与作品所表现的思想内容是否合适,这是考察一篇作品的重要尺度。例如辛弃疾的《摸鱼儿》:

---

① 唐圭璋《唐宋词选释》(中卷),第115页,人民文学出版社1979年版。
② 周振甫《文心雕龙注释》,第524页,人民文学出版社1983年版。

更能消、几番风雨,匆匆春又归去。惜春长怕花开早,何况落红无数!春且住。见说道,天涯芳草无归路。怨春不语。算只有殷勤,画檐蛛网,尽日惹飞絮。　　长门事,准拟佳期又误。蛾眉曾有人妒。千金纵买相如赋,脉脉此情谁诉?君莫舞,君不见,玉环飞燕皆尘土!闲愁最苦。休去倚危栏,斜阳正在,烟柳断肠处。

这首词的写作背景,在小序中说得很清楚,即"淳熙己亥,自湖北漕移湖南,同官王正之置酒小山亭,为赋"。也就是说,本篇作于淳熙六年(1179),当时辛弃疾40岁。从小序中可知,这首词与男女之情无涉,也不大可能是单纯的惜春之作。联系到词人写作此词时正是40岁的大好年华,同时作品中表现出强烈的愁苦之情,由此我们很容易想到,它与词人的处境、身世肯定有必然的联系。这一主题,这种情感,在诗词中并不鲜见。但问题是采用何种风格来表现,这就涉及艺术手段、艺术修养了。辛弃疾本人的大多数表现此类主题的作品,往往具有沉郁、豪放一类的风格,但这首词显然不是,它呈现的是一种婉约的风格。这种风格的具体表现就像宋代许多婉约词一样,作品的主人公是一位女性,上阕写惜春之情,下阕写后宫争斗。我们知道,宋代绝大多数婉约词表现的都是男女之间的相思离别,而这首词,如前所述,表现的是辛弃疾的处境、身世,与男女之情无涉。这就意味着这首词表面上是婉约词,骨子里是豪放词。用婉约的风格来表现豪放的内容,借男女之情写君臣之遇,这在诗里常有,但在宋词里是极为少见的;而且表现得又是如此妥帖,入情入理,由此可见这首词风格上的独特性。它与众不同的个性特征也表露无遗。从这首词的风格,我们也可以看到辛弃疾高深的艺术修养。

我们不妨将周邦彦的《少年游》与柳永的《斗百花》作一点比较:

并刀如水,吴盐胜雪,纤手破新橙。锦幄初温,兽香不断,相对坐吹笙。低声问:向谁行宿?城上已三更。马滑霜浓,不如休去,直是少人行。
　　　　　　　　　　　　　　——周邦彦《少年游》
满搦宫腰纤细,年纪方当笄岁。刚被风流沾惹,与合垂杨双髻。初学严妆,如描似削身材,怯雨羞云情意。举措多娇媚。　　争奈心性,未会先怜佳婿。长是夜深,不肯便入鸳被。与解罗裳,盈盈背立银釭,却道你但先睡。
　　　　　　　　　　　　　　——柳永《斗百花》

两首词的内容都是描写与妓女的交往,但风格迥然不同,周词典雅含蓄,柳词通俗直率。这种风格上的差异,决定了两首词在艺术成就上的高低。所以,周词常是评论家称道的名作,谭献《谭评词辨》卷一评其"丽极而清,清极而婉"。而柳词很少有人提及。为什么会这样?这是因为风格即品格,品格往往即人格。

二是观置辞。所谓观置辞,顾名思义,就是考察一首作品在遣词造句上的特色,以此来观察作品语言上的成就。我们经常说,文学是语言的艺术,诗词文体尤其重视语言。这是我们在阅读、欣赏宋词作品时必须重点关注的。当然,在考察一首词的语言特色时,我们可以从多个角度来进行,如语言的独特风格、镕铸前人著作词汇的水平、语言的表现力、语言的精练程度等。例如秦观的《满庭芳》:

山抹微云,天连衰草,画角声断谯门。暂停征棹,聊共饮离尊。多少蓬莱旧事,空回首、烟霭纷纷。斜阳外,寒鸦万点,流水绕孤村。　　销魂。当此际,香囊暗解,罗带轻分。谩赢得青楼、薄幸名存。此去何时见也?襟袖上、空惹啼痕。伤情处,高城望断,灯火已黄昏。

这首词在内容上比较平庸,表现的还是常见的相思离别。但是,它在语言上有自己的特色,主要表现在:第一,用词准确,表现出很深的锤炼功夫。这突出地体现在词的开头两句"山抹微云,天连衰草"中的"抹"、"连"二字上。"连"字,有的版本作"粘"。《词林纪事》引钮琇的话说:"少游词'山抹微云,天粘衰草',其用意在'抹'字、'粘'字。"俞平伯先生认为"炼字极工"。[①] 不管是作"粘"字还是"连"字,二字都得到了评论家的高度肯定。原因何在?是因为这二字非常准确地写出了山上抹着微云、天与草连成一片的景象,除此之外,难以找到其他词替代。这既说明了词人观察之细,同时也可以看出锤炼之深;第二,巧妙化用前人成句。词中"斜阳外,寒鸦万点,流水绕孤村"从隋炀帝诗句"寒鸦千万点,流水绕孤村"变化而来,不仅增加了作品的书卷气,而且用得恰到好处,非常自然。"谩赢得青楼、薄幸名存"从杜牧"十年一觉扬州梦,赢得青楼薄幸名"化出,"伤情处,高城望断,灯火已黄昏"则从唐人欧阳詹诗句"高城已不见,况复城中人"化出。这几句同样自然妥帖,天衣无缝。这说明词人有很强的语言镕铸能力。这首词在语言上的表现成为其最大的亮点。

宋祁的名作《玉楼春》:"东城渐觉风光好,縠皱波纹迎客棹。绿杨烟外晓寒轻,红杏枝头春意闹。　　浮生长恨欢娱少,肯爱千金轻一笑。为君持酒劝斜阳,且向花间留晚照。"其立意和表达的感情并无太多可称道之处,它的亮点也是在语言上,那就是"红杏枝头春意闹"一句中的"闹"在下字上的精彩。刘体仁《七颂堂词绎》评论道:"'红杏枝头春意闹',一'闹'字卓绝千古。"王国维《人间词话》也有类似的评价:"'红杏枝头春意闹',著一'闹'字而境界全出。"这个"闹"字,运

---

① 唐圭璋《唐宋词选释》(中卷),第115页,人民文学出版社1979年版。

用感化的方法,将视觉变为听觉,出人意表,新颖独特,取得了突出的表现效果。可以说,一个精彩的"闹"字带活并提升了一首平庸的词,将其原本是三流之作变成了一流作品。由此可见,词的语言具有多么神奇的魅力。

三是观通变。所谓观通变,就是从历史的角度考察一首作品在继承与创新上的表现。一首词,无论作者是否同意,当它进入公众视野时,它实际上就进入了三个可比的坐标:一是与前人类似的作品相比;二是与同时代词人类似的作品相比;三是与词人自己的作品相比。从通变的角度来说,则主要是从前两个方面来考察。将一首作品放在整个文学史上考察,其优劣也就能充分显示出来了。具体考察的角度可以从内容和艺术两方面来进行。例如苏轼的《水龙吟》(次韵章质夫杨花词):

似花还似非花,也无人惜从教坠。抛家傍路,思量却是,无情有思。萦损柔肠,困酣娇眼,欲开还闭。梦随风万里。寻郎去处,又还被,莺呼起。　　不恨此花飞尽,恨西园、落红难缀。晓来雨过,遗踪何在?一池萍碎。春色三分,二分尘土,一分流水。细看来,不是杨花,点点是离人泪。

这是一首咏杨花之作,在中国古代诗词中是常见的题材,但就是这样一首作品,赢得评论家很高的赞誉。如张炎《词源》卷下说:"东坡次章质夫杨花《水龙吟》韵,机锋相摩,起句便合让东坡出一头地,后片愈出愈奇,真是压倒今古。"王国维《人间词话》也说:"咏物之词,自以东坡《水龙吟》为最工。""压倒今古"、"最工",显然是将这首词放在整个词史上考察得出的结论,也就是说,是从通变的角度来进行评价的。那么,苏轼的这首词与以往的作品相比,其独特之处是什么呢?就在于它形神兼备,物我合一,虚实结合,细腻生动。过去的咏杨花之作,多是局限于花本身,如张先的"无数杨花过无影"等;有的描写细腻,但生动空灵不足,如章质夫《水龙吟》(即苏轼此词原唱)。而苏轼的这首词既是咏物,又是拟人,花人合一。特别是"困酣娇眼,欲开还闭"、"梦随风万里。寻郎去处,又还被,莺呼起"及"晓来雨过,遗踪何在?一池萍碎。春色三分,二分尘土,一分流水"等,既贴切,又形象,真是神来之笔。词人对人与物之间若即若离的分寸感的把握,十分准确。这就是它"压倒今古"的原因,也就是它的价值所在。

同样,李清照《武陵春》成为脍炙人口的名作也是同样的道理:

风住尘香花已尽,日晚倦梳头。物是人非事事休,欲语泪先流。　　闻说双溪春尚好,也拟泛轻舟。只恐双溪舴艋舟,载不动,许多愁。

这首词所表现的是人生的悲痛,这是中国古代诗词中常见的主题。但与同题材、同主题的作品相比,李清照有什么创新之处呢?这起码有两方面:一是"物是人非事事休,欲语泪先流"表达出来的沉痛无比强烈,更重要的是它通过一个人人心中所有,而人人笔下所无的细节,即"欲语泪先流",非常贴切地表达出了内心深处的巨大悲痛,这可是诗词史上从来没有人用如此简洁的语言表达出来的细节;二是"只恐双溪舴艋舟,载不动,许多愁",在写悲痛的方式上有所创新。在此之前,有李白"抽刀断水水更流,举杯销愁愁更愁"、李煜的"问君能有几多愁,恰似一江春水向东流"等说法,但李清照却以愁多船小难载来言愁,自出新意,不落俗套。这样,其独创性也就表现出来了。

宋词中的任何一首名作,从通变的角度来看,往往都是有其独到之处的,惟其如此,才有可能确立它在宋词史上的地位。明白了这一点,我们在阅读欣赏时,就应当将眼光放远一些,尽量避免孤立地看待作品,这样才能体味宋词的魅力。

四是观奇正。所谓观奇正,也是从风格和艺术手法的角度着眼,考察它是正统的,还是新奇的。众所周知,宋词长期以来以婉约的风格为正宗,所以有"词为艳科"、"别是一家"等说法。婉约就是正统,其他的就是非正统,就是新奇之作。例如范仲淹的《渔家傲》:

塞下秋来风景异,衡阳雁去无留意。四面边声连角起。千嶂里,长烟落日孤城闭。 浊酒一杯家万里,燕然未勒归无计。羌管悠悠霜满地。人不寐,将军白发征夫泪。

据魏泰《东轩笔录》卷十一载:"范文正公守边日,作《渔家傲》乐歌数阕,皆以'塞下秋来'为首句,颇述边镇之劳苦。欧阳公尝呼为穷塞主之词。"为什么称之为"穷塞主之词"? 就是因为它描写的边塞劳苦,与传统婉约词描写男女相思离别有很大的不同。在欧阳修那里,这"穷塞主之词"不无讥讽之意,而在我们今天看来,这正说明了它在风格上的与众不同之处。这便是它的价值所在。

我们今天之所以高度肯定苏轼的词作,在很大程度上也是因为它在风格上不同于婉约词,而表现出新的气象、手法和风格。例如大家熟知的《念奴娇》(赤壁怀古),该词通过恢宏的场景描写、出入古今的情怀等所表现出来的豪放风格是婉约词中没有的,为词坛带来了一股新风,所以,一经问世,便好评如潮。胡仔《苕溪渔隐丛话前集》卷五十九评论说:"东坡'大江东去'赤壁词,语意高妙,真古今绝唱。"元好问《题闲闲书赤壁赋后》评价说:"夏口之战,古今喜称道之。东坡赤壁词始戏以周郎自况也。词才百许字,而江山人物无复余蕴,宜其为乐府绝唱。"在这首词里,长江之水一改传统的"春水无风无浪"(和凝)、"斜晖脉脉水悠悠"(温庭筠)、"唯有长江水,无语东流"(柳永)的形象,代之以"大江东去,浪淘尽、千古风流人物"、"惊涛裂岸,卷起千堆雪"。这种风格上的创新,正是我们在阅读一首词时需要特别注意的地方。

五是观事义。就是考察作品如何运用典故、成句来表现思想情感，这既可以看出词人的文学修养，也可以看出作品在语言表现上所达到的成就。例如周邦彦《西河》(金陵怀古)：

佳丽地，南朝盛事谁记？山围故国绕清江，髻鬟对起。怒涛寂寞打孤城，风樯遥度天际。　　断崖树，犹倒倚，莫愁艇子曾系。空余旧迹郁苍苍，雾沉半垒。夜深月过女墙来，伤心东望淮水。　　酒旗戏鼓甚处市？想依稀、王谢邻里。燕子不知何世，向寻常、巷陌人家，相对如说兴亡，斜阳里。

作为周邦彦的代表作之一，其显著的特色之一就是对前人诗句的运用。许昂霄《词综偶评》说它"隐括唐人诗句，浑然天成"。陈廷焯《词则·放歌集》评论道："此词以'山围故国'、'朱雀桥边'二诗作蓝本，融化入律，气韵沉雄，音节悲壮。"可见人们充分肯定了这首词在运用前人诗句上的成功。这首词化用了唐刘禹锡《金陵五题·石头城》"山围故国周遭在，潮打空城寂寞回。淮水东边旧时月，夜深还过女墙来"；南朝乐府《莫愁乐》"莫愁在何处？莫愁石城西。艇子打两桨，催送莫愁来"；刘禹锡《金陵五题·乌衣巷》"朱雀桥边野草花，乌衣巷口夕阳斜。旧时王谢堂前燕，飞入寻常百姓家"。这些诗句都与金陵有关，而且各有侧重，有的用来写景，有的用来写古迹，有的用来抒情。一般的读者即使不知道所用原诗，也不影响对词的理解。可谓浑然天成，妙手得之。

在北宋的词中，运用典故、成句的情况相对较少，但到了南宋词中，情况就发生了改变，用典成了常见的现象。这在风格上是一种变化，在语言上也增加了一种特色。如辛弃疾的名作《永遇乐》(京口北固亭怀古)：

千古江山，英雄无觅，孙仲谋处。舞榭歌台，风流总被、雨打风吹去。斜阳草树，寻常巷陌，人道寄奴曾住。想当年、金戈铁马，气吞万里如虎。　　元嘉草草，封狼居胥，赢得仓皇北顾。四十三年，望中犹记，烽火扬州路。可堪回首，佛狸祠下，一片神鸦社鼓！凭谁问、廉颇老矣，尚能饭否？

这首词表现词人对时势的忧虑和自己希望为国效力的愿望，其中一个突出的特色是大量用典。这些典故用得非常贴切，主要表现在：一是所用典故多与京口有关；二是这些典故都是北伐的例子，与南宋当时的政治、军事形势密切相关；三是这些典故自成对比，含义丰富。上阕所用孙权、刘裕两个典故是北伐成功的范例，下阕所用刘义隆的典故则是北伐失败的例子，两相比较，教训深刻，令人深思。其言外之意非常明显，成则为孙权、刘裕，败则为刘义隆，关键在于准备是否充分。所以，尽管这首词用典稍多，但因为恰到好处，被杨慎《词品》评价"辛词当以'京口北固亭怀古'为第一"。

六是观宫商。即考察一首作品在音韵、节奏上的特点。宋词本身是合乐的，李清照在《词论》中就特别指出："盖诗文分平仄，而歌词分五音，又分五声，又分六律，又分清浊轻重，本押仄声韵，如押上声则协，如押入声则不可歌矣。"分五音，即分辨唇、齿、喉、舌、鼻五种部位的发音；论五声，即辨析宫、商、角、徵、羽五个音级；讲六律，即讲究六律六吕（古代乐律的十二律吕，阳六为律，阴六为吕，称六律六吕，十二律吕）；辨阴阳，即辨别字声的清浊轻重（清、轻字为阴声，重、浊字为阳声）。这就说明，与诗相比，词更讲究声律的要求。当然，作为普通读者，今天我们已经无法完全体会宋词这种声律上的韵味了，但是，对于宋词优美声律的主要特点，大体是可以领略的。例如李清照的《声声慢》：

寻寻觅觅，冷冷清清，凄凄惨惨戚戚。乍暖还寒时候，最难将息。三杯两盏淡酒，怎敌他、晚来风急。雁过也，正伤心，却是旧时相识。　满地黄花堆积。憔悴损，如今有谁堪摘。守着窗儿，独自怎生得黑。梧桐更兼细雨，到黄昏、点点滴滴。这次第，怎一个、愁字了得。

张端义《贵耳集》卷上评论这首词说："'寻寻觅觅，冷冷清清，凄凄惨惨切切。'此乃公孙大娘舞剑手。本朝非无能词之士，未曾有一下十四叠字者……后叠又云：'梧桐更兼细雨，到黄昏，点点滴滴。'又使叠字，俱无斧凿痕。"这还只是从用叠字的角度来给予的评价，其实更重要的是它在声情并茂上的完美表现。"寻寻"声音轻缓，"觅觅"声短而急促，从声音中透露出寻觅的曲折；"冷冷清清"一组上声一组平声，形象地传达出词人的感受；而"凄凄惨惨戚戚"全是舌音，将绝望之情表现得淋漓尽致。就整首词而言，多用入声字、齐齿、撮口呼，在声音上形成了一种极为突出的压抑感，非常细腻地表达了词人晚年的绝望心情。

同样，陆游的《钗头凤》在音韵、节奏上也有独到之处：

红酥手，黄縢酒，满城春色宫墙柳。东风恶，欢情薄，一怀愁绪，几年离索。错，错，错！　春如旧，人空瘦，泪痕红浥鲛绡透。桃花落，闲池阁。山盟虽在，锦书难托。莫，莫，莫！

这首词在句式上以一字句、三字句、四字句为主，上下阕各有一个七字句，在节奏上给人一种急迫而有变化的感觉。尤其是"错，错，错"、"莫，莫，莫"几个仄声一字句，声音短促而重复，表达出无限悔恨，无限悲痛。这样，作品就达到了音韵节奏与情感表现的完美结合，这无疑是这首词最突出的特色。忽略了这一点，就不免有遗珠之憾了。

除了上述几个方面之外,我们还可以从其他方面来着眼。"横看成岭侧成峰,远近高低各不同",这就是因为欣赏者所站的角度而造成的效果。其实,在阅读、欣赏时,着眼点、切入点越多、越独特,越能体现出一位欣赏者的水平,同时也越能体会到优秀之作的独到之处。一首优秀的宋词,它往往同时具有上述几个方面的特色,因此,我们在阅读、欣赏宋词时,也应当同时从多个角度来考察,不拘一格,随具体的作品而变化。

三、阅读与欣赏宋词的方法

阅读、欣赏的着眼点是解决阅读、欣赏关注点的问题,在具体的阅读、欣赏过程中,又需要讲究一定的方法。方法可以不同,往往因人而异,归纳起来,大致有如下几种。

(一) 品读

品读,就是细读。朱熹说:"学者贪做工夫,便看得义理不精。读书须是仔细,逐句逐字要见着落,若用工粗卤,不务精思,只道无可疑处,非无可疑,理会未到,不知有疑尔……盖天下义理只有一个是与非而已,是便是,是非便非,既有着落,虽不再读,自然道理浃洽,省记不忘。譬如饮食,从容咀嚼,其味必长。大嚼大咽,终不知味也。"(《朱子语类》卷十)我们认为,在对宋词的阅读、欣赏中,品读是最有效的方法之一。

从品读的角度来说,对宋词的阅读、欣赏又可以从以下几个方面来进行。

一是吟诵。通过吟诵不仅可以充分领略宋词作品的声音之美,同时,也可以熟悉作品,背诵作品,达到对作品的深入理解。

如前所述,宋词是有其独特的声律之美的,它不同于诗,也不同于曲,那么,我们要体会宋词作品的声律之美,如果不加以反复吟诵,就难以得其精髓。例如李清照《声声慢》中的"寻寻觅觅,冷冷清清,凄凄惨惨戚戚",这是宋词中声情并茂的典范之句。我们不妨分别尝试用心中默读、一般朗读、大声吟诵这三种方式来体会,其感受是很不相同的。心中默读固然也可以领略一点滋味,但印象并不深刻;一般朗读体会得深入一些,感受会具体一些,但不能真解其中味;大声吟诵因为要讲究声音的节奏、高低等,就必须认真体会揣摩词人的心情,以便吟诵时做到声情并茂,这时,作品内在的意蕴就能得到充分的发掘了。这也就是大声吟诵之所以能最好地体会作品精髓的原因。同样,如果我们在阅读、欣赏陆游的《钗头凤》时,如果仅仅是默读,也是很难体会它在音韵、节奏上的独到之处的。

二是细读。所谓细读,就是朱熹所说的"读书须是仔细,逐句逐字要见着落"。如果没有细读，只是囫囵吞枣，就很难防止误读，也不容易体会出经典作品的精妙，更发现不了宋词作品在思想内容和艺术表现上的微妙之处。例如欧阳修的《蝶恋花》：

庭院深深深几许？杨柳堆烟，帘幕无重数。玉勒雕鞍游冶处，楼高不见章台路。　雨横风狂三月暮，门掩黄昏，无计留春住。泪眼问花花不语，乱红飞过秋千去。

这是一首名作，它表现的是一位贵族妇女因受丈夫冷落而无比哀伤的心情，以表现细腻著称。这首词最令人称道的是最后两句"泪眼问花花不语，乱红飞过秋千去"，不细读细品，就难以理解其曲折，也体会不到其内涵的丰富。"泪眼"二字，明白表现了女主人公此时此刻的心情。而"问花"二字更需细细品味，一般人都是去问人，而不会随便去问花。那么，为什么女主人公有这样的反常行为？这实际上是暗示了女主人公周围无倾诉之人，无奈之下，才去问花。至于向花问什么问题，词中没有说，这就需要想象了，但肯定是有关她的命运与情感方面的。"花不语"三字看似平常，在一般人看来本是正常，但在女主人公眼里却是不正常的，这其中蕴涵着女主人公的埋怨，即怨花不语，不能解答她向它询问的问题。可见，女主人公对它是满怀希望的。"乱红飞过秋千去"似是描写乱红飞舞的青形，其实，它与上文"泪眼问花花不语"是一个整体。也就是说，它是女主人公问花的最终结果。花不语，花乱飞，本来是正常的自然现象，但是，当它们与女主人公"问花"联系在一起的时候，在女主人公看来，就成了最不正常的了。不语已令人失望，而更令人伤心的是，花竟然也不理睬女主人公，掉头而去。此景此情，可以想象女主人公肯定是伤心欲绝，令人无限同情。这样丰富的内涵和曲折的表达，只有在细读中才能体会。

再如辛弃疾的《水龙吟》（登建康赏心亭）：

楚天千里清秋，水随天去秋无际。遥岑远目，献愁供恨，玉簪螺髻。落日楼头，断鸿声里，江南游子。把吴钩看了，栏干拍遍，无人会，登临意。　休说鲈鱼堪脍，尽西风，季鹰归未？求田问舍，怕应羞见，刘郎才气。可惜流年，忧愁风雨，树犹如此！倩何人、唤取红巾翠袖，揾英雄泪。

这首词表现了辛弃疾怀才不遇、极度苦闷的心情。作品所表达的丰富内涵和复杂情感，是需要认真、仔细品读才能充分体会的。一是写景中寓有丰富的内涵。"献愁供恨"，表面看来是遥远的山表达出来的情感，其实是词人自己的心情，是典型的"有我之境"。而"落日楼头，断鸿声里，江南游子"三个场景，既是各自独立的,又是统一的一个整体,一个画面,暗示着作为江南游子的词人,就如同夕阳中不断哀鸣的断鸿。同时,也不妨将整个画面视为词人身在江南的政治处境的写照。二是细节中表现出来的丰富内涵。词中有看吴钩、拍栏杆两个动作细节,非常形象地表现了词人的心情,暗示出他心存报国之志,却又怀才不遇的无奈。三是典故中表现出来的丰富内涵。这三个典故中,尤其需要认真体会的是"休说"、"怕"、"犹"这三个关键词语。"休说"表达出的是希望不像张翰那样辞官回家,言外之意是希望投身于抗击金人的斗争中。"怕"字透露出不想像许汜那样求田问舍,经营个人的安乐窝,置国家天下于不顾。"犹"字所带出的"树犹如此"是一句成句,但省去了下句"人何以堪",其言外之意全在这"人何以堪"四字上。这三方面的内涵,不细品怎能充分体会?

宋词在抒发情感时,特别强调含蓄蕴藉,而且艺术表现丰富多彩,细腻生动,其立意、意境、风格、艺术,往往并不是一眼就可以看出的,必须认真细致地推敲体会,才能有所感悟。所以,阅读、欣赏时,认真细致是必备的态度和方法,不然是难解其中味的。

三是比较。这是品读中一种很有效的方法。人们常说,有比较才有鉴别。同样,阅读与欣赏宋词,比较也是必不可少的、较好的方法。通过比较,我们往往可以发现和体会到一般阅读中难于体会到的词作的佳妙和独特之处。比较的方法是多种多样的,如可以将词与诗进行比较,将词中同类题材、同一构思的作品进行比较等。例如,在晏几道的词中,有一首《鹧鸪天》是大家熟悉的名篇:

彩袖殷勤捧玉钟,当年拼却醉颜红。舞低杨柳楼心月,歌尽桃花扇底风。　从别后,忆相逢,几回梦魂与君同。今宵剩把银釭照,犹恐相逢是梦中。

这首词写与歌女的悲欢离合,历来深受好评。初读之后,我们即刻可以感觉其美。但要进一步领略其精妙,则要作一点比较。这首词的后两句"今宵剩把银釭照,犹恐相逢是梦中",正如许多学者指出的那样,是从杜甫《羌村三首》(其一)"夜阑更秉烛,相对如梦寐"中变化而来的。杜甫原诗写的是乱世之中夫妻相聚的梦幻感,从中可见当时人们的生存处境,诗句基本是由实词构成,所以它表达出的是一种事实、一种感受。而晏词与杜诗相比,最重要的变化有三个方面:一是将"相对如梦寐"化为"犹恐相逢是梦中";二是将"夜阑更秉烛"变为"今宵剩把银釭照";三是将"烛"改为"银釭"。这三处改变,都将杜诗原句改得更为曲折委婉,更符合词的特性。将"相对如梦寐"变化为"犹恐相逢是梦中",最大的变化是将杜诗中的"如"改变为"犹恐"。"如"表达的是一种已有的感觉,一种静止的状态,而"犹恐"则表达的是一种将信将疑的动态心理状况。前面第一句"今宵剩把银釭照"的动作本身就表现了对相逢真实性的怀疑,而这"犹恐"两字更表明了即使已反复用银釭来照,但怀疑依旧。可见,"犹恐"二字蕴涵无穷意味。此外,改"如"为"犹恐",不仅仅是字词的改变,而且使作品的含义更为丰富,表达也更为含蓄。晏几道的"今宵剩把银釭照"重点强调的是"剩把银釭照"这一动作,侧重点在"照"。它的意思非常明确,就是用银釭来照人,以此来强调对相逢的眼前人的怀疑。所以,晏几道的词句比杜甫的诗句更为明确,更见心迹,也更为曲折。至于改"烛"为"银釭",这看似一个意象的改变,但其实反映了诗作与词作所追求的审美趣味的差异。大体而言,诗往往多穷苦之言,词则往往多富贵之气。"烛"之为物,为平凡人家常见的照明材料,而"银釭"则非富贵之家不可能有,因而更能表现出富贵气。如果在阅读晏几道的这首词时,不将其与杜甫诗句作比较,只是孤立地理解,必然难以深入地领会到它的奥妙。

前面提到的李清照的《一剪梅》也是人们熟知的名篇。这首词写得极美,情感的表现也特别细腻,其中最受人称道的是最后几句。王世贞《艺苑卮言》说,"此情无计可消除,才下眉头,却上心头"这几句,"可谓憔悴支离矣。……此非深于闺恨者,不能也"。孤立地看,我们也可以初步体会到李清照这几句词的精妙,但如果将其与宋词中其他类似作品比较,体会就会更深一层,更进一步。在宋代其他词人的作品中,也有不少类似的写法,例如:"愁肠已断无由醉。酒未到、先成泪。残灯明灭枕头欹。谙尽孤眠滋味。都来此事,眉间心上,无计相回避。"(范仲淹《御街行》)"梁苑千花乱,隋堤一水长。眼前风物总悲凉。何况眉头心上、不相忘。"(向子諲《南歌子》)"睡又不成梦又休。多愁多病,当甚风流。真情一点苦萦人,才下眉尖,恰上心头。"(赵长卿《一剪梅·秋雨感悲》)在以上例子诸例中,范仲淹的"都来此事,眉间心上,无计相回避",据专家考证,可能是李清照这几句所本。撇开它们之间的渊源关系,单就内涵的丰富性和表达的艺术性来说,李清照的这几句确有其独到之处。范词只是客观地说明了愁绪之多的静止状况和无法解除的无奈,而李作则不仅说明了愁绪之多、无法解除的无奈,更重要的是通过"上"、"下"这两个动词,再加上一个虚词"却",非常形象地表达出了愁绪是一种有质感的东西,在眉头、心上之间流动,即才在眉头消失,却又在心头涌起。这样,词中的"无计"二字,得到了更形象和充分的说明。相比之下,向子諲的"何况眉头心上、不相忘"就未免太简单,而赵长卿的"真情一点苦萦人,才下眉尖,恰上心头"简直就是对李清照的抄袭。通过这番比较,我们对李清照这几句词的体会才会更深刻,也更觉其难能可贵。

(二) 想象体验

任何文学作品的阅读、欣赏都离不开想象,同样,对宋词的阅读、欣赏也必须借助于想象才能充分体会到它在情感内涵和艺术表达上的特点。想象既是一种阅读、欣赏过程中的心理体验，同时也是一种方法，是可以培养训练的。

我们在阅读、欣赏时，运用想象体验的方法时，可以按以下步骤进行：

第一步，想象作者当时的处境与心情。词作为宋代词人情感活动的记录，它必然要表现词人在特定情况下的情感心理。每一首词，在某种意义上就是表现词人在某一时刻、某一场景下的情感活动。正因为如此，所以，我们在阅读、欣赏宋词时，在对词人的生平、性格、思想以及所处的社会、时代等有了一定的了解之后，就必须尽可能完整准确地将词人还原到他创作此词时的场景。而这种还原，就需要借助于想象。词中的小序往往可以提供想象的依据。例如苏轼的《水调歌头》：

明月几时有？把酒问青天。不知天上宫阙、今夕是何年？我欲乘风归去，又恐琼楼玉宇，高处不胜寒。起舞弄清影，何似在人间？　转朱阁，低绮户，照无眠。不应有恨、何事长向别时圆？人有悲欢离合，月有阴晴圆缺，此事古难全。但愿人长久，千里共婵娟。

这可以说是宋词中知名度最高的一首，乃至有"中秋词，自东坡《水调歌头》一出，余词尽废"（《苕溪渔隐丛话后集》卷三十九）之说。那么，要理解这首词，就不能不认真阅读词的小序："丙辰中秋，欢饮达旦，大醉，作此篇。兼怀子由。"由此可知，这词作于丙辰（宋神宗熙宁九年，公元1076年）中秋，时年苏轼41岁，为密州（现山东诸城）太守。据此，我们可以推测想象，面对着良辰美景，中秋明月，与朋友家人一起欢聚一堂，却又恰恰少了兄弟情谊极深的苏辙，此时的苏轼心情肯定是既快乐，又有遗憾。这既快乐又遗憾，就需要想象才能充分体会。这是我们读这首词需要展开想象的第一步，这对于理解作品所表达出来的思想感情非常重要。我们注意到，词序中有"大醉"二字，这两字说明了苏轼创作这首词时的状态。我们可以想象一下，大醉中的苏轼会是怎样的？（当然"大醉"的说法可能有点夸张）根据一般常识，喝了酒的人大多数会比较兴奋，于是我们可以想象，醉中的苏轼逸兴遄飞，不仅有作词的冲动，而且肯定会将这种醉态表现于词中。果然，我们看这首词的上阕，不管是把酒问青天还是欲乘风登月的想法，都是非常典型的醉态思维、醉态表现。它为这首词带来了仙气，也带来了浪漫。所以，不能理解醉态中苏轼的心理，不能想象他在当时情况下的表现，就很难体会到苏轼的复杂心情以及这首词的特殊韵味。

第二步，用想象去领会词作中的意境、美感与内涵。宋词毕竟是用文字创作出来的，它与直接呈现形象的画作有很大的不同。我们阅读它们时，呈现在眼前的是一行行文字，因此，在阅读、欣赏宋词时，就需要借助想象才能将其转化具体的形象，才能充分体验到作品的意境与美感。具体说来，就是先熟读作品，然后在熟读的基础上，想象词中所描写的具体情景。例如欧阳修的《南歌子》：

凤髻金泥带，龙纹玉掌梳。走来窗下笑相扶，爱道画眉深浅入时无。弄笔偎人久，描花试手初。等闲妨了绣功夫，笑问双鸳鸯字怎生书。

　　这首词描写的是一位新娘子的情态，写得栩栩如生。我们在阅读、欣赏这首词时，首先是阅读，弄清字句之后，就可以想象词中所写的那位新娘子完整的形象是怎样的。这包括她的穿着打扮、她说话的神态表情口吻、她的动作等。当然，我们要完整准确地想象出这位新娘子的形象，需要有丰富的生活积累和知识，但不管怎样，要将欧阳修描写的这位新娘子变成一位具体可感的新娘子，想象是必不可少的。当我们以自己的生活体验和知识，借助于想象来欣赏这首词时，词中的新娘子才是具体可感的，我们所说的"栩栩如生"这四个字才能真正得到落实。

　　词作中的美感需要借助于想象才能充分领略，词作中许多丰富深刻的内涵更需要借助于想象才能充分体会。我们知道，宋词非常讲究委婉含蓄，精练简洁。作为艺术创作，它形诸文字的往往只是一小部分，或者是一个片段，或者是几个意象，存在着大量空白。甚至有时候，这种空白的多少，在很大程度上决定了一首词的艺术质量。在这种情况下，当我们阅读宋词时，词中的空白就需要借助于想象去填补，去完善。例如秦观的《浣溪沙》：

　　漠漠轻寒上小楼，晓阴无赖似穷秋。淡烟流水画屏幽。　　自在飞花轻似梦，无边丝雨细如愁。宝帘闲挂小银钩。

　　这也是历来深受好评的名作。作品是一首小令，而所描写的内容非常有限，甚至连主人公是什么人都没有具体地交代。我们在阅读、欣赏这首词时，首先就需要借助于想象去推测这首词所表现的主人公是什么人。从作品所描写的画屏、宝帘、小银钩等意象来看，我们可以大致想象出主人公居住的小楼的模样，由此可以推测词的主人公是一位养尊处优的妇女。其次，当我们明白了这首词的主人公的身份之后，就需要了解她的心情以及作者对她的态度，这同样需要想象。因为作品中没有一处是直接说明主人公的感情的，尽管有"自在飞花轻似梦，无边丝雨细如愁"，但这两句的重点还是描写飞花和丝雨，而不是梦与愁。在这种情况下，就需要想象主人公的处境与心情。作品的前面都可以说是在营造环境和氛围，最后一句虽然也是如此，但具有画龙点睛的作用。表面上，它似乎只是客观描写，但是，词人将其放在作品的最后，就好像电影的最后给出一个大大的特写，我们可以想象一下这是一种怎样的视觉冲击。由此我们联想到，这是不是词人对女主人公处境与命运的暗示？它暗示着女主人公就如这一只小小的银钩，虽然身处宝帘之上，漂亮精致，但是，只能闲挂着，得不到温暖。这是词的空白处,也是词人想说而未说的内容,需要读者去联想、想象、推测。这样,词的不尽之意才能得到充分领略。

(三) 以写带读

我们可以采取多种方式走进宋词,达到对作品内容和艺术的深刻领会。其中,以写带读也是一种非常有效的方式。所谓以写带读,就是我们在读一首词的时候,尝试着自己也写一首同题材的作品。通过写作来领略这一题材创作的甘苦,体会词人的良苦用心,这对于宋词的体会肯定会深入一层。当然,对于今天我们绝大多数人来说,要写出一首词来是有一定的难度的。但是,如果写不出词,尝试着写一首诗,哪怕是一首新体诗,这对于体会宋词的构思、立意和艺术特点也是大有裨益的。例如秦观的《鹊桥仙》:

> 纤云弄巧,飞星传恨,银汉迢迢暗度。金风玉露一相逢,便胜却人间无数。　柔情似水,佳期如梦,忍顾鹊桥归路?两情若是久长时,又岂在朝朝暮暮。

这是宋词中的名篇,写的是牛郎织女的故事。知道了这一题材之后,我们不妨试作一首词,或者一首诗,充分体会一下写作这一题材的难度。写作之后,我们就会发现,以此为题材的创作最大的难度在于它的立意的创新。因为一旦以此为题来创作,实际上在某种意义上是将历史上所有以此为题创作的诗人、词人作为对手进行比赛,而历史上曾经有许多人以此为题材,有关它的意蕴已发掘殆尽。不管你怎样写,都会发现难于跳出古人的范围。在这种情况下,我们再回过头来阅读秦观的这首词,就不能不佩服它的立意之新。它没有像以往作品那样去表达对牛郎织女的同情,也没有立足于批评王母,而是自出新意,认为"金风玉露一相逢,便胜却人间无数"、"两情若是久长时,又岂在朝朝暮暮"。吴从先《草堂诗余隽》卷三说:"相逢胜人间,会心之语。两情不在朝暮,破格之谈。七夕歌以双星会少别多为恨,独少游此词谓'两情若是久长'二句,最能醒人心目。"

钱锺书在《管锥编》中谈到学习、赏析诗歌的方法时,有"贴掩法"之说:"取名章佳什,贴其句眼而试下一字,掩其关捩而试续一句,皆如代人匠斫而争出手也。当有自喜暗合者,或有自信突过者,要以自愧不如者居多,藉习作以为评鉴,亦体会此中甘苦之一法也。"这实际上也是指以写带读的方法,其具体的办法是"取名章佳什,贴其句眼而试下一字,掩其关捩而试续一句",其特点是"藉习作以为评鉴,亦体会此中甘苦之一法也",它同样适用于宋词的阅读、欣赏。例如周邦彦的《苏幕遮》:

> 燎沉香,消溽暑。鸟雀呼晴,侵晓窥檐语。叶上初阳干宿雨,水面清圆,

一一风荷举。　　故乡遥,何日去?家住吴门,久作长安旅。五月渔郎相忆否?小楫轻舟,梦入芙蓉浦。

这首词在周邦彦的作品中别具一格。王国维《人间词话》评论道:"叶上初阳干宿雨,水面清圆,一一风荷举"这两句"此真能得荷之神理者。觉白石《念奴娇》、《惜红衣》二词,犹有隔雾看花之恨"。如果要深入体会这几句的妙处,不妨将这几句贴掩,然后自己写上几句,看看能不能超过它。写过之后,我们就能体会到这几句真如王国维所说的"真能得荷之神理者":一是因为它形象生动逼真;二是以一个"举"字写出了荷的动态与神态;三是"一一"两字更写出了一种气势。

阅读、欣赏宋词中的许多作品,通过以写带读的方式来深入体会,可以说是一种相对麻烦,但绝对有效的方法。

第2版后记

唐诗与宋词是中国文化宝库中两颗璀璨夺目的明珠,是中国古代诗歌史上一笔巨大的财富。千百年来,人们喜爱它,研究它,留下了极为丰硕的成果。尤其是新时期以来,随着思想的解放、观念的变化,唐诗、宋词的研究取得了前所未有的突破和进展。本教材正是在充分汲取前人和时贤研究成果的基础上,结合编写者自己的体会,对唐诗与宋词的总体特征、基本风貌、审美特质、艺术价值、嬗变脉络、地位和影响等,做了一次较为全面的梳理和描述,以期使用者对唐诗宋词的面貌有更深入的了解和比较准确的把握。我们同时选编了一册《唐诗宋词作品选》,以配合本教材的使用。对我们而言,要在篇幅有限的情况下,对唐诗、宋词博大精深的内容作整体研究和概括性的描述,无疑是一次艰难而有意义的尝试。

本教材于2003年出版发行,经过了6年多的使用;近期我们做了一次修订,在保持原教材知识结构不变的前提下,适当增加和修改了一些内容,特别是增加了作品分析的比重。尽管如此,我们相信疏漏和遗憾依然在所难免。不当之处,仍期待着广大唐诗宋词爱好者、研究者以及高等院校的教师和同学批评、指正。

修订组成员在充分讨论修订计划的基础上,分头执笔,最后由张明非统稿。具体分工如下:

第一、三章　　　　　　　　张明非(广西师范大学文学院教授)
第二、七章　　　　　　　　李翰(上海大学文学院副教授)
第四、五、六章　　　　　　朱易安(上海师范大学古籍所教授)
第八、十、十一章　　　　　刘尊明(深圳大学文学院教授)
第九、十二、十三、十四章　王德明(广西师范大学文学院教授)

本教材适合作为高等院校汉语言文学专业本科选修课及公共选修课教材,也可以作为中学教师进修高等师范本科(专升本)教材。建议师生在使用本教材时参考如下的课时分配方案:

教学内容	全日制/脱产/业余	函授		
		面授	自学	合计
总课时	40	28	52	80
第一章	3	2	3	5
第二章	3	2	4	6
第三章	3	2	4	6
第四章	3	2	4	6
第五章	3	2	4	6
第六章	3	2	4	6
第七章	2	2	3	5
第八章	3	2	3	5
第九章	3	2	4	6
第十章	3	2	4	6
第十一章	3	2	4	6
第十二章	3	2	4	6
第十三章	3	2	4	6
第十四章	2	2	3	5

《唐诗宋词专题》编写组

2009 年夏

郑重声明

高等教育出版社依法对本书享有专有出版权。任何未经许可的复制、销售行为均违反《中华人民共和国著作权法》，其行为人将承担相应的民事责任和行政责任；构成犯罪的，将被依法追究刑事责任。为了维护市场秩序，保护读者的合法权益，避免读者误用盗版书造成不良后果，我社将配合行政执法部门和司法机关对违法犯罪的单位和个人进行严厉打击。社会各界人士如发现上述侵权行为，希望及时举报，我社将奖励举报有功人员。

反盗版举报电话　　（010）58581999　58582371
反盗版举报邮箱　　dd@hep.com.cn
通信地址　北京市西城区德外大街4号　高等教育出版社法律事务部
邮政编码　100120